21世纪
新畅销译丛

THE THIRTEENTH TALE
DIANE SETTERFIELD

第十三个故事

〔英〕戴安娜·赛特菲尔德 著　金逸明 译

人民文学出版社
PEOPLE'S LITERATURE PUBLISHING HOUSE

著作权合同登记号　图字 01-2018-2191

THE THIRTEENTH TALE by DIANE SETTERFIELD
Copyright © 2006 by DIANE SETTERFIELD
This edition arranged with SHEIL LAND ASSOCIATES through BIG APPLE
AGENCY，INC.，LABUAN，MALAYSIA.
Simplified Chinese edition copyright：
© 2018 SHANGHAI 99 CULTURE CONSULTING CO.，LTD.
All right reserved.

图书在版编目（CIP）数据

第十三个故事/（英）戴安娜·赛特菲尔德著；金
逸明译.—北京：人民文学出版社，2018
（21世纪新畅销译丛）
ISBN 978-7-02-014225-5

Ⅰ.①第…　Ⅱ.①戴…②金…　Ⅲ.①长篇小说-英
国-现代　Ⅳ.①I561.45

中国版本图书馆 CIP 数据核字（2018）第 087685 号

责任编辑　朱卫净　汤　淼
装帧设计　汪佳诗

出版发行　人民文学出版社
社　　址　北京市朝内大街 166 号
邮政编码　100705
网　　址　http://www.rw-cn.com

印　　刷　上海盛通时代印刷有限公司
经　　销　全国新华书店等

字　　数　303 千字
开　　本　889 毫米×1194 毫米　1/32
印　　张　13.5
版　　次　2008 年 5 月北京第 1 版
印　　次　2018 年 10 月第 1 次印刷

书　　号　978-7-02-014225-5
定　　价　68.00 元

如有印装质量问题，请与本社图书销售中心调换。电话：010－65233595

目录

中文版序言   1

开 局

信   3
玛格丽特的故事   13
十三个故事   25
抵 达   38
与温特小姐见面   43
我们就此开始了……   60
花 园   83
玛瑞丽和婴儿车事件   93
莫斯雷医生和他的夫人   103
狄更斯的书房   115
年 鉴   120
《班伯里先驱报》的档案室   125
废 墟   128
友好的巨人   136
墓 地   145

中 局

赫丝特来了   151
承载生命的盒子   162
紫杉树后的眼睛   166
五个音符   176
试 验   180
你相信鬼吗？   188
赫丝特之后   197
消 失!   206
查理失踪之后   211
再访安吉菲尔德   219
拉乌夫人编织袜跟儿   225
遗 产   232
《简·爱》与熔炉   241
崩 溃   248
银色花园   251
音标字母   255
梯 子   258
永恒的暮色   269
变成化石的眼泪   279
水中的解密术   283
头 发   287
雨水与蛋糕   294
重 聚   301
每个人都有一个故事   306
十二月的时光   312
姐 妹   316
一本日记与一列火车   322
推翻过去   335
赫丝特的日记（二）   345

结　局

故事里的鬼魂　　　　　　　　　　　　　　357
遗　骨　　　　　　　　　　　　　　　　　364
婴　儿　　　　　　　　　　　　　　　　　374
火　灾　　　　　　　　　　　　　　　　　381

开　局

大　雪　　　　　　　　　　　　　　　　　399
生日快乐　　　　　　　　　　　　　　　　402
第十三个故事　　　　　　　　　　　　　　411
附　言　　　　　　　　　　　　　　　　　419

中文版序言

亲爱的中国读者：

　　我现在坐在我家里，约克郡的哈洛格特镇，写着这篇中文版序言。我知道，你我之间相隔着六千英里的距离呢。但我又觉得，如果过度强调英国（《第十三个故事》的诞生地，故事的背景也在此）和中国（你们马上就要在中国读到这本书了）之间的距离，好像又不太对。因为，阅读的美妙之处就在于能够越过空间，缩短距离；并且在飞越的同时，又能创造出一个无限大的想象空间，让身为作者的我和身为读者的你，在这想象的空间里相见、相识。

　　所以，我们现在就已相识。你是否想知道我这本《第十三个故事》是怎么来的呢？别担心，我不会在这篇序言里面透露故事细节，保证不会。如果你是那种想要直接阅读正文、不想读序言的读者，那你就直接略过这里，开始读《第十三个故事》的第一章吧。换了我是读者，一定也会跳过序言，直接读正文的。

　　如果全世界的时间都属于我们，那我可以慢慢告诉你，我以前做过的一个梦。我梦到图书馆失火了，在图书馆外还可以看见里面有好几个人影在晃动，奋力救火。这个梦是后来《第十三个故事》的起源。另一个起源则是我以前认识的一位年轻学生，他生下来就是双胞胎，可是他的孪生兄弟却死了，而他自己是在十八岁那年才发现这个秘密。我动笔写《第十三个故事》的时候，已经认识他十五年了，但对他的故事记忆犹新，仿佛昨天才听他讲。他的这个故事就这样自然而然地进入我的小说里。

可惜，我们时间有限，你身为读者，马上就要翻页去看内文了，而且"故事"本身，会比任何介绍、说明、前言来得更有趣。如果你读到这里感到不耐烦，我也能理解。快去看故事吧。以后再读我的这篇序言也没关系。

但是，如果你愿意先把故事放一边，先读这篇我专门为你而写的文章，（还是说，你已经把故事读完，再回过头来读我的序言？）那我愿意在此告诉你《第十三个故事》是怎么诞生的，也告诉你在我的写作过程中与这个故事最密切相关的两件事。

第一件事，是我对于"童年"和"记忆"的好奇和执著。我先请问你一下：你小时候最早的记忆是什么？和大多数人一样，我对五岁以前的事情一概都记不清了。你会不会觉得很神奇（至少我自己是觉得很神奇），在我们有记忆之前，就已经有一个"我"存在了！我们都以为，"失忆"这个情况非常罕见，但其实，世界上每个人对自己的生命早期都呈现出"失忆"的状况。或许你也注意到了，小孩子都很喜欢听人讲他们出生时候的事情。我写这个故事的最初，心里想的就是这些事情。如果你是先读了书，再回头读我这篇序言的读者，（再次向你问好！）那你一定能够理解书中人物玛格丽特、温特小姐、奥里利乌斯等人对自己生命最初那些年的想法。这些人都有一个不为人知的故事，他们不知道自己生命最初期的情况，因此亟欲解开自己生命的谜团，好让他们能够坦然面对未来。

接下来要谈谈和本书密切相关的第二件事情。虽说是第二件事情，但是各位读者，请别认为它"不太重要"。相反，它正是《第十三个故事》最主要的根源，也是我生命最基础的本质。在全世界所有人之中,你是读者,我只相信你,信任你能理解我要说的是什么。因为,接下来我要谈的,就是"阅读"这件事。

我很久以前就爱上了阅读,读书是我生活中最大的乐趣。肉眼浏览过的白纸黑字,脑电波自动将墨迹转化成文字、段落。这真是奇妙的事情!但是你看,接下来发生的事情更奇妙呢!文字、段落再度经过转化,变成——一个新世界!太神奇了。真正的爱书人,不管是在英国的约克郡,还是身在中国,都能理解"沉浸书中,忘记自己"这种乐趣。当你沉浸在书中而忘我,无论周围多么嘈杂,心也就安静下来了;无论你有多少忧虑牵挂,也自然消失了。你自然而然就变成一个"幽灵读者",在他人想象的世界里游荡。我的写作生涯中最重要的因素,首推阅读这件事。《第十三个故事》里面的每一页,都是我多年热爱阅读的成果。

出版社请我写这篇中文版序言的时候,还要我介绍下一本书要写什么,但这对我来说太难了,讲不出来。《第十三个故事》撰写的过程一再演进、转化,最后的定稿和我当初的设想已经完全不同。可是,有件事始终没改变,那就是故事中出现的阅读、书籍等主题。这一点,你们应该也不会觉得惊讶吧。我的下一部作品,也一定会与阅读、与书籍相关。

好,我的序言就到此为止吧,亲爱的读者,现在你可以阅读故事本身了。我想要祝福每一位在中国的"幽灵读者",当你走进《第十三个故事》的世界,窥探书中人物内心时,有一个愉快的"做鬼经验"!

献给

艾维·多拉和弗雷德·哈罗德·莫里斯

柯里娜·艾舍和安布罗斯·查尔斯·赛特菲尔德

所有的孩子都会神化他们自己的出生。这是一个普遍特征。你想了解某个人吗？了解他的内心、思想和灵魂？那就让他告诉你他出生时的事情。你获悉的不会是事实，而是一个故事。但没有什么比一个故事更能说明问题。

——维达·温特（《关于改变和绝望的故事》）

开 局

信

那是十一月。尽管时间尚早,可我拐进朗爵斯路时,天已经黑了。父亲已经结束一天的营业,关掉店里的灯并拉下了卷帘门;但为了让我回家时不至于陷入一片漆黑,他没有关掉通往公寓台阶上的灯。透过门上的玻璃,灯光在潮湿的人行道上投射出大页书写纸大小的一片长方形区域。当我站在那片长方形区域,正要转动钥匙开门时,我看见了那封信。另外一个白色的长方形东西躺在往上数第五级台阶上,我不可能不发现它。

我关上门,像往常一样将钥匙放在贝利的《高级几何原理》后面。可怜的贝利。三十年里,没有人想要他写的这本灰色的厚书。有时候,我会好奇,他对自己的书成为书店钥匙的守卫会有什么样的看法。我认为他不会想到自己花了二十年写出的杰作将是这样的命运。

一封信,给我的。这可算是一件大事。带有四个硬角的信封中,塞着厚厚一沓,信封上的字迹一定给邮递员制造了不少麻烦。虽然那些花体大写字母和打圈的字母说明笔迹的风格是老式的，但我的第一印象却是这些字出自孩子之手。那些不平滑的笔画不是突然淡出就是重重地刻进纸里，拼出我名字的那几个字母写得一点也不流畅。字母之间分得很开——*MARGARET LEA*——又似乎跟前面的名字毫无关系。但是我不认识什么孩子。这时，我认为，信封上的字应该是出自一个残疾人之手。

这给我一种很奇怪的感觉。昨天或前天，当我在忙碌时，一个不认识的人——一个陌生人，悄悄地、偷偷地——花工夫将我的名字写在这个信封上。究竟是谁在我毫无察觉的情况下想起我？

不等脱掉外套和帽子，我便一屁股坐到台阶上开始读信。（在确保自己身处一个稳定的位置之前，我绝不会阅读。这样的习惯源于一次事故，七岁时，我坐在一堵高墙上读《水宝贝》，书中所描写的水下生活让我如此着迷，以至于我无意识地放松了肌肉。我没有被脑海中栩栩如生的水的浮力托起来，而是急速落到地上，摔晕过去。现在我仍能摸到自己刘海下面的疤痕。阅读也可能是危险的。）

我打开信，从里面拉出一沓纸，大概有五六张，每张纸上都是同样费劲的字迹。多亏了我的工作，我在阅读不容易辨认的字迹方面很有经验。其实也没什么大不了的秘诀。它所需要的只是耐心和练习，还有培养内在洞察力的意愿。当你阅读一份被水、火、光照破坏或仅仅是历经岁月的损耗的手稿时，你的眼睛需要审视的不仅仅是字母的形状，还需要观察其他书写痕迹、运笔的速度、笔力、书写过程中的停顿和松懈。你必须放松，什么事情都不要想。直到你进入一种梦境，梦里你曾是一支划过上等纸张的笔，纸面上留下了你流出的点点墨迹，然后你就能读懂手稿了。你将领会作者的意图，他的思绪、他的犹豫、他的渴望和他的意思。一切都会一清二楚，仿佛当笔快速在纸上行进时，你正是照亮纸面的那束烛光。

这封信倒没有像某些手稿那样难读。信以简略的"李小姐"开头，那些象形文字迅速幻化为字符、单词和句子。

我读到的文字如下：

我曾接受《班伯里先驱报》的一次专访。这些天，我必须留意察看报上有没有登我的人物专访文章。他们给我派来了一个奇怪的家伙，实际上是一个男孩。他长得跟男人一样高，但还透着青春期的婴儿肥。他穿着一套西装，显得很笨拙。这是一套为老男人设计的丑陋的棕色西装，领子、剪裁和材质，全部都不合适。儿子从学校毕业开始第一份工作时，母亲或许会给他买一套这样的西装，因为她认为自己的孩子总会长大并适合穿这样的衣服。但是男孩子脱下校服后，并不会马上摆脱稚气。

他的行为举止中有某些特别的东西。一种张力。我的目光落到他身上的那一刻，我就想："啊哈，他在寻找什么？"

我对热爱真相的人一点儿也不反感。只不过他们都是很无趣的共事者，他们中的一些人总爱探究"说谎"与"诚实"的问题，这自然会让我恼火。但是，倘若他们不打扰我，我也不会伤害他们。

我不讨厌热爱真相的人，但我讨厌真相本身。和一个故事相比，真相里包含着多少援助和安慰作用？在漆黑的午夜，当大风像一只狗熊那样在烟囱里咆哮，真相有什么好处？当闪电袭向卧室墙壁上的阴影，当绵延的雨水拍打窗户时，真相有什么用？没有用。当恐惧和寒冷让床上的你变成一具雕像时，不要指望没有血肉的生硬真会给予你帮助。在那样的时刻，你需要的是一个故事所能带来的充分慰藉。一个谎言所营造的那种抚慰人心的安全感。

当然，有些作家不喜欢被访问。采访让他们生气。"同样的老问题。"他们抱怨说。好吧，他们在指望什么？记者是受雇用的文人，我们作家才是名副其实的文人。记者总是提出同样的问题，但这并不意味着我们必须给他们提供同样的老旧答案，不是吗？我的意思是说，编故事是我们用来谋生的手段。所以每年我都会接受许多次采访，一生接受了数百次采访。因为我从来不相信天才需要远离别人的视线才能取得成就，我的天才不是一件脆弱的物品，新闻记者的脏手指不会让它畏缩。

早年，他们常常试图挑我的错。他们做调查，口袋里装着一星半点儿真相来访问我，他们算好时间拿出准备好的资料，指望能吓唬住我，使我透露更多真相。我必须小心谨慎，一步步将他们引向我所期望的方向，用我的诱饵轻轻地吸引他们，在不知不觉中将他们引向一个比他们原来所关注的更美妙的故事。一个精密的过程。在此过程中，他们会两眼放光，逐渐放松手中掌握的那一点点真相，最后真相会从他们的手里掉下来，掉到一边，不被理会。我的办法从未失败过，一个好故事永远比一段破碎的真相更为引人入胜。

然后，我一经成名，采访维达·温特便成了检验记者能力的一种仪式。记者们大致清楚他们能从采访中得到什么，假如他们没有听到故事，他们离去时便会深感失望。记者们会先快速地问一遍常规问题，（您从哪里获得灵感？您笔下的角色是基于真实人物创造的吗？您笔下的主角和您自己有多少相似之处？）我给出的答案越是简短，他们就越喜欢。（我心里却不是那样想的。和我的回答不一样，一点儿也不一样。）接着，就轮到他们等候的东西了，他们来采访我就是为了听到那些东西。他们的脸上会写满梦幻与期待，他们就像是临睡前等待听故事的小孩子。他们会说,那您呢,温特小姐,跟我说说您自己的故事吧。

于是我便开始讲故事。其实只是简单的小故事,对他们来说不算什么,只是一些经过巧妙组合的小片段,散布着一个令人难忘的主旨和几个亮点。它们只是被我丢弃在破布袋底部的边角废料,这样的故事我还有几百个。它们是小说和故事里被删除的片段,是从未完成的情节,是我从未找到用处的流产的人物和美景。它们是在编辑中被删减掉的碎片。接受采访就是把原本无用的破碎情节经过整合,重新缝在一起,完成时就是一篇全新的人物专访。

记者们走时都是兴高采烈的,他们的手心里紧紧握着笔记本,就像生日派对结束后攥着糖果的小孩子。以后他们会把这当成一件大事告诉他们的孙子孙女:"有一天,我见到维达·温特,她给我讲了一个故事。"

回过头来继续说《班伯里先驱报》派来的那个男孩。他说:"温特小姐,告诉我真相。"哦,这是一个什么样的要求?采访我的人往往都会设计各种计谋,处心积虑地引我说出真相,我在一英里之外就能认清他们,但这个男孩的要求算什么?太好笑了。我的意思是说,他究竟指望听到什么?

一个好问题。他期望得到什么?他的眼睛里闪烁着渴望的热火。他紧紧地盯着我。搜寻,探究。他在寻找某种特殊的东西,我敢肯定。他的额头上都是汗,或许他身体有点儿不舒服。告诉我真相,他说。

我的内心涌起了一种奇怪的感觉,仿佛昨日再现。以前的生活犹如潮水一般,在我的胸中激荡,在我的血管里升起一波潮汐,向我的太阳穴送去阵阵涟漪。他的要求异常刺激,告诉我真相。

我仔细考虑了他的要求。我在脑子里反复思量，斟酌可能的结果。他扰乱了我的情绪，这个男孩子，他那苍白的脸庞和充满激情的眼睛让我感到不安。

"好吧。"我说。

一小时后他走了。心不在焉地与我道别，再也没有回头看。

我没有告诉他真相。我怎么可能告诉他真相呢？我给他讲了一个故事。一个乏味而又营养不良的小故事。没有火花，没有亮点，只有一些黯然失色的枯燥片段，我将它们粗糙地组织在一起。这种故事听起来很像是真实的生活。或者，更确切地说，人们以为真实的生活是那样的，其实并非如此。对我这样有才能的人而言，创造一个那么无趣的故事并不容易。

我透过窗户目送他。他拖着脚走上大街，垂头丧气，每一步都走得疲惫而费劲。所有的活力、能量和热情都消失不见了。是我杀死了它们，不全是我的责任。他本该更明智，不该相信我。

之后，我再也没有见过他。

但是我的胃里、太阳穴处和指尖所感受到的感觉——却久久挥之不去。想到那个男孩子所说的话，那种感觉就一阵阵向我袭来。告诉我真相。"不。"我说。我一遍又一遍地拒绝。不。然而就是没有办法驱走它。这让我分心。更糟糕的是，这还是一种威胁。最后，我与它达成协议。"现在不行。"它叹气、坐立不安，但最终它平静下来了。那种感觉平息后，我几乎忘记了它。

那是很久以前的事情了。三十年以前？四十年以前？或许是更久以前。时间流逝的速度远比你想象得要快。

最近那个男孩的要求一直在我的脑海里盘旋。告诉我真相。最近我的内心又再度感受到了那种奇怪的悸动。我的体内有一种东西在滋生，在分裂繁殖。我能感知到它，它在我的胃里，又圆又硬,大小和一个葡萄柚差不多。它吸走我肺里的空气,消耗我骨头里的骨髓。长久的蛰伏改变了它,它从一个温顺听话的东西变成了一个暴徒。它拒绝一切谈判,不接受讨论,坚持要求享有自己的权利。它不会接受一个否定的答案。真相,它发出回声,看着男孩离去的背影,重复着他所说的话。然后它转向我,揪紧我的内心,猛地一扭。我们达成了协议,记得吗?

时候到了。

周一过来。你四点半到达哈罗门车站时,我会派车去接你。

维达·温特

读完这封信后,我在台阶上坐了多久?我不知道。因为我仿佛被咒语镇住了。信的字里行间蕴藏着某种魔力。这些出自专家巧手的词语,俘虏了我。它们像蛛丝一样缠住你的四肢,当你迷醉其中时,你便无法移动,它们刺穿你的皮肤,进入你的血液,麻痹你的思维。它们在你体内实施巫术。当我终于清醒过来时,我只能猜想自己刚才意识不清时所发生的事情。这封信对我干了什么?

我对维达·温特所知甚少。自然地,我想起了通常与她的名字联系在一起的各种头衔:英国最受爱戴的作家、我们时代的狄更斯、全球最著名的在世作家,诸如此类。我当然知道她很受欢迎,但我后来做调查时,有关她的数据依然让我吃惊。五十六年中出版了五十六本书;作品被翻译成四十九种语言;在英国图书馆的出借榜上,温特小姐二十七次被评为最受欢迎的作家;根据她的小说拍摄的电影长片多达十九部。就统计数据而言,最受争论的问题是:她作品的销售数量是否超过了《圣经》?回答该问题的困难倒不在于算出她作品的销量(这个数字成百万地不断变化),而在于获取《圣经》的可靠销量：不管一个人对"上帝"一词持怎样的看法，他的销售数据都是不可靠的。当我坐在台阶的最底端时，最让我感兴趣的一个数字或许是"二十二"。一共有二十二名传记作家因为资料不足，或是缺乏勇气，抑或受到来自温特小姐本人的引诱或威胁，被说服放弃尝试挖掘有关她的真相。但当时我对此一无所知，我只知道一个与此有关的统计数字：我，玛格丽特·李，读过几本维达·温特写的书？一本也没读过。

我哆嗦着坐在台阶上，打哈欠，伸懒腰。回过神来后，我发现，在我精神不集中的时候，思维已经被重组。在被我忽视的记忆碎石堆中，两则细节被特别挑出来，引发了我的思考。

第一个场景发生在店里，与我的父亲有关。一家私人图书馆拍卖旧书时，我们收进一箱子图书，拆包时发现里面有若干本维达·温特的书。我们书店不经营当代小说。"我会在午餐时段把它们送给慈善商店。"我说，随后便将它们放在桌子的一边。但是上午还没过完，四本书中的三本就没有了，卖掉了。买家分别是一位牧师、一名制图师和一个军事历史学家。我们的顾客——像大部分爱书人一样，外在的苍白脸色掩饰不住他们内心的热情——当他们发现平装本的温特的书、看见它们色彩丰富的封面时，似乎都变得容光焕发起来。午饭后，我们完成了那箱书的拆包、编目和上架工作，店里没有顾客，我们便像往常一样坐下来阅读。时值深秋，外面正在下雨，窗户蒙上了一层雨雾。店里的煤气炉嘶嘶作响，我们对此听而不觉，并排坐在一起专心致志地看书，我们之间的距离既近又远。

"要我泡茶喝吗？"我从书中抽身出来问道。

没有回答。

我还是泡了茶，并放了一杯在他身旁的桌上。

一小时后，那杯茶原封不动地冷了。我泡了一壶新茶，又挨着他放了一个热气腾腾的杯子在桌上。他对我的每一个动作都毫无知觉。

我轻轻地抬起他手中的书，看它的封面，那是维达·温特的第四本书。我把书恢复原位，仔细端详我父亲的脸。他不能听到我，也不能看见我。他正身处另一个世界，我好像是一个鬼魂。

这是我对温特的第一个记忆。

第二则细节是一幅肖像。一幅侧面肖像，明暗对比强烈，巨大的肖像居高临下，使得在它下面等车的上下班旅客都显得很矮小。那只是一张糊在地铁站内的招贴板上的宣传照，但是在我的记忆中，它所刻画的形象却携着一股子庄严和神圣，犹如被遗忘已久的女王和远古文明所雕刻的石像。凝视肖像上眼睛的优美弧度，颧骨明晰流畅的轮廓，鼻子完美无瑕的线条及比例，你会大感惊讶，人类变化的偶然结果却能创造出一件类似肖像中的形象这样完美到不可思议的东西。这样的骨骼，若被未来的考古学家发现，会被视为一件工艺品，不是自然的粗糙产物，而是代表了艺术探索的最高峰。装饰这些骨骼的皮肤像雪花石膏一样泛着一种凝脂般的光泽，与之相比，那头精心设计的金铜色卷发更为光彩夺目，它们恰到好处地散落在漂亮的太阳穴和纤直、优美的颈项上。

仿佛还嫌美得不够，上帝又为她添上了一对非凡的眼眸。在摄影师娴熟的技术下，它们呈现出一种超人类的绿，绿得犹如教堂的玻璃窗，又像是翡翠或绿色的硬糖，它们不动声色地注视着下面上下班旅客的脑袋。我不知道那天其他行人是否对这幅图片有着和我一样的感觉；他们读过温特的书，所以他们或许对此持有不同的看法。但是对我而言，望着那双又大又绿的眼睛，我禁不住想起那句俗话："眼睛是通向心灵的大门。"可当我凝视她那双不动声色的绿色眼睛，我记得自己认为这个女人没有灵魂。

这些就是我收到信的那个晚上对维达·温特的所有了解，我对她知道得不多。尽管仔细想一想，或许别人也只知道这些。因为虽然每个人都知道维达·温特——知道她的名字、她的脸、她写的书——但是与此同时，没有人了解她。她的秘密和她的故事一样有名，她全然是一个谜。

好吧，假如这封信是可信的，那么维达·温特是想说出有关她自己的真相。这本来就够奇怪的了，但是我想到的第二件事情更为奇怪：为什么她要把真相说给**我**听？

玛格丽特的故事

我从台阶上站起来，走进黑漆漆的店里。我熟门熟路，不需要开灯，我对店里的熟悉程度就像你熟悉童年待过的地方一样。皮革和旧纸的气味能立刻给我以安慰，我的指尖划过书脊，就像钢琴家抚摸琴键。每一本书都有它自己独特的注释：丹尼尔的《地图绘制的历史》有一个不平滑的、亚麻包裹的书脊；莱库宁对"圣彼得堡制图学会"会议的记录有一个破裂的皮封面，那是一个收纳着他亲手绘制的地图的旧文件夹。你可以把我的眼睛蒙起来，把我带到书店三层楼中的任何一处，我只要用指尖触摸书脊，就能告诉你我的位置。

光顾我们李氏古旧书店的客人很少，平均每天都不到五六个。每到学生过来买新一年教材的九月以及他们在考试后又把教材拿回来的五月，店里会有点儿忙碌。我的父亲把这些书称为"迁徙书"，其他时间里，我们会连着几天都没有一个顾客。每年夏天都会有游客偏离寻常的路线，出于好奇，顶着阳光踏进我们店里，他们一进来就会停下脚步眨眨眼以适应店里昏暗的环境。如果他们厌倦了吃冰激凌和观赏河上的行船，或许会在店里停留，享受片刻的阴凉和宁静，反之就会马上离开。通常，光顾店里的客人都是从朋友的朋友那里听说我们这家书店的，当他们在剑桥附近时，就会特别绕道过来看一下。他们步入店堂时，脸上写满了期待，而且会为打扰我们频频道歉。他们是很好的人，和书本身一样安静而友善。不过，大部分时间，店里只有我、父亲和书。

我们是如何保持收支平衡的？如果你知道往来于店里的顾客这么少，或许会思考这个问题。但是你瞧，就财务方面而言，这家店只是一个副业。赚钱的是别的生意，我们的生计靠的是每年大约五六次的交易。过程大致是这样的：父亲认识全球所有的大藏书家，还熟悉世界上的优秀藏品，你若有机会在他经常参加的拍卖会或书展上见到他，会注意到经常有轻声说话、穿着低调的人走近他，将他拉到一边低语几句。不过他们的眼神绝不是平静的。**你知道……**他们问他，**你是否听说过……**某本书的名字会被提到。父亲含糊地回答，这样的回答无助于树立希望。此类事情通常都是不了了之。但是另一方面，如果他听到些什么……如果他还没有那个人的地址，他会把它记在一本绿色的小笔记本上。然后在很长一段时间内无事发生。但是随后——几个月或好多个月之后，谁也不知道——在另一次拍卖会或书展上，父亲见到某个人时，他会非常试探性地询问，是否……于是那本书的名字会再次被提及。事情经常就此告一段落。但是有时候，在谈话之后，或许还会有通信。父亲花很多时间在写信上。用法文、德文、意大利文写信，甚至偶尔用到拉丁文。十有八九，回复都是一封礼貌的、两行长的拒绝信。但是有时候——一年中有五六次——回复将拉开一次旅程的序幕。父亲会从一个地方收进一本书，再把它送去另一个地方。这样的旅程极少超过四十八小时。一年六次。**这就是我们维持生活的手段。**

书店本身几乎不赚钱。它是一个写信和收信的场所；一个用来消磨时间，等待下一次国际书展开幕的地方。在我们的经纪人看来，书店是我父亲的一个嗜好，父亲的成功让他有资格享有这样的嗜好。可是实际上——对我父亲和我而言，我不敢说每个人都会这样认为——书店是我们生活的核心。它是一个藏书的地方，所有那些满怀深情写出来、现在却似乎无人想要的书都可以在店里得到安全的庇护。

而且它还是一个读书的地方。

字母 A 代表奥斯汀（Austen），B 代表勃朗蒂（Brönte），C 代表查尔斯（Charles），D 代表狄更斯（Dickens）。我在店里学会了字母表。我的父亲抱着我沿着书架走，一边教我字母的排列顺序，一边教我拼写。我也是在那里学会写字的：我在检索卡上抄写名字和标题，三十年后那些检索卡依然在档案箱里。书店既是我的家，也是我工作的地方。它是我的学校，比我上过的中小学都要好，之后它又成了我的私人大学。这就是我的生活。

我父亲从没有把一本书塞到我的手中，也没有禁止我读哪本书。他允许我在店里自由地闲逛，任意做出或合适或不合适的我自己的选择。我读描写历史上的英雄事迹的血腥故事，十九世纪的父母认为它们适合孩子阅读；我读肯定不适合小孩子看的哥特式鬼故事；我读老处女旅行的故事，她们身穿带衬架的裙子在充满危险的陆地上历经艰辛；我读给良家少女看的有关礼仪举止的手册；我读带插图的书，也读没有插图的书；我读英语书、法语书，还读那些用我看不懂的语言写的书，我会在自己猜测出的一些词语的基础上编故事。我读了一本又一本的书。

在学校里，我对自己在书店读到的东西保密。我从旧语法书中学到的一些古代法语被我运用到自己的文章里，可我的老师却认为它们是拼写错误，不过他们永远也不可能消灭它们。有时候，一堂历史课会碰巧涉及我通过在店里随意阅读所积累起的一点儿深奥知识。**查理曼大帝**？我会想。什么，**我的查理曼大帝**？我在店里读到的？在这些时候，我会陷入沉默，原本完全不相干的两个世界瞬间碰撞在一起，让我震惊得说不出话来。

不看书的时候，我会帮我父亲打下手。九岁时，我被允许用棕色的纸把书包起来，并在上面写上离我们比较远的顾客的地址。十岁时，我被准许独自步行将这些包裹送去邮局。十一岁时，我接过了母亲在店里的唯一工作：清洁任务。"旧书"常携有尘垢、细菌和多种有害物，母亲过去常包着头巾，身穿家居服，手持鸡毛掸子挑剔地走在一排排的书架间，她总是紧闭双唇，尽量不呼吸。时不时地，当鸡毛掸子扬起一团虚幻的灰尘时，她便会退后咳嗽。那些装着"危害身体健康"的旧书的板条箱子，总是碰巧被摆在她的身后，于是它们会不可避免地钩坏她的丝袜。我主动要求承担打扫任务，这是一项母亲乐于摆脱的工作；从那以后，她就无须再出门去书店了。

我十二岁时，父亲派我去寻找遗失的书。如果档案显示书在库，而它们却没有在书架的正确位置上，我们视为"遗失"。它们或许是被偷走了，但更有可能是被心不在焉的阅览者放在错误的地方了。店里一共有七个房间，每个房间从地板到天花板都堆满了数千册书。

"你做事的时候，检查一下字母的排列顺序。"父亲说。

这是一项永远也做不完的工作；我想知道现在他把该任务委派给我，态度是否完全认真。不过说实话，这个问题几乎无关紧要，因为**我**是认真地从事这项工作的。

我把整个夏天的上午都花在父亲派给我的任务上，到九月份学校开学，所有遗失的书都被找到了，每一册被放错的书都归原位。不仅如此，而且回首过去，还有一件事情显得尤为重要——那就是，我的手指触摸到了店里的每一本书，尽管只是短暂的接触。

等到我十几岁时，我已经帮父亲做了许多工作，以至于我们在那些安静的下午几乎无事可做。一旦我们完成了上午的工作，把新到的书摆上架子，写完信；一旦我们在河边吃完三明治，喂完鸭子，就会回到店里看书。我对书的选择逐渐变得不那么随意了，我越来越经常地在二楼逛来逛去。那里摆着十九世纪的文学作品、传记、自传、回忆录、日记和信笺。

父亲注意到了我的阅读兴趣。他从书展和拍卖会回来时，总会带几本他认为我或许会感兴趣的书回家。都是些旧旧的小书，多数时候是手稿，用缎带或细绳系起来的泛黄的书页，有时候是手工装订的。那些书记录的都是平民百姓的普通生活。我不是简单地看它们，而是贪婪地读它们。虽然我对食物的胃口变小了，对书的渴望却始终如一。我就此开始从事自己的职业。

我不是一个严格意义上的传记作家。事实上，我几乎根本不是传记作家。主要是为了自娱，我写了若干篇短小的论文，论文的研究对象均为文学史上无关紧要的人物。我的兴趣始终在于为落败者写传记，这些人在世时默默无闻，去世后便陷入了无人知晓的深渊。我喜欢打开已经在档案架上尘封了一百年或更久的日记，发掘出被埋没其中的人生。与别的事相比，复活已经绝版了好几十年的回忆录中的人物，差不多是最让我高兴的事情。

有时，我的研究对象恰好足够重要到能引起当地某个学术出版商的兴趣，于是我就发表了一些属于我自己的作品。它们不是书，不是像书那么庄重的出版物。其实只是几篇文章，**装订在纸质封面内的薄薄几页纸**。我的一篇文章——《兄弟诗人》，探讨了茹尔·朗蒂埃和埃德蒙·朗蒂埃兄弟以及他们合著的日记——吸引了一个历史学编辑的注意，被收入一本有关十九世纪文学和家族的精装版论文集。一定是那篇论文博取了维达·温特的关注，但是它出现在那本论文集里相

17

当容易令人误解。书中满是学者和专业作家的作品，我的文章位列其中，就好像我是一个名副其实的传记作家，但其实只是一个浅薄的涉猎者，一个有才能的业余爱好者。

研究人生——已经死去的人的生活——只是我的爱好。我真正的工作场所是书店。我的工作不是卖书——我父亲负责卖书——我的工作是**照料书**。我常常取下一册书，读一两页。毕竟，说起来，阅读也算一种照料。那些书单从出版年份而言，还没有古老到值钱，也没有重要到会被收藏家搜寻，然而，即使它们往往从里到外都很无趣，我还是珍爱它们。无论内容多平庸，总有一些东西会触动我。因为某个如今已离世的人曾认为那些词语很重要，需要被写下来。

人死后就消失了。他们的音容笑貌和呼吸的温度，他们的肌肉和骨骼，所有关于他们的生动记忆，都停息了。这既可怕又合乎自然规律。然而，有一些东西能免于湮灭，因为它们将继续活在他们写的书中。我们能够重现它们，他们的幽默、他们的语调、他们的情绪。通过写下来的文字，他们能惹你生气，也能逗你开心；他们能给予你安慰，他们能让你困惑；他们能改变你。所有这一切，他们都能做到，即使他们已经死了。根据自然法则应该消逝的东西，由于纸上的墨水所创造的奇迹，都能像琥珀里的苍蝇、冻结在冰里的尸体一样，被保存下来。这是一种魔术。

就像守墓人一样，我照管书籍。我清洁它们，对它们做一些轻微的修补，使它们保持良好的状况。每天，我都会翻开一两本书，读上几行或几页，让被遗忘的死者的声音在我脑中回荡。当他们的书被人翻阅时，这些死去的作者是否能感知到？他们身处的黑暗中是否会出现一星半点儿的光亮？当另一颗心在阅读他们的心时，这种轻微的接触是否会拨动他们的灵魂？我确实希望答案是肯定的。因为人死后一定非常孤独。

尽管我在此谈及了我个人最关注的东西,但我明白自己一直在回避问题的实质。我不喜欢表露自己的本性,更确切地说,看起来我好像是在强迫自己克服习惯性的沉默寡言,其实我写任何东西都是为了避免写到一件要紧的事情。

然而,我**要**写它。"沉默不是讲故事的自然环境,"温特小姐曾对我说,"故事需要言语。没有言语,它们就会变得苍白,它们会得病、死掉。然后它们会萦绕在你的心头。"

相当正确。所以我在这里写下自己的故事。

十岁时,我发现了我的母亲一直在保守的秘密。此事至关紧要的原因在于母亲所保守的并不是她的秘密,而是我的秘密。

那天晚上,我的父母出去了。他们并不经常出门,外出时他们就会把我送到隔壁,让我坐在罗布夫人的厨房里。隔壁的房子和我们家完全一样,只是布局完全颠倒,反向的布局让我感觉极其头晕,所以轮到父母晚上出门时,我再次坚称自己已经足够大、足够懂事了,可以在无人照顾的情况下待在家里。我没有抱多少希望,但是这次我的父亲却同意了。母亲也被说服了,唯一的条件是让罗布夫人在八点半时来我们家看一下。

他们七点离开家,我倒了一杯牛奶坐在沙发上喝以示庆祝,觉得自己非常了不起。玛格丽特·李,已经长大,可以不需要临时保姆,独自待在家里了。喝完牛奶后,我突然觉得十分无聊。该如何享用这份自由呢?我开始漫无目的地闲逛,丈量自己自由的新疆域:餐厅、客厅、楼下的卫生间。一切都和平时没什么两样。不知何故,我想起了自己孩提时所害怕的一件事,它与大灰狼和三只猪有关。**我将吹气,吹气,把你的房子吹倒!**它能毫不费力地吹倒我父母的房子。昏暗、通风的房间根本无力抵御袭击;只要大灰狼看它们一眼,脆弱雅致的家具就会崩塌为一堆火柴棍。是的，那头大灰狼只需吹一声口哨，就能吹倒整幢房子，而我们三个将立刻变为它的早餐。我开始希望自己是在书店里，身处书店的我从来不会感到害怕。大灰狼想吹气就吹吧，所有那些书会使墙壁变厚一倍，我和父亲将犹如待在堡垒里一样安全。

我去楼上的浴室照镜子。看看自己作为一个长大了的女孩子是什么样子，以求得安心。脑袋先向左偏，然后又向右偏，我从各个角度审视自己，希望能看到一个不同的人。但是我在镜子里只看到了自己。

我自己的房间也不能给予我任何希望。我对它的每一寸都了然于心，它也对我了如指掌；我们是彼此无趣的同伴。于是我推开客房的门。表面没有装饰的衣橱和无遮蔽的梳妆台貌似可以让你在这里梳妆打扮，但是你明白衣橱和抽屉里面空无一物。床上包得紧而平整的床单和毯子也招人讨厌，单薄的枕头看上去毫无生气。这个房间一直被称为客房，可我们却从未招待过客人，它是我母亲睡觉的地方。

我心情复杂地退出房间，站在楼梯口。

就是如此。成人礼，独自一人待在家里。我正迈入大孩子的行列，明天我将可以在操场上宣布："昨晚我没有去保姆那里，我一个人待在家里。"其他女孩会目瞪口呆。我等待这天已经很久了，现在它终于来临了，我却不知如何应对。我本指望自己会心情舒畅地自动适应这种经历，即我将第一次看到自己注定要成为什么样子。我本指望世界会褪去我熟悉的它那孩童般的外表，向我揭示它的秘密，显露出它成熟的一面。然而，处在全新的独立状态下，我却比以往任何时候更感年幼。我是怎么了？我究竟能否找到长大的秘诀？

我胡乱思考着是否要去罗布夫人家。哦，不。还有一个更好的地方。我爬到父亲的床底下。

自我最后一次藏在那里之后，地板和床架间的空间缩小了。一只旅行箱紧贴着我的一只肩膀，在漆黑的床底下，它的颜色看起来和白天一样灰。箱子里装着我们所有的夏日装备：太阳眼镜、备用的胶卷、我母亲从没穿过却也从未丢掉的泳衣。我身体的另一边放着一只纸板箱。我用手指摸索着翻开起皱的箱盖，把手伸进去，仔细搜寻。缠结成一团的圣诞树饰灯，装饰圣诞树的天使的裙子上结满了灰尘。上一次待在这张床底下时，我相信圣诞老人的存在。如今，我不再相信了。这是否说明我有点儿长大了？

从床底下爬出来时，我移走了一只旧饼干罐，罐子的一半露在床沿挂布的荷叶边外。我记得这只罐子，它一直在床底下。它的盖子上印有苏格兰峭壁和冷杉，以前它盖得很紧，我打不开。我随手尝试打开盖子。我的手比过去大，也更有劲，盖子轻易就被打开了，这让我大吃一惊。饼干罐里装着父亲的护照和各种各样大小不一的纸，表格有打印的，也有手写的。有些地方签着名字。

对我而言，我看到什么就会读什么。我总是如此。我轻轻地翻阅那些文件，父母的结婚证书、他们的出生证明、我自己的出生证明——泛黄的纸上盖着红印，还有我父亲的签名。我小心地折起它，把它与我已经读过的其他表格放在一起，接着我开始读下一张表格。它与我的出生证明完全一样。我感到困惑不解，为什么我会有两张出生证明？

然后我看出区别了。同一个父亲，同一个母亲，同一个出生日期，同一个出生地点，但是**不同的名字**。

那一刻在我的身上发生了什么事？原有的思维在顷刻间土崩瓦解，我的脑子犹如万花筒般重组出一个不寻常的念头。

我有一个双胞胎妹妹。

我不去理会自己头脑中纷乱的思绪，好奇地展开另一张纸。

一张死亡证明。

我的双胞胎妹妹死了。

现在我知道是什么让我有瑕疵了。

尽管这个发现让我茫然失措，我却不感惊讶。因为我一直有一种感觉。觉得**周围有什么东西**——这种感觉熟悉得无须言说。我身体右侧的空气总是有点儿异样，仿佛有一个光影，某样特别的东西能使无人的空间战栗。它是我苍白的魅影。

双手紧压在身体的右侧，头向下低，鼻子几乎碰到肩膀。这是一个老姿势，每当我感觉痛苦、困惑和不情愿时，我就会不由得摆出这个姿势。我对它太熟悉了，所以过去我从未对此加以思考，如今我的发现揭示了它的意义。我是在寻找我的双胞胎妹妹，她本应该在那儿，在我的旁边。

当我发现了那两页纸，当真相大白，一切又重归平静后，我想，**正是如此**。失落、悲伤、孤单，总是有一种感觉将我和别人隔绝开来——它陪伴着我——贯穿我的一生，现在我发现了两张出生证明，我明白了那种感觉是什么。我的妹妹。

过了很长时间，我听见楼下厨房的门被打开了。尽管小腿发麻，我还是跑到楼梯口，罗布夫人出现在楼梯底下。

"一切都好吗，玛格丽特？"

"是的。"

"你需要的东西都有吗？"

"是的。"

"好，如果有需要就到我家来。"

"好的。"

"你的妈妈和爸爸，他们很快就会回来了。"

罗布夫人走了。

我把文件装回饼干罐中，并将罐子重新放到床底下，便关门离开了卧室。站在浴室的镜子前，我震惊地感受到自己的眼睛被另一双眼睛紧紧锁住。在她的注视下，我的脸感到刺痛。我能摸到自己皮肤下的骨骼。

后来，我的父母走上门口的台阶。

我打开门，父亲在楼梯口给了我一个拥抱。

"好样的。"他说，"各方面都能得到高分。"

母亲看上去苍白而疲劳，出门总会引起她的头痛。

"是的。"她说，"好姑娘。"

"那么，甜心，一个人在家里，你过得怎么样？"

"很好。"

"我就知道。"他说。然后，他不禁又张开双臂给了我一个开心的拥抱，还亲吻了我的额头。"该睡觉了。看书别太久。"

"我不会看太久的。"

之后，我听见父母做上床睡觉前的准备工作：父亲打开药柜，找出母亲的药片，倒了一杯水。他像往常那样说："好好睡一晚，你会感觉好些。"接着，客房的门关上了。过了一会儿，另一个房间里的床发出了咯吱声，我听见父亲喀哒一声关上了灯。

我了解有关双胞胎的知识。本应该变为一个人的一个细胞由于某种难以解释的原因变成了两个同样的人。

我是双胞胎中的一个。

我的双胞胎妹妹死了。

此事现在对我有什么影响？

我躲在毯子底下，手紧紧地压着我身体上的银粉色的月牙形疤痕。这是我妹妹留下的影子。犹如一个肌肉考古学家，我在自己的身体上仔细探寻它古老的历史。我冷得像一具尸体。

我手里握着信,离开店堂,上楼去自己的公寓。每上三层书的高度,楼梯就会窄一点儿。我一边走,一边关掉身后的灯,开始准备写一封措辞礼貌的回绝信。我可以告诉温特小姐,我不是她要找的那种传记作家。我对当代文学作品毫无兴趣。我没有读过温特小姐写的任何一本书。我觉得待在图书馆和档案室里很安适,我这辈子还从未采访过任何在世的作家。我与死人打交道时更觉自在,坦白说,活人让我感到紧张。

或许没有必要将最后这句话写进信里。

我不愿费劲去做一顿饭了,喝一杯可可就行。

热牛奶的时候,我向窗外望去。夜晚的窗玻璃上映出的人脸是如此暗淡,你可以透过它看见漆黑的夜空。我们隔着冰冷的玻璃,脸颊贴着脸颊。假如你看见我们,你会明白,若不是因为这堵玻璃,真的没有任何东西能将我们区分开。

十三个故事

告诉我真相。信中的词语在我的头脑中打转,它们萦绕在我顶楼公寓的斜屋顶下,就像一只飞入烟囱的小鸟。那个男孩的恳求自然会影响到我;从未有人告诉我真相,我得自己偷偷地去发掘它。**告诉我真相**。全部。

但是我决心要把那些词语和那封信赶出我的脑子。

快到时间了。我迅速行动起来,我在浴室用肥皂洗脸,刷牙。八点差三分时,我穿着睡衣和拖鞋,等待水壶里的水烧开。快一点儿,快一点儿。八点差一分。热水瓶准备就绪,我打开水龙头倒了一杯水。时间就是生命。因为八点一到,世界就会静止,轮到阅读时间了。

晚上八点到凌晨一两点一直是我的魔法时段。在我的蓝色灯芯绒床罩的映衬下,在一轮灯光的照明下,翻开的白色书页就是通往另一个世界的大门。但是那天晚上,魔法失灵了。前一天晚上悬而未决的情节线索,不知怎么,在今天白天变松了,而且我发现自己不可能去关心它们最终如何被织在一起。我努力全神贯注于一个情节上，但是我刚开始集中注意力，就有一个声音插进来——**告诉我真相**——它解开结，线索又彻底断了。

我的手在旧爱们的上方徘徊：《白衣女人》《呼啸山庄》《简爱》……但是没有用。**告诉我真相**……

阅读过去从未让我失望。它一直是一件确定的事情。关上灯，我把脑袋搁在枕头上，试着睡觉。

回响的声音。故事的片段。在黑暗中，我听到它们的声响越来越大。**告诉我真相**……

凌晨两点，我起床，穿上一双轻软鞋，打开公寓门，穿着睡衣，蹑手蹑脚地爬下狭窄的楼梯，走进店里。

店堂的后部有一个很小的房间，跟一个壁橱差不多大小，当我们需要包装送去邮寄的书时，就会用到它。里面有一张桌子，几张牛皮纸、一把剪刀和一团细绳放在一个架子上。除此之外，还摆着一个普通的木头橱柜，里面装着大约十几本书。

橱柜里的东西很少有变化。假如你今天打开看，你就会看到我昨天看到的东西：一本没有封面的书靠在橱壁上，它的边上搁着一本人造革封面的书；两本竖放的拉丁文书，一本旧《圣经》；三本植物学书，两本历史书，一本破旧的天文学书；一本日语书，一本波兰语书；还有一些用古英语写的诗篇。为什么我们分开保存这些书？为什么它们没有和伙伴们一起被摆在整洁地贴着标签的书架上？我们把深奥的、贵重的、罕见的书保存在橱柜里。这些书的价值相当于书店里所有其他藏书的总和，甚至更值钱。

我找的那本书——一本4英寸×6英寸大小的精装书，出版至今只有五十年左右——和它旁边的那些老古董相比根本不值一提。它是几个月前出现在橱柜里的，我猜想它是被父亲随手放在那儿的，那些天我本打算问过他之后把这本书放到架子上。但是为防万一，我还是戴上了白手套。我们在橱柜里存着一副手套，接触书时，就戴上它，因为这里存在一种矛盾：正当书籍因我们翻阅而重获生机时，我们指尖的油脂却会在翻页时毁坏它们。不管怎么说，这本书完好的封面和未被磨损的页角，说明它状况良好，它是一套按相当高的标准制作的通俗丛书中的一本，发行它的出版社已经不存在了。这是一本很迷人的书，也是第一版，但它不是那种你预期能在"珍藏"中找到的书。在杂物拍卖会和乡村游乐会上，那套丛书中其他书的售价只有几便士。

书的纸质封面是乳白色和绿色的，背景是一种有规则的鱼鳞状图案，上面有两块长方形的留白，一处印着一幅美人鱼的素描，另一处印着书名和作者的姓名。《关于改变和绝望的十三个故事》，维达·温特著。

我锁上橱柜，把钥匙和手电筒放回原位，然后重新爬上楼梯回到床上，戴着手套的手里拿着这本书。

我没打算读它。没打算好好读，我只想看几句话。我想用某些足够放肆、足够强硬的东西来平息那封信里的词句，它们在我的脑中回旋不去。就像人们常说的那样，以毒攻毒。看几句话，或许是一页，然后我就能安睡了。

我取下这本书积尘的护封，为了安全起见，我把它放在自己特意空出的抽屉里。即使戴着手套，你也得备加小心。翻开书，我吸了一口气。旧书的气息是如此强烈，如此清晰，你可以尝到它的味道。

前言。只有寥寥数语。

但是我的眼睛刚扫过第一行，便被锁定了。

所有孩子都会神化他们自己的出生，这是一个普遍特征。你想了解某个人吗？了解他的内心、思想和灵魂？那就让他告诉你他出生时的事情。你获悉的不会是事实，而是一个故事。但没有什么能比一个故事更说明问题。

就像掉入水中。

农夫和王子，地主管家和面包店的伙计，商人和美人鱼，所有人物立刻让我感到很熟悉。我之前已把这些故事读过一百遍、一千遍了。它们是人人都知道的故事，但我读着读着，渐渐地，熟悉感消失了。他们变得陌生了，他们换上了新颜。这些人物不是我儿时在图画书中看到的彩色人体模型，他们不是机械地将老故事重演一遍。他们是活生生的人。当公主碰到纺车时，从她的指尖流出的血是湿的，当她在沉睡前舔手指时，血在她的舌头上留下了金属的特殊气味。当昏睡的女儿被送到国王面前时，眼泪中的盐分在国王的脸上留下了痕迹。这些故事里充满了一种新奇的感觉。每一个人内心的渴望都能获得满足：一个陌生人的吻使国王得以让自己的女儿苏醒；野兽被脱光皮毛，成了一个人；美人鱼走路了；但是等他们意识到自己必须为逃脱命运付出代价时，为时已晚。每一个快乐的结局都变了质。命运，起初是如此顺从、如此合理、如此通融，但最后却对幸福实施了残酷的报复。

这些故事无情、尖刻、让人心碎。我喜欢。

读到美人鱼的故事——第十二个故事——我开始感觉到一种与故事本身无关的焦虑。我心烦意乱，我的大拇指和右食指在向我传递一个信息：**没剩下多少页了**。这个意识一再干扰我，我不得不翘起书来检查。没错。第十三个故事一定是篇幅非常短。

我继续自己的阅读，读完了第十二个故事，然后翻了一页。

一片空白。

我往后翻，又再往前翻。什么都没有。

没有第十三个故事。

我突然觉得脑袋里一阵眩晕，就像深海潜水者过快地浮到海面上时所感受到的那种不适。

屋里的每一部分依次回到我的视线中。我的床罩、我手里的书，在已经开始透过薄薄的窗帘爬进来的晨光里依然暗淡地亮着的灯。

已经是早晨了。

我读了一整个晚上。

没有第十三个故事。

店堂里，父亲正双手托着脑袋坐在桌子前。他听见我走下楼梯，便抬起头，脸色苍白。

"究竟出了什么事？"我飞奔过去。

他太震惊了，说不出话来；他举起双手，打了一个绝望的手势，又慢慢地用手捂住惊骇的双眼。他呻吟了一声。

我把手举到他的肩膀上方，但是我不习惯触碰别人，所以没有将手放在他的肩头，而是放在了他挂在椅背上的羊毛衫上。

"我能做什么吗？"我问。

他的声音疲惫而颤抖："我们得给警察局打电话。马上。立刻……"

"警察局？爸爸——发生什么了？"

"入室盗窃。"他听起来就像到了世界末日。

我看看店堂四周，觉得很困惑。一切都井然有序。柜台的抽屉没有被开，书架没有被洗劫，窗户也没有被打破。

"橱柜。"他说，我开始明白了。

"那本《十三个故事》。"我定定地说，"它在楼上我的房间里。我借走了它。"

父亲抬头看我似乎松了口气，又带着惊讶："你借走了它？"

"是的。"

"你借走了它？"

"是的。"我被搞糊涂了。我一直从店里借东西，他知道的。

"但是**维达·温特**……？"

我意识到自己应该做些解释。

我读旧时的小说。理由很简单：我更喜欢传统的结局。婚姻和死亡，崇高的牺牲和奇迹般的复兴，悲惨的分离和出乎意料的重聚，巨大的失败和梦想的实现；这些，在我看来，构成了一个值得等待的结尾。它们应该跟在冒险、危险、威胁和进退两难的局面后面，把一切都收拾得干净利落。和新近的小说相比，类似的结局通常更多地出现在旧时的小说中，所以我读旧时的小说。

当代文学是一个我陌生的世界。在我们日常有关书籍的谈话中，父亲曾多次就该话题批评我。他和我看书一样多，但他的阅读面更广，我非常尊重他的意见。他字斟句酌、精确地描述了自己读完一些小说后所感受到的美丽的忧伤，这些小说传递出的信息是，人类的苦难是无止境的，唯有忍受。他也谈到过那些无言的结局，它们在记忆中回响的时间比喧哗、激烈的结局更长久。他已经解释过，为什么相比我所喜欢的那种尘埃落定的结尾，不确定的东西更能触动他的心灵。

在这些谈话中，我听得非常仔细，还不时地点头，但最终我总是继续着自己的老习惯。他倒不会因此责备我。在阅读这件事上，我们有一致意见：世上的书这么多，一个人穷其一生也读不完；你必须在某处划一道界线。

有一次，父亲甚至对我谈到了维达·温特。"目前有一位当代作家可能符合你的口味。"

但是我从未读过维达·温特的书。我为什么要读温特呢？还有太多我尚未探索过的已逝的作家。

我在半夜下楼从橱柜里取走了《十三个故事》，除去这个事实，我的父亲完全有理由想要知道我为何这样做。

"我昨天收到一封信。"我开始说。

他点点头。

"信来自维达·温特。"

父亲抬起了眉毛，等我继续说下去。

"似乎是邀请我去拜访她，目的是为她写传记。"

他的眉毛抬得更高了。

"我睡不着，于是下楼拿了那本书。"

我等父亲说话，可他没有。他皱起眉头思考。过了一会儿，我再度开口。"为什么那本书被保存在橱柜里？是什么使它那么值钱？"

父亲从沉思中分出神，回答我的问题。"部分是因为它是这位当代英语世界最著名的作家处女作的初版本。但主要是因为它的瑕疵，在它之后的每一个版本都叫做《关于改变和绝望的故事》，没有提到'十三'。你已经注意到只有十二个故事吧？"

我点点头。

"大概原本应该有十三个故事，不过她只交出了十二个。护封设计出了错，书按原来的标题印刷了，但只有十二个故事。于是它们必须被召回。"

"可是你的版本……"

"漏网之鱼。一批书被错发到一家位于多塞特的书店，在书店接到通知把它们打包发回之前，就有一名顾客买走了一本。三十年前，那名顾客意识到了这本书的价值，把它卖给了一位收藏家。今年九月，那位收藏家的财产被拍卖，我就买下了这本书。用的是那笔在阿维尼翁交易的收益。"

"阿维尼翁的交易?"那笔阿维尼翁的交易耗费了两年的时间作协商,它是父亲获利最丰的买卖之一。

"你当然戴了手套,是吧?"他不安地问。

"你把我当什么了?"

他笑了,然后继续说道:"所有的努力都是徒劳。"

"你是什么意思?"

"召回所有那些书是因为标题印错了。可是人们依旧把它称作《十三个故事》,即使半个世纪以来它的出版名一直是《关于改变和绝望的故事》。"

"为什么会这样?"

"这是名声和秘密相结合所导致的结果。关于她真实情况的信息是如此之少,所以像第一版书被召回这样的零星消息都变得异乎寻常的重要。这已经成了她个人神话的一部分。第十三个故事的秘密。它给人们提供了一些猜测的素材。"

片刻间,没有人说话。接着,他望着前方,轻轻地咕哝道:"啊,写一本传记……多么出人意料。"他的语气很随意,这样我就可以自己选择,可以仔细听他说的话,也可以左耳朵进,右耳朵出。

我记起了那封信,记起了自己害怕写信人不可信。我记起了那个**年轻男人**坚持的话语,"告诉我真相。"我记起了那本《十三个故事》,我一开始读它便被俘虏了,整个晚上都为之着迷。我想再当一回人质。

"我不知道该怎么办。"我告诉父亲。

"这跟你过去做的事情不一样。维达·温特是一位在世的作家,去采访她,而不是阅读档案。"

我点点头。

"但是你想了解那个写了《十三个故事》的人。"

我再次点头。

父亲双手放在膝盖上,叹了一口气。他知道阅读是什么。他知道阅读会如何俘虏一个人。

"她想让你何时去?"

"星期一。"我告诉他。

"我送你去车站,好吗?"

"谢谢。还有……"

"什么?"

"我能休息几天吗?我应该在去那里之前多读一些东西。"

"行。"他笑着说,但笑容无法掩藏他的担心,"行,当然可以。"

接下来我度过了成年生活中最愉快的一段时光。我第一次在自己的床头柜上堆满了一摞从普通书店买来的、簇新的、泛着光泽的平装书。《其间与同时》,维达·温特著;《两次即是永远》,维达·温特著;《萦绕》,维达·温特著;《圆弧之外》,维达·温特著;《关于痛苦的法则》,维达·温特著;《生日女孩》,维达·温特著;《木偶戏》,维达·温特著。所有这些书的封面都由同一位装帧设计师设计,洋溢着热力和能量:琥珀色与猩红色,金色与深紫色。我甚至买了一本《关于改变和绝望的故事》,少了"十三"这个使我父亲所持版本身价不菲的量词,书的标题显得有点儿缺乏修饰。我已经把父亲的那本书放回橱柜了。

当然,当你阅读一位以前从未读过的作家写的书时,你总是希望能读到一些特别的东西,温特小姐的书带给我的震颤就跟我当初读到朗蒂埃兄弟的日记一样。不仅如此。我一直喜欢看书,我在人生的每一个阶段看了许多书,阅读始终是带给我最多快乐的事情。不过，就对我个人的影响力而言，我无法假装自己在成年阶段的阅读能与我儿时所读的书相提并论。我依然相信故事，我依然会在阅读一本好书时忘记自己，但是感觉与儿时不一样了。必须承认，对我而言，书是最重要的东西；我无法忘怀的是，在过去，书尽管比较平庸，但更加不可或缺。在我的孩提时代，书就是**一切**。所以，我心里始终存着一份怀旧的渴望，想要找回**逝去的**阅读快感。这不是一份指望得到满足的渴望。这一次，在那些天里，当我没日没夜地阅读时，当我睡在撒满书的床罩下时，当我睡得很沉、没有做梦，一觉醒来又开始看书时——那种逝去的阅读快感再度回到了我的身边。温特小姐使我重新获得了阅读新手所享有的那种快感，她的故事让我着迷。

有时，父亲会爬上楼梯敲我的门。他盯着我看。大量的集中阅读一定让我的样子变得很茫然。"你不会忘记吃饭，是吧？"说着，他会递给我一袋食物或一品脱牛奶。

我愿意永远和那些书一起待在公寓里。不过，如果我要去约克郡会见温特小姐的话，那还有其他一些事情要做。我从阅读时间中抽出一天，去了图书馆。在报刊阅览室，我查阅了几份全国性报纸的图书版面关于温特小姐近期小说的报道。每一本新书问世后，她都会召集许多新闻记者去一家位于哈罗门市的宾馆，在那里逐一会见他们，并分别告诉他们她所谓的人生故事。这样的故事一定有几十个，甚至可能有几百个。我没费多少力气便找到了差不多二十个。

《其间与同时》出版后，她自称是一位牧师和一名女教师的私生女；一年后，当她在同一份报纸上为《萦绕》做宣传时，她又说自己是一个巴黎妓女的野孩子。《木偶戏》后，她又在多家报纸上化身为来自伦敦东区贫民窟的孩子，由一家瑞士的女修道院抚养长大的孤儿，出生在一个拥有十个吵闹男孩家庭里压抑的独生女。我最喜欢的一个故事是,她在印度意外与身为传教士的苏格兰父母分开了,然后在孟买街头靠讲故事谋生。她在故事里描写了闻起来犹如最新鲜的香菜的松树,像泰姬陵一样美丽的山脉,比在街角叫卖的印度小食帕可拉更美味的苏格兰杂碎布丁,还有风笛。噢,风笛的声音!风笛的声音动听极了,让人难以言表。多年后,她得以回到苏格兰——一个她在很小的时候便离开的国家——回来后,却备感失望。松树闻起来一点儿也不像香菜,雪是冰冷的,苏格兰杂碎布丁吃起来味道平平,而风笛呢……

扭曲且感伤,悲惨且严酷,滑稽且虚伪,这些故事每一个都是一部微型的杰作。对其他类型的作家而言,这些故事或许代表了他们成就的顶峰;但对维达·温特而言,它们只是一次性的宣传道具。我想,没有人会误以为它们是真相。

我出发的前一天是周日,整个下午我都待在父母家中。那里没有任何改变,大灰狼吹一口气就能将它变为一堆碎石。

我们喝茶时,母亲嘲弄地微笑了一下,开心地说了几句话。她谈到了邻居家的花园,城里的高速公路,一种瞬间便能让她心情转好的新香水。轻松、空洞的聊天使我们免于陷入沉默,沉默里住着她的魔鬼。这是一场很好的表演:天衣无缝地掩盖了真相,实际上她几乎无法忍受离开家,最无关痛痒的一点儿小事就会让她偏头痛,她不能读书,因为她害怕自己的情绪受到影响。

等到母亲去弄新茶喝时,我和父亲才谈到了温特小姐。

"那不是她真实的名字,"我告诉他说,"如果那是她的真名,那么就能轻易追溯她的过去。每一个试图这样做的人都因为缺乏信息而放弃了,甚至没有人知道她最简单的相关事实。"

"多么奇怪啊。"

"她好像是从石头缝儿里蹦出来的。在成为作家之前,她仿佛根本不存在。好像她在写出第一本书的同时,也创造出了她自己。"

"我们知道她选择了什么笔名,这肯定会透露出一些信息。"父亲表示。

"维达。源自拉丁语 vita,意思是生命。不过,我也不禁想到法语。"

Vide 在法语里是空虚的意思。一片空白,一无所有。但是在我父母家里,我们不会用这样的词语,所以我让他自己去推断。

"确实如此。"他点点头,"那温特又透露出什么呢?"

温特。我朝窗外望去,寻找灵感。在我妹妹的鬼魂后面,光秃秃的黑色树枝伸向渐暗的天空,花坛里空空如也,只有黑色的泥土。窗玻璃无法阻隔外面的寒意;尽管生着火,但房间里还是弥漫着一种阴冷的绝望感。"温特"(Winter)[①]对我而言意味着什么?它只让我想起一件事:死亡。

我们陷入了沉默。为了让之前的谈话不那么沉重,我必须说点儿什么,于是我说:"这是一个尖锐的名字。V 和 W 打头。维达·温特。非常尖锐。"

母亲回来了。她把杯子放在茶碟上,倒上茶,继续说下去,声音收放自如,她严格管辖的生活计划犹如一块七英亩的田地。

我转移了视线。摆在壁炉架上的东西大概是房间里唯一可被视作装饰品的物件,一张照片。母亲常说要把它放到抽屉里,不然积尘。但是父亲喜欢看见它,由于他极少反对母亲的意见,所以在这件事情上母亲就依了他。照片上是一对年轻的新郎和新娘。父亲看起来还是那个样子:安静、帅气,黑色的眼睛透着思想;岁月没有改变他。照

---

① Winter 在英语中是"冬天"的意思。

片上的女人几乎让人认不出。自然的笑容，笑意盈盈的眼睛，她注视父亲时，目光里充满了温暖。照片上的她看上去很开心。

悲剧改变一切。

我出生后，结婚照上的女人就不复存在了。

我望着外面死气沉沉的花园。在逐渐昏暗的光线中，我的影子在窗玻璃上徘徊，盯着窗内死气沉沉的房间。我想知道母亲是如何看待我们的？我们努力说服自己相信，这就是生活，我们是在实实在在地过日子，母亲是如何看待我们的努力呢？

抵 达

我在一个普通的冬日离家,火车在雾蒙蒙的白色天空下行驶了很长的一段距离。然后,我换乘另一辆火车,天上的云团开始积聚。一路往北,云团的体积越变越大,越积越厚,天色也越来越黑。我预期自己随时都可能听到第一拨雨点敲打在窗玻璃上的声响。然而,雨并没有下起来。

在哈罗门市,温特小姐的司机接到我,一位黑头发、络腮胡子的男子,不是很愿意说话。我很高兴,因为他的少言寡语正好能让我自由地观察离开城镇后扑面而来的陌生景色。我从未去过北方。因为研究的关系,我去过伦敦,也有一两次穿越海峡去巴黎的图书馆和档案馆。约克郡是一个我只在小说里读到的地方,而且还是上一个世纪的小说。一旦远离城镇,我们就看不到什么当代社会的痕迹了,我甚至觉得自己在驶向乡村的同时,也在奔向过去。教堂、酒吧和石头砌起的小屋让那些村庄显得古雅;然后,随着我们渐行渐远,村庄越变越小,村庄与村庄间的距离也越来越远,孤立的农舍成了冬天光秃秃的田野上唯一的点缀。最后,我们甚至都看不到农舍了,天色变得很黑。汽车前灯照出一片毫无特色的模糊景致:没有栅栏,没有围墙,没有树篱,没有建筑物。只有一条无尽的长路,路的两边是一片模糊的黑暗。

"这是荒野吗?"我问。

"是的。"司机说,我靠近车窗观察,却只看见一片水汪汪的天空笼罩着陆地、道路和汽车。在远处,连我们汽车前灯发出的光芒都消失不见了。

在一个没有标志的路口,我们驶离公路,沿着一条石头路颠簸前进了好几英里。我们先后两次停车,第一次是司机下车去打开一道门,车通过后,他又下车把那道门关好,然后我们继续赶路,又左摇右晃地前行了一英里。

温特小姐的别墅位于两座起伏和缓的小山之间,黑暗中两座山仿佛融为一体,我们沿着车道转过最后一个弯,才看到一个小山谷和一栋房子。此时的天空呈现出一片深浅不一的紫色、靛蓝色和黑色,蜷缩在天际下的房子狭长而低矮,还非常黑。司机替我打开车门,我下车看见他已经卸下了我的箱子,准备开车走了,我被独自留在没有灯光的门廊前。木制的百叶窗板封住了窗户,没有任何迹象表明这儿有人居住。这个自我封闭的地方似乎无意接待访客。

我按动门铃。在潮湿的空气中,门铃发出的叮当声异常微弱。等待时,我仰望天空。寒气透过鞋底钻进鞋子里,我再度按动门铃。依然没有人来开门。

正当我想第三次按门铃时,我惊讶地发现门突然无声无息地开了。

站在门口的女人职业性地微笑着,因让我久等而致歉。她乍一看似乎很普通。整齐的短发和她的皮肤一样稍显苍白,眼睛既不是蓝色也不是灰色或绿色。但是,她看起来普通并不是因为身上缺乏色彩,而是因为缺乏表情。我猜想，倘若她的眼神里能包含一点儿温暖的情绪，它们会闪烁着生气；在我看来，当我们互相打量时，她是在努力保持不动声色。

"晚上好。"我说，"我是玛格丽特·李。"

"传记作者。我们一直在等你。"

是什么东西让人们得以看穿彼此的伪装？那一刻，我顿时明白，她很焦虑。也许情绪有气味、有味道，能不知不觉间通过空气的震颤传递。不管怎样，我反正能确定，她感到恐慌，倒不是因为我有什么特别，而仅仅是因为我来了，我是一个陌生人。

她领我进去，关上了我身后的门。钥匙在锁里悄无声息地转动，仔细上过油的门闩静静地滑回原位。

我穿着外套站在门厅，第一次感觉到这个地方极其古怪。温特小姐的家彻底寂静。

那个女人告诉我，她叫朱迪思，是这里的管家。她询问了我的旅程，提及用餐时间，以及使用热水的最佳时段。她的嘴巴一张一合；话音刚落，她的嘴唇就紧闭起来，一切又归于寂静。在她向我逐一展示餐厅、会客室和琴房时，这种寂静吞噬了我们的脚步声，消除了开门关门的动静。

这种寂静的背后并没有什么不可思议的地方：这是柔软陈设的效果。配备太多丝绒垫子的沙发；装有软垫的脚凳、躺椅和扶手椅；装饰墙壁的挂毯也被用作豪华家具的罩子。每一寸地板都铺着地毯，每一块地毯上又覆盖着小地毯。锦缎的窗帘也是墙上的隔音板。就像吸墨水纸会吸收墨水一样，所有这些羊毛和丝绒织物也会吸收声音，两者的区别之一是：吸墨水纸只会吸收多余的墨水，而这幢房子里的织物似乎吞没了我们话语中的精髓。

我跟在管家的后面。左拐右拐，上上下下，我被彻底弄晕了。我很快失去了方向感，搞不清楚这幢外表普通的房子内部为何如此错综复杂。我猜，这幢房子在过去的岁月里一定是历经改造，东修西补；我们大概是身处某个从房子外面看不见的侧厅或延伸部分。"你会摸清这里的情况的。"看到我的表情，管家无声地说，我几乎是靠读唇语才明白她的意思。最后，我们拐过半截楼梯，停下脚步。她打开一道通往一间起居室的门。起居室里还有另外三道门。"浴室，"她打开其中一道门说。"卧室，"她打开另一道门。"这是书房。"和其他房间一样，这几个房间里也满是靠垫、帐幕和帘子。

"你想在餐厅吃饭，还是在这里吃？"她指着窗边的小桌子和一把椅子问。

我不知道在餐厅吃饭是否意味着和女主人一起吃，也不能确定自己在这幢房子里的身份。（我是客人，还是雇员？）我有些迟疑，不知道怎么做才更有礼貌，是该接受，还是该拒绝。管家猜到了我犹豫的原因，仿佛是不得不克服沉默寡言的习惯，她补充道："温特小姐一直是一个人吃饭的。"

"如果你也是这样，我就在这里吃吧。"

"我会直接把汤和三明治给你送过来，好吗？你下火车后一定是饿了。你在这儿就可以泡茶和煮咖啡。"她打开卧室角落里的一个壁橱，里面有一把水壶和其他一些准备饮品所需的器具，甚至还有一个小冰箱。"这可以让你不必跑上跑下去厨房。"她加上一句，并给我一个羞愧的微笑，我想她是在为不让我去她的厨房而道歉。

她离开，留我自己打开行李。

我在卧室里，用一分钟便从行李中取出自己为数不多的几件衣服、一些书和洗漱用品。我把茶和咖啡推到一边，用一包我从家里带来的可可粉取代了它们的位置。然后，在管家带着托盘回来之前，我恰好有足够时间来测试那张高高的古董床——它的上面摆满了垫子，无论床垫下有多少颗豌豆，我都不可能察觉。

"温特小姐请你八点去书房见她。"

她尽量让它听起来像是一个邀请，但我清楚，这是一个命令，毫无疑问，她也指望我能明白。

与温特小姐见面

不知道是运气好，还是纯属偶然，反正我到藏书室时，比要求的时间足足提前了二十分钟。还有比藏书室更适合消磨时间的地方吗？对我而言，要了解一个人，还有比通过观察他挑选的书和他对待书的方式更好的办法吗？

我对整个房间的第一印象是，它和这幢房子里的其他房间迥然不同。其他房间里都弥漫着压抑的气息；这儿，在藏书室里，你可以呼吸。和其他布满织物的房间不同，藏书室是一个木头房间。脚下是木头地板，高高的窗户上挂着木制百叶窗，沿墙摆着一排排坚固的橡木书架。

这是一个很宽敞的房间，长度比宽度大许多。房间的一面有五扇从天花板几乎一直延伸到地面的大窗；窗槛底下安置着几把椅子。对着它们，有五面形状差不多的镜子，它们的位置可以照出户外的景色，但今晚，镜子映出的是雕花的百叶窗板。贴墙而放的书架延伸出来的部分形成了一个个隔间；每一处凹进去的空间里都摆着一张小桌子，桌上有一盏照出黄色光线的台灯。除了房间尽头的炉火，这些台灯就是屋内唯一的照明了，它们在一排排与黑暗融为一体的书籍边缘撒下了一团柔和温暖的光晕。

我慢慢地走向房间的中央，边走边看自己左右两边的凹进处。粗略扫过一眼后，我便禁不住点起头来。这是一间名副其实的维护良好的藏书室。分门别类，按字母顺序排列，干净整洁，若要我亲自动手，我也会这样做。所有我喜欢的书都在那儿，既有较普通的、被彻底翻阅过的版本，也有许多稀罕、值钱的版本。不但有《简·爱》《呼啸山庄》《白衣女子》，还有《奥特朗托城堡》《奥德利夫人的秘密》《幽灵新娘》。我激动地发现了一本极其珍贵的《化身博士》，这个版本非常罕见，我父亲甚至不相信它还有存世。

我一边朝屋子尽头的壁炉走去，一边浏览温特小姐的书架，她丰富的藏书让我大感惊奇。在右边的最后一个凹进处，隔着一段距离便能看见一个书架：有别于其他旧书那些色彩柔美、以棕色为主调的书脊，这个架子上的书籍是近几十年的，呈现出银蓝色、灰绿色和粉米色。它们是这间屋子里唯一的现代书籍，温特小姐自己的作品。最早写的书摆在架子的顶端，最近写的小说摆在底部，每一部作品都有不同的版本，甚至还有不同语言的译本。我没有看见我在自家书店中读过的、印错标题的那本《十三个故事》，但是不同装帧的《关于改变和绝望的故事》倒有十几本。

我选了一本温特小姐最新写的书。第一页写的是，在某个像是位于意大利的无名小镇中，一名年长的修女来到后街小巷的一幢小房子前；她被带到一个房间里，一个像是英国人或美国人的自负青年有些惊讶地与她打招呼。（我翻到下一页。此书开头几段就把我吸引住了，我每次翻开她的任何一本书都会如此，不经意间就会开始认真地阅读。）一开始，这个青年并没有感受到读者已经明白的东西，即他的来访者怀着一项庄严的任务而来，将以他完全预想不到的方式彻底改变他的生活。她开始解释来意，耐心地忍受着青年不知天高地厚的轻狂态度……（我又翻过一页；我已经忘掉了自己身处藏书室，忘掉了温特小姐，也忘掉了我自己。）

接着，某样东西干扰了我的阅读，将我从书中拉了出来。我感觉脖子后面刺刺的。

有人在监视我。

我知道被人从背后窥视并不是一种不寻常的经历；但是这样的事情却是头一遭发生在**我身上**。和许多喜欢独处的人一样，我能敏锐地感知别人的存在，我更习惯于做屋子里的隐身间谍，而不是被人监视。现在，有人在监视我，而且已经注视了我一会儿。这种确凿无误的感觉已经持续了多久？我回忆过去的几分钟，试图在记忆中追溯书后面的人。这种感觉是从修女对青年开口说话时开始的吗？是从她被领进房子时开始的吗？或是更早以前就开始了？我一动不动，仿佛毫无察觉地埋头盯着书页，一边努力回想。

想起来了。

我在拿起书前就已经感觉到了。

我需要时间让自己平静，于是翻过一页，假装继续读书。

"你不可能愚弄得了我。"

专横、雄辩、盛气凌人。

我只能转身面对她。

维达·温特的外表特征鲜明。她是一位古代的女王、一名女巫、一个女神，她像帝王一般僵直地坐在一堆深紫色和红色垫子中。层层叠叠的蓝绿色和绿色的衣料披在她的身上，打着褶垂在肩头，但它们并没有柔化她硬朗的轮廓。她那亮铜色的头发被精心打理成大大小小的发卷；她那布满皱纹、犹如一幅复杂地图的脸庞被搽得粉白，嘴唇上涂着一抹醒目的猩红；她的双手放在大腿上，苍白、骨节突出的手上戴满了镶着红宝石和翡翠的戒指；只有她的指甲未经装饰，同我的指甲一样，修剪得短而方正，显得有些不协调。

最令我紧张的东西是她的墨镜。我看不见她的眼睛，但是记得海报上她那双冷酷的绿色眼眸，黑色的墨镜似乎让她的眼睛变成了探照灯；我觉得她正透过镜片看穿我的皮肤，深入我的灵魂里。

我戴上面纱，也将自己的外表隐藏起来，令人无法看透。

有一瞬，我认为她有些吃惊，面纱让我变得不透明，使她无法看透我，但是她很快恢复了镇静，比我快得多。

"很好。"她尖刻地说，与其说她是在朝我笑，还不如说她是在对她自己笑，"说正经事。你的信让我明白你对我委托的事还持有保留意见。"

"嗯，是的，那是——"

话音又起，似乎并不管我话还没说完："我可以提高你每月的报酬和最后的酬劳。"

我舔舔嘴唇，搜寻着合适的措辞。不等我说话，温特小姐便上上下下打量了一遍我扁平的棕色刘海、直筒裙和藏青色的羊毛衫。她对我抱以一抹怜悯的浅笑，堵住了我想说的话。"但是追求金钱显然不是你的本性。真奇怪啊。"她语气冷冷地，"我写过不在乎金钱的人，但从没想过真的会遇见一个这样的人。"她向后仰靠着垫子。"因此我断定你的顾虑是关于'正直'。缺乏对金钱的健康追求的人生是不平衡的，此类人会无法摆脱有关个人诚信的困扰。"

她挥挥手，驱走了我想要说出口的话。"你害怕接受传主的委托写一本传记，因为你怕有损于自己的独立性。你怀疑我想要控制最后成书的内容。你知道我拒绝过很多传记作家，我也惊讶于自己现在改变主意。"她又透过黑色的墨镜注视着我，"最重要的是，你怕我有意欺骗你。"

我张嘴想辩解，却发现无话可说。她说的没错。

"你瞧，你不知道该说什么，是吧？你对指责我意欲对你说谎感到尴尬吗？人们不喜欢互相指责对方说谎。看在老天的分上，坐下。"

我坐下来。"我没有指责你什么——"我温和地开口说道，但是她立即打断了我。

"不要这么礼貌。假如说有哪件事是我无法忍受的，那就是礼貌。"

她的额头一抽搐，一道眉毛越过了墨镜的上缘。看那一道遒劲的黑色弧度一点儿都不像是自然的眉毛。

"礼貌。假如说这是一种美德，那它也是可怜人的美德。不冒犯有什么值得赞美的？我倒想知道。毕竟，那很容易做到。一个人不需要什么特别的才能就能做到彬彬有礼。相反，当你一无所成时，唯一可做的事情就是表现得有礼貌。有雄心的人压根不会在乎别人是怎么想他们的。瓦格纳不会因为担心他是否伤害了某人的感情而失眠，但他却是那个时代的天才。"

她继续不带感情地往下说，回忆了一个又一个天才的例子，以及天才的盟友——"自私"，她说话时，身上的披肩一动也不动。我想，她一定是钢铁铸造的。

最终，她总结陈词："我既不具备礼貌这种美德，也不尊重他人所表现出的礼貌。我们没有必要关注它。"当有关该话题的一切都尘埃落定后，她便收声了。

"你提起了说谎。"我说，"那或许是我们要关注的东西。"

"从何说起？"透过黑色的镜片，我只能看见她的眼睫毛在动。它们在眼睛的周围扑扇、颤动，犹如蜘蛛身体周围的长腿。

"仅在过去的两年中，你已经对记者说了十九个不同版本的人生故事。这还仅仅是我快速搜寻的结果。还有更多吧，大概有几百个。"

她耸耸肩膀。"这是我的职业，我是一个讲故事的人。"

"我是传记作者，我与事实打交道。"

她摇摇头，那头僵硬的卷发便一起动了几下："乏味至极啊！我永远也不可能做传记作者。你难道不认为人可以通过讲故事更好地陈述事实吗？"

"不可能通过你至今对这个世界所讲的故事。"

温特小姐点点头，以示退让。"李小姐，"她说，语速比之前慢了一些，"我为自己的过去营造了一个烟幕，我这么做是有理由的。我向你保证，那些理由，现在已经不存在了。"

"什么理由？"

"人生是一堆肥料。"

我眨眨眼睛。

"你认为这种说法很奇怪，但这是真的。我的一生和我所有的经历，那些降临到我头上的事，那些我所认识的人，我所有的记忆、梦想、幻想，我所读过的一切，都被抛掷到这堆肥料上面，随着时间的流逝，它们已经腐烂成一堆肥沃的黑色有机覆盖物。细胞分裂的过程使之变得面目全非。其他人把它称为想象力，我将它视作一堆肥料。我经常把一个念头种在这堆肥料里，然后等待。念头从这堆原本是人生的黑色有机肥料里汲取养分，自给自足。它发芽，生根。如此这般，有一天我便收获了一个故事或者一部长篇小说。"

我点点头，我喜欢这个类比。

"读者，"温特小姐继续说，"是傻瓜。他们相信所有的写作都是自传性的。确实如此，但不是他们想的那种方式。作者的生活在被用来滋养一部虚构作品之前，它需要时间腐烂。必须让它腐烂。这就是为什么我不能让读者和传记作者搜查我的过去，一点一滴地再现它，用他们的语言来保留它。为了写书，我要让自己的过去保持平静，让它有时间完成它的工作。"

我思考了一下她的回答，然后问道："是什么使得现在情况改变了？"

"我老了，我有病。将这两个事实摆在一起，传记家，你得出了什么结论？我想，是故事的结局。"

我咬咬嘴唇："那你为什么不自己来写这本书？"

"我与它的距离太近了。况且，谁会相信我呢？我喊狼来了，喊得太多了。"

"你打算告诉我真相吗？"我问。

"是的。"她说。但是我听出了她的犹豫，尽管这种犹豫只持续不到一秒钟。

"你为什么想把一切告诉我呢？"

她踌躇了一会儿："你知道吗，在过去的十五分钟里，我也一直在问自己同样的问题。你**是**哪一种人呢，李小姐？"

我在回答之前先整理了一下面纱。"我是一个店员，我在一家古旧书店工作。我是一名业余传记作者，你大概读过我写的有关朗蒂埃兄弟的作品吧？"

"没什么好说的了，是吧？假如我们合作，我需要多了解点儿你的情况。我总不能向一个我一无所知的人吐露我一生的秘密吧。所以，跟我说说你自己吧。你最喜欢的书是什么？你的梦想是什么？你爱什么人？"

在那一瞬间，我深感被冒犯了，说不出话。

"好了，回答我！看在老天的分上！难道我要让一个陌生人住在我的家里吗？难道我要让一个陌生人为我工作吗？这不合情理。告诉我，你相信鬼魂吗？"

在某种比理性更强烈的情绪支配下，我站了起来。

"你究竟在干什么?你去哪里?等一下!"

我迈出一步又一步,尽量不要奔跑,我能听见自己朝外走时脚踏在木地板上的节奏。与此同时,她正在喊我,声音里包含着一种恐慌的怒意。

"回来!"她大喊,"我要告诉你一个故事——一个绝妙的故事!"

我没有停步。

"从前有一幢闹鬼的房子……"

我走到门口,握住了门把手。

"从前有一座图书馆……"

我打开门,正要迈出去时,响起了一个略带恐惧的嘶哑声音,她喊出的一句话让我停下了脚步。

"从前有一对**双胞胎**——"

我一直等到这几个词语在空气中彻底消散后,才勉强地回头看,看见她背朝我,双手颤抖地捂着脸。

我试探地往房间内迈回一步。听到我的脚步声,一头铜色发卷的她转过身。

我大吃一惊。墨镜摘掉了,一双像玻璃一样明亮的绿眼睛恳求似的望着我。我也注视了她一会儿。然后,一个既像温特小姐又不像她的声音颤抖地说:"李小姐,请你务必坐下。"

我不由自主地朝椅子走去,坐了下来。

"我不是在承诺什么。"我无力地说。

"我也没有资格强求什么。"她小声地回答。

沉默。

"你为什么选择我?"我再度问道,这次她回答了我。

"因为你写的关于朗蒂埃兄弟的作品,因为你了解兄弟姐妹之间的感情。"

"你会告诉我真相吗？"

"我会告诉你真相。"

这些话意思明确无疑，但是我听到了有损它们的战栗。她打算告诉我真相，我不怀疑这点。她已经决定要说出秘密，甚至，她可能确实想坦白。只是她不太相信自己真会这么做。她承诺说实话既是为了说服我，也是为了让她自己信服，并且像我一样，她实际上也清楚无误地听到了其中的不确信。

于是我提出一个建议："我问你三件事情，有公共记录的三件事。离开这里后，我可以检验你所说的真实性。假如我发现你告诉我的事情是真的，我就接受你的委任。"

"啊，三件事情……有魔力的数字。王子牵起美丽公主的手之前经历了三次磨难；会说话、懂魔法的金鱼让渔夫许了三个愿望；金发人的三头熊和三头粗鲁的公羊。李小姐，如果你问我两个或四个问题，我或许还能够说谎，但是三个问题……"

我从记事本的螺旋形装订口中抽出铅笔，翻开本子。

"你的真名是什么？"

她咽了一下口水："你肯定这是开始的最好方式？我可以给你讲一个鬼故事——一个相当不错的故事，我自己都要这么赞美。那或许是追根溯源的更好方式——"

我摇摇头："告诉我你的名字。"

她戴满红宝石的指关节在大腿上躁动起来，宝石在炉火的映衬下闪闪发光。

"我的名字**是**维达·温特。为了能合法、正当地以该名字称呼自己，我办理了一系列必要的法律手续。你想知道的是我改名前的名字，那个名字是……"

她停下来，为了克服某个心理障碍，她说那个名字的时候声音里透着明显的中性态度，语调中没有抑扬顿挫，仿佛那个词是来自一门她从未学习过的外语："那个名字是艾德琳·马奇。"

仿佛是要消除这名字在空气中引起的任何震颤，她接着机警地说："希望你不要问我的出生日期。到了我这样的年纪，忘记生日是社交礼节上的需要。"

"我可以不问你的生日，只要你告诉我出生地。"

她恼怒地叹了一口气："我可以说得好很多，只要你能让我用自己的方式来讲述。"

"在这一点上我们已经达成了共识，你要告诉我有公开记录的三件事实。"

她噘起嘴唇："你会发现记录上写着艾德琳·马奇出生于伦敦的圣巴塞洛缪医院，你不能指望我对细节的真实性提供任何个人担保。虽然我是一个特殊人物，但还没特殊到能记得自己的出生。"

我把它记录下来。

现在轮到第三个问题了。必须承认，对于第三个问题，我没有什么准备。她不愿意告诉我年龄，我也几乎不需要知道她的出生日期。我了解她那漫长的出版史，知道她出版第一本书的日期，她至少也有七十三四岁了，从外表来看，尽管疾病和化妆对她的外表有所改变，但她也不可能超过八十岁。有点儿不确定并不碍事，有了她的名字和出生地，我自己无论如何也可以找到她的出生日期。通过前两次提问，我已经掌握了我需要的信息，它们可以让我确认一个名叫艾德琳·马奇的人是确实存在的。那么，还能问什么呢？或许我是渴望听温特小姐讲一个故事，反正当我可以像出百搭牌一样提第三个问题时，我抓住了机会。

"告诉我，"我缓慢而谨慎地说道（在有巫师的故事里，第三个愿望总是导致几近赢得的一切又被悲惨地夺去），"告诉我一件发生在你改名之前记录在案的事情。"我在想，她大概会说一些她在学业上取得的成功，或是在校时体育方面的成绩。那些小荣誉总是会被记录下来供自豪的父母和子孙后代津津乐道。

在接下来的一阵安静中，温特小姐似乎把她所有的外在自我都收入她的内核，在我的眼皮底下完成了从自己身上抽身而去的过程，我开始明白之前为何无法了解她是怎么回事了。我注视着她的躯壳，惊异于无法洞察她外表之下的内心活动。

然后她又冒了出来。

"你知道为什么我的书这么成功吗？"

"有很多原因，我认为。"

"可能吧。主要是因为它们都有一个开局，一个中局，还有一个结局。三者的排列顺序正确。当然，所有的故事都有开局、中局和结局；关键是要按正确的顺序排列它们。这就是人们喜欢我的书的原因。"

她叹了一口气，双手烦躁地动来动去。"我会回答你的问题。我告诉你一件有关我自己的事情，它发生在我成为作家并改名换姓之前，它是一件在公开档案内有迹可寻的事情。它是我经历的最重要的一件事，但是我没想到会这么快告诉你。这么一来，我只能违反自己的某条原则。我只能在讲述我的故事开局之前，先告诉你故事的结尾。"

"故事的**结尾**？如果它发生在你开始写作之前，怎么可能呢？"

"相当简单，因为我的故事——我个人的故事——在我开始写作之前就结束了。当这一切都结束之后，讲故事只是一种消磨时间的手段。"

我等待着，她深吸一口气，就像棋手发现自己的关键棋子被逼至绝路。

"我又不想告诉你了。但是我已经承诺过,是吧?'三'的法则,逃不掉。魔法师也许该恳求男孩不要许第三个愿望,因为他知道一切将以灾难收场,但是男孩**必定**会许第三个愿望,而魔法师必须同意,因为这是故事的规则。你要我告诉你关于三件事情的真相,因为'三'的法则,我必须这么做。但是让我先向你提出一个要求。"

"什么?"

"从此以后,不能再打乱故事进展的先后顺序。从明天起,我会向你讲述我的故事,在最开始的地方开局,接着是中局,最后是结局。一切都按照正确的顺序。不许作弊,不许超前,不许提问,不许偷看最后一页。"

她已经接受了我们之间的协议,她还有权利提出条件吗?其实没有。可我依然点点头。

"我同意。"

她在讲述时有点不敢正视我。

"我住在安吉菲尔德。"

她嗓音颤抖地说出那个地名,还在不自觉间紧张地抠着自己的手掌。

"当时我十六岁。"

她的声音变得很不自然;说话也不利索了。

"发生了一场大火。"

一字一句艰难、干涩地从她的喉咙里挤出来,犹如石头。

"我失去了一切。"

接着,她情不自禁地爆发出一声哭喊:"哦,埃米琳!"

有些文化相信名字里蕴藏着一个人所有的神秘力量。因此,名字应该只能被上帝、拥有该名字的人,以及其他极少数享受特权的人知道。念出一个名字,无论是某人自己的名字还是其他人的名字,都会招惹危险。看起来，温特小姐喊出的就是这样一个名字。

温特小姐紧闭双唇，但是已经太迟了。她浑身皮下的肌肉都在颤抖。

现在，我知道自己已经和这个故事联系在一起了。我受委托来写这个故事，偶然间发现了故事的核心。那里面既有爱，也有失去之痛。除了丧亲之痛，还有什么事情能让人如此悲伤地呼喊？在一瞬间，我看穿了在白色的化妆面具和充满异国情调的服装下的她。有那么几秒钟，我似乎能够进入温特小姐的内心，看透她的想法。我能看清她的本质：我怎么可能看不清楚呢，难道那不也是我的本质吗？我们都是落单的双胞胎。意识到这点后，故事犹如绳索一般紧紧套住我的手腕，我的兴奋顿时被恐惧刺透。

"我能在哪里找到有关这场火灾的公开记录？"我问，尽量不让自己的声音流露出忧虑的情绪。

"当地报纸，《班伯里先驱报》。"

我点点头，在便签簿上记录下来，然后轻轻合上。

"不过，"她补充道，"我现在可以给你看另一种记录。"

我扬起一条眉毛。

"走近点儿。"

我从椅子上站起来，向前迈了一步，将我们之间的距离缩短了一半。

她慢慢举起她的右臂，向我伸出一只握紧的拳头，拳头的四分之三都戴满了成爪形分布的珍贵宝石。她费力地将手转过来，摊开手掌，仿佛是要给我一份藏在手心里的惊喜礼物。

但她的手里没有礼物，令人惊讶的是手本身。

她的手掌一点儿也不像我所见过的其他手掌。她手心里发白的突起和紫色的沟壑，与我手指下面的粉色凸起和白色的凹槽一点儿也不像。她的手被火烧融,冷却后变得面目全非,犹如一幅被熔浆永久改变的景色。她的手指无法全部展开,萎缩的疤痕组织使她的手变成了一只爪子。她的手心里布满了纵横交错、层层叠加的疤痕,构成了一个怪异的记号。这个符号位于她拳头的最深处,因为它的位置如此之深,以至于在突然的一阵眩晕间,我还在想那些原本该在那儿的骨头到哪里去了。这解释了为何她的手腕和手之间的关节看起来是如此奇怪,她的手仿佛是一块挂在她手臂上的无生命的东西。那个记号是她手心里的一个圈,从它延伸出去,对于正常的手而言,原本应该是大拇指底下的那块肉,现在却成了一根简单的线条。

那个记号有点儿像字母 Q,但是当时,温特小姐出人意料的痛苦揭秘,让我大感惊讶,所以没有看清,而且这个记号仿佛是源自一门难以理解的失传语言,让我深感不安。

我突然感到一阵眩晕,手伸到背后去扶椅子。

"我很抱歉,"我听见她说,"人们总是对自己身上的丑陋之处习以为常,而忘了它们在别人眼中会是什么样子。"

我坐下来,视野边缘的黑影才逐渐退去。

温特小姐握起自己受损的手掌,转过手腕,重新把戴满珠宝的拳头放在大腿上。另一只手握住它。

"很遗憾,你不想听我的鬼故事,李小姐。"

"我下次再听。"

我们的会面就此结束。

回自己房间的时候,我回想她写给我的那封信。我过去从未见过那么不自然、写得那么吃力的笔迹。我还以为是疾病造成的结果,可能是关节炎。现在我明白了。温特小姐,在她的整个写作生涯里,从第一本书开始,都是用左手写的。

我的书房里挂着绿色的丝绒窗帘，墙壁上有一大摊浅金色的水渍。尽管房间里一片肃静，我对它还挺满意，因为宽大的木头书桌和直立在窗户下的朴素椅子缓和了屋内的整体气氛。我打开书桌上的灯，摊开我带来的大量纸张，拿出我的十二支铅笔。铅笔都是崭新的，没有削过的红色圆柱体，我就是喜欢这样开始一个新项目。从包里拿出的最后一件东西是卷笔刀。我像用老虎钳一样在书桌边转动卷笔刀，下面放着废纸篓。

我一时冲动，爬上书桌，摸到精美的帷幔后面的窗帘杆。我的手指够到窗帘顶端，摸到窗帘挂钩和线圈。一个人几乎无法完成这项工作——窗帘都是落地的长度，带有内衬，它们的重量猛地落到我的肩头，差点把我压倒。但是几分钟后，我还是先后将两条窗帘折好，放进橱柜。我站在房间的中央，审视自己的工作成果。

窗户是一大片黑色的玻璃，在它的中央，我那黯黑却透明的鬼魂正注视着我。她的世界与我的世界并没有多大的不同，玻璃的另一面，印出一个书桌的模糊轮廓，远处摆着一把缀满饰扣的扶手椅，椅子笼罩在一个落地灯所投射出的光晕里。但是我的椅子是红色的，她的则是灰色的；我的椅子摆在一块印度地毯上，周围是浅金色的墙壁，她的椅子则幽灵似的悬在一片无尽的模糊黑暗中，那片黑暗中还有像波浪一样的东西在移动、起伏。

我们一起收拾书桌，这是我们的一个小仪式。我们把一大堆纸分成一小沓、一小沓，并轻轻弹松每一沓纸。我们一支一支地削铅笔，转动卷笔刀的把手，看着长长的刨花卷曲着晃晃悠悠地掉进下面的废纸篓。削尖最后一支铅笔后，我们没有把它和其他铅笔放在一起，而是握在手里。

"好了，"我对她说，"准备就绪，可以工作了。"

她张开嘴巴，似乎在对我说话。我听不见她在说什么。

我不会速记。在会面中，我只是简单记下一些关键词，寄希望于自己在会面后马上补齐记录，这些词语足以让我回忆起谈话的内容。从第一次会面看，这种做法的效果还不错。我不时瞄一眼笔记本，然后在书写纸的中间填上温特小姐说的话，我的脑海里浮现出她的形象，听见她的声音，看见她的举手投足。很快，我便几乎忘掉了笔记本的存在，温特小姐仿佛就在我的脑袋里说话，我像是在听写。

我留出很宽的页边距。在纸左边的空白处，我记录下温特小姐的举止、表情和姿势，它们似乎使她说的话更具深意。在右边的空白处，我什么都没有写。以后重读这些记录时，我会在这里填上自己的想法、评论和问题。

我觉得自己仿佛工作了好几个小时。起身给自己弄一杯可可喝，但时间似乎停滞了，起身弄可可并没有打断我的创作思路；我回到书桌边，重拾线索，仿佛不曾有过中断。"人们总是对自己身上的丑陋之处习以为常，而忘了它们在别人眼中会是什么样子。"最后，我在纸张的中间写道，然后我在纸的左边描写了一下温特小姐用另一只手护住受伤之手的样子。

我在最后一行字下面划了两道线，伸了伸懒腰。在窗户的另一边，另一个我也在伸懒腰。她拿起笔尖已被写钝的铅笔，一支一支地把它们削尖。

哈欠打了一半，她的脸开始发生变化。首先是额头正中突然变模糊，像生了一个脓包。另一道痕迹出现在脸颊上，接着痕迹又出现在眼睛下面、鼻子上和嘴唇上。每出现一道新瑕疵，都伴有一声闷响，一个越来越快的敲击声。几秒钟内，她的整张脸似乎就分解了。

但那不是死亡的结果。只是下雨，期盼已久的雨。

我打开窗户，淋湿自己的手，把雨水抹在眼睛和脸上。我打了个冷战。该上床睡觉了。

　　我让窗户半开着听雨，雨声节奏平稳、轻柔悦耳。我听着雨声，脱衣服、看书、睡觉。雨声伴随着我入梦，就像一台没调好的收音机，整晚都在播放模糊的噪声，隐约可以听见一些外语和陌生的曲调。

我们就此开始了……

第二天早晨九点钟,温特小姐召我去,我就去藏书室见她。

在日光下,这间屋子显得很不一样。百叶窗是折起来的,天色很浅,光线透过大大的窗户倾泻进来。由于昨晚的倾盆大雨,在晨光中隐约可见的花园依然显得很潮湿。屋内窗边充满异国情调的植物似乎在朝窗外比它们勇敢、潮湿的同胞致意,一张蜘蛛网架在树枝之间,横在花园的小径上方,固定窗玻璃的精致窗框看起来也不比蜘蛛网上闪光的蛛丝牢固多少。与昨晚相比,此时的藏书室显得稍微小一些、窄一些了,仿佛是出现在潮湿的冬日花园里的海市蜃楼。

与淡蓝色的天空和乳白色的太阳形成鲜明对比的是温特小姐,她身上的颜色依然是那么鲜艳,犹如一株珍奇的温室花朵出现在北方的冬日花园里。今天她没有戴墨镜,但是涂着紫色的眼影,画着埃及艳后式的浓重眼线,睫毛也和昨天一样又黑又厚。在清晰的日光里,我看见了昨晚没有注意到的东西:沿着温特小姐金铜色卷发中的笔直头路,窄窄的发际处的头发却是雪白的。

"你记得我们的协议吧。"我在位于炉火另一边的椅子上坐下,她便开始说道,"故事的开局、中局、结局,都按正确的顺序排列。不许作弊,不许超前,不许提问。"

我很累。一个陌生的地方,一张陌生的床,我醒来后感觉脑袋里有一支乏味、节奏缓慢的曲调在嗡嗡作响。"你爱从哪里开始,就从哪里开始吧。"我说。

"我从头开始说。当然,开局永远不会在你认为在的地方。我们的生命对我们而言是如此重要,所以我们倾向于人生故事始于我们的出生。起初,什么都没有,然后**我**出生了……可是,事情并非如此。人的生活不是一段段的绳索,可以被一个结一个结地解开,然后笔直地摊开。家庭是一张网,不可能在触及它的一部分时不引起其他部分的振动,不可能在对整体没有概念的情况下理解它的一部分。

"我的故事不仅仅是我个人的,它是安吉菲尔德的故事。安吉菲尔德村庄,安吉菲尔德宅子,以及安吉菲尔德家族本身。乔治和玛蒂尔德;他们的孩子,查理和伊莎贝拉;伊莎贝拉的孩子,埃米琳和艾德琳。他们的住宅、他们的财富、他们的恐惧,还有他们的鬼魂。人们应该始终关注鬼魂,对吧,李小姐?"

她狠狠地看了我一眼,我假装没有看见。

"出生不一定是故事的开局。我们的生命一开始并不真正属于我们自己,不过是别人故事的延续。就以我为例吧。现在你看着我,会认为我的出生一定有什么特别之处,是吧?你会以为我的出生伴随着奇怪的征兆,我受到女巫和仙女婆婆的照顾。但事实并非如此,完全不是。事实上,出生时,我只是故事的次要情节。

"但是我又怎么会知道我出生前的故事呢,我知道你在思考。故事从何而来?来源在哪里?在安吉菲尔德这样的宅子里,消息都是从何而来？当然，是从仆人们那里，尤其是从**女管家**那里。并不是全都从她嘴里直接听来的，有时，是听她讲的，她会坐在那里一边清洁银器，一边回忆过去，而且说的时候仿佛会忘掉我就在旁边。当她想起村里的流言和当地的闲言碎语时，她会皱眉头。事件、对话和场景从她的嘴里冒出来，在厨房的桌子上再现。可是迟早她会碰到故事中不适合孩子听的部分——尤其是不适合**我**听——接着她便会突然意识到我的存在，说到一半就停下来，并开始拼命地擦拭餐具，好像要把过去一并擦去似的。不过，有孩子的宅子里永远不可能有秘密。我用另外的方式把故事拼凑起来。女管家和园丁在喝早茶时会聊天，看似无关紧要的谈话有时会突然陷入沉默，我学会了诠释这种沉默的含义。我表现得很不经意，但我注意到某些词语会将他们两人带入沉默。当他们以为没有别人在、可以悄悄谈话时……实际上并不是只有他们两个在场。我用这种方式弄明白了我的身世。后来，当女管家变得与以往不一样，当她又老又糊涂、口风松动时，她说的话证实了我花几年时间才推测出来的故事。正是这个故事——这个我根据暗示、眼神和沉默推测出来的故事——现在我要把它翻译成语言告诉你。"

温特小姐清了清喉咙，准备开讲。

"伊莎贝拉·安吉菲尔德很古怪。"

她的声音似乎正在离她而去，她停下来，大感惊讶。当她重新开口时，她的口气很谨慎。

"伊莎贝拉·安吉菲尔德在一场暴风雨中降生。"

又来了，那种突然的失声。

她太习惯于隐藏事实，真相在她的体内已经萎缩。她说了一个虚假的开头，然后又说了一个。不过，就像一个才华出众、却多年没有练习的音乐家，当她再度拿起乐器时，她终于摸对了路。

她对我讲了伊莎贝拉和查理的故事。

伊莎贝拉·安吉菲尔德很古怪。

伊莎贝拉·安吉菲尔德在一场暴风雨中降生。

这两件事情是否有关联，不得而知。但是，二十五年后，当伊莎贝拉第二次离家出走时，村里人回顾过去，想起她出生那天雨下个不停。一些人记忆犹新地想起，那天河水泛滥，冲垮了堤岸，医生被洪水耽搁，来晚了。其他人确凿无误地记得脐带绕住了孩子的脖颈，险些导致孩子在出生前便窒息而亡。是的，那确实是一次艰难的生产，因为当时钟敲响六点，正当小孩出生、医生按门铃时，孩子的母亲不就去世了、从这个世界走进另一个世界了吗？假如天气是好的，医生来得早一些，假如脐带没有阻碍孩子的呼吸，假如孩子的母亲没有死……

假如，假如，再假如。这样的想法是没有意义的。伊莎贝拉就是伊莎贝拉，这就是关于此事所能说的一切。

那个婴儿，暴风雨后纯洁的幸存者，没了母亲。而且从一开始，实际上，她就像也没有父亲一样。因为她的父亲，乔治·安吉菲尔德变得越来越衰弱。他把自己锁在藏书室里，干脆拒绝出来。这种表现似乎是过分了；十年的婚姻通常足够磨灭掉夫妻之间的感情，但是安吉菲尔德是一个奇怪的家伙，他就是那么怪。他爱他的妻子——他那懒惰、自私、坏脾气的漂亮妻子玛蒂尔德。他爱他的妻子，甚于爱他的马，甚至比爱他的狗还要爱。至于他们的儿子查理，一个九岁的男孩，从未进入乔治的脑袋，乔治没有思考过自己是更爱查理，还是更爱玛蒂尔德，因为事实上，他压根就从没想到过查理。

丧妻之痛几乎把乔治·安吉菲尔德变成了半个疯子，他整天都坐在藏书室里，不吃不喝，也不见人。晚上，他也待在那儿，躺在躺椅上，不睡觉，只是红着眼睛凝视月亮。这种状况持续了好几个月。他苍白的脸颊变得越发苍白，他变得更为消瘦，他不再说话。人们从伦敦请来专家，牧师来了又走。狗因为缺乏关爱而憔悴，狗死的时候，乔治·安吉菲尔德几乎都没有注意到。

最后，女管家受够了这一切。她把小伊莎贝拉从育婴室的婴儿床上抱出来，抱到楼下。她大步走过男管家的身边，不顾他的抗议，没有敲门便走进藏书室。她走到书桌旁，一声不吭就把婴儿塞到乔治·安吉菲尔德的手中。然后，她转身走出房间，砰的一声关上了门。

男管家想进房间，抱回婴儿，但是女管家竖起一根手指，嘘声说："你敢！"他大感震惊，服从了她的安排。家里的仆人都聚集在藏书室外，面面相觑，不知道该做什么。可是女管家的威信让他们都不敢动弹，于是他们便什么都没做。

那是一个漫长的下午，最后，一个女仆奔到育婴室，说："他出来了！老爷出来了！"

按照平时的做法，女管家迈着惯常的步伐走下楼去听发生了什么事情。

仆人们已经在客厅里待了几个小时，他们在门外听里面的动静，还透过钥匙孔偷看。起先，他们的老爷只是坐在那里，表情呆滞、困惑地望着那个婴儿。孩子扭动着身体，咯咯地笑。当仆人们听到乔治·安吉菲尔德咕咕咯咯地回应小孩时，他们惊讶地互相看来看去，但是让他们更为惊讶的还在后面，他们竟然听到了乔治唱摇篮曲。孩子睡着了，屋里很安静。仆人汇报说，孩子的父亲，一刻也不曾把目光从自己的女儿脸上移开。接着，女儿醒了，饿了便开始哭。她越哭越厉害，越哭调门越高，最后，门终于猛地被打开了。

我的祖父抱着孩子站在那里。

看到仆人们无所事事地站着，他盯着他们，声音低沉地说："一个婴儿就要在这幢房子里忍饥挨饿了吗？"

从那天起，乔治·安吉菲尔德便开始亲自照顾他的女儿。他喂她吃饭，帮她洗澡，还有其他等等。他把她的小床搬进自己的房间，以防她夜里因为孤独而哭泣，他做了一只背婴儿的袋子，这样他就能带着她外出，读东西给她听（商业书信、报纸的体育版和爱情小说），与她分享他所有的想法及计划。简而言之，他表现得就好像伊莎贝拉是一位懂事而可爱的伙伴，而不是一个无知的野孩子。

可能是她的长相让她的父亲爱她。查理，那个被忽视的九岁孩子，那个比伊莎贝拉年长的男孩举止粗鲁、面色苍白、一头红发，有着一双大脚，表情迟钝。但是伊莎贝拉却继承了父母双方的优点，她父亲和哥哥的头发都是深棕色的，她的头发却是鲜艳、亮泽的金棕色。安吉菲尔德家族的白皮肤很衬她优美的法兰西轮廓，她继承了父亲好看的下巴和母亲漂亮的嘴巴。她有着玛蒂尔德那样的匕斜眼睛和长睫毛，但她睫毛下的眼睛却是令人惊讶的翡翠绿色，那正是安吉菲尔德家族的象征。她——至少从外表看——是非常完美的。

一大家子人都适应了这种不同寻常的状况。他们遵循着一种默契，都表现得仿佛一个父亲溺爱自己的小女儿是一件完全正常的事情，仿佛他始终把女儿圈在身边不是一件娘娘腔、缺乏绅士风度或愚蠢的事情。

但是查理，女婴儿的哥哥呢？他是一个迟钝的男孩子，脑子里只想着几件他感兴趣的事情，无法说服他学习新的事物或有逻辑地思考。他忽略婴儿的存在，也欢迎她的到来带给全家上下的变化。在伊莎贝拉出现之前，女管家会向父母双方汇报他的不良行为，父母双方的反应均不可预知。他的母亲是一位不坚定的纪律维护者。有时候，她会因为他不听话而打他的屁股；但是有时候，她仅仅是一笑了之。他的父亲，尽管严厉，却心不在焉，经常忘记实施对儿子的惩罚。虽然看到儿子时，他会隐约意识到自己应该改正儿子的一些不良行为，于是就会打孩子，他认为就算当时不该打，这也可被视作提前实施下一次的惩罚。这给了男孩一个彻底的教训：他学会了待在父亲的视线之外。

随着伊莎贝拉的降生，一切都改变了。妈妈走了，爸爸则忙于照顾他的小伊莎贝拉，根本无暇去听女佣们歇斯底里地汇报有人把老鼠和周日吃的肉放在一起烤，或是别针被恶意地深按进肥皂里。查理得以按自己的喜好行事，他喜欢移除阁楼楼梯顶端的地板，然后看着女佣们摔倒，扭伤脚踝。

女管家会责骂查理，但她只是女管家，在这种新的自由生活里，他可以随心所欲搞破坏，因为他知道自己能逃脱处罚。成人一贯的表现据说对孩子有好处，一贯的忽略肯定适用于这个孩子，因为在他半孤儿状态的最初几年里，查理·安吉菲尔德非常快乐。

乔治·安吉菲尔德对女儿的关爱经受了一个孩子对父母所能施加的一切考验。当她开始说话时，他发现她拥有超自然的天赋，他觉得她是一位真正的哲人，他开始与她商量所有的事情，直到全家上下都被一个三岁小孩的任性指使得团团转。

访客本来就很少，随着整个家庭从古怪沦为混乱，访客就更稀少了。仆人内部开始出现抱怨。孩子不满两岁时，仆役长就走了。厨娘多忍受了几年孩子所要求的不规律用餐时间，然后当她觉得压力太大时，她也走了。厨娘走时，还带走了厨房里的女仆，最后只剩下女管家来确保蛋糕和果子冻在各种古怪时间的供应。女佣们都觉得自己没有义务去做家务杂事，这倒也不是没有道理，她们都认为自己微薄的薪水还不够补偿她们因为查理的虐待试验而遭受的淤青损伤、脚腕扭伤、消化不良。她们纷纷离职，取代她们的是一个接一个的临时帮工，但没有一个人干得长。最后，连临时帮工也不见了。

伊莎贝拉五岁时，整个家只剩下乔治·安吉菲尔德、两个孩子、女管家、园丁和猎场看守人。狗死了，猫们因为害怕查理都逃在外面，天气变冷时才会躲到花园中的小棚里。

即使乔治·安吉菲尔德注意到自家的与世隔绝和家里的脏乱，他也不会感觉痛苦。他有伊莎贝拉，他很快乐。

假如有人想念仆人的话，那就是查理。没有了仆人，他的试验就缺少了对象。他四处物色实施伤害的对象，最后他的目光落到了他的妹妹身上——这是注定的事情，不过是迟早的问题。

她极少离开父亲的身边，有父亲在场，他不敢把她弄哭，这是查理面临的一个困难。怎么把她弄走呢？

靠引诱。查理对她耳语，承诺给她看魔法、给她惊喜，于是就把她带出房子的边门，沿着布局精致的花园边缘，走在路边的花坛之间，穿过修剪整齐的花园，走过种着山毛榉的林荫道，走进树林里。那里有一个查理熟悉的地方。一间破旧的小屋，阴冷潮湿，没有窗户，是秘密行事的好地方。

查理寻找的是一名受害者，而他的妹妹走在他的身后，长得比他小，年纪比他小，也比他虚弱，看起来很理想。但她是一个怪人，她很聪明，于是事态的发展并不完全如他所期望的那样。

查理卷起妹妹的袖子，用一段锈迹斑斑的电线，在妹妹雪白的前臂内侧划了一道。她盯着从青紫色伤口中涌出来的红色血珠，然后又把目光转向他。她绿色的眼睛睁得很大，目光中不但有惊讶，还带着几分类似喜悦的情绪。当她伸手问他要电线时，他便机械地递给她。她卷起自己的另一只袖子，刺破皮肤，然后专心地用电线将伤口几乎划到自己的手腕处。她自己割的伤口比他割的还要深，血立刻就涌出来，淌了下来。她看着伤口，满意地叹了一口气，接着把血舔干净。然后，她把电线递还给他，示意他卷起袖子。

查理迷惑了。但他还是将电线扎进了自己的手臂，因为她要他这么做，他痛苦地笑起来。

查理不是受害人，但他却发现自己成了最怪异的同谋者。

安吉菲尔德一家的生活继续着，没有派对，没有狩猎集会，没有女仆，当时与他们同阶层的家庭视为理所当然的大多数东西，他们都没有。他们不理邻居，任由佃户来管理他们的土地，靠好心、诚实的女管家和园丁来完成当时生存所必需的与外界的日常交道。

乔治·安吉菲尔德忘却了世事，有一度，这个世界也忘记了他。然后大家又记起他来，这与钱有关。

乔治家附近还有其他几栋大房子，是其他几个或多或少算是贵族的家庭。其中一家的男人非常小心地打理自己的钱。他征询最好的意见，将大笔的钱投资在经过明智决定的生意上，用小笔的钱做高风险高回报的投机买卖。大笔钱的投资完全蚀本了，小笔钱的投机买卖赚了钱——也不是很多。他发现自己身处困境。此外，他还有一个懒惰、挥金如土的儿子和一个突眼、脚踝粗壮的女儿。一定要想点儿办法了。

乔治·安吉菲尔德从来不见任何人，因此也从未有人给他提供任何理财技巧。当他的律师寄信给他推荐理财手段时，他总是置之不理，当他的银行发信给他时，他也从不回复。结果，安吉菲尔德的钱没有因为做买卖而变多，倒是因为闲置在银行里而增值了。

有钱能使鬼推磨。消息传了开来。

"乔治·安吉菲尔德不是有一个儿子吗？"几近破产者的妻子问道，"他现在该有多大了？二十六岁？"

就算乔治家的儿子与他们的女儿希比拉不合适，那为什么不把乔治家的女儿和罗兰配成一对呢？那个妻子想。乔治家的女儿如今一定是到了适婚年龄。大家都知道父亲很溺爱她，她不会空手嫁过来。

"适宜野餐的好天气。"她说,她的丈夫,像多数丈夫一样,没有领会她的用意。

邀请信在客厅的窗台上晾了两个星期,要不是伊莎贝拉,它或许会留在那里直到阳光漂白了墨水的颜色。一天下午,无事可做的她走下楼梯,无聊地鼓着腮帮子,拣起信,并把它打开。

"那是什么?"查理问。

"邀请信。"她说,"邀请我们去参加一次野餐。"

一次野餐?查理仔细想了一想。这似乎很奇怪。但他还是耸耸肩,把它忘了。

伊莎贝拉站起来,走到门口。

"你去哪里?"

"回我房间。"

查理想要跟着她,但被她阻止了。"让我一个人待会儿。"她说,"我心情不好。"

他抱怨起来,一把揪住她的头发,把手指伸到她的脖颈后面,找到他上回弄的那个淤伤。但她挣脱了他,跑上楼,锁起了门。

一个小时之后,他听见她下楼,便走到门道里。"跟我一起来书房。"他叫她。

"不。"

"那么到鹿园来。"

"不。"

他注意到她换了衣服。"你穿成这样干什么?"他说,"你的样子很愚蠢。"

她穿了一件本属于她妈妈的夏装,轻薄的白色衣料上有绿色的饰边。她没有穿平时的那双鞋带已经磨损的网球鞋,而是穿了一双尺码过大的绿色绸缎便鞋——也是妈妈的——头发上用梳子别着一朵花。她还抹了口红。

他的心一沉。"你要去哪里?"他问。

"去野餐。"

他抓住她的手臂,手指掐进她的肉里,把她往书房拉。

"不要!"

他更用力地拉她。

她嘘他:"查理,我说了**不要**!"

他放她走了。当她那样说"不要"时,他知道那是当真的。他过去就认识到了。她会因此一连几天脾气很坏。

她抛下他,打开了前门。

查理气愤异常,试图寻找击打的对象。但是他已经打碎了一切可能打碎的东西,剩下的东西对他的指关节而言都是鸡蛋碰石头。他松开拳头,跟随伊莎贝拉出门去参加野餐。

隔着一段距离看,身穿裙子和白衬衫的年轻男女在湖边构成了一幅美丽的图画。他们拿着的玻璃杯里注满了在阳光下闪闪发光的液体,他们脚下的草地看上去柔软得足以让人赤足而行。实际上,这群野餐者的衣服下正捂着一身汗,香槟也是温的,若有人脱掉鞋子,将不得不踩在鹅粪上面。但他们依然积极地假装欢愉,以期装模作样能催生出真正的快乐。

一个站在人群边缘的年轻人注意到了有人正从房子那儿朝他们走来。一个衣着怪异的女孩和一个大块头男人。她有点儿不寻常。

他没有对同伴们的笑话做出反应,同伴们去看是什么吸引了他的注意力,随后也依次陷入了沉默。年轻女人永远对年轻男人的一举一动很留意,即使男人们是站在她们的背后,她们也会转身去看是什么导致了突如其来的寂静。随之而来的是一种连锁反应，整个派对的参与者都转身去看新来的人，看到后，又全部失语。

伊莎贝拉穿过宽阔的草坪朝他们走去。

她走近人群。他们为她让开一条路，就像大海为摩西辟出一条路一样，她径直穿过人群走到河边。有人拿着一个玻璃杯和一瓶酒朝她走去，但她却挥手让他们走开。阳光灿烂，她走了很长的路，香槟不足以让她凉快下来。

她脱掉鞋子，把它们挂在一棵树上，然后张开双臂，跳入水中。

人群大惊，当她冒出水面时，水从她的身上流下来，那个画面让人想到维纳斯的诞生，大家再度大感惊讶。

几年过去，这个跳水事件是她第二次离家出走后人们能回忆起的另一桩事。他们记起此事时便会摇头，同情中掺杂着谴责。这个女孩子一直是怪怪的，但她那天的反常举动却被归为兴致高，人们还很感激她。伊莎贝拉靠一人之力，便使整个派对恢复了活力。

一名金发的年轻男人最为大胆，他大笑一声，踢掉鞋子，解下领带，也随她跃入水中。他的三个朋友也紧跟而上。转眼间，年轻男人便全部跳进了水里，上窜下潜、大呼小叫、互相比试、彼此泼水。

快速思考之后，女孩们明白只有一个办法可行。她们也脱掉鞋子把它们绑在树枝上，假装兴奋地跳入水中，她们叫喊着，希望显得无拘无束，同时又竭力防止水打湿她们的头发。

她们纯属白费心机，男人们的目光全都落在伊莎贝拉一人身上。

查理没有跟着他的妹妹跳入水中，他站在稍远处，观望。一头红发、脸色苍白的他更适合雨天待在室内活动，他的皮肤被阳光晒成了粉红色，从眉毛上流下来的汗水使他的眼睛感觉刺痛。但他几乎不眨眼睛，他无法将目光从伊莎贝拉身上移开。

过了多久他才发现自己又和她在一起了？仿佛已是来世。由于伊莎贝拉的出现带来了生气，野餐持续的时间比任何人预料的都要长，然而，对其他宾客来说，派对仿佛眨眼间就结束了，假如可能，他们都愿意逗留得更久。派对结束时，大家相约再举行其他野餐活动，许诺邀请彼此，并交换了一些湿润的亲吻。

当查理走近她时，伊莎贝拉的肩头正披着一个年轻男人的外套，还握着那个男人的手。一个女孩在不远处徘徊，不确定自己是否该出现。她身材丰满、长相平庸，但从她和年轻男人的相似点可以明显看出她是他的妹妹。

"快点儿。"查理粗鲁地对他的妹妹说。

"这么急？我还以为我们可以和罗兰和希比拉散一会儿步呢。"她客气地朝罗兰的妹妹微笑，希比拉惊讶于这种意料之外的友善，也开心地朝伊莎贝拉笑。

查理在家可以对伊莎贝拉为所欲为——有时候——他会伤害她，但是在公众场合，他不敢那么做，所以他会让步。

这次散步时发生了什么？对于在森林里所发生的事件，现场没有目击者。由于缺乏目击者，所以就没有闲言碎语。至少，刚开始没有。但是，不需要太聪明的人也可以从后来的事件推断出那个傍晚在夏日的树荫下发生了什么。

事情应该是这样的：

伊莎贝拉一定是找了某个借口把两个男孩支走了。

"我的鞋子！我把它们落在树上了！"她派罗兰去拿鞋子，叫查理去取希比拉的披肩什么的。

两个女孩找了一块松软的地方坐下。男孩走开办事时，她们就等着，天色渐暗，喝了香槟的她们有点儿昏昏欲睡，呼吸着太阳的余热，森林和夜色都开始变得浓重起来。她们的体温逐渐驱走了衣服上的湿气，层叠的衣料变干后不再贴着她们的身体，使她们感觉痒痒的。

伊莎贝拉知道自己想要什么，她想跟罗兰单独待一会儿。但是为了达到这个目的，她必须先摆脱她的哥哥。

她们懒洋洋地靠在树上，她起了个话头："那么，哪一个是你的男朋友？"

"我其实没有男朋友。"希比拉回答。

"但是你应该有一个男朋友。"伊莎贝拉侧过身，扯了一片树叶子，用它轻抚自己的嘴唇。然后，她又用叶子去抚弄同伴的双唇。

"好痒。"希比拉咕哝道。

伊莎贝拉再次用叶子轻扫她的嘴唇。希比拉半闭着眼睛微笑，没有阻止伊莎贝拉用柔软的树叶向下抚过她的脖颈、在她衣服的领口周围轻扫、在她隆起的胸部周围来回游移。希比拉哼哼地傻笑。

当叶子扫到她的腰部以上时，希比拉睁开了眼睛。

"你停手了。"她抱怨道。

"我没有停。"伊莎贝拉说，"只是你隔着衣服感觉不到罢了。"她拉起希比拉的裙边，用叶子轻扫她的脚踝。"感觉好些吗？"

希比拉重新合上眼睛。

沿着有些粗壮的脚踝，那片绿叶子移到了她特别结实的膝盖。希比拉嘴里发出一串含糊的哼哼声，她没有挪动，直到树叶移到了她双腿的根部，她也没有喘息，直到伊莎贝拉以自己温柔的手指代替了那片树叶。

伊莎贝拉敏锐的双眼一刻也没有离开比自己年长的希比拉的脸，当希比拉的眼睛里刚闪过一丝满足时，她就把手抽了出来。

"当然，"她就事论事地说，"你真的需要一个男朋友。"

希比拉不情愿地从未尽兴的高潮中醒转来，反应迟钝。"说到挠痒痒，"伊莎贝拉不得不解释道，"还是跟男朋友一起感觉更舒服。"

希比拉问自己新交的朋友："你怎么知道呢？"伊莎贝拉早就准备

好了答案:"查理。"

当两个男孩拿着鞋子和披肩回来时,伊莎贝拉已经达到了她的目的。裙子和内衣明显有点凌乱的希比拉满怀兴趣地打量着查理。

查理则对这种注视无动于衷,他一直看着伊莎贝拉。

"你有没有想过伊莎贝拉和希比拉有多么相像?"伊莎贝拉随便问道。查理怒视她。"我是指我俩的名字听上去很像。几乎可以互换,你不这样认为吗?"她狠狠地扫了哥哥一眼,迫使他领会,"罗兰和我要再去散一会儿步。但是希比拉累了,你陪着她。"伊莎贝拉挽起罗兰的胳膊。

查理冷冷地看着希比拉,她凌乱的衣服让他印象深刻。她微张着嘴,睁大眼睛回望他。

当他回身看伊莎贝拉去哪里时,她已经走了。只有她的笑声穿过黑暗传到他的耳朵里,她的笑声和罗兰的喃喃低语。他以后会报复的,他会的,她将一次次地偿还。

其间,他必须先发泄一下自己的情绪。

他转向希比拉。

那个夏天充斥着野餐。对查理而言,则满是希比拉兄妹。但对伊莎贝拉来说,只有一个罗兰。每天,她都会从查理的视线里溜走,逃脱他的掌控,骑着自行车消失。查理始终无法找到这对人碰面的地点,当她溜走时,他总是来不及跟随她,自行车轮子在她身下飞转,头发在她的身后飘扬。有时,她直到天黑才回来,有时甚至天黑都不回来。当他责骂她时,她总是嘲笑他,并转身当他简直不存在。他试图伤害她,让她残废,不过随着她一次又一次地躲避他,像流水一样从他的指间溜走,他意识到他们之间的游戏完全取决于她是否情愿。无论他的力量有多强,她的敏捷和聪明意味着她每次都能从他身边逃走。就像一头被蜜蜂激怒的公猪,他无能为力。

偶尔,她会安抚性地屈从于他的恳求。她会有一两个小时按他的意愿行事,让他享受一种幻觉,即她永远回来了,他们之间一切如故。但查理很快明白,那只是一种幻觉,幻觉过后,她重新失踪,变得更加令人痛苦难忍。

和希比拉兄妹在一起,查理只能暂时忘却自己的痛苦。有一度,他的妹妹为他安排好了一切,然后随着她与罗兰越来越热络,查理只得自己安排活动。他缺乏他妹妹的精明,有一件事情差一点就变成了丑闻。恼火的伊莎贝拉告诉他说,如果他打算如此做事,那他就必须选择另一类女人下手。他的目标从二流贵族的女儿转向了蹄铁匠、农夫和护林人的女儿。就他个人而言,他并不能说出她们之间的区别,只是下层社会似乎能让他更加肆无忌惮罢了。

尽管某些事情一再发生,但健忘使它们转瞬即逝。震惊的眼眸、淤青的胳膊、血染的大腿,当他转身而去时,便被从记忆里抹除了。一切都无法与他生命中的至爱相提并论,他对伊莎贝拉的感情。

夏末的一个早晨,伊莎贝拉翻着她日记本里的空白页数日子。她合上本子,若有所思地将它放回抽屉。做出决定后,她下楼走进父亲的书房。

他父亲抬起头。"伊莎贝拉!"看到她,他很高兴。自从她越来越频繁地外出,每次她像这样来找他,他都感到特别欣慰。

"亲爱的爸爸!"她朝父亲微笑。他从她的眼神里看出她有事。

"你在计划什么事情吗?"

眼睛望着天花板的一角,她笑了笑。她的目光锁定在那个黑暗的角落里,她说她要离开。

起初他几乎都没有搞懂她所说的话。他觉得耳朵里的筋一跳一跳的，视线也模糊了。他闭上眼睛，脑子里却如火山喷发、陨石撞击，突发爆炸。当烈焰渐渐熄灭，他的内心世界变得空无一物，只剩下一片寂静、荒芜的景色，他睁开双眼。

他干了什么？

他的手里攥着一束头发，头发的一端连着一块滴血的头皮。伊莎贝拉站在那儿，背对着门，手放在身后。她的一只美丽的绿眼睛充满了血丝；一面脸颊看上去红红的，还有点肿。一滴血从她的头皮上淌下来，流到她的眉毛上，改变方向才没有流进她的眼睛里。

他被自己的所作所为和她的样子吓呆了，默默地转身不看她，她则离开了房间。

之后，他在那里坐了几个小时，不停地搓着他在自己手里发现的那束赤褐色头发，把它们缠在自己的手指上，越缠越紧，直到它们深深地嵌进皮肤里，直到它们死死地纠结在一起无法解开。最后，当痛苦感终于从手指慢慢地传递到他的意识里，他哭了。

白天查理不在家，直到午夜才回家。发现伊莎贝拉的房间空无一人后，他逛遍了整栋房子，第六感告诉他灾难降临了。找不到自己的妹妹，他便跑去父亲的书房，看一眼那个脸色发灰的男人，他就明白了一切。父亲和儿子相互对视了一会儿，但是他们共同的损失并没有将两人联到一块儿。他们对彼此都无能为力。

查理在自己房间靠窗的椅子上坐了好几个小时，剪影凝固在月光投射出的矩形内。某一刻，他打开抽屉，取出他从一名偷猎者那里勒索来的手枪，有两三次，他举枪对准自己的太阳穴。但每次，枪都会在重力作用下很快落回到他的大腿上。

凌晨四点时，他把手枪放到一边，又拿起了一根长长的针，这根针是他十年前从女管家的针线盒里偷来的，偷了以后就经常用。他拉起自己的裤腿，褪下袜子，用针在皮肤上扎了一个新的标志。他的肩膀有些颤抖,手却很稳,他在自己的胫骨上刺了一个单词:伊莎贝拉。

此时,伊莎贝拉已经离开很久了。她曾回到自己的房间待了几分钟,接着又再度离开,从后楼梯走到厨房。她在厨房里反常地用力拥抱了女管家一下,这样的举动很不像她,然后她从边门溜出去,飞快地穿过菜园,跑到设在一堵石墙上的菜园门口。女管家的视力老早就衰退了,但她拥有了通过感知空气震动来判断人们行动的能力,她感觉到伊莎贝拉在关上菜园的门离去前,有过一瞬间的犹豫。

当乔治·安吉菲尔德清楚地意识到伊莎贝拉已经离开后,他走进藏书室,锁上了门。他拒绝一切食物和访客。如今,也只有教区牧师和大夫会上门拜访了,但他们两人都吃了闭门羹。他们听到的不是一句"让你们的上帝见鬼去吧!"就是"让一头受伤的动物平静地死去,难道这也不行吗!"

过了几天,牧师和大夫回来,叫园丁砸开门。乔治·安吉菲尔德死了。简短的检查足以确定这个男人是死于败血症,引发败血症的正是那束深深嵌入他无名指皮肉内的人类头发。

查理没有死,虽然他并不明白自己为什么没有死。他在房子里四处游荡。他在灰尘上留下了一串脚印,然后每天沿着脚印走,从房子的最顶层往下走,很多年没有使用的顶楼卧室、仆人们的房间、家庭活动室、书房、藏书室、琴房、会客室、厨房。这是一种烦乱不宁、永无止境、毫无希望的搜寻。夜晚,他出去在庄园里闲逛,双腿不知疲倦地前行,一路往前走,往前走,往前走。他把那根从夫人那里偷来的针放在口袋里,一直用手指拨弄。他的指尖是血肉模糊的一片结痂。他想念伊莎贝拉。

查理以这样的状态一直过完了整个九月、十月、十一月、十二月、次年的一月和二月,在三月初,伊莎贝拉回来了。

听到马蹄和车轮的声响时,查理正在厨房里沿着自己的脚印溜达。他皱着眉头走到窗前,他不想有任何访客。

一个熟悉的身影从马车上走下来——他的心停止了跳动。

他站在门口的台阶上,站在马车的旁边,刹那间,**伊莎贝拉就在那儿了**。

他盯着她看。

伊莎贝拉大笑。"过来,"她说,"拿好这个。"她递给他一个用布包着的很重的小包裹。她走到马车的后部,取下一些东西。"这个也拿好。"他顺从地把它夹在自己的胳膊下。"哎,我现在最想要的就是一大杯白兰地。"

目瞪口呆的查理跟随伊莎贝拉走进房子,到了书房。她径直走到酒柜前,拿出杯子和一瓶酒。她在玻璃杯里倒了满满的一杯酒,一饮而尽,露出雪白的颈部,接着她又在自己的杯子里重新注满酒,她把第二杯酒递给哥哥。他站在那儿,不能动弹,哑然失语,两手拿着裹紧的小包。伊莎贝拉的笑声在他的耳朵里回响,感觉仿佛是站得离教堂的大钟太近。他开始头晕,泪水涌入他的眼眶。"把它们放下,"伊莎贝拉命令道,"我们干杯。"他接过杯子,压住内心的恼怒。"为将来干杯!"他一口吞下白兰地,酒精陌生的灼热让他咳嗽起来。

"你还没有见过她们,是吧?"她问。

他皱起眉头。

"瞧。"伊莎贝拉转向查理放在书桌上的包裹,拉开柔软的包裹布,然后退后让他看。他慢慢地转过头去看,包裹内是孩子,两个双胞胎孩子。他眨眨眼睛,隐约意识到自己应该有所反应,但却不知道自己该说什么话、做什么事。

"噢,查理,天哪,**快醒醒吧!**"他的妹妹拉起他的双手,拽着他疯疯癫癫地跳舞。她拉着他转圈,转了一圈又一圈,直到他头晕目眩,头脑一片空白,当他们停下来时,她用手托起他的脸,对他说:

"罗兰死了,查理。现在只有你和我了,你明白吗?"

他点点头。

"很好。那么,爸爸在哪里?"

当他告诉她后,她显得相当歇斯底里。尖叫声把女管家从厨房引了出来,女管家把伊莎贝拉送到她原来住的房间,当她终于再度恢复平静后,女管家问道:"这两个孩子——她们姓什么?"

"马奇。"伊莎贝拉说。

不过,女管家早就知道了。几个月前,她就听说有关伊莎贝拉结婚、生育的消息。(她不需要掰指头算月份,但她还是那样做了,接着便噘起了嘴唇。)几周前她得知罗兰死于肺炎,她也知道罗兰是家里唯一的儿子,他的死击垮了年迈的马奇夫妇,而他们新媳妇神经兮兮的无忧无虑则让他们大感厌恶。如今,他们悄悄地避开伊莎贝拉和她的孩子们,只求静静地面对丧子之痛。

"她们叫什么名字?"

"艾德琳和埃米琳。"伊莎贝拉困倦地回答。

"那你怎么把她们两个区分开呢?"

可是年轻的寡妇已经睡着了。当她躺在昔日的旧床上做梦时,她的种种胡作非为和她的丈夫已经被抛诸脑后,她恢复了婚前的家姓。当她早晨醒来后,她的婚姻就会像从来不曾存在过,两个孩子对她而言就像不是她生的——她的体内一点儿母性也没有——孩子只不过是房子里的幽灵。

两个孩子也在睡觉。厨房里,女管家和园丁在小声地说话,两张镇定、苍白的脸凑在一起。

"哪个是哪个?"

"我不知道。"

他们一人一边,在旧婴儿床边观察。两对半月形的眼睫毛,两只噘起的嘴巴，两个毛茸茸的脑袋。然后，一个小婴儿稍微动了一下眼皮，半睁开了一只眼睛。园丁和女管家屏住呼吸，不过，那只眼睛又闭上了，婴儿再度坠入梦乡。

"那个可能是艾德琳。"女管家轻轻地说。她从抽屉里拿出一块带条纹的擦拭巾，把它剪成一条一条的。她把布条编成两段，将红色的一段系在刚才动过眼皮的婴儿的手腕上，将白色的一段系在没有动过的那个婴儿的手腕上。

女管家和园丁注视着双胞胎，两人都将一只手搭在婴儿床上，最后女管家脸色喜悦且温柔地在转向园丁，又说道：

"两个孩子。哦，迪格。在我们这样的年纪！"

他将目光从孩子身上移开，抬头看见泪水模糊了她那圆圆的棕色眼眸。

他把粗糙的手伸向婴儿床对面的女管家。她拭去傻气的眼泪，笑着把自己胖胖的手放在他的手里。他的手指感受到了她手上湿湿的泪水。

在他们紧握的双手所构成的拱形下，在他们颤抖的凝视下，两个婴儿正沉浸在睡梦中。

◈

当我誊写完伊莎贝拉和查理的故事时，时间已经很晚了。天空一片漆黑，整栋房子都陷入了沉睡。整个下午、傍晚和夜晚的一部分时间，我都俯身坐在书桌前，故事自动在我的耳朵里重述，我的笔则犹如听写一样在纸上写下一行又一行。我的纸上写满了潦草的字迹，温特小姐自己的言语。当她的语调或姿势是构成故事的一部分时，我的手有时会移到左边，在左侧的那栏潦草地写下一条笔记。

现在我推开最后一页纸，放下手中的铅笔，舒展一下疼痛的手指。在过去的几个小时里,温特小姐的声音唤起了另一个世界,让死去的人出现在我的面前,我什么都看不见,眼前只有她用言语打造出来的木偶戏。但是,当她的声音在我的头脑里静止后,她的形象却萦绕不去,我记起那只犹如变魔术般出现在她大腿上的灰猫。它在她的抚摸下安静地坐在那儿,圆圆的黄眼睛直勾勾地盯着我。它若看到我的鬼魂,它若看出我的秘密,也不会显出丝毫的不安,只会眨眨眼睛,继续无动于衷地凝视着我。

"它叫什么名字?"我问过温特小姐。

"影子。"她心不在焉地回答。

最后,我终于躺在床上,关灯,闭上眼睛。我依旧能感觉到手指头因为长时间握笔而凹下一块。我的右肩膀由于书写而造成的肌肉紧张,也没有消失的迹象。尽管周围很黑,尽管眼睛已经闭上,我还是能看见一页纸,纸上是我自己写的一行行间距很大的字。纸右侧的空白边距吸引了我的注意,没有字迹、干干净净,白得耀眼,眼睛感觉刺痛。这一栏是我留出来写自己的评论、注释和问题的。

在黑暗中,我的手指握着一支虚幻的铅笔,急速地回答着洞穿我睡意的问题。查理把自己妹妹的名字刺在骨头上,这个刻在他身体上的秘密文身让我大感惊讶。这样的铭刻会留存多久?活人身上的骨头是否能自我修复?它是否一直伴随他到死?在他的棺材里,在地下,随着他骨头上的肌肉逐渐腐烂消失,伊莎贝拉的名字是否会在黑暗里显现?罗兰·马奇,那个死去的丈夫,那么快就被遗忘……伊莎贝拉和查理,查理和伊莎贝拉。双胞胎的父亲是谁?在我的这些想法之下,温特小姐掌心上的疤痕浮现在我的眼前。代表问题的字母 Q 烙在人的肉里。

当我开始在睡梦中谱写我的问题时,纸边留出的距离似乎越变越宽。纸随着光线颤动,它逐渐变大,将我吞没,直到我惊恐地意识到自己被纸张的纹路围住,陷在故事内部的空白处无法自拔。整个晚上,我都失重般徘徊在温特小姐的故事里,绘制它的景色,丈量它的轮廓,踮起脚尖站在它的边界,窥视在它界限之外的秘密。

花　园

我很早便醒了，醒得太早。一段单调的曲调在我的头脑里回旋。还要等一个多小时，朱迪思才会拿着早餐来敲门，于是我冲了一杯可可，滚烫地喝下便出门去了。

温特小姐的花园有点儿像迷宫，光是它的规模就可以让刚踏足的人晕头转向。我乍看以为是花园边界的东西——位于布置整齐的花坛另一边的那段紫杉树篱——不过是一堵用来分隔花园的内墙。整个花园有许多类似的隔断——山楂树篱，水蜡树篱，铜榉树篱，爬满常春藤和铁线莲的石墙，光秃秃的石墙，随处蔓延的玫瑰花茎，整齐的由板条钉起来或由柳条编织成的栅栏。

沿着小道，我从花园的这部分漫步到那部分，却无法彻底了解它的格局。结实的树篱看起来似笔直向前，有时斜着看却是偏向一边的。灌木丛走进去容易走出来难，我原以为已经走过的喷泉和雕像会再度出现。有好长一段时间，我一动不动，站在那儿困惑地望着四周摇头。自然把它弄成一个迷宫，然后故意摆在我的面前挫败我。

转过一个角落,我碰到在车站把我接来的那个沉默寡言的大胡子男人。"大家都叫我莫里斯。"他有些迟疑地自我介绍。

"你怎么能不迷路呢?"我好奇地问,"有什么窍门吗?"

"只有靠时间。"他一边说,一边仍旧埋头干活。他正跪在一块被翻起的土壤上,把植物根茎四周的泥土铲平压紧。

我可以感觉到,莫里斯不欢迎我出现在花园里。我孤独的天性让我并不介意他的这种态度。自那以后,每当看见他,我便转身与他背道而行,我想他也和我一样谨慎,因为有一两次,我眼角的余光瞥到莫里斯在某个入口止步或突然绕道而行。就这样,我们成功地维护着彼此的宁静。花园里有足够的空间让我们毫无拘束地避开对方。

那天我去见温特小姐,她又告诉了我一些有关安吉菲尔德家族的故事。

✦

前文提到的女管家名叫邓恩太太,但家里的孩子们一直只喊她"太太",她在宅子里的时间久得仿佛已是永远。这是一桩奇事,因为安吉菲尔德家里的仆人来来去去换得很快,而且仆人离去的频率略高于他们到来的频率,有一天,女管家成了家里唯一的一个内侍。表面上她是管家,实际上她什么活儿都干。她像下人一样刷锅生火;做饭的时间到了,她就成了厨子;要开饭了,她便是负责上饭上菜的仆人。不过,那对双胞胎出生时,她已经老了。她的心脏不好,视力更差,尽管不愿意承认,但她确实有很多事情已无法胜任。

女管家知道该如何带孩子:规律的饮食、按时上床睡觉、定期洗澡。伊莎贝拉和查理在成长过程中被过分纵容,同时又遭到忽视,看到他们最后的样子，女管家的心都碎了。大家对伊莎贝拉生的那对双胞胎的忽视给她创造了机会，她希望自己能打破模式。她有一个计划，在大家鼻子底下，在一切混乱之中，她要培养出两个正常、普通的小女孩。有营养的一日三餐，六点上床睡觉，周日去教堂。

但一切比她设想的要困难。

开始是两个人打架。艾德琳会猛烈攻击她的妹妹，无论在哪里，只要有可能，她就会对妹妹拳打脚踢，猛拉她的头发，突袭她。她会挥舞着夹着烧红炭块的煤钳追逐她，当她抓住妹妹时，她就会烫她的头发。女管家几乎不知道应该更担心什么，是艾德琳持续、残忍的攻击行为，还是埃米琳始终甘愿接受攻击？对埃米琳而言，尽管她恳求姐姐停止折磨她，但她从未报复。相反，她总是顺从地低着头，等待雨点般落到她肩膀和后背上的拳头停下来。女管家一次也没看见过埃米琳对艾德琳挥拳，埃米琳身上集中了两个孩子的善良，艾德琳身上则集中了两人的邪恶。在某种程度上，夫人想通了，这样的情况也自有道理。

然后是令人烦恼的食物问题。到了吃饭时间，时常找不到两个孩子。埃米琳喜欢吃饭，可是她对食物的喜爱永远也无法转化为规律的饮食。一日三餐无法解决她的饥饿，她的饥饿是贪婪和反复无常的。她一天会饿十次、二十次、五十次，饿的时候她会急需食物，但只要吃几口东西她就饱了，一旦饥饿感消失，食物就又会变成一样与她无关的东西。埃米琳胖胖的躯体是靠永远装满口袋的面包和葡萄干维持的，这是一顿便携的大餐，只要她想，随时随地都可以吃上一口。只有需要补充口袋里的食物时，她才会来到饭桌旁，装满口袋后就会离开，去到懒洋洋地靠在炉火边，或是躺在田间的某个地方。

她的姐姐相当不同。艾德琳瘦得像一根电线，膝盖和手肘就像是打在电线上的结。她维持生命的能量和其他人不一样，她不吃饭，从来没人见她吃过东西,就跟永动机上的轮子一样,她是一个闭合电路,靠某些不可思议的内在能量驱动。不过,永远转动的轮子纯属虚构,当女管家在早晨注意到前一晚盛着一片腌猪腿的盘子空了,或是一块夹着肉的面包不见了,她便叹叹气,猜到了它们的去向。为什么她的两个女孩不愿意像正常孩子一样从盘子里吃东西?

假如她年轻一点儿,或许她能做得更好。或者,如果只有一个孩子而非两个,情况也会好些。但是安吉菲尔德家族的血脉里蕴含着一种任何儿童食品和严格的规矩都无法改写的遗传密码,夫人不愿意承认这点;在很长的一段时间里,她都试图不去考虑它,但最终她还是意识到了。这对双胞胎很古怪,毫无疑问。她们怪透了,她们的内核就是非常古怪的。

例如,她们说话的方式。她可以透过厨房的窗户看见她们,一对模糊的身影,她们的嘴巴动了十九、二十下。当她们走近宅子时,她听见嗡嗡的低语。接着她们走进来,不说话了。"大声地说!"她总是这样告诉她们。但是她正逐渐变聋,她们则很害羞;她们的谈话是说给她们自己听的,不是为了别人。"别傻了。"当迪格告诉夫人女孩子们不能正常说话时,她总是这样回答,"她们说话的时候,没有任何问题。"

直到一个冬日,她才意识到这点。有一次,两个女孩都在屋里,艾德琳在埃米琳的劝导下,待在淋不到雨的温暖炉火边。通常,女管家都犹如生活在一片模糊的雾气中;但这天,她却有幸视力格外好,听觉也十分灵敏,当她经过会客室的门口,听见她们的声音,便停下脚步。声音在两人间来回传递,就像网球比赛里的球;声音让她们微笑、大笑、互相怨恨地瞥视对方。她们的声音刺耳地拔高,又突然低声耳语。隔着任何距离,你都会以为这是两个正常孩子之间活泼、随意的闲聊。但是夫人的心却往下一沉,因为她听到的不是寻常语言,不是英语，也不是法语。乔治、玛蒂尔德活着时，夫人就听惯了法语，如今查理也依旧用法语和伊莎贝拉说话。约翰是对的，双胞胎不能正常说话。

明白这点所带来的震惊让她站在门口呆住了。正如有时事情发展的状况，一个启示会开启通往另一个启示的大门。壁炉架上的钟响了，像往常一样，钟玻璃下面的机械装置会从钟壳内送出一只小鸟，它机械地拍着翅膀绕上一圈后，又从钟壳的另一面缩回去。两个女孩刚听到钟响了一声，便抬头看钟。两双睁得大大的绿眼睛，一眨也不眨地看着小鸟随着钟鸣转圈，扬起翅膀、放下翅膀，又扬起翅膀、放下翅膀。

她们凝视的目光中没有什么特别非人的冷酷无情，只是孩子望着运动的无生命物体。但是这种凝视却使女管家彻底呆掉了，因为当她责怪、呵斥或劝告她们时，她们正是这样看着她的。

她想，她们没有把我当成活人。她们不知道除了她们自己，别人也是活的生命。

正是因为她的善良，她才没有觉得她们很可怕。相反，她还为她们惋惜。

她们该是多么孤独啊，非常非常孤独。

她在门口转身，慢慢地走开。

从那天起，女管家改变了自己的期望。规律的吃饭时间和洗澡时间，周日去教堂，两个乖巧的正常孩子；所有这些梦想都被抛到窗外。她现在只有一项工作，就是保证两个女孩的安全。

反复思考后，她认为自己明白了情况为何如此。双胞胎，总是在一起，总是两个人在一起。假如在她们的世界里，二人行是正常的，那么其他独自来到这个世界上、不成双结对的人在她们看来是什么样的呢？我们看上去一定像是残缺的一半，女管家想到。她记起一个词，一个在当时显得很奇怪的词，意思是"失去部分身体的人"——

Amputee，这就是她们眼中的我们。Amputee——失去部分身体的人。

正常吗？不。两个女孩子不正常，也永远不可能变正常。但是，女管家安慰自己，事已至此，双胞胎就是双胞胎，或许她们的奇怪只是**自然而然**。

当然，所有"失去部分身体的人"都渴望成双结对。不是双胞胎的普通人，寻找他们的精神伴侣，选择爱人，结婚成家。因为受到自身不完整的折磨，他们都努力成为一对人中的一方。在这方面，女管家与其他任何人都没有什么不同。她也有自己的另一半："挖土的约翰"。

他们不是传统意义上的一对，他们没有结婚，甚至都不是情人关系。女管家比他大十二或十五岁，虽然还没有老得足以做他的妈妈，没错，但是超出了他所想要找的老婆的年龄。他们相遇的时候，她已经到了不指望还能嫁给谁的年纪。当时，他正值盛年，期望结婚，不知怎么的却没结成。此外，一旦他开始与女管家一起工作，每天早晨和她一起喝茶，每天晚上坐在厨房的桌子前吃她做的晚饭，他就放弃了寻找年轻女伴的念头。多一点儿想象力，他们或许能够跨越各自的期望所设下的限制；他们或许会承认彼此之间的感觉：一种最深刻、最恭敬的爱情。在另一个时间、另一种文化下，他或许会向她求婚，她或许也会答应。至少，我们可以想象在某个星期五的晚上，吃过鱼和土豆泥、水果派和奶油冻后，他可能会牵着她的手——或者她牵着他的手——他们可能会在害羞的沉默中一起上了她或他的床。但是这样的想法从来没有出现在他们的脑子里。于是他们成了朋友，老夫老妻就常是这样的状况，他们享有彼此温柔的忠诚，幸运地停留在激情的另一面，而不曾经历过激情。

他的名字是约翰·迪格，对不熟悉他的人，则是约翰·迪金斯。他从来就不是一个擅长写字的人，上学的年头一结束（它们其实很快就过去了,因为他本就没有上几年学),他为了节省时间,便开始停用自己姓的最后几个字母。姓的头三个字母(Dig)似乎就绰绰有余了,相比完整的拼写,头三个字母甚至更简洁、更准确地描述了他是谁、他干什么活,不是吗?于是他把自己名字签成"约翰·迪格",对孩子们来说,他就成了"挖土的约翰"①。

他是一个充满色彩的人。蓝色的眼睛像两块遮在太阳前面的蓝玻璃;白色的头发直直地竖在他的脑袋顶上,像朝太阳生长的植物;当他挖土时,脸颊就会因为用力而变成粉红色。没有人能像他那样挖土。他打理花园别有一套,他会参照月相,月亮渐满时,种下植物,根据月相变化的周期来测算时间。晚上,他凝视着图表,计算做每件事的最佳时间。他的曾祖父这样打理花园,他的祖父和他的父亲也如法炮制。这门学问代代相传。

约翰的家族一直在安吉菲尔德当园丁。过去,在宅子里有一个主理园丁和七个帮手的时代,他的曾祖父在一扇窗户下掘掉了一道长方形的树篱,为了不浪费,他收集了几百根几英寸长的枝条,种在苗床上,长到十英寸时,又把它们种在花园里。他把其中的一些修剪成低矮、尖利的树篱;让另一些自由地乱长,树冠长得足够宽时,他用大剪刀把它们修成球形;还有一些,他看出来,能修成金字塔形、锥形和大礼帽形。为了修剪他的绿色材料,这个有着一双粗糙大手的男人学会了花边制作者的耐心和细致。他不搞动物或人物的造型,你在其他花园里看到的那种孔雀、狮子和真人大小的人物造型,不合他的口味。他喜欢的造型不是严谨的几何图形,就是非常难理解的抽象形状。

在曾祖父活着的最后几年里,打理花园成了他唯一关心的事情。他总是急着干完一天里的其他活儿;他只想待在"他的"花园里,一

---

① Dig(迪格)在英语里是"掘、挖"的意思。

边用手摩挲他修剪出来的那些形状的表面，一边想象五十年、一百年后，他的花园会变得多么完美。

曾祖父死后，他的大剪刀就传到了他的儿子手里，几十年后，又传到他的孙子手里。然后，当他的孙子也过世了，就传到了约翰手中，当时约翰已经在三十英里开外的一个大花园里完成了学徒期，回到家便接过了这份注定属于他的工作。尽管他只是一个初出茅庐的园丁，但花园造型从一开始便是他的职责。怎么可能不是如此呢？他拿起木头刀柄已经被他的父亲握出形状来的大剪刀，感觉到自己的手指与刀柄上的凹槽很贴合。他回到家了。

乔治·安吉菲尔德丧妻后的几年，仆人的数目急剧减少后，约翰却留了下来。园丁们离开后，没有人来替补。约翰还是一个年轻人，便成了默认的主理园丁，也是宅子里唯一的园丁。他需要承担的工作量十分巨大，他的雇主对此却毫无兴趣。假如他申请，肯定能找到其他任何一份工作，你只要见到他，便会信任他。但他从来都没有离开过安吉菲尔德。他怎么可能离开呢？在造型花园里工作，天色刚黑，把大剪刀放进皮革护套里，他不假思索便知道他修剪的树正是他的曾祖父种下的，他工作的程序和所做的动作和他们家族的前三代人完全一致。所有这些他都太了解了，所以不需要思考，一切都理所当然。和他的树一样，他也扎根在安吉菲尔德。

那天，当他走进他的花园，发现花园遭到破坏，他的感觉是什么？紫杉树干上有深深的割伤，树干中心的棕色木头暴露在外面。拖把头都断了，球状的把头躺在柄的边上。被修成完美金字塔形的树冠倒向一面，圆锥形的树冠被砍得乱七八糟，大礼帽形的树冠被剁得七零八落。他注视着散落在草地上的长树枝，它们依旧翠绿，依旧鲜嫩。但是它们还是会慢慢枯萎，逐渐卷曲干燥，走向死亡。

他惊呆了，一阵战栗从他的内心传到他的双腿，又传到他脚下的地面，他试图搞明白发生的一切。是从天而降的闪电毁坏了他的花园吗？但是什么奇怪的暴风雨会悄无声息地袭来？

不对，是有人故意破坏。

他在一个角落里翻出了证据：大剪刀，刀刃大开，被遗弃在带有露水的草地上，大剪刀旁边是锯子。

约翰没有进屋吃午饭，女管家焦急地去寻找他。走到造型花园，她惊恐地抬手捂住嘴巴，接着她用手攥紧围裙，加紧脚步走路。

发现他时，她把他从地上抬起来。他重重地靠在她身上，她温柔地把他扶进厨房，让他坐在椅子上。她煮了甜甜的热茶，他则茫然地凝视着前方。她一句话也没说，只是把杯子送到他的唇边，把滚烫的茶一口口地送进他的嘴里。最后，两人四目相对，她看到他眼睛里的失落，感觉到自己的眼泪涌了出来。

"哦，迪格！我懂。我懂。"

他用手抓住她的肩膀，他的身体在颤抖，她的身体也在颤抖。

双胞胎当天下午没有出现，女管家也没去找她们。晚上她们出现时，约翰依然坐在椅子上，面色煞白，形容枯槁。看到她们，他有点儿畏缩。她们充满好奇和冷漠的绿眼睛，对他的脸视而不见，就像忽略客厅的钟一样。

女管家把双胞胎送上床之前，先包扎了她们手上被锯子和剪刀划开的口子。"不要碰约翰工棚里的东西，"她不满地叽咕，"它们很锋利，会弄伤你们。"

尽管不指望被理会，女管家还是继续说道："你们为什么要那么做？啊，你们为什么要那么做？你们伤透了他的心。"

她感觉到一只孩子的手放在了她的手上。"太太难过了。"女孩说，是埃米琳在说话。

女管家大吃一惊,赶紧眨眨被泪水模糊的双眼,盯着她看。

孩子又说话了。"挖土的约翰难过了。"

"是的,"女管家轻轻地说,"我们很难过。"

女孩笑了,这是一个没有恶意的微笑,也没有罪恶感。这纯粹是一个注意到某事并正确指出后的满意笑容。她看到了眼泪,她有点儿迷惑不解。但是现在她找到了问题的答案,眼泪是因为难过。

女管家关上门,走下楼梯。这是一个突破。这是交流,这是一个开始,或许这还具有更重要的意义。有没有可能,这个女孩有一天会明白事理?

她打开厨房的门,走进去,再次加入到约翰的绝望之中。

❦

那个晚上我做了一个梦。

我在温特小姐的花园里散步,遇见了我的妹妹。

容光焕发的她,张开巨大的金色翅膀,仿佛是要拥抱我,我高兴坏了。但是当我走近时,我发现她的眼睛是瞎的,她看不见我。于是我的内心充满了绝望。

我醒过来,把自己蜷成一个球,直到身上刺人的灼热逐渐消退。

玛瑞丽和婴儿车事件

温特小姐的房子实在是太与世隔绝了，住在里面的人过着十分孤寂的生活，因此在那儿度过的第一个星期里，听见一辆汽车开到宅子门前的砾石路上时，我大感惊讶。透过藏书室的窗户，我看见一辆黑色轿车的门缓缓开启，一个高大的黑头发男人走下车。他消失在门廊内，我听见门铃响了几声。

第二天，我又看见他了。听见汽车轮胎压过门前的砾石路时，我正在花园里，离前门廊大概有十英尺远。我站着不动，小心地不发出声音。任何人只需留心看一眼就会发现我的存在，但当人们视而不见时，他们就看不到任何东西。那个男人就没有看到我。

他的脸很严肃。浓密的眉毛犹如两道阴影投射在眼睛上面，而脸庞的其他部分却彰显着一种无动于衷。他从车内拿出手提箱，砰的一声关上车门，走上台阶按门铃。

我听见门打开了。不是他就是朱迪思说了一句话，然后他消失在屋内。

那天的晚些时候，温特小姐对我讲了玛瑞丽和婴儿车的故事。

⋘⋙

双胞胎越长越大,她们探索的范围离家越来越远,很快她们便了解了这片土地上的所有农场和花园。她们对边界毫无概念,根本不懂什么叫别人的财产,所以她们想去哪里就去哪里。她们随便开门,有时开了还不关。碰到栅栏挡路,她们便爬过去。她们试着去开别人家厨房的门,打开门后——通常都能打开,安吉菲尔德地区的人家经常不锁门——她们就走进去。只要食品储藏室里有什么好吃的东西,她们就随便吃,如果觉得累,就会在楼上的卧室里睡上一个小时,还会拿走炖锅和勺子去吓田里的鸟儿。

当地的住户对此很心烦。每次发生该谴责的事情,总会有人看见双胞胎当时在另外一个离得很远的地方;至少有人会看到她们中的一个;至少,人们以为他们看到了。于是大家便想起那些古老的鬼故事。没有一幢老房子是没有故事的,没有一幢老房子是不闹鬼的,而双胞胎恰好也是有点儿怪异的。每个人都同意,她们有点儿**不对劲**,无论是因为这两个女孩子本身,还是其他原因,反正大家都讨厌接近她们住的老房子,成人、孩子都是如此,大家都怕在那里看到什么。

不过,侵犯所造成的不便最终战胜了谈鬼色变,女人们对自家受到的侵犯感到很恼火。有几次,她们当场活捉了正在作案的两个女孩,就大喊起来。愤怒扭曲了她们的脸庞,她们说话时嘴巴快速地张张合合,双胞胎看了便大笑。女人们不能理解两个女孩子为什么大笑,她们不知道正是从她们嘴里一股脑儿涌出的话语让双胞胎感到迷惑。女人们以为双胞胎大笑纯粹是想搞恶作剧,于是喊得更凶了。一度,双胞胎就站在那儿看村妇们发火的场面,然后她们转身走了。

她们的丈夫从田里回家后，女人们就抱怨说必须采取措施，男人们则说："你们忘记了她们是大宅子里的孩子。"女人们又会说："不管是大宅子还是小房子，都不该让小孩子像这两个女孩一样胡作非为。这样是不对的，必须采取行动。"男人们坐在他们那盘土豆烧肉面前沉默不语，大摇其头，什么措施都不会被采取。

直到发生了婴儿车事件。

村里有一个叫玛丽·詹姆森的女人，她是弗雷德·詹姆森的老婆，弗雷德是农场工人，玛丽和丈夫及公婆一起住在一间村舍里。这对夫妻是新结婚的，女方婚前叫玛丽·利，这就是为什么双胞胎用她们自己的语言把她叫作玛瑞丽，这个名字倒是很适合她。有时，玛瑞丽会去田里找她丈夫，太阳落山时，他们会一起坐在树阴底下休息，弗雷德还会抽一支烟。他是一个被太阳晒得黑黑的高个男人，长着一双大脚，经常用膀子搂着她的腰，咯吱她，吹她的衣服前襟，逗她发笑。她竭力忍住笑，也去逗他，但她真的想笑，所以最后总是忍不住。

若是没了那种笑，她就是一个平凡女人。她头发的颜色看起来脏脏的，色泽太深了，不是金色的，她有着一个大下巴和一双小眼睛。但是她的笑很特别，笑声太优美了，当你听到时，你的眼睛仿佛是通过耳朵才看到她的，使她脱胎换骨。她扁圆脸颊上方的双眼会一起消失，你会突然注意到她的嘴巴。丰满、红润的双唇，雪白的牙齿——在安吉菲尔德，没有人的牙齿能和她的比——还有那粉红色的小舌头，就像小猫的舌头。她笑的声音是如此美丽，犹如潺潺流水，又如不可阻挡的音乐，像来自地下河流的泉水从她的喉咙里汩汩地流出来。那是欢乐的声音。他为此娶了她。当她笑的时候，他的声音就会变得温柔，他会把嘴唇贴在她的脖子上，一遍又一遍地喊她的名字，玛丽。而他发音时在她皮肤上造成的振动，咯吱到她，就会让她笑啊笑。

反正,当双胞胎在冬天流连于花园和公园时,玛瑞丽生了一个孩子。到了春天,天气刚一转暖,人们便看见她在花园的绳子上晾小衣服。在她身后,放着一辆黑色的婴儿车。天知道它是从哪里来的,农村女人通常不会有这样的东西;毫无疑问,它是一件便宜的二手货(尽管看起来十分不错),被他们家买来以示家中第一个孩子、第一个孙子的重要性。总之,当玛瑞丽俯身去拿另一件小背心、另一件小内衣,并把它们夹在绳子上时,她正在唱歌,就像一只欢唱的小鸟,她的歌似乎就是唱给那辆漂亮的黑色婴儿车听的。它的轮子是银色的,很高,所以尽管车子又大又黑又结实,它看上去还是速度很快、很轻的样子。

花园后面向着田野,两者之间隔着一道树篱。玛瑞丽不知道树篱后面有两双绿眼睛正盯着婴儿车看。

有婴孩的家庭总是有许多东西要洗,玛瑞丽是一个不辞辛劳、尽心尽责的母亲。每天她都会走出来在花园里晾洗好的衣服,收晾干的衣服。她一边在厨房的水池边洗尿布和汗衫,一边透过窗户注意照看放在户外太阳下的漂亮婴儿车。每隔五分钟,她似乎就会冲到外面去调整一下婴儿车的篷盖,多塞一块毯子进去,或仅仅是唱几句歌。

玛瑞丽不是唯一关注婴儿车的人,埃米琳和艾德琳也为它着迷。

一天,玛瑞丽胳膊下夹着一篮子洗好的衣服从后面的走廊出来,发现婴儿车不见了。她突然停下脚步,张开嘴巴,用手捂住脸;篮子摔到花坛上,围脖和袜子都打翻在了桂竹香上。玛瑞丽一次也没有朝树篱和矮树丛那里张望过。她转头左看右看,仿佛不敢相信自己的眼睛,看看左边,看看右边;再看看左边,再看看右边,心里越来越恐慌;最后她发出一声直冲蓝天的尖叫,好像能把天空撕成两半。

与玛瑞丽家相隔三户的格里芬先生从他的菜地里抬起头,走到栅栏边。住在玛瑞丽家隔壁的老太太思多克斯在厨房的水池边皱起眉头,也出来走到门廊里。他们震惊地看着玛瑞丽,怀疑平时笑盈盈的邻居是否真的能发出那样一种声音,玛瑞丽惊恐地回望他们,吓得说不出话来,那声尖叫仿佛穷尽了她一生所能说的全部话语。

最后,她说道:"我的孩子不见了。"

此言一出,大家便行动起来。格里芬先生立刻跳过三道栅栏,挽起玛瑞丽的胳膊,把她护送到家门口,说:"不见了?他跑到哪里去了?"思多克斯老太太的身影消失在她家的后门廊里,一秒钟后她的声音在前花园里响了起来,她大喊着寻求帮助。

接着,叫嚷声越来越多:"什么事?发生了什么?"

"被掳走了!从花园里!在婴儿车里!"

"你们两个走这个方向,其他人走那个方向。"

"派个人快去把她丈夫找来。"

宅子门前充斥着各种声音,一片混乱。

宅子后面一切都很平静。玛瑞丽洗的衣服在慵懒的阳光里轻轻飘动,格里芬先生的铲子静静地插在翻松的泥土里,埃米琳胡乱地抚摸着银色的轮辐,显得非常高兴,艾德琳为了让婴儿车跑起来,一脚将她踢开。

她们给它起了一个名字,把它叫作"轰轰"。

她们沿着房子的背面拖着婴儿车,这比她们想的要难。开始拉时,婴儿车比它看起来要重,而且她们是在非常不平的路上拉它。田野的边缘有点儿倾斜,使婴儿车与地面形成了一个角度。她们本可以把四个车轮放在一个水平面上,但是新翻的土地比较松软,轮子便陷进了土壤里。蓟和荆棘勾住轮辐,减慢了她们行进的速度,她们在走过最初的二十码后还能继续前进真是一个奇迹。但是她们正在兴头上,她们竭尽所能想把婴儿车推回家,使上了全部的力气,而且她们似乎根本没觉得累。扯掉勾在轮子上的蓟让她们的手指都出血了,但是她们一边走,埃米琳还是轻轻地哼歌给小孩听,不时偷偷地用手指摸摸他,还会亲亲他。

最后,她们走到了田野的尽头,可以看见房子了。但是她们没有直接朝房子走去,而是转向了鹿园的斜坡。她们想要玩玩。她们不知疲倦地将婴儿车推上最长的那个斜坡坡顶,摆好位置。她们把孩子从婴儿车内抱出来,放在地上,艾德琳把自己塞进车内。她下巴贴着膝盖,手抓住车的两边,脸色苍白。她使一个眼神,埃米琳便用尽全力推了婴儿车一下。

起初,婴儿车走得很慢。地面不平,那段路的坡度也不大。但是接下去,婴儿车便越跑越快了。随着轮子的滚动,黑色的车身在夕阳下飞奔。速度越来越快,轮辐的形状也看不清楚了。坡度越来越陡,不平的地面使婴儿车摇来摇去,几近翻倒。

空气中响彻着一声声的叫喊。

"啊——!"

随着婴儿车飞快地冲下山坡,被震得骨头发麻、深感刺激的艾德琳开心地尖叫着。

突然,她停住了,显然发生了什么事。

婴儿车的一只轮子撞到了泥地上凸起的一块石头上。金属和石头的摩擦爆出火星,婴儿车顿时改变方向,没有朝山下走,而是在阳光下飞到了空中,轮子朝天。车子在空中静静地划出一道弧线,然后重重地摔在隆起的地上,发出一声惊心的动静,有东西碎了。艾德琳大声的叫喊在空气中回荡之后,一切突然都安静下来了。

埃米琳跑下坡。朝着天空的那只轮子被撞弯了,轮子的一半都扭曲了;另一只轮子还在转动,不过转得很慢,所有的急迫感都消失了。

一只白白的手臂从变形的黑色车身中伸出来,以一个奇怪的角度靠在满是石头的地面上。手上染有紫色的树莓污迹,还有许多蓟造成的刮伤。

埃米琳跪下来查看,变形的车身内漆黑一片。

但是还有动静,一双绿眼睛回望着埃米琳。

"轰轰!"她说,然后笑了。

游戏结束了,是回家的时候了。

除了故事本身,温特小姐在我们会面时很少说话。起初几天,我到达藏书室时还会说:"你好吗?"但她只会用几近生气的口吻说:"在生病。你好吗?"仿佛我是一个傻瓜才会那样问。我从不回答她的问题,她也不指望我回答,于是交流很快就结束了。我会提前一分钟悄悄地走进房间,在炉火一边的椅子上坐下,从包里拿出笔记本。接着,她会不说任何导言,便直接开始从她上次停下来的地方继续把故事讲下去。这些会面何时结束并不是由时钟来控制的。有时候,温特小姐会一直讲到一段情节自然结束。她会讲出最后几个词,她的声音停下来时会有一种明白无误的终结感,随之而来的安静就像一个章节末尾的留白那样明确。我会在自己的笔记本上写下最后一段记录,合上封面,收拾好自己的东西,然后离开。在另一些时候,她会出人意料地停下来,在一幕场景的中间,有时是一句话说到一半,我会抬头看看她因为忍耐而抽紧的苍白脸庞。"我能为你做点儿什么吗?"我第一次看到她这样时曾问过。但她只是闭上眼睛,示意我走。

当她对我讲完玛瑞丽和婴儿车的故事,我把铅笔和笔记本放进包里,站起来,说:"我要离开几天。"

"不行。"她很严厉。

"我恐怕必须这么做。我原本只打算在这里留几天,但我已经在这里待了一周多了。我没带够长期逗留所需的东西。"

"莫里斯可以带你去镇上购买任何你所需要的物品。"

"我需要我的书……"

她向我示意她藏书室里的书架。

我摇摇头:"抱歉,我真的必须走。"

"李小姐,你似乎认为我们拥有世界上所有的时间。也许你有,但让我提醒你,我是一个很忙的女人。我不想再听到任何要走的话。到此为止吧。"

我咬紧嘴唇,一度觉得受到了威吓。但是我重整旗鼓。"记得我们的约定么?三件真实的事情,我需要做一些调查。"

她犹豫了一下,"你不相信我?"

我不理会她的问题,"三件我可以核对的真实事情,你向我承诺过。"

她生气地咬紧了嘴唇,但她同意了。

"你可以周一走。三天,不能再多了。莫里斯会送你去车站。"

我正整理誊写玛瑞丽和婴儿车的故事时,有人来敲我的门。还没到吃饭的时候,所以我有点儿惊讶;朱迪思之前从未打断过我的工作。

"你到客厅来一下行吗?"她问,"克里夫顿医生来了。他想要跟你说几句话。"

医生抵达时我就看到过他,我走进客厅,他站了起来。我不太擅长与人握手,他似乎也没打算向我伸手,这让我很高兴,但这也让我们不知道该如何开场。

"我听说你是温特小姐的传记作者吧?"

"我还不确定。"

"不确定?"

"如果她对我说的是实话,那么我就是她的传记作者。否则,我就只是一个听写员。"

"嗯。"他停顿了一下,"这点要紧吗?"

"对谁而言?"

"对你来说。"

我不知道,但我觉得他的问题很无礼,于是我便没有回答。

"我想您是温特小姐的医生吧?"

"是的。"

"您为什么要求见我?"

"其实是温特小姐要我见你的,她希望我能确保你充分认识到她的健康状况。"

"我明白了。"

他以毋庸置疑的专业口吻展开解释。简而言之,他跟我说了正在杀死温特小姐的疾病名称、她的症状、她的痛苦程度以及一天中总共有几个小时药物可以缓解她的病痛。他还提到了折磨温特小姐的其他许多疾病,这些病本身也足以让她丧命,只是他说的第一种病最为致命罢了。他也竭尽所能说明了该病可能的加剧过程,以及为了给之后的治疗留有余地需要控制药物的剂量,用他的话来说,就是等温特小姐实在需要时,才能用足剂量。

"她还剩多少时间?"他解释完后,我问道。

"我没办法回答你。换其他任何人,应该早就死了。温特小姐很顽强,而且由于你待在这里——"他停下来,这个停顿制造出一种气氛,让人仿佛在不经意间就站到了破坏某种信任的边缘。

"由于**我**待在这里?"

他看着我,似乎想要知道什么,接着他做出了决定。"由于你待在这里,她似乎稍微好点儿了。她说这是讲故事所具有的麻醉特质。"

我不确定该如何对待这番话。不等我梳理好自己的思绪,医生继续说道:"我听说你要离开——"

"这就是她要你跟我谈话的原因吗?"

"她只是希望你能明白时间是极其重要的。"

我们的谈话结束了,我走时他为我拉开门;当我走过他时,他再次对我说话,声音出人意料的轻:"第十三个故事?我不认为……"

他的脸在其他时候都没什么表情的,但此时我却在他的脸上看到了一种稍纵即逝的作为读者的焦躁。

"她对此什么也没说过,"我说,"即使她说过,我也无权告诉您。"

他的眼神冷静下来,一丝颤动划过他的嘴角和鼻翼。

"日安,李小姐。"

"日安,医生。"

莫斯雷医生和他的夫人

我走前的最后一天,温特夫人跟我讲了莫斯雷医生和他夫人的事情。

~~~~~

不关门、闯进别人的宅子里是一回事,带走婴儿车里的孩子则是另外一回事。虽然孩子被找到时,人们发现他在短暂的失踪后毫发无损,但这不是问题的关键。事态已经失控了,必须采取行动。

村民们觉得无法直接去找查理说这件事。他们明白查理家的情况很奇怪,他们也有点儿害怕去那里。很难说清,究竟是查理,还是伊莎贝拉,还是鬼魂让他们与宅子保持距离。他们去找了莫斯雷医生。这不是那个在伊莎贝拉的母亲生产时未能及时赶到、在某种程度上可能导致伊莎贝拉的母亲死亡的医生,这是一个当时已经为村子服务了八九年的新医生。

莫斯雷医生并不年轻,尽管四十几岁的他给人的感觉挺年轻。他个子不高,肌肉也不太发达,但看上去很有活力与神采。就身材比例而言,他的腿很长,他常常轻松地迈着大步走路。他可以比任何人都走得快，已经习惯于发现自己在自言自语，然后转身发觉同行者正在身后几码外急走，气喘吁吁地想要赶上他。莫斯雷不但身手矫健，而且思维敏捷。你从他从容、活泼的声音里就能听出他很有头脑，对他而言，在恰当的场合中对别人说出恰当的话，很容易做到。有力且整齐的眉毛下，他深棕色的眼睛炯炯有神，就像鸟的眼睛，你在他的眼睛里能看到：敏锐和专注。

莫斯雷很善于将自己的热力传播给周围的其他人——这对一名医生而言是一件很好的事情。当他踏上房前的小径，当他敲门时，他的病人就开始感觉好些了。而且相当重要的是，他们喜欢他。他本身就是一剂补药，大家说。他的病人是活下来还是死去，对他来说很是不同，当他们活下来时——他们几乎总是能活下来——他也很关注他们的生活质量。

莫斯雷医生非常喜爱智力活动。疾病对他而言是一个谜，不解决问题他就无法休息。病人们已习惯于他在整晚苦苦思考他们的症状后，成为早晨第一个出现在他们家里的人，因为他还想多问几个问题。一旦他做出诊断，还需要找出治疗方法。当然他会查阅书本，彻底了解所有的寻常疗法，但他很有创新意识，就算是简单的喉咙痛，他也会从不同的角度去看，经常会想方设法搜寻各种细小的知识点，以使自己不仅能治好喉咙痛，还能从完全崭新的视角通晓喉咙痛的现象。他充满活力、聪明伶俐、和蔼可亲，是一名异常出色的医生，比普通人优秀。不过，像所有的人一样，他也有他的盲点。

村民代表包括了婴儿的父亲、祖父和一个凡事都喜欢插一脚、模样让人厌烦的酒馆老板。莫斯雷医生接待了这一行三人，仔细地倾听了其中两个人的描述。这两人从门被敲开说起，说到令人恼火的炖锅失踪事件，说了一会儿后才讲到故事的高潮：婴儿车内的孩子被绑架。

"她们太放肆了。"小弗雷德·詹姆森最后说道。

"不受控制。"老弗雷德·詹姆森加了一句。

"你认为呢?"莫斯雷医生问同来的第三个人,威尔弗雷德·邦纳之前一直站在一旁没有说话。

邦纳先生拿掉帽子,慢慢深吸一口气,吹了一声口哨。"怎么说呢。我不是医生,但在我看来,那两个女孩子**不正常**。"说这句话的时候,他郑重其事,然后,为了避免别人没听懂他的话,他还拍拍自己的秃头,拍了一下、两下、三下。

三个男人都神情严峻地看着自己的鞋子。

"让我来处理吧。"医生说,"我会跟女孩家里谈谈的。"

然后三人便离开了,他们已经做了他们可以做的事情。现在,到了村里德高望重的医生出马的时候了。

尽管医生说他会跟女孩家里谈谈,其实他是跟自己的老婆谈了谈。

"我认为她们也不是真的想伤害谁。"他讲完故事后,她说,"你知道女孩子们是什么样子。一个婴儿比一个洋娃娃好玩多了,她们不会伤害他的。尽管如此,还是得告诫她们不能再那样做了,可怜的玛丽。"她将目光从针线活上抬起,把脸转向丈夫。

莫斯雷夫人是一个极有魅力的女人。她有一双大大的棕色眼睛,卷得很漂亮的长睫毛,没有一丝白发的乌黑秀发向后梳起,发型是如此简单,只有真正的美女才会梳得好看。她走路时有一种完美女性的优雅。

医生知道自己的妻子很美丽,但是他们结婚的时间已经太长了,所以他对她的美貌有点儿无动于衷。

"村里人认为那两个女孩精神有问题。"

"肯定不是!"

"至少,威尔弗雷德·邦纳这么认为。"

她惊讶地摇头。"他怕她们,因为她们是双胞胎。可怜的威尔弗雷德。这只是旧式的无知。谢天谢地,年轻一代人更具理解力。"

医生是一个信奉科学的人。尽管他知道双胞胎精神不正常的概率很小,但他在见到她们之前还是不会排除这种可能性。他妻子的宗教信仰使她不相信有人是坏的,她会想当然地认为传闻是无中生有的谣言,对此他不感到惊讶。

"我肯定你是对的。"他含糊地咕哝道,这种含糊意味着他肯定她是错的。他已经放弃了试图让她只相信**真实的**事情;她的信仰已经发展到了不承认**真实的**事情和**美好的**事情之间存在区别的地步。

"那么你会做什么?"她问他。

"去她们家看看。查理·安吉菲尔德有点儿像隐居者,但是如果我去的话,他总得见见我。"

莫斯雷夫人点点头,这是她表示不同意她丈夫的方式,可是他却不知道。"那么她们的母亲呢?关于她,你知道些什么?"

"几乎不了解。"

然后,医生继续沉默地思考,莫斯雷夫人继续做她的针线活,十五分钟以后,医生说:"或许应该由你去,西奥多拉?她们的母亲大概会更乐意见一个女人,而非男人。你觉得呢?"

于是,三天后,莫斯雷夫人到了她们家,敲敲前门。没人应门让她大感惊讶,她皱起眉头——毕竟她已经敲门表示她来了——然后她绕到房子后面。厨房的门半开着,于是她快速地敲了一下门就走了进去。里面没有人。莫斯雷夫人环顾四周。桌子上有三个又黄又皱、已经开始腐烂的苹果,一块黑色洗碗布躺在水池边,脏盘子在池子里堆得很高,窗户脏得让你在屋里分不清是白天还是黑夜。她用漂亮的白鼻子嗅嗅空气，气味告诉了她想要知道的一切。她噘起嘴唇，沉下肩膀，抓紧提包的玳瑁手柄，开始"入侵"。她从一个房间走到另一个房间寻找伊莎贝拉，一路上注意到房子里到处都是垃圾，杂乱不堪。

女管家很容易累，她不太能走楼梯，视力也不好，经常是，她以为洗过的东西其实并没有洗过，或者她打算清洗什么，然后却忘记了，老实说，她也知道没人在乎，所以她把大部分精力都集中在喂养两个女孩子上，她能做到这些已经算她们走运了。所以家里很脏，满是灰尘，一幅画被碰得摇摇晃晃，而且一直摇晃着，一天当查理在书房里找不到废纸篓，就直接把纸扔在地上原来放废纸篓的位置，他很快就意识到一年清扫一次比一个星期清扫一次省事。

莫斯雷夫人一点儿也不喜欢她所见的一切。半合的窗帘让她皱眉，失去光泽的银器让她叹气，楼梯上的炖锅和散布在走廊里的活页乐谱让她惊愕得大摇其头。在客厅，她不由得弯腰拾起一张掉在或被扔在房间中央的扑克牌，黑桃三，但当她环顾房间想要找到这副牌的余下部分时，她不知如何是好，房间里太乱了。她无助地重新看看拾起的牌，发现牌上覆盖着厚厚一层灰，作为一名戴着白手套的挑剔女子，她一心只想把牌放下，只是该放在哪里呢？有几秒钟，焦虑使她无法动弹，她大受折磨，既想立刻终止覆满灰尘、略微有点儿黏糊糊的扑克牌与她雪白的手套之间的接触，又不愿意把牌放在这样一个不恰当的地方。最后，她的肩膀明显地抖了一下，把牌放在皮质扶手椅的扶手上，走出房间，如释重负。

藏书室的情况似乎好一点儿。当然，里面也是灰尘密布，地毯磨破了，但是书架本身都摆在应该摆的位置，这点很重要。然而，即使是在藏书室里，正当她准备让自己相信在这个肮脏、混乱的家庭里还藏着一小点儿秩序感，她看到了一张简易床。它被放在两排书架间的黑暗角落里，上面只有一块布满跳蚤的毯子和一只脏枕头，起初她以为这是给猫睡的床。然后，她又看了一眼，发现枕头下面露出一本书的一角，她把它拉出来，是一本《简·爱》。

从藏书室出来，她去了琴房，那里和她看到的其他地方一样，也是一片混乱。家具摆放得很奇怪，仿佛是为了方便玩捉迷藏游戏。一张躺椅朝墙放着；一个柜子从原来的位置被拖到窗户底下，挡住了一把椅子的一半——柜子后面的一大片地毯上积的灰比其他地方浅一些，比较明显地透出地毯的绿色。钢琴上的花瓶里插着变黑的脆蔓茎，花瓶四周围着一整圈类似灰烬的纸质花瓣。莫斯雷夫人伸手拾起一片花瓣；花瓣碎了，在她戴着白手套的手指间留下一摊黄灰色的污渍。

莫斯雷夫人似乎是跌坐在琴凳上。

医生的妻子不是一个坏女人。她完全确信自己的重要性，她相信上帝其实在看着她所做的每一件事，听着她所说的每一句话，她太忙于发掘在自身的圣洁中体会到的自豪感，以至于无法意识到她可能有的其他任何缺点。她是一个不现实的慈善家，就是说她所做的一切坏事，她自己都意识不到。

她坐在琴凳上，凝视前方时，脑子里在想什么呢？这些人都不能保持在花瓶里插满鲜花，怪不得他们的孩子品行不端！枯死的花似乎顿时向她揭示了问题所在，她思绪纷乱、心不在焉地脱下手套，把手指放在黑色与灰白色的琴键上。

在房间里回响起来的声音是你所能想象出的最刺耳、最不像钢琴声的噪声。一部分原因是因为此架钢琴已经有很多年缺乏保养，没有人弹，也没有调音；还有一个原因就是钢琴的弦震动发出声音后，另一种同样难听的噪声总会即刻跟上，那是一种凄凉的嘶嘶声，一种发怒的、野蛮的尖叫，就像尾巴被你踩在脚下的猫所发出的声音。

这个声音彻底把莫斯雷夫人从幻想中震醒了。听到这种哀号后，她难以置信地盯着钢琴，站了起来，用手捂住脸颊。慌乱中，她只意识到自己不是房间里唯一的人。

那儿，一个瘦小的白色身影从躺椅上站起来——

可怜的莫斯雷夫人。

她没来得及意识到那个穿白袍的人正挥舞着一把小提琴，并且那把小提琴正飞快地大力向下朝她的头敲去。在她意识到这些前，小提琴已经敲到她的脑壳，她昏了过去，失去知觉地摔倒在地上。

她的手臂随意地伸展开来，雪白的手帕仍旧塞在表带里，看上去仿佛没有一丝活着的迹象。她轻轻地向后倒下去，一小片灰尘从地毯上扬起来。

她在那儿躺了足足半个小时，直到女管家从农场上收鸡蛋回来，碰巧瞥了一眼门，看见一个黑影躺在原本空着的地上。

那个白色的人影则没有留下一丝痕迹。

当我记录下记忆里的文字，温特小姐的声音还回荡在我的房间里，真实的程度与我在藏书室听到时无异。她说话的方式能把她所说的刻进我的记忆里，就像拍下的照片一样可靠。但在这点上，当她说："那个白色的人影则没有留下一丝痕迹。"她停顿了一下，所以记录时我也停顿下来，铅笔悬在纸的上方，我在想后来发生了什么。

我一直沉浸在故事里，所以过了一会儿才把注意力从故事里仰面躺在地上的医生妻子身上转到了讲故事的人身上。我感到很惊恐。温特小姐常态下的苍白被一种丑陋的黄灰色所取代，她一贯挺直的身形缩在一起，仿佛在抵御某种看不见的攻击。她嘴巴周围的肌肉颤抖着，我猜她快要无法维持嘴唇紧闭成一直线的表情了，一个被压抑的痛苦表情几乎得以现形。

我惊恐地从椅子上站起来，却不知道自己应该做什么。

"温特小姐。"我无能为力地喊道，"那究竟是什么？"

"我的狼。"我想我是听到她这么说，但是她一开口嘴唇就抖得很厉害。她闭上眼睛，仿佛是在努力调节自己的呼吸。我正要跑去找朱迪思，温特小姐恢复了平静。她胸口的起伏慢了下来，脸部停止了颤抖，她睁开眼睛看着我，尽管脸色依旧像死人一样苍白。

"好一点儿了……"她虚弱地说。

我慢慢地坐回到椅子上。

"我想你刚才提到了狼。"我开口说道。

"是的。那个黑畜生一有机会就啃咬我的骨头。大部分时间，它都在角落里徘徊或躲在门背后，因为它害怕这些。"她指指身边桌子上的白色药片，"但它们的作用不会永远维持下去。快十二点了，它们的效力减弱了。它在闻我的脖子。再过半小时，它就会把牙齿和爪子钻进我的身体。到一点钟我再吃一片药，它又只能退回到角落里去。我们总是在看钟，我和它。它每天都会比上一天提前五分钟发起突袭，但我不能每天都提前五分钟吃药。因为药的持效时间是不变的。"

"但是医生肯定——"

"当然。每周一次，或每十天一次，他会调整剂量，只是永远都不够。医生不想成为杀死我的人，你懂么？所以当死亡来临时，要我命的一定是狼。"

她看着我，不带一丝感情，然后态度变得温和了。

"瞧，药片在这里。还有一杯水。如果我想，我可以给自己做一个了断，随时随地，所以不要为我感到难过。我如此选择，因为我还有事情要做。"

我点点头。"好的。"

"那么,让我们赶快干吧,好吗?我们刚才讲到哪儿了?"

"医生的妻子,在琴房里,还有小提琴。"

于是我们继续工作。

※

查理不习惯去处理问题。

他**有**问题。许多问题——房顶上的洞、开裂的窗格、顶楼房间里腐烂的鸽子——但他都不去理会,抑或是他与世隔绝太久,根本就没有注意到这些问题。当水漏得太严重时,他就关闭一个房间,起用另一个房间。毕竟宅子足够大。人们想知道他慢速运转的头脑是否意识到其他人都在积极地维护他们的房子,不过,年久失修的环境对他来说很自然。身处其中,他感觉很自在。

然而,医生的妻子看上去像是死在了琴房里,这显然是他无法忽略的问题。假如死掉的是我们中的一个人……但是死的是一个**外**人,这就是另一码事了。必须做点儿什么,尽管他对于该做什么毫无概念,他忧虑地盯着医生的妻子,她用手捂住剧痛的头,呻吟着。他或许有点笨,但他知道这意味着什么。灾难要降临了。

女管家派约翰去把医生找来,医生及时赶到了。暂时看来灾难的前兆是没有确实根据的,因为医生的妻子受伤根本不严重,甚至连脑震荡都算不上。她拒绝喝一小杯白兰地,喝了一点儿茶,过了一小会儿,就完全恢复了。"是一个女人,"她说,"一个穿白衣服的女人。"

"胡说八道,"女管家立刻信誓旦旦且不屑地说,"宅子里没有穿白衣服的女人。"

泪水在莫斯雷夫人棕色的眼睛里闪烁,但她没有动摇。"真的,一个女人,身材瘦小,在那儿的躺椅上。她听见钢琴声,站起来,然后——"

"你看见她很长时间吗?"莫斯雷医生问。

"不,只看见了一会儿。"

"那么好了,你明白了么?这是不可能的。"女管家打断她,虽然她的声音里充满了同情,但语调很坚定,"没有穿白衣服的女人。你一定是看见鬼了。"

这时,约翰的声音第一次响了起来:"大家确实认为这个宅子闹鬼。"

聚在一起的这群人看了一会儿被丢在地上的坏小提琴,思量着莫斯雷夫人太阳穴上逐渐鼓起来的肿块,但是不等任何人来得及对这样的理论做出反应,伊莎贝拉就在门口出现了。纤瘦、苗条的她穿着一件浅柠檬黄色的衣服;她随便梳起的发髻乱糟糟的,她的眼睛,尽管很美丽,却透着野气。

"这可能是你看见的人吗?"医生问他的妻子。

莫斯雷夫人将伊莎贝拉同自己头脑中的印象进行了比较。白色和浅柠檬黄的区别有多大呢?瘦小和苗条该如何精确地界定?头被敲了一下对人的记忆会有多少影响呢?她有点犹豫,但接着看到那双翠绿色的眼睛,她发现了和记忆完全吻合的一点,做出了决定。

"是的,这是那个人。"

女管家和约翰避免交换眼神。

从那一刻起,医生忘记了他的妻子,他注意的是伊莎贝拉。他一边一个接一个地问她问题,一边仔细、和善地打量她,他的眼神里透着忧虑。当她拒绝回答时,他没有恼火,但当她费神回答时——调皮、不耐烦、荒谬交替出现——他仔细倾听,在处方便笺上边记录边点头。他握住她的手腕测脉搏,吃惊地注意到她前臂内侧的伤口和疤痕。

"这是她自己干的吗?"

女管家有点儿迟疑,但还是诚实地咕哝道:"是的。"医生担忧地将嘴唇紧闭成一条线。

"我能跟您说句话吗，先生？"他转向查理问道。查理茫然地望着他，医生拉住他的胳膊肘——"要么去藏书室？"——然后坚定地将他带出房间。

女管家和医生妻子在客厅等待，都假装不关心从藏书室里传来的声音。嗡嗡声不是两个人发出的，里面只有一个人的声音，镇静且有分寸。当声音停下时，我们听见"不"，接着又是一声查理提高嗓门的"不"，然后又响起了医生低沉的声音。他们去藏书室有一会儿了，我们听见查理一遍遍的抗议，随后门开了，医生走出来，神情严肃、深受震动的样子。从他身后传来一声绝望、无能为力的嚎叫，但医生只是皱皱眉头，拉上了身后的房门。

"我会与精神病院做好安排。"他告诉女管家，"让我来处理交通工具问题。两点钟可以吗？"

女管家困惑地点点头，医生的妻子起身离开。

两点钟，三个男人来到宅子，他们把伊莎贝拉带上车道上的四轮马车。她像绵羊一样服从他们，听话地在位子上坐好，马匹沿车道慢慢地朝大门跑去时，她都没有朝外看一眼。

双胞胎漠然地用脚趾在沙砾车道上画着圈。

查理站在台阶上看着马车越变越小。他就像是一个被夺走最喜欢玩具的小孩，他不敢相信——依然不太相信——这真的发生了。

女管家和约翰在大厅里焦虑地望着他，等待他明白这一切。

马车到了大门口，穿过门便消失了。查理继续盯着敞开的门看了三、四、五秒钟。然后，他的嘴巴张开了，呈一个大大的圆圈，抽搐颤动着，露出他发抖的舌头、多肉的红色喉咙、横越黑漆漆的口腔的唾液腺。我们呆若木鸡地看着他，等着他张开的、颤抖的嘴巴发出可怕的声音，但是他似乎还未准备好发声。有好几秒钟，声音仿佛在他的体内酝酿,直到他的全身似乎都充满了被压抑的声音。最后,他跪倒在台阶上,呼喊从他的体内迸发出来。不是我们预期的声响巨大的吼叫,而是一声抑郁的鼻音。

两个女孩把目光从脚趾画出的圆圈上抬起了一会儿,然后又冷漠地看回脚下。约翰咬紧嘴唇,转身回到花园去干活,这里没有什么他可以做的事情。女管家走向查理,将一只手放在他的肩膀上安慰他,试图把他劝回家,但他对她的话充耳不闻,只是像一个受挫的男学生那样吸着鼻子尖叫。

事情就是如此。

❦

事情就是如此?这句话奇怪地轻描淡写地说出了温特小姐的母亲的消失。显然温特小姐不认为伊莎贝拉有能力做母亲;确实,"母亲"这个词似乎在她的词典内不存在。这或许也可以理解,在我看来,伊莎贝拉是女人中最缺乏母性的。但是我又有什么资格去判断其他人与他们母亲之间的关系呢?

我合上本子,把铅笔插入螺旋形的装订处,站起来。

"我将要离开三天。"我提醒她,"我会在周四回来。"

然后我留她独自面对她的狼。

狄更斯的书房

我誊写完了那天的笔记。整打铅笔现在都被写钝了，我有一大堆铅笔要削；一支接一支，我把铅笔插进卷笔刀。如果你用力均匀地慢慢转动把手，你有时能让一卷呈螺旋形的带铅木屑一路摇晃着掉进废纸篓不断开，但今晚我很累，于是它们不停地在自身重量的作用下断掉。

我思考着这个故事。我同情女管家和挖土的约翰；查理和伊莎贝拉让我感到紧张；医生和他妻子的出发点是很好的，但我怀疑他们对双胞胎生活的干预不会有好结果。

双胞胎本身也让我感到困惑。我知道其他人怎么想她们：挖土的约翰认为她们不能正常说话，女管家相信她们不明白其他人也是活的，村民们认为她们脑子有问题。我不知道的是——这不仅是好奇的问题——故事的讲述者是怎么想的。讲故事的时候，温特小姐像一盏灯，照亮了除她自己以外的所有的一切。她是故事中心缺失的那点。她说到**他们**，最近她又说到了**我们**，让我感到费解的是"**我**"的缺席。会是什么原因让她以这种方式与自己的故事脱节呢？

假如我就此去问她，我知道她会怎么说。"李小姐，我们有过约定。"我已经就故事的一两个细节问过她，尽管她有时会回答，但她不想回答的时候，就会提醒我想想我们的初次会面："不许作弊，不许超前，不许提问。"

有很长一段时间，我都让自己忍住好奇，然而，那天晚上恰巧发生了一件事，它在某种程度上解答了我的问题。

我已经收拾好桌子，正准备打包行李，有人敲门。我开门发现朱迪思站在走廊里。

"温特小姐想知道你是否有时间去见见她。"这是朱迪思对一句更生硬的"**把李小姐叫来**"的礼貌翻译。

我折完一件上衣，就下楼去了藏书室。

温特小姐坐在惯常的位置上，火烧得很旺，但房间的其他地方一片黑暗。

"要我打开几盏灯吗？"我站在门口问。

"不要。"我的耳朵里传来她隐约的回答，于是我朝她走去。百叶窗开着，窗玻璃上映出布满闪烁繁星的夜空。

我走到温特小姐身边，炉火闪动的光线下，她显得心不在焉。我安静地在自己的位子上坐下，注视着藏书室窗玻璃上映出的夜空，炉火的温暖让人感觉很舒适。她沉思着，我等待着，十五分钟就这样过去。

然后她说话了。

"你有没有看过狄更斯在书房里的那幅画？是一个叫巴斯的人画的，我想。我这里有一张这幅画的复制品，我会找出来给你看。总之，在那幅画里，他把椅子稍微推离书桌远一点，在打瞌睡，眼睛闭着，络腮胡子贴在胸前。他穿着一双拖鞋。他书里的人物像雪茄烟一样飘在他的脑袋周围；一些人物聚集在桌上的文件上方，另一些则飘在他的身后，或向下浮动着，仿佛他们都相信可以用自己的双脚在地上行走。为什么不呢？表现他们的线条就像作者本身一样坚挺，所以他们为什么不能像作者一样真实呢？他们比架子上的书籍**更加**真实，书籍勾画出来只是东一条西一条的线，它们淡入某些地方就会成为鬼魅般的虚无。

"你一定会好奇，我为什么现在回想起这幅画。我对它记忆如此深刻的理由是，它似乎就是我本人生活方式的写照。我关上书房的门，与世隔绝，把自己和想象中的人物关在一起。有将近六十年的时间，我一直在偷听那些不存在的人的生活，而没有受到惩罚。我无耻地偷窥他们的内心和浴室里的壁橱。当他们写情书、遗嘱和忏悔信时，我倾身站在他们的肩膀后面，追随着他们手中羽毛笔的移动。爱人相爱时、杀人犯杀人时、孩子们玩过家家时，我都在一旁观看。监狱和妓院向我敞开了大门；帆船和驼队带我越过海洋、穿过沙漠；我一声号令，几个世纪和几片大陆就消失了。我监视有权势之人的罪行，也目睹谦和之人的高尚。我俯身观察床上的熟睡者，我的腰弯得那么低，他们大概都能感觉到我在他们脸上的呼吸。我了解他们的梦想。

"我的书房里挤满了等着被我写出来的人物。虚构的人物，他们都渴望被赋予生命，他们扯我的袖子，喊着，'我是下一个！继续！轮到我了！'我必须选择。一旦我做出选择，其他人就会安静十个月或一年，等我写到故事的结局时，他们又会开始喧哗。

"在写作的这些年里，我常常会从纸上抬起头——在写完一章时，或在写完一个死亡的场景停下来静思时，抑或有时只是在搜寻一个合适的词——我会看见人群后面的一张脸。一张熟悉的面孔，苍白的皮肤、红色的头发、直勾勾地注视着我的一双绿眼睛。我分明知道她是谁，然而看见她总会让我感到吃惊。每一次，她都能趁我不备。她经常张嘴跟我说话，但几十年来，她总是离得太远无法让我听见，此外，我一意识到她的存在，就会移开我的目光，假装自己没有看见她。我想，这骗不了她。

"人们好奇是什么让我如此多产。其实，是因为她。如果我在写完一本书的五分钟后便开始写一本新书，那是因为从桌上抬起头便意味着与她的目光相遇。

"许多年过去了；书店架子上我写的书越来越多，因此飘浮在我书房上空的人物也变少了。我每写一本书，喋喋不休的声音就会变得轻一点儿，我头脑里的喧嚣感就会减少一些。迫切要求被关注的脸孔变少了，但是她总是在人群的后面，我每写完一本书，她就离我更近一点。那个绿眼睛的女孩，在等着。

"当我写完最后一本书的最后一稿时，那天终于到来了。我写完最后一个句子，点上最后一个句号。我知道将要发生什么。笔从我的指间滑落，我闭上眼睛。'那么，'我听见她说，抑或是听见我自己说，'现在只剩下我们两个人了。'

"我与她争论了一会儿。'这永远不可行。'我告诉她，'那是太久以前的事情了，那时我只是一个小孩子，我已经全忘了。'可我只是装装样子。

"'但我没有忘记。'她说，'记得当……'

"连我自己都明白这不可避免。**我确实**记得。"

空气中的隐约振动平静下来了，我将盯着星星的目光转到温特小姐身上。她的绿色眼睛正凝视着房间里的某一点，仿佛恰好在此刻看见了那个绿眼睛、红头发的小孩。

"那个女孩是你。"

"我？"温特小姐将目光慢慢地从那个小孩的幻影上移开，转向我。"不，她不是我。她是……"她犹豫了，"她是过去的我。那个小孩很久以前就不存在了。火灾发生的那个夜晚，她的生命就终结了，她在大火中死了,这点确信无疑。你现在看到的站在你面前的这个人什么都不是。"

"但是你的事业……那些故事……"

"当一个人什么都不是时,就会虚构。这可以填补空白。"

然后我们沉默地坐在那里,看着炉火。温特小姐时常心不在焉地搓搓自己的手掌。

"你写茹尔·朗蒂埃和埃德蒙·朗蒂埃兄弟的那篇文章。"过了一会儿,她说道。

我不情愿地转向她。

"是什么让你选择他们作为写作对象的?你一定有些特别的兴趣?某些吸引你个人的东西?"

我摇摇头:"没什么特别的,没有。"

接着,只剩下寂静的夜空和噼啪作响的炉火。

一定是过了一个小时或是更久,火苗变弱了,她才第三度开口。

"玛格丽特,"我想这是她第一次用我的名字称呼我,"你明天离开这儿后……"

"嗯?"

"你会回来的,是吧?"

在行将熄灭的闪烁火苗下,很难判断她的表情,也很难说她颤抖的声音究竟有多少是因为她的虚弱或疾病,但在我看来,在我回答"是的,我当然会回来"之前,温特小姐是害怕了。

第二天早晨,莫里斯开车把我送到火车站,我乘车南下。

年　鉴

除了在家，在自家的店里，还可以去其他什么地方开始我的调查呢？

我对旧时的年鉴很着迷。从孩提时起，只要我一感到无聊、焦虑或恐惧，就会去那些架子前浏览一页页的人名、日期和注释。在这些书的封面之间，几行直白、中性的文字便概括了过去的生命。这是一个男人们都是准男爵、主教、议会大臣，女人们都是妻子和女儿的世界。它不会告诉你这些男人是否喜欢拿腰子当早餐，不会告诉你他们爱谁或夜晚吹灭蜡烛后他们在黑暗中恐惧什么。里面没有任何私人的讯息。这些对逝者人生的注释很贫乏，那么是什么东西打动了我呢？只是因为他们**是人**，他们**存在过**，现在他们死了。

读着这些年鉴，我感受到一种震动。动是在我心中，而不是**我的身体**。读着这些人名，早已潜伏于我一侧的另一部分我，苏醒了，爱抚着我。

我从未向任何人解释为何年鉴对我这么重要，也从未说我喜欢它们。但父亲注意到了我的偏爱，所以只要拍卖会上出现年鉴,他总是争取买下来。就这样,这个国家上溯各代无数杰出的逝者,都在我家二楼的书架上安度身后的宁静生活,与我为伴。

我蜷缩在二楼窗户边的椅子上,翻阅那些写着人名的书页。我找到了温特小姐的外祖父,乔治·安吉菲尔德。他不是准男爵,不是议会大臣,也不是主教,但年鉴里依然有他的一席之地。这个家族有贵族血统——曾经有过一个头衔,但是在乔治的前几代,家族分裂了:一支得到了头衔,另一支则拿了钱和地产。乔治属于拿地产的那个分支。年鉴往往会追随头衔的去向,但乔治和取得头衔的那个家族分支关系很近,所以理应享有一个词条,于是他便出现在年鉴里:安吉菲尔德,乔治;他的出生日期;居住在牛津郡的安吉菲尔德宅子;娶了兰斯家的玛蒂尔德·莫尼埃,法国人;一个儿子,查理。我在后面几年的年鉴中追寻乔治后来的情况,我发现在十年之后有一条修正:一个儿子,查理;一个女儿,伊莎贝拉。再翻过几页,我找到了对乔治·安吉菲尔德逝世的确认,往上在"三月份"的条目下,我找到了罗兰和伊莎贝拉结婚的记录。

想到自己一路跑去约克郡听温特小姐讲故事,而其实故事始终就在这里,在年鉴里,年鉴就躺在我床底下几英尺的地方,我一时觉得好笑。但接着我又仔细想了一想。这些记录在案的东西又能证明什么呢?只能证明乔治、玛蒂尔德和他们的孩子查理与伊莎贝拉这些人存在过,不能说明温特小姐没有像我这样通过翻书页发现了他们。这些年鉴可以在各地的图书馆找到,任何人只要想,都可以从头到尾翻阅它们。她大概不会找到一组名字和日期,然后自己围绕它们添油加醋编出一个故事来自娱自乐吧?

除了这些疑虑,我还有另一个问题。罗兰·马奇死了,他死后,年鉴上关于伊莎贝拉的记录就终止了。年鉴里的世界是一个奇怪的世界。在真实的世界里，家族像树一样分支扩张，由婚姻混合的血缘代代相传，编织成一张更为广阔的关系网。另一方面，头衔则是由一个男人传给另一个男人，年鉴只喜欢强调这种狭窄的直线过程。在头衔延续线的两边记录着几个弟弟、侄子、堂兄等至亲，只有关系足够近才能进入年鉴的关注范围。男爵或准男爵可能被年鉴收入。尽管没有说，如果和所发生的一系列惨剧相关的话，有些不是男爵或准男爵的人也可能进入年鉴。但是，家族经过了几代分支后，有些名字就被遗忘了。即使是海难、瘟疫和地震同时发生在一个人身上，也不足以让这些第三代的堂表兄弟重新回到年鉴的收录范围内。年鉴有其局限性，对伊莎贝拉的记录也是如此。她是一个女人，她的孩子也是两个女孩，她的丈夫（不是一位男爵）死了，她的父亲（不是一位男爵）也死了。年鉴把她和她的孩子排除在外；她们落入了凡人的汪洋，她们的生死与婚姻，就像她们的爱恋、恐惧和早餐的偏好一样，太无足轻重了，不值得被记录下来供子孙后代阅读。

不过，查理是男性。年鉴可以扩展收录范围——网开一面——把他包括在内，尽管他已经显得有点儿微不足道了。有关他的信息很少，他的名字是查理·安吉菲尔德。他没有死，但对年鉴的编写者而言，这些讯息已经足够了。

我搬出一本又一本的年鉴，但一遍遍找到的只是同样粗略的描述。每翻开一册新的年鉴，我就会想，这一年里大概不会有他的记录。但每一年的年鉴里，都有他，依旧是查理·安吉菲尔德，依旧是属于安吉菲尔德，依旧是未婚。我又细想了一遍温特小姐告诉我的关于查理和他妹妹的事情，咬紧嘴唇思索他漫长的单身生活意味着什么。

接着，在他应该是四十五岁后的时候，我在年鉴里发现了一个令我惊讶的记录。他的名字，出生日期，他的居住地，以及一个奇怪的缩略语——Ldd——我之前从未注意过。

我求助于缩略语词汇表。

Ldd：法律上的死亡。（Legal decree of decease）

回到查理条目，我皱起眉头盯着它看了好一会儿，仿佛我只要看得够认真，纸本身的纹路或水印就会解开谜团。

在这一年，他在法律上死亡了。就我的理解来说，法律上的死亡适用的情况是，一个人失踪了，过了一段时间后，他的家庭由于遗产继承的原因，可以被允许认定他已死亡，虽然并没有找到证据和遗体。我感觉，一个人需要毫无痕迹地失踪七年后，才能在法律上被宣布死亡。此类人可能在失踪期间的任何时候死亡，甚至，他们可能根本就没有死，只是走开、失踪或漫无目的地闲逛，远离每一个认识他们的人。法律上的死亡并不一定意味着这个人真的死了。我很好奇，什么样的人生最后会以这样含糊、不能令人满意的方式终结？**法律上的死亡。**

我合上年鉴，把它放回到架子上的原位，下楼走到店里去冲可可。

"要让一个人被宣布死亡，你知道要经过哪些法律程序吗？"我站在炉子旁，一边看着锅里正在煮的牛奶，一边大声问父亲。

"我认为我知道的不比你多。"这是他的回答。

接着，他出现在门口，递给我一张卷角的顾客名片。"应该问这个人，退休的法学教授。现在住在威尔士，不过他每年夏天都会来这里看一看，在河边走一走。他人很好，你为什么不写封信给他？同时，你可以问问他是否要我替他保留那本《自然正义原则》。"

我喝完可可后，又回去看年鉴，想要找出更多有关罗兰·马奇和他的家庭的信息。他的叔叔涉足艺术，当我翻到艺术史那部分去深究时，发现他画的肖像——现在被认为很普通——当时却流行过一阵子。莫蒂默的《英国地方肖像》一书里收录了一幅刘易斯·安东尼·马奇早期画的肖像，题为"罗兰，艺术家的侄子"。看着一张还未成年的男孩的面孔，在上面寻找他的女儿年老时的面貌特征，这是一件很奇怪的事情。我花了几分钟研究他肉感的面容、光泽的金发和慵懒的头部姿态。

然后我合上书。我在浪费时间，我知道即使自己整日整夜地盯着这幅肖像看，也不会在上面找到他所生的那对双胞胎的一丝痕迹。

《班伯里先驱报》的档案室

第二天,我乘火车去了班伯里,找到《班伯里先驱报》报社。

带我去档案室的是一位年轻人。"档案室"一词对于和它接触不多的人来说,可能听起来很不平常,但对我这样一个多来年都把假期花在此类地方的人而言,被领进一间犹如橱柜的无窗大地下室丝毫不让我感到惊讶。

"发生在安吉菲尔德的一起房屋失火。"我简短地解释了一下,"大约六十年前。"

男孩把我领到放有相关年代资料的架子前。

"你要我帮你抬盒子吗?"

"我还需要报纸的书评版,大约四十年前的,但我不确定具体是哪一年。"

"书评版?我不知道《先驱报》还有过书评版。"他移动梯子,取下另一组盒子,把它们放在长桌上第一组盒子旁边,照着桌子的灯很亮。

"这些就是你要的。"他高兴地说,然后就留我一个人慢慢看。

我获悉,安吉菲尔德的那场大火是由一起意外事故引发的。当时,人们普遍在家贮存燃料,正是因为这个原因才让大火变得如此猛烈。宅子里当时没有别人,只有业主的两个外甥女,她俩都从火里逃了出来,住进了医院。业主本人据信在外国。(**据信**……我感到很奇怪。我快速记下火灾的日期,火灾发生的六年后,业主才在法律上被宣布死亡。)记录火灾的专栏文章的结尾讲了那幢房子在建筑学上的意义,也提到房子当时的状况不适宜居住。

我抄下故事,浏览了接下去的几个事件的标题,以免漏掉对火灾事故的更新报道,但却没有任何发现,我把手中的报纸放在一边,继续去看其他盒子里的报纸。

"告诉我真相。"他说过。四十年前,《班伯里先驱报》派一个穿着老式西装的年轻男人去采访维达·温特。她从未忘记这个男人所说的话。

那次采访没有留下任何痕迹,甚至报纸里没有哪一页可以被称作书评版,报纸上唯一和文学相关的内容就是那些偶尔出现在标题下面的书评。"你或许会喜欢读……"一位名叫"詹金索普小姐"的评论者写道。我两次在这些段落里看到温特小姐的名字,詹金索普小姐显然读过并喜欢温特小姐的小说;她的称赞热烈而公正,虽然措辞不是学术性的,显然她没有见过作者本人,也不是那个穿棕色西装的男人。

我合上最后一份报纸,将它折得整整齐齐放在盒子里。

那个穿棕色西装的男人是虚构出来的,是诱惑我的一个诡计,是渔夫绑在鱼线上用来引鱼上钩的那只苍蝇。我应该意料到的。我确认了乔治、玛蒂尔德、查理和伊莎贝拉的存在,或许正是这点让我心怀希望。他们至少是真实的人物,穿棕色西装的男人却不是。

我戴上帽子和手套,离开《班伯里先驱报》报社,走到街上。

当我走在冬日的街上寻找咖啡馆时,我回想起了温特小姐先前寄给我的信。我记得那个穿棕色西装的男人所说的话,也记得它们是如何在屋檐下我寓所的椽子间回荡。然而,这个穿棕色西装的男人却是她虚构出来的,我本应该预料到的。她是奇谈的编造者,不是吗?一个讲故事的人,一位寓言家,一名说谎者。那句如此感动我的恳求——**告诉我真相**——说此话的男人甚至都不是真实的。

这种失望的苦涩,让我无法释怀。

废 墟

我在班伯里坐上公共汽车。

"安吉菲尔德?"公车司机说,"不,没有去安吉菲尔德的车,至少目前还没有。宾馆造好后,情况或许会不同。"

"那么,他们正在那里施工?"

"他们在推倒一些陈旧的废墟,将建起一家华丽的宾馆。到了那时,他们或许会为员工开通一班公车,但目前你最远只能坐到切尼路,然后下车走路过去。我估计大概要走一英里吧。"

安吉菲尔德没有多少景致。只有一条街道,木头路牌上也只是极其简单地写着"街道"二字。我走过十几幢联体小别墅,到处都有特别的东西冒出来——一大棵紫杉树,一个给小孩子玩的秋千,一张木质长椅——但大多数住所都有着修饰整齐的茅草屋顶,白色的山墙和艺术风格拘谨的砖结构,彼此就像镜子里的映像一样相似。

别墅的窗户向着外面被篱笆整齐分隔、种满树木的田地,更远一点儿的地方可以看见牛羊和一片浓密的树林，树林后面，根据我的地图显示，是鹿园。这里没有所谓的人行道，不过这没什么关系，因为这里也没有车辆。事实上，我根本就没有看到任何人迹，直到我走过最后一幢别墅，来到一个既是邮局又是百货商店的地方。

两个穿着黄色雨衣的孩子从商店里走出来，他们的妈妈在邮箱前停下脚步，孩子就在她前面的街上跑着。美丽娇小的她为了不让夹在手臂下的报纸掉在地上，正费劲地往信封上贴邮票。较大的那个孩子是男孩，他朝上伸出手把糖纸扔进马路边柱子旁的垃圾筒。他又想去拿妹妹的糖纸，但她不答应。"我自己能行！我自己会扔！"她踮起脚尖，伸长手臂，不顾哥哥的抗议，把糖纸朝垃圾筒的开口掷去。一阵微风吹起糖纸，把它吹到了马路对面。

"我早就告诉过你！"

两个孩子都转身飞跑起来——接着他们看到我，就停了下来。两人前额上金色的刘海都停止跳动，静止在两双一模一样的棕色眼睛上方。两人的嘴巴也都呈现出同样惊讶的表情，他们不是双胞胎，却如此相像。我止步拾起糖纸，朝他们伸出手。女孩子愿意接过它，于是就向前迈了一步；她的哥哥比较谨慎，伸手拦住她的去路，并喊道："妈妈！"

金头发的女人从邮箱那头望过来，目睹了这个场面。"没事的，汤姆。让她拿吧。"女孩子从我手里拿走糖纸，却没有看我一眼。"说谢谢。"她的妈妈吩咐。两个孩子拘谨地道了谢，然后带着谢意转身跑开了。这一次，女人把自己的女儿抱起来让她够到垃圾筒，她一边这么做，一边又看了我一眼，看到我的相机时她尽量掩饰起自己的惊讶。

安吉菲尔德不是一个可以让我隐身的地方。

她矜持地朝我微笑。"散步愉快。"她说，然后便转身跟着她的孩子，他们已经沿着大街往回朝别墅跑去。

我目送他们远去。

两个孩子一边跑一边互相嬉闹，彼此间仿佛有一根无形的绳子连着。他们随意改变方向，奔跑的速度也是忽快忽慢，但两人却始终心灵感应地保持着同步。他们像两个舞者，随着一致的内在音乐移动，又像是两片被同一阵微风吹起的树叶。这是一种既神秘又熟悉的感觉，我想要更长久地观察他们，却害怕他们会转身发现我在盯着他们看，于是我走开了。

走了几百码后，宅子的大门出现在我的视野里。大门不但关着，而且被焊死在地上，每扇门的金属镂空之间都缠满了常春藤。铁门上面有一道离地很高的白色石头拱门，拱门的两边连着两个独立的带窗户的小房间。一扇窗户上贴着一张纸。作为有阅读习惯的人，我无法抵抗阅读的诱惑；我爬过又长又湿的草去看，但是纸上的内容看不清楚。建筑公司的彩色标识还在，但是下面的两段话已经成了两摊灰色的污渍，签名的印迹略深一点儿，但也深不了多少。纸上留有文字的痕迹，但长时间的日晒已经让文字褪了色。

我原准备好要绕宅子的边界走很久才能找到进去的路，但没走几步便在墙上发现了一扇闩着的木门。一眨眼的工夫，我就进去了。

车道曾经铺过沙砾，但现在上面已经没什么鹅卵石了，只剩下光秃秃的土壤和短而硬的杂草。转过一个长弯后是一座沙石和燧石砌成的小教堂，接着车道便朝另一个方向延伸至一片树和灌木丛的后面，看不见了。车道的两边都长满了草木；不同树种的树枝都在争夺空间，树脚下也密密麻麻地长满了各类杂草，不见一丝缝隙。

我朝教堂走去。这座教堂在维多利亚时代重建过，但依然保留了中世纪的质朴风格，小巧且优雅，它的尖顶指示了天堂的方向，却没有那种要把天空穿一个洞的突兀感。教堂造在砾石弯道的最高点；当我走近后，我的目光从教堂墓地前有顶盖的门转到了位于我身体另一边的林荫道上。沿着林荫道每走一步，视野就越开阔，最后巨大的石砌安吉菲尔德宅子现身了，我呆呆地停下脚步。

宅子的朝向很怪。从车道走到宅子前，你面对是宅子的一角，并且根本看不清楚哪一面是宅子的正面。仿佛宅子知道应该以正面迎接来访者，但是在最后一刻它却按捺不住以背面示人的冲动，还是转身凝望着鹿园和庭院尽头的林地。访客受到的不是欢迎的微笑，而是一个冰冷的肩膀。

宅子外观的其他方面只会加剧它的不协调感，造得很不匀称。突出在宅子的主体部分之外的三大隔间，每个都有四层楼高，隔间的十二扇既高又宽的窗户是宅子正面唯一看着协调有序的东西。在宅子的其他部分，窗户的布局乱七八糟，没有哪两扇窗户是一样的，也没有哪两扇窗户是对齐的，无论是上下还是左右。在三楼上面，建造者试图用单独一道栏杆将宅子各个完全不同的部分连在一起，但这显然不可能，因为到处都是突出的石头、游离于主体之外的隔间和怪异的窗户；栏杆的尽头不过是乱糟糟的另一头罢了。在这道栏杆上面是一排塔楼、角塔和高烟囱，它们构成了一道蜂蜜色的崎岖屋顶线。

一片废墟？大部分的金色石头看上去新鲜干净，就像刚开采出来的一样。当然，角塔上的石雕看上去有点破损，栏杆的很多地方碎裂了，但它依然不像废墟。此刻，在蓝色天空的映衬下，鸟儿绕着宅子的塔楼飞行，宅子周围绿草环绕，我一点儿也不难想象这个地方是有人居住的。

接着，我戴上眼镜，一下就看清了。

窗户都缺了玻璃，窗框不是腐烂了就是被烧没了。在我右手边的窗户上，我本以为是光影的东西，原来是大火留下的痕迹。鸟儿也不是在宅子上方的天空中上下扑腾，而是在宅子里面乱飞。宅子没有屋顶。这不是一栋房子，只是一栋房子的躯壳。

我拿下眼镜,看到的又是一栋完好无损的伊丽莎白风格的宅子。假如天空被染成靛蓝色,月亮又突然被云遮住了,人是否会感觉到一种隐隐的威胁?也许会吧。但是今天在万里无云、一片蔚蓝的天空的映衬下,眼前的场景本身很是无邪。

车道上横着一到栅栏。栅栏上贴着一张告示:**危险。请勿靠近**。我注意到栅栏上有一处连结很松,于是我移动板条,钻了进去,然后又把身后的栅栏复位。

绕开索然无味的宅子侧翼,我来到宅子的正面。在第一和第二隔间之间有六级宽阔的低台阶通向一道钉着板条的双幅门。台阶的两侧各有一个基座,上面各摆着一樽用某种黑色抛光材料雕刻出来的大猫。它们的轮廓被雕得如此生动,以至于我的手指抚过其中一樽时,以为自己会摸到柔软的毛发,却被坚硬石头的冰冷吓了一跳。

第三个隔间底楼的窗户被火烧得最厉害。站在一块倒下的石头上,我就有足够的高度看到里面的情况。我看到的景象在我的心里引发了深深的不安,就"房间"的概念而言,所有的房间都会具有一些令人感觉熟悉的普遍特点。虽然我在自家店里楼上的卧室,我小时候在父母家的卧室,以及我在温特小姐家里的卧室,每一个都不尽相同,但它们都有着某些相同的元素,这些元素对不同地方的所有人都适用。即使是一个临时的露营地,顶上也会有东西遮风挡雨,也会有空间让人进入、活动和离开,也会有东西让人区分室内和户外。但这儿什么都没有。

房梁都掉下来了,有些只掉了一头,于是便将空间对角分割;站在石块上,我看到房间的余下部分堆满了木器和其他一些不知道是什么的东西,一直堆得有窗户那么高。角角落落里都是旧鸟巢,鸟儿们一定是把种子带进来了;雪花和雨点像阳光一样洒进屋内,于是在这个被严重破坏的地方竟然长出一些植物;我看到了冬天里呈黄色的醉鱼草枝条，还有朝着光线方向生长的细长的接骨木。常春藤攀上墙壁，就像墙纸上的图案。我伸长脖子向上看，就像看进了一条黑暗的隧道。四面的高墙依旧完好无损，但我没看到天花板，只看见四根不规则布局的粗房梁，它们上面是空荡荡的一片，然后又是几根房梁，如此一路向上延伸。隧道的尽头有光亮，是天空。

连鬼也不可能在此地生存。

几乎难以想象这里曾经有过帷帘、家具和油画。吊灯照亮的地方如今只剩下太阳的光线。这个房间过去是做什么用途的？客厅，琴房，还是餐厅？

我眯着眼睛看着房间里乱七八糟的大堆东西。在曾经构成一个房间的这堆不可辨认的杂物中，我注意到一件东西。起初，我以为那是一根掉下一半的房梁，但它似乎不够粗，而且它看上去是和墙壁连在一起的。它的旁边，还有一根和它一样的东西；再旁边，又是一根；每隔一段固定的间距，就有一根这样的木头，而且这些木头上面似乎还有接口，仿佛曾经有其他木头以某个角度和它们连在一起。事实上，在一个角落里，就有一根这样的木头，它的上面还连着其他部件。

我拼命地思考。

这些梁是**书架**。乱糟糟的残骸的前身是一个藏书室。

我立刻从没有玻璃的窗户爬进屋内。

我小心地四处走动，每走一步都会检验自己的落脚点是否合适。我凝视每一个角落和黑暗的缝隙，但没有看到一本书。倒不是说我指望找到几本书——这种情形下不可能有书保存下来。不过，我还是忍不住要寻找。

有几分钟，我专心拍照。我拍了没有玻璃的窗框，过去用来承载书的木板，以及门框巨大的厚重橡木门。

为了把石头大壁炉拍得最好，我弯下腰，身体略向一侧倾斜，正在这时，我突然停了下来。我咽了一下口水，意识到自己的心跳有些加快。是我听到了什么动静吗？或是感觉到了什么？是我脚下的碎石深处有所移动吗？不是，什么事也没有。一切都没有改变，我小心翼翼地走到房间的边上，那块地方有一个足够陷进一只脚的大洞。

我正位于宅子的主走廊里。我从外面曾看到过这里高高的双幅门，石质的楼梯在大火中得以完好无损地保留下来。楼梯上面的一大片开阔区域里，扶手和栏杆现在都缠着常春藤，然而建筑的线条还是很清晰：一个渐宽的弯道盘旋至底部形成一个贝壳的形状，就像是一个奇特的倒置撇号。

楼梯通向一条走廊，这条走廊过去一定是和整个门厅一样宽。走廊的一边只剩下一些边缘参差不齐的地板，从那里可以看见楼下的石头地板。另一边几乎是完整的。沿走廊的扶手依然在，还可以看见一个回廊。回廊的天花板，尽管污渍斑斑，还是完好无缺；地板也在；甚至还有门。这是我在宅子内看到的第一处逃过火灾大破坏的地方，它看上去像是一个可以住人的地方。

我快速拍了几张照片，然后小心翼翼地朝回廊走去，每次移动重心前，我都会谨慎地测试脚下地板的承重能力。

第一扇门里面什么都没剩下，只能看见一些树枝和蓝色的天空。没有墙壁，没有天花板，没有地板，只有户外新鲜的空气。

我把门再次关上，沿着回廊的边沿继续前进，下定决心不要因为这个地方的危险而紧张。我一直很小心地移动，走到第二扇门前。我转动门把手，让门自己旋开。

有动静！

我的妹妹！

我差一点儿要迈步朝她走去。

差一点儿。

然后我意识到，那是一面镜子。一面失去光泽、覆盖着灰尘、布满了墨迹般的黑点的镜子。

我向下看看我差一点儿就要踩上去的地方。那个地方没有地板，直接通往下方离我有二十英尺的石头地面。

我现在知道自己刚才看见什么了，但我的心依旧狂跳不止。我再次抬起目光，看见她在那里。有着苍白的面孔和黑色眼眸的流浪者，一个朦胧的身影，一个颤抖的古老轮廓。

她也看到我了。她站在那里，渴望地向我伸出手，仿佛我所要做的一切就是向前迈步握住她的手。总之，迈步向前握住她的手，最终与她会合，难道不是最简单的解决方案吗？

我注视着等待我的她，我究竟在那里站了多久？

"不。"我轻轻地说，但她却依然伸手召唤着我。"对不起。"她慢慢放下了手臂。

接着，她拿起相机，给我拍了一张照片。

我为她感到难过。我知道，透过镜子拍的照片从来就看不清楚。我以前试过。

我站在那里，手握着第三扇门的把手。"三"的法则，温特小姐提到过，但我不再有心情思考她的故事。内部漏雨、摆着戏弄人的镜子的危险宅子，让我不再感兴趣。

我要走了。去拍教堂？我连教堂也不想拍了。我要去村里的商店，我要打电话叫出租车，去车站，从那儿回家。

所有这些事情，我立刻就会去做。但此时此刻，我只想这样待着，头靠着门，手指放在门把手上，对门内的一切无动于衷，等待眼泪流过，让心情自己平复下来。

我等着。

然后，我的手指下面，第三扇门的把手开始自动转起来。

友好的巨人

我开始跑。

我跳过地板上的窟窿,三步并作一步跳下楼梯,立足不稳,扑向扶手寻求支撑。我一手抓住一根常春藤,绊了一下,稳住自己,接着又再度摇摇晃晃地向前跑。藏书室?不,另一条路。穿过一道拱门,接骨木和醉鱼草的枝条钩住我的衣服,我踩着破宅子里的碎石前进时,几次差点摔倒。

最后,无可避免,我重重地摔到地上,号啕大哭起来。

"噢,天哪,哦,我的天啊!我吓到你了吗?哎呀。"

我透过拱门,望过去。

我靠在走廊的楼梯口,看见的不是我想象出来的一具骷髅或一只怪物,而是一个巨人。他稳当地走下楼梯,轻巧且满不在乎地穿过地上的碎石,来到我的身边,表情万分关切。

"噢,我的天哪。"

他的身高一定有六英尺四或六英尺五,体格很宽,宽得仿佛连他置身的宅子都缩小了。

"我从不想——你瞧，我只是想——因为你已经在这儿待了一段时间，于是——不过这点现在无关紧要，因为关键是，天哪，你有没有受伤？"

我感觉自己的个头相形之下就像小孩子。不过，这个男人尽管体格硕大，身上却也有一股孩子的气息。他胖得不可能长皱纹，有着一张天真无邪的圆脸，秃脑袋上还围着一圈浅金色的卷发。他的眼睛就跟他的眼镜框一样圆。透明的蓝色眸子十分友善。

我一定是头昏眼花的样子，可能还过于苍白。他跪在我的身边，握住我的手腕。

"噢，哎呀，你摔得可不轻。要是我——我不应该——脉搏跳得有点儿快。嗯。"

我的脸颊有点儿刺痛。我伸手去摸裤子膝盖处的裂口，手指立刻就被血染红了。

"天哪！哦，是腿摔伤了，是吗？摔断了吗？你的腿能动吗？"我扭扭脚，巨人的表情变得轻松一些了。

"谢天谢地。我永远不会原谅自己。好了，你待在这儿，我去——我只要去拿——我马上回来。"然后他走开了。他的脚灵巧地在参差不齐的木头边缘跳来跳去，很快便跃上了楼梯，上半身则几乎不动，仿佛和脚下复杂的动作毫无关系似的。

我深吸一口气，然后等着。

"我把水壶烧上了。"他回来时宣布。他还拿了一个真正的急救箱，雪白的底色上有一个红十字，他从里面取出一瓶消毒水和一些纱布。

"我一直说，总有一天有人会在那个陈旧的地方受伤。我备着这个急救箱已经很多年了。有备无患，对吧？哦，天哪，啊！"当他把沾有消毒水的纱布按在我受伤的胫骨上时,他痛苦地皱起眉头。"让我们勇敢一点儿,好吗?"

"你这里有电吗?"我问,我感到很疑惑。

"电?这是一片废墟啊。"他盯着我看,对我的问题大感吃惊,仿佛我摔成了脑震荡而神志不清。

"我只是想到你说你把水壶烧上了。"

"喔,我明白了!我有一个便携炉子。我过去还有一只热水瓶,不过——"他仰起鼻子,"用热水瓶的水泡出来的茶味道不是很好,不是吗?好了,还疼得厉害吗?"

"只有一点点痛。"

"好孩子,这跤摔得可真不轻。好了,喝茶吧——柠檬和糖,行吗?很抱歉没有牛奶,这儿没冰箱。"

"加柠檬就可以了。"

"好的。那么,让我们把你弄得舒服点。雨已经停了,在户外喝茶好吗?"他走到宅子正面的双幅门前,拔掉门闩。门仅仅旋开了一道很小的缝,我试图站起来。

"不要动。"

巨人跳回我身边,俯身把我抱起来。我感觉自己被抬到半空中,被人稳稳地抱到外面。他坐在我身边的石头黑猫背上,就是我一小时前欣赏过的两只猫中的一只。

"你等在这儿,我回来时,你和我就有好茶可以喝了!"于是他走回宅子里。他巨大的背影移上楼梯,消失在回廊和第三个房间的入口处。

"舒服了吗?"

我点点头。

"好极了。"他笑得仿佛一切真有那么好,"好啦,让我们自我介绍一下吧。我叫拉乌①。奥里利乌斯·阿方斯·拉乌,请一定叫我奥里利乌斯。"他期待地望着我。

"我叫玛格丽特·李。"

"玛格丽特。"他微微一笑,"好极了。真是太好了。好了,喝茶吧。"

他在猫的两个耳朵之间仔细地展开一块餐巾,里面包着一块黏糊糊的黑色蛋糕,切得很厚。我咬了一口。这是一块适合冷天吃的完美蛋糕:带有生姜的味道,甜而不腻。巨人将茶倒进精美的瓷杯中,他递给我一罐糖,然后又从胸前的口袋里取出一个丝绒抽线袋子,打开后,里面是一把柄上装饰着一个拉长的字母A的银勺子。我接过勺子,搅拌了一下自己的茶,接着又把勺子递还给他。

我吃蛋糕喝茶时,招待我的主人就坐在第二只石猫上,尽管块头很大,他的模样却透出几分出人意料的小猫式的羞涩。他安静地吃着蛋糕,专心地保持整洁。他也会看我吃,焦急地想知道我是否喜欢他提供的食物。

"真好吃。"我说,"我猜是自己家里做的吧?"

两只石猫之间大约相距十英尺,交谈时我们不得不略微抬高声音,这给谈话平添了几分戏剧色彩,好像是一场表演。而我们也确实有观众,在雨后的日光下,在树林边,一只鹿一动也不动地站在那里,好奇地注视着我们。它眼睛一眨也不眨,翕动着鼻孔,保持警觉。发现我看到了它,它也没想要跑开,相反它似乎决心不要害怕。

我的巨人伙伴在餐巾上擦擦手指,然后抖抖餐巾,又把它一折四叠好。"那么,你是喜欢吃这种蛋糕?制作蛋糕的秘方是拉乌夫人传给我的。我从小就开始做这种蛋糕了,拉乌夫人是一个很好的厨师。

---

① 原文中的名字是"Love",是"爱"的意思。

从各方面看，都是一个了不起的女人。当然，她现在去世了，岁数也差不多了。虽然人们会希望——但不可能都尽如人意。"

"我懂。"尽管我不敢肯定自己一定明白了。拉乌夫人是他的妻子吗？可是他却说自己从小就开始按她的秘方做蛋糕。他肯定不是指他的妈妈？为什么他会叫自己的妈妈拉乌夫人？但有两件事是很显然的：他爱她，而她已经死了。"我感到很遗憾。"我说。

他以一个伤心的表情接受了我的慰问，然后又变得开心起来。"但这是一件很合适的纪念物，你不这样认为吗？我是指蛋糕。"

"当然。事情过去很长时间了吗？你失去她很久了吗？"

他想了一想。"差不多二十年了，虽然感觉更长，也可能感觉较短。这取决于你是如何看待它的。"

我点点头，我也不比他更明白。

我们沉默地坐了一会儿。我望着远处的鹿园，在树林的顶端，有更多的鹿冒了出来。它们随阳光一起穿过长满草的园子，我腿上伤口的刺痛感已经消失。我感觉好一点儿了。

"告诉我……"巨人开口说道，我怀疑他是鼓足勇气才提出这个问题的，"你有妈妈吗？"

我大吃一惊。人们一般都不会注意我很久，更不用说问我私人问题了。

"你介意吗？原谅我这么问，不过——我该怎么说呢？家庭是一样——一样……但是如果你不想回答——我向你道歉。"

"没关系。"我慢慢说道，"我不介意。"实际上，我是不介意。可能是我经历了一系列的惊吓，或者是这个奇怪环境的影响，似乎我在这里、对这个男人说关于自己的任何事情，都会和他一起永远留存在这个地方，不会和世界的其他任何地方有关系，我对他说任何事情都不会有什么后果。于是我回答了他的问题："是的，我有妈妈。"

"妈妈！多么——噢，多么——"他的眼神中充满了强烈的好奇，还有一些悲伤或渴望。"有什么能比有一个妈妈更令人愉快呢！"他最后感叹道。这显然是请我再多说一点。

"那么，你没有妈妈吗？"我问。

奥里利乌斯的脸即刻有些扭曲。"真是伤心——我一直想要——一个爸爸也行，说到这个问题，甚至是兄弟姐妹。有一个真正属于我的人就可以了。小时候，我常常假装自己有亲人。我想象出了一整个家族。好几代人！你一定会笑话我！"他说这些话时，脸上没有任何会让人笑话的东西，"但是说到一个真正的妈妈……一个实际存在、为人所知的妈妈……当然，每个人都有妈妈，不是吗？我明白的。问题是要知道谁是自己的妈妈。我一直希望有一天——这不是不合理的，对吧？我从来没有放弃这个希望。"

"啊。"

"这是很令人遗憾的事情。"他耸耸肩，想要表现得随意一些，但其实并非如此，"我要是有个妈妈就好了。"

"拉乌先生——"

"请叫我奥里利乌斯。"

"奥里利乌斯。你知道，说到妈妈，事情并非总是如你想的那样愉快。"

"啊？"这似乎对他而言是一个大启示。他仔细凝视我："争吵？"

"不完全是。"

他皱起眉头："误解？"

我摇摇头。

"还要糟糕？"他很惊讶。他先是看看天空和树林，最后看着我的眼睛，试图搞清楚问题所在。

"秘密。"我告诉他说。

"秘密！"他瞪圆了双眼，迷惑不解地摇摇头，竭力试图去理解我的意思。"原谅我，"他最后说，"我不知道该如何帮你。我对家庭知之甚少，我在这方面的无知程度比海洋还要深。说到秘密，我只能表示遗憾。我肯定你的感觉是有理由的。"

同情让他的眼神很温暖，他递给我一块折得很整齐的手帕。

"抱歉，"我说，"这肯定是你原来没料到的。"

"我想到了。"

我擦眼泪时，他把目光从我身上移开，投向鹿园。天色慢慢变黑了。我顺着他的目光，看到了一团白色的微光：一头浅色的鹿正轻快地跳入树林。

"当我感觉门把手转动时，"我对他说，"我还以为你是鬼，或是一具骷髅。"

"一具骷髅！我！一具骷髅！"他开心地咯咯笑，整个身体似乎都笑得颤抖起来。

"但你竟然是一个巨人。"

"确实如此！一个巨人。"他揉揉眼睛，停下笑，说，"你知道这儿有一个鬼——大家都这么说。"

我知道，我差点儿说，**我看见她了**，但他说的当然不是那个我看到的鬼，"你见过那个鬼吗？"

"没有。"他叹了一口气，"连鬼影子也没见过。"

我们沉默地坐了一会儿，两个人都在沉思自己的鬼。

"开始变冷了。"我说。

"腿感觉好了吗？"

"我想是的。"我从石猫背上滑下来，试试自己的腿是否能走，"是的，现在好多了。"

"太好了，太好了。"

我们的声音在日渐昏暗的天色里听起来很轻。

"拉乌夫人到底是谁?"

"收养我的女士。她给了我她自己的名字,她给了我她的菜谱。实际上,她给了我一切。"

我点点头。

然后我拾起照相机。"我想我真的该走了,我应该赶在天黑前拍几张教堂的照片。太感谢你的茶了。"

"我过几分钟也要走了。遇见你真是太好了,玛格丽特。你还会再来吗?"

"你并不住在这里,对吗?"我怀疑地问。

他笑了。他的笑很甜,就像那块味道浓郁的黑色蛋糕。

"我的天哪,不。我在那边有住所。"他指指树林,"我只是下午来这里。为了——好吧,不要说是为了沉思,是吧?"

"他们马上就要拆除这里了,我想你是知道的吧?"

"我知道的。"他心不在焉、怜爱地摸着石猫,"这真让人惋惜,不是吗?我一定会想念这个老地方的。实际上,当我听说你时,我还以为你是那些人派来的,勘测员之类的人。但你不是。"

"对,我不是勘测员。我在写一本书,关于曾经住在这里的人。"

"安吉菲尔德的两个女孩?"

"是的。"

奥里利乌斯沉思地点点头。"她们是双胞胎,你知道的。可以想象。"有一会儿,他的眼睛凝视着远方。

"你还会再来吗,玛格丽特?"我拿起包时,他问。

"我一定会再来的。"

他把手伸进口袋,掏出一张名片。奥里利乌斯·拉乌,为婚宴、洗礼仪式和派对提供传统英式餐饮服务。他指指上面的地址和电话号码。"你再来时,一定打电话给我。你一定要来我家,我会为你准备真正的好茶。"

我们分别前,奥里利乌斯拉着我的手,以一种旧式的从容方式拍拍它。然后他硕大的身躯轻巧地迈上那片宽阔的台阶,关起身后厚重的门。

我慢慢地沿车道走向教堂,脑子里想的全是刚才碰到的陌生人——相遇并成为朋友,这几乎都不像我了。当我穿过教堂墓地前的门时,我想到或许**我**才是陌生人。这只是我的想象吗?抑或是,自从我见到温特小姐以来,我已经不再完全是我自己了?

墓　地

我赶到教堂时,天色已晚,拍照已不可能。于是我拿出笔记本记录我在教堂墓地的所见所闻。安吉菲尔德是一个古老的社区,但规模很小,所以没有很多坟墓。我找到了约翰·迪金斯的墓碑,上面写着**为我主花园而奉献一生**;还发现一个叫玛莎·邓恩的女人的墓碑,上面写着**我主忠诚的仆人**,她的生卒日期与我预计的女管家的生卒日期很接近。我记下墓碑上的姓名、日期和墓志铭。有一块墓碑前摆着一束鲜花,一束色彩鲜亮的橙色菊花,我走近去看是谁让人如此挂念。一看是**琼·玛丽·拉乌,永不忘怀**。

我到处找都没有看到带"安吉菲尔德"姓的墓碑。不过这一点只让我困惑了一小会儿,这个家族的墓碑应该不会安放在普通的教堂墓地里。他们的坟墓应该建得比较豪华,有雕像,大理石墓碑上应该刻着长长的家族历史,而且他们的墓碑应该是放在教堂里面的。

教堂里光线很昏暗。窗户很古老,厚实的拱形石头窗框内镶嵌着窄窄的绿玻璃,透进来的阴沉光线只能勉强照出苍白的石拱和柱子、黑色顶梁间的白色拱顶，以及磨得很光亮的木头长椅。当我的眼睛适应了周围的环境之后，我凝视着小教堂里的纪念石和纪念碑。安吉菲尔德家族已经**死了**好几个世纪了，这里可以看到他们所有人的墓志铭，一行又一行滔滔不绝的赞辞都被不惜工本刻在价值不菲的大理石上。我会改天再回来解读这些关于前几代人的铭文，但今天只是来寻找几个名字而已。

乔治·安吉菲尔德死后，关于这个家庭的闲话就终止了。查理和伊莎贝拉——想来是他们作出决定——不要为后人深入总结他们父亲的生死。**免除了俗世的不幸，现在他与耶稣同在**。石头上就刻着这么一句简洁的话。伊莎贝拉在世上的角色以及她的离世被总结成一句最常规的套话：**深受人爱的母亲和妹妹，她去了更好的地方**。但我依然把它抄在自己的笔记本上，还迅速计算了一下。她死时比我还年轻！虽然没惨到像她的丈夫那样死得早，但依旧没到正常的死亡年龄。

我差点儿就错过了查理的墓碑。看过教堂里所有墓碑后，我几乎就要放弃了，这时，我的眼睛最后落在了一块小小的黑石头上。它那么小，那么黑，仿佛设计时就是为了不让人看见，至少是想显得无关紧要。墓碑上的字没有镶上金片使之凸出来，因此不可能用眼睛看清它们，于是我伸手去摸这些刻着的字，像读盲文一样，用指尖一个字一个字地摸。

查理·安吉菲尔德
他走进了黑夜。
我们再也不会见到他了。

墓碑上没有写日期。

我突然打了一个寒战。我想知道，是谁选了这些词语？是维达·温特吗？这些词语背后藏着什么样的心境呢？在我看来，这种表达有些模棱两可。是亲人亡故后的悲痛？还是得胜后的幸存者对一个坏蛋的告别？

离开教堂，我慢慢地沿着沙砾车道朝大门口走去，我感觉有一股轻若无物的力量在审视我。奥里利乌斯走了，那么是谁在审视我？也许是安吉菲尔德的鬼魂？或是房子本身充满血丝的眼睛？最有可能只是一头鹿隐身在树林的阴影下观察我。

❧

"这不应该。"那晚我爸爸在店里说，"你不能回家只待几个小时。"

"我**在**家了。"我假装无知地抗议，但我知道他是在说我的妈妈。事实是，我无法忍受她把家弄得像锡一样亮堂，也无法忍受她房子里质朴的苍白。我生活在阴影里，习惯了与我的悲伤为友，但在我妈妈的家里，我知道自己的忧伤是不受欢迎的。她可能会喜欢一个兴高采烈、健谈的女儿，女儿的阳光性格会有助于消除她自己的恐惧。实际上，她很害怕我的沉默。我情愿住在外面。"我没有时间，"我解释道，"温特小姐急着要我们加紧工作，毕竟离圣诞节只有几个星期了。那时我会再回来。"

"好吧，"他说，"圣诞节快到了。"

他看起来伤心而担忧。我知道是我引起的，对于自己的无能为力我感到很遗憾。

"我打包带几本书去温特小姐那里，我在索引卡上留了一张条。"

"好的，没问题。"

❧

那天夜里，我床边的一股压力把我从睡梦中拉了出来。骨头的棱角透过被子压迫我的肌肉。

是她！终于来找我了！

我要做的就是睁开眼睛，看着她，但是恐惧让我动弹不得。她会是什么样子？像我？高高瘦瘦，长着一对黑眼睛？或者——我怕的就是这个——她是径直从坟墓里出来的吗？我自己也将与她为伍是一件多么恐怖的事情啊——我自己要重新和她相聚——去**那里**？

恐惧消散了。

我醒了过来。

透过毯子传来的压力消失了，只是梦中的虚构的事情。我不知道自己是感觉轻松还是失望。

我起床，重新把自己的东西打包，在萧瑟的冬日黎明走向车站，去赶北上的第一班火车。

中 局

赫丝特来了

　　我离开约克郡时已是十一月中旬；回来时十一月只剩几天，十二月份即将到来。

　　十二月总是让我头疼，它会使我原本已经很小的胃口进一步衰退，让我无法定心阅读。它那潮湿、寒冷的黑暗会让我半夜惊醒。我体内有一只从十二月的第一天就开始运转的时钟，它会数着每一天、每一小时和每一分钟，倒计时至某一天，那是我的生命开始和改变的日子：我的生日。我不喜欢十二月。

　　今年，天气使这种不祥之兆变得更为严重。阴沉的天色压抑地笼罩在房子上空，把我们始终困在没完没了的暮色中。我回来时，发现朱迪思正急匆匆地从一个房间跑到另一个房间，从一次也未曾使用过的客房里收集台灯、落地灯和阅读灯，然后把它们放在藏书室、客厅和我的房间里；竭尽所能去驱散潜伏在每一个角落里、每一张椅子底下、窗帘和纺织物的褶皱间的灰暗。

　　温特小姐没有问任何关于我离开期间的问题；她也没有跟我讲任何关于她疾病进程的事情，但即使我只离开短短几天，还是可以看出她健康状况的明显恶化。羊绒外套穿在她日渐消瘦的身上明显变得空落落了，她手指上戴的红宝石和翡翠的体积也似乎变大了，手变得很瘦。她头发根部清晰的白色线条在我走后变宽了；白色爬上了她的每一根发丝，冲淡了她那淡橙发色的金属色调。不过，尽管身体很虚弱，她看上去还是充满某种力量、某种活力，它们压倒了疾病和衰老，让她变得很强大。我一进房间，几乎不等我坐下拿出笔记本，她就开始说话了，从上次停下的地方继续讲起，仿佛故事已经冲到了她的喉咙口，一刻也不容忍耐了。

❧

伊莎贝拉被送去精神病院后，村民们觉得应该为她的两个孩子做些什么。她们只有十三岁，不是可以无人照顾的年纪，她们需要一个女人的管教。难道不该把她们送去学校吗？可是哪个学校会接收这样的孩子呢？既然不可能找到接收她们的学校，大家决定雇一位家庭女教师。

找到了一位家庭女教师，她名叫赫丝特，赫丝特·巴罗。这不是一个迷人的名字，而她也不是一个迷人的姑娘。

莫斯雷医生安排了一切。沉溺在痛苦中的查理几乎意识不到正在发生什么，约翰和女管家只是宅子里的仆人，所以也不用与他们商量。医生去找了安吉菲尔德家的律师洛马克斯先生，他们两个在银行经理的帮助下安排一切，然后便万事就绪了。

我们被动且无助地期待着，每个人的心情都很复杂。女管家怀着两种互相抵触的情绪，她本能地对进入她领地的陌生人有所怀疑，伴随这种怀疑而来的是一种恐惧，害怕被发现自己不够格——因为她已经负责这栋宅子很多年了，知道自己的弱点。她也感觉到希望，希望新来者能给两个孩子灌输一种纪律感，从而恢复宅子内正常的举止和情理。事实上，她是如此渴望一种稳定且有序的家庭生活，于是在家庭教师到来之前，她就开始发布命令，好像我们是那种会遵从命令的孩子似的。不用说，我们根本不予理会。

约翰的感觉没那么矛盾，实际上他对此根本是充满了敌意。他不会像女管家那样长时间考虑事态会如何发展，他用强硬的沉默来抵制女管家内心滋生出来的乐观情绪。"假如她是合适的人……"她会这样或那样说，"没人知道事情会变得有多好……"但他会凝视着厨房的窗外，不为所动。医生提出让他驾驶四轮马车去车站接家庭教师时，他表现得相当粗鲁。"我没时间去带该死的女教师在乡间闲逛。"他回答道，于是医生只得安排时间自己去接她。造型花园遭破坏之后，约翰就变了，如今，随着新变化即将来临，他花了好几个小时思考，想他自己对于未来的恐惧和担忧。这名新来者，意味着宅子里将多出一双新眼睛、一对新耳朵，已经很多年没人细看、细听这里的动静了。习惯于藏在暗中的约翰，预见将有麻烦发生。

我们所有人都以各自不同的方式感觉沮丧。所有人，除了查理。那天来临，只有查理保持着常态。他把自己关起来，远离他人的视线，间或震动整幢宅子的哗啦巨响还是让人意识到他的存在，但我们所有人都已经习惯这种喧嚣，甚至很少有人去注意。这个为伊莎贝拉守夜的男人丧失了日期和时间的概念，家庭女教师的到来对他毫无意义。

那天早晨，我们都在宅子一楼正面的一个房间里闲着。几十年来，垃圾都是随便乱扔，如果还能看见堆积如山的垃圾下面的床，你可以把那个房间称作一个卧室。埃米琳正不停地用指甲抠贯穿窗帘图案的装饰银线。当她成功地扯下一根线，就会偷偷摸摸地把它放进口袋，准备过后将它加入自己床底下的收藏堆。不过，她全神贯注的状态是断断续续的。有人要来,不管她是否明白个中意义,她还是被笼罩着宅子的期待感所传染了。

是埃米琳首先听到马车声音的。我们透过窗户,看见新来者下车,用手掌轻快地抚了两下裙子,弄平裙子上的褶皱,然后环顾四周。她看看正门,又左看看右看看,然后——我跳后一步——她走近宅子。她可能把我们当成了一片光影,或是破窗框上被微风吹起的窗帘。不管她看见了什么,都不可能是我们。

但我们看见了她。透过埃米琳在窗帘上抠出的新窟窿,我们盯着她看,我们不知道该怎么想。赫丝特中等身高,中等体形;她的头发既不是黄色也不是棕色的,皮肤的颜色也是如此;外套、鞋子、裙子和帽子都是不显眼的颜色。她的脸也没有任何显著特征。不过,我们还是**盯着她看**;我们盯着她看,直看到眼睛发痛;她平凡小脸上的每一个毛孔都在发光,她的衣服和头发上也有东西在闪闪发亮。某种东西让她整个人都被一种光芒所笼罩,就像一个灯泡。有种东西让她异乎寻常。

我们不知道那种东西是什么。我们从未想象过此类东西。

不过,我们后来还是找到原因了。

赫丝特很干净,浑身上下仿佛都经过擦洗、涂肥皂、漂净、打磨和抛光。

你可以想象出她会怎么看安吉菲尔德。

她进屋大约十五分钟后,就让女管家来叫我们。我们不予理会,等着瞧接下去会发生什么。我们等啊等,什么都没发生。假如我们能意识到的话,这是她第一次让我们无所适从。如果她不来找我们,那我们所有的隐藏技能就毫无用武之地了,而她就是没来寻找我们。我们在房间里闲荡,逐渐感觉无聊,心里不可抗拒地滋生出的好奇让我们心烦意乱。我们开始留心楼下的动静:约翰的声音,拖动家具的声音，一些砰砰的撞击声。然后，一切都安静下来了。午饭时间，有人叫我们，但我们没有去。晚上六点时，女管家又叫我们："过来和新老师一起吃晚饭，孩子们。"我们待在房间里不动，没人来找我们。我们开始有一种感觉，这名新来者是一个需要认真对付的人。

之后，传来了全家准备就寝的声音。楼梯上有脚步声，女管家在说："我希望你睡得舒服，小姐。"接着是家庭教师柔中带刚的声音："我肯定会的，邓恩太太。麻烦您了，谢谢！"

"关于两个女孩，巴罗小姐——"

"别担心，邓恩太太。她们不会有事的。晚安。"

女管家小心地走下楼梯后，一切都安静下来了。

夜幕降临，全家睡去，除了我们。女管家没能教会我们知道夜晚是睡觉的时间，就像她没能教会我们其他所有的东西一样，我们不惧怕黑暗。我们在家庭教师的房门外偷听，但什么都没听到，除了木板下面老鼠窸窸窣窣的轻响，于是我们下楼来到食品储藏室。

门打不开。我们活到现在从来没用过锁，但今晚一道新鲜的油迹显示门锁被启用了。

埃米琳耐心地、茫然地等待门开启，就像她过去一直做的那样。她确信马上就会有面包、黄油和果酱拿了。

没有必要恐慌，女管家的围裙口袋那里有钥匙。钥匙总是在那儿：一串不用的生锈钥匙，整栋房子的门、锁和厨子的钥匙都在上面，不知道要费多少工夫才能弄明白哪把钥匙配哪一把锁。

这回，围裙口袋是空的。

埃米琳躁动不安起来，有点想弄明白为什么会耽搁。

家庭教师正逐渐成为一个真正的挑战，但她没办法就此搞定我们。我们会去外面，你总是可以进入一栋别墅找到吃的东西。

厨房门的把手转动了，随后又停下不转了。无论怎么转、怎么摇,都打不开。它被挂锁锁住了。

客厅里的破窗户被钉上了木板,餐厅的百叶窗也加固了。只剩最后一个机会,我们朝大厅的双幅门走去。埃米琳有点儿迷惑不解,她轻轻地走在后面。她饿了。为什么找东西吃那么难?一束被大厅窗户的彩色玻璃染成蓝色的月光,已足够照亮巨大的门闩,但它们又重又高无法够着,上过油的门闩在双幅门的顶部把门闩得牢牢的。

我们被囚禁起来了。

埃米琳说话了。"好吃,好吃。"她说。她饿了。当埃米琳饿的时候,必须喂她东西吃。事情就是这么简单。我们处境困难。过了很久,埃米琳的小脑子才终于意识到她渴望的食物拿不到了。她的眼睛里充满了迷惑,接着她张开嘴巴哀号起来。

她的哭声飘上石头楼梯,转入回廊,左拐后又传上另一道楼梯,最后从门下溜进新家庭教师的卧室里。

很快就响起了另一个声音。不是眼神欠佳的女管家拖着脚走路的声音,而是赫丝特·巴罗轻快、有节奏的脚步声。喀哒、喀哒、喀哒,徐徐而行,从容不迫。她走下一组台阶,走过回廊,来到走廊里。

我赶在她出现在走廊的楼梯口前,躲进长窗帘的褶皱间。那已是午夜。她站在楼梯的顶端,一个结实的小小身影,既不胖也不瘦,双腿强健有力,脸部表情平静而坚决。她穿着一件腰带束得很紧的蓝色睡袍,头发梳得很整齐,无论如何她看起来就像是坐着睡觉、时刻准备着早晨起床一样。她那薄薄的头发平贴在脑袋上,脸长得很粗,鼻子既大又塌。她长得很一般,即使不算难看的话,但平庸的相貌在赫丝特身上所产生的效果却跟其他女人一点儿也不一样。她能吸引眼球。

站在楼梯底下的埃米琳,前一刻还在因为饥饿而哭泣,然而气质独特的赫丝特一出现,埃米琳就不哭了,她盯着赫丝特看,情绪明显平静下来,仿佛出现在她面前的是一个堆满蛋糕的蛋糕台。

"见到你真高兴。"赫丝特走下楼梯时说,"好了,你是谁啊?艾德琳还是埃米琳?"

埃米琳,张开嘴巴,却没发出声音。

"没关系,"家庭教师说,"你想吃点儿晚饭吗?你的姐妹在哪里?她也想吃吗?"

"好吃。"埃米琳说,我不知道是"晚饭"一词还是赫丝特本人引得埃米琳如此说道。

赫丝特环顾四周,寻找双胞胎中的另一个。窗帘在她看来就是窗帘,因为她粗略地扫视了一下后便将注意力全部转到了埃米琳身上。"跟我来。"她微笑着说。她从蓝睡袍的口袋里拿出一把钥匙,蓝银色的钥匙,被磨得很亮,在蓝色的灯光下闪烁得让人眼热。

这确实能唬人。"闪亮的。"埃米琳说出这个词,却不知道它是什么意思,也不知道钥匙有什么用,她只是跟着钥匙——跟着拿钥匙的赫丝特——往回穿过冰冷的回廊,走到厨房里。

躲在窗帘褶皱间的我,强烈的饥饿感已经被愤怒压倒。赫丝特和钥匙!埃米琳!这就像"婴儿车"事件一样。这是*爱*。

那是和赫丝特交锋的第一个晚上,她获胜了。

肮脏的宅子并没有像人们可能期待的那样自觉影响我们干净的家庭教师。相反,是她改变了宅子。只有少许几束充斥着干燥灰尘的光线能够成功地穿透脏窗户和厚窗帘,但它们似乎总是照在赫丝特身上。她把它们聚集在自己的身上,又将它们反射回阴沉的环境中,但与她接触过的光线都会变得清新而有活力。渐渐地,闪烁的光芒从赫丝特本人身上蔓延开来。第一天,只有她自己的房间受到了影响。她取下窗帘,把它们泡在一盆肥皂水中。她把它们夹在绳子上,让阳光和轻风唤醒窗帘上不为人知的粉红和黄色的玫瑰图案。等待窗帘晾干的期间，她用报纸和醋清洁窗户，使光线能够透进来，当她能在窗户上照出自己时，她又把房间从地板到天花板都擦了一遍。夜幕降临时，她在四壁之内创造出了一个清洁的港湾。那还仅仅是开始。

用肥皂和漂白粉、用精力和决心，她在宅子里强行创建出卫生的环境。在这个几代居住者都睁只眼闭只眼，无目的地乱堆垃圾，任由垃圾变成肮脏的困扰的地方，赫丝特的大扫除是一个奇迹。三十年来，灰尘微粒会被偶尔出现的一束疲惫的阳光照到，它们缓慢地运动着测量着室内生活的步调。如今，赫丝特的一双小脚测出了每分每秒，而且随着掸子嗖嗖地有力挥动，尘埃都消失了。

清洁之后到来的是秩序，首先感觉不一样的是宅子本身。我们新来的家庭女教师仔细审查了整栋房子，她从上到下，对每一块地板都表示了不满。没有一个柜子和壁橱能逃脱她的注意；她手持铅笔和笔记本，细查每一个房间，记录下每一块潮湿的墙壁和嘎嘎作响的窗户，测试发出吱吱声的每一扇门和每一块地板，用旧钥匙去试开旧锁并逐一做好标记。她离开时便锁好身后的门。尽管这只是第一次粗查，是为今后的全面修复做准备，但她去过的每一个房间都有所改变：丢在角落里的一堆毯子被折起来整齐地摆在椅子上；地上的书被她捡起来夹在胳膊底下，之后被放回到藏书室；一排窗帘被拉直了。所有这一切都做得很快，但有条不紊。似乎她只要看看一个房间，房间里的黑暗就会消退，混乱的情况就会开始自觉愧疚地转变为秩序井然，鬼魂们就会撤退。她以这样的方式，让每个房间都变成了赫丝特式房间。

阁楼倒是真的让她停下了前进的脚步。看到房顶上巨大的窟窿，她张大嘴巴，惊呆了。但即使面对如此混乱的状况，她也是战无不胜。她打起精神，咬紧嘴唇，以更充沛的精力、不畏万难地投入工作。第二天，就来了一个建筑工人。我们知道他是村里人，是一个闲庭信步、不着急的人；说话时会将辅音前的元音拖长，让自己的嘴巴休息。他会同时接下六七份活儿，然后一份也完不成；工作时间，他抽烟，宿命似的摇头看着手头的事情。他以特有的懒洋洋的做派爬上我们的梯子，不过他与赫丝特见面五分钟后，我们就听到他的榔头敲了十几二十下。她唤醒了他。

几天内，宅子里就有了固定的吃饭时间、睡觉时间和起床时间。又过了几天，有了专门在室内穿的干净鞋子和在户外穿的干净靴子。不仅如此，丝绸衣服洗干净、缝补好、改得合身后，都被挂起来以备某些所谓的重要场合，还有了供日常穿着的藏青色和绿色、带白色腰带和领子的纯棉府绸衣服。

埃米琳在新政权下茁壮成长。她定时被喂得饱饱的，也被允许把玩——在严格的监督下——赫丝特的钥匙，她甚至开始喜欢洗澡了。起初她有过挣扎，当赫丝特和夫人给她脱衣服、把她放进澡盆时，她又喊又踢，但当她后来在镜子里看到自己，发现自己很干净、头发编得整整齐齐、扎着一个绿色的蝴蝶结时，她张开嘴巴，发起呆来。她喜欢容光焕发。每当埃米琳和赫丝特在一起时，她就会悄悄地留意观察赫丝特的脸，看她是否会微笑。当赫丝特真的微笑时——这种情况不常出现——埃米琳会开心地凝视着她的脸。很快，埃米琳就学会以微笑回应了。

家里的其他成员也过得很滋润。女管家让医生看了自己的眼睛，经过很多解释后，她被送去一个专家那里接受检查。回来后，她就又能看见东西了。女管家看到焕然一新的干净宅子，高兴极了，多年来的阴郁一扫而光，她焕发出了足够的青春活力，加入到赫丝特创建出的全新世界中。约翰本来一直闷闷不乐地执行赫丝特的命令，总是坚定地避免让自己的黑眼睛接触到赫丝特洞察一切的明亮目光，现在连他都无法抗拒赫丝特的能量给全家带来的积极效应了。他没跟任何人说，便拿起剪刀走进造型花园，这是他在花园被毁的灾难后第一次这么做。在那里，他努力修补已被自然力部分恢复的花园，尽量抹去过去的暴力所留下的痕迹。

查理受到的直接影响比较少。他避开她，这对他们双方都很合适。她除了做好本职工作，也没兴趣管别的事情，而她的工作就是管我们。管我们的头脑、身体和灵魂，是的，但我们的监护人不在她的权限范围之内，于是她便让他自己待着。她不是简·爱，他也不是罗切斯特先生。面对她的整洁和活力，他躲进二楼的育婴室，把自己牢牢地锁在门内，在那儿，他和他的回忆一起在肮脏的环境里化脓溃烂。对他而言，赫丝特效应仅限于改善伙食和更好地监管他的财产，诚实的女管家多年来对他的财产监管不力，使得钱财遭到无良商人的掠夺。但这两个好的改变，他一个也没注意到，即使他注意到了，我也怀疑他是否会在乎。

不过，赫丝特确实管住了两个孩子，让他不用看到她们，假如他能想到这一点，他会有所感激。在赫丝特的统治下，与我们敌对的邻居不再有理由上门抱怨双胞胎，他不必跑去厨房叫女管家做三明治，最重要的是，他不需要离开，连一分钟都不需要离开他和伊莎贝拉居住的幻想王国，那里只有他和伊莎贝拉，他始终和伊莎贝拉在一起。他放弃领地，获得了自由。他从来听不见赫丝特说话，他从来看不见她，他的脑子里从来没有想到过她。她对此完全满意。

赫丝特胜利了。她也许长得像马铃薯，但只要这姑娘决心办，没有事情办不成。

∽∞∽

温特小姐停下来，她的眼睛定定地盯着房间的一角，那里呈现出她的过去，比现在和我更显真实。她颤动的嘴角和眼角隐约流露出忧伤和悲痛，我明白她和过去的联系很脆弱，所以我很怕打断它，但同时我也怕她会就此打住。

停顿延续着。

"那你呢？"我轻声提示道，"你怎么样了？"

"我？"她暧昧地眨眨眼睛，"哦，我喜欢她。那正是麻烦所在。"

"麻烦？"

她又眨眨眼睛，在椅子上挪动了一下身子，以一种新的锐利目光盯着我看。她切断了线索。

"我想今天就讲到这儿吧，现在你可以走了。"

承载生命的盒子

从赫丝特的故事开始，我很快重新回到了惯常的程序。早晨，我听温特小姐给我讲她的故事，现在都几乎不必动用我的笔记本了。听完后，回到摆着一大沓纸、十二支铅笔和我值得信赖的卷笔刀的房间，我把自己记忆里的故事写出来。随着文字从铅笔尖流到纸面上，它们在我的耳朵里变成温特小姐的声音；之后，当我大声读出我写的东西时，我感觉自己的脸自动做出温特小姐的表情。我的左手抬起又落下，模仿着温特小姐强调的手势，右手却仿佛残废似的躺在大腿上。文字在我的脑子里变成画面。赫丝特，干净整洁，被一种银色的柔光所包围，浑身上下散发出的光辉每时每刻都在扩大辐射的范围，先是罩住了她的房间，然后是整栋宅子，最后是宅子里的居住者。女管家从一个生活在黑暗中、行动迟缓的人，变成了一个目光明亮犀利的人。埃米琳，在赫丝特闪亮光环的笼罩下，允许自己被人从一个营养不良、脏兮兮的小流氓改造成一个胖嘟嘟的温柔小女孩。赫丝特甚至将自己的光芒投射到造型花园里，光芒照在被破坏的紫杉树枝上，给它们带去了一片新鲜的绿意。当然，还有查理，他在光圈外的黑暗中蹒跚而行，我们可以听到他的动静，却见不到他。挖土的约翰，这个被人冠以奇怪名字的园丁，静坐在光圈的边界上沉思，犹豫着是否要被拉进光圈。至于艾德琳，她还是那个心灵黑暗的神秘艾德琳。

我的每一个传记项目都有一个"承载生命的盒子"。一盒子记录着细节的索引卡片——姓名、职业、日期、居住地，以及其他相关的信息——涵盖我的传主人生中的所有重要人物。我一直不太知道该如何对待这些承载着生命的盒子。我不是突然感觉它们是愉悦死人的纪念物（"瞧！"我会想象盒子里的人透过玻璃凝视着我说，"她正把我们写在她的卡片上呢！她正在想我们已经死了两百年了！"），就是感觉当玻璃暗下来，我彻底束手无策、孤单地站在世界的这一边时，盒子的卡片看上去就像纸板做的墓碑，死气沉沉且冷冰冰，盒子本身也仿佛是没有生气的墓地。温特小姐的人物表很短，当我像洗牌一样在手中把玩卡片时，它们的数目之少让我感觉沮丧。有人在给我讲一个故事，但就信息量而言，我所知道的远不够我所需要的。

我拿出一张空白的卡片，开始在上面写字。

赫丝特·巴罗

家庭女教师

安吉菲尔德宅子

生于：？

死于：？

我停下笔。思考，掰手指计算了几个数字。两个女孩子当时只有十三岁，赫丝特也不老，她的精力那么充沛，不可能年纪大。她满三十岁了吗？假如她只有二十五岁呢？仅仅比两个女孩大十二岁……这有可能吗？我想知道。温特小姐，现在七十几岁了，正在走向死亡。但是这并不一定意味着一个比她更老的人就死了。有哪些可能性呢？

只有一件事能做。

我在卡片上加了一句话，并在下面划上线。

<u>**找到她**</u>。

是因为我决定去寻找赫丝特，才导致我在当晚的梦里见到她的吗？

一个普通的身影，穿着一件腰带扎得很整齐的晨衣，站在楼梯口的走廊里，咬紧嘴唇，对着被火烧脏的墙壁、破损的地板和缠绕着常春藤的石头楼梯摇头。在这样的一片混乱中，她身边的一切却是如此清澈。多么令人宽慰。我走近她，像一只蛾子那样被她吸引。但当我进入她那魔力光圈后，却什么也没有发生。我依然身处黑暗。赫丝特敏锐的眼睛看看这儿又看看那儿，一切尽收眼底，然后她的目光落在一个站在我背后的身影上。我的双胞胎妹妹，我在梦中是如此推断的。但当她的目光扫过我时，她却视而不见。

我醒来，身体的一侧有一种熟悉的既热又冷的感觉，我重新审视了一下梦中的影像，试图了解自己恐惧的来源。赫丝特身上没有什么令人惊恐的东西。她扫过我脸庞的目光很温和，没有任何让人紧张的成分。让我躺在床上战栗的不是**我在梦里看到的东西**，而是**我自己**。假如赫丝特没有看见我，那么这一定是因为我是一个鬼魂。假如我是一个鬼魂，那么我就是死了。怎么会还有其他可能？

我起床，走进浴室去冲刷掉自己的恐惧。我避开镜子，只看自己浸在水里的双手,但眼前的场景还是让我充满了恐惧。它们在这边存在的同时,我知道它们也会在另一边存在,在那里它们是死的。看见它们的眼睛,我的眼睛,在另一个地方也是死的。我正在思考这些念头的头脑——它难道不也是死的吗?——一种深深的恐惧抓住了我。我是哪一种违背自然的生物?是什么可憎的自然力将一个人在出生前分成两半,然后又杀死其中的一个?被留下的我是什么人?一半死了,白天在有生命的世界上流亡,夜晚我的灵魂则在幽暗地狱的边境黏着我的双胞胎妹妹。

我早早点起炉火,泡了一杯可可,然后把自己包裹在晨衣和毯子里,给父亲写信。我想知道,店怎么样,母亲怎么样,他怎么样,以及该如何去寻找某一个人?私家侦探真的存在,还是只在书里有?我告诉他我所知道的关于赫丝特的一点点信息。仅凭这么点儿信息可以开展搜寻吗?私家侦探是否会承接一份类似我正在脑中思考的工作?如果私家侦探不会承接,那么谁可能承接?

我重新读了一遍信。表述明快通达,没有泄露一丝一毫恐惧。天色渐亮,战栗已经停止了。很快朱迪思就会送早餐过来了。

紫杉树后的眼睛

没有什么事是新来的家庭女教师做不了的,只要她想做。

无论如何,起初情况似乎是这样的。

但过了一段时间,困难确实开始显现。第一件事情是她和女管家的争执。赫丝特整理、清洁完房间后,离开时就会锁上身后的门,但她却发现门会被再度打开。她叫来女管家。"打开不用的房间的门,有什么必要?"她问,"你可以看见所发生的事情:两个女孩会随便走进去,把原本井然有序的地方弄得一片混乱。这会给你我带来不必要的工作。"

夫人看上去似乎完全同意,赫丝特结束谈话时感到很满意。但是一个星期之后,她再次发现应该锁起来的门敞开着,她皱起眉头又把女管家喊来。这一回,她不再接受任何含糊的保证,而是下定决心把问题搞清楚。

"是因为空气,"女管家解释,"空气不流通,宅子里就会非常潮湿。"

赫丝特简明扼要地对女管家讲解了一通关于空气

流通和潮湿的知识，然后把她打发走了，赫丝特确信这一回自己已经解决了困难。

一周以后，她注意到门又没锁。这一回，她没有叫来女管家，而是反省了一下。摆在眼前的问题不仅仅是锁不锁门这么简单。她决定对女管家进行一番研究，通过观察来发现不锁门背后的原因。

第二个问题与约翰有关。他对她的怀疑没能逃过她的眼睛，但她不会气馁。她是宅子里的陌生人，该由她来证明自己能给这里所有人带来好处而不是制造麻烦。她知道自己最终将把他争取过来。然而，尽管他似乎已经习惯她的存在，但他的疑虑消退速度之慢却出人意料。然后有一天，疑虑激化成另外的事情。她因为某件十分平常的事情找他。在我们的花园里，她看见——反正她坚称——一个本该在学校读书的村民小孩。"这个孩子是谁？"她想要知道，"他的父母是谁？"

"和我没关系。"约翰告诉她说，粗鲁的态度让她惊讶。

"我没说和你有关。"她平静地回答，"但是这个孩子应该待在学校里。我肯定在这点上你和我是一致的。只要你能告诉我这个孩子是谁，我就会去跟他的父母和校长说。"

挖土的约翰耸耸肩，准备离开，但她不是一个会被这种态度击退的女人。她绕着他走，站在他的面前，重复她的要求。她为什么不该这样做呢？她提出的是一个完全正常的要求，她的态度也很礼貌。这个男人有什么理由拒绝回答她的问题呢？

但他就是拒绝了。"村里的小孩不会上这儿来。"这是他唯一的回应。

"这个小孩就来了。"她继续说道。

"他们因为害怕不会靠近这里。"

"这真愚蠢。这儿究竟有什么让他们害怕的？那个孩子戴着一顶宽檐帽子，穿的裤子是由大人裤子改短的。他的样子很特别，你一定知道他是谁。"

"我没有看到这样的孩子。"约翰轻蔑地回答，并再度准备离开。

赫丝特坚持不懈。"但你**一定**是看见他了——"

"要有某种想象力才能看见不存在的事物，小姐。我，我是一个明白人。当没有东西可看时，我就没看见东西。假如我是你，小姐，我也会这么做。日安。"

说完这句，他就走了，这一次，赫丝特没有阻拦他。她只是站在那里，困惑地摇头，好奇这个男人脑子里究竟在想什么。安吉菲尔德，似乎是一栋充满谜团的宅子。不过，她最喜欢脑筋锻炼了。她很快就会弄清真相。

赫丝特天生的洞察力和智力很是出众。然而，和她的才干一样突出的事实是她不太了解自己的对手。举个例子，当她在其他地方另有安排时，她习惯让双胞胎自己单独待一小会儿。她会先仔细观察双胞胎，评估她们的情绪，衡量她们的疲劳程度，计算离她们吃饭还有多少时间，考量她们的活动和休息规律。当分析的结果告诉她双胞胎能安静地在室内待一个钟头时，她就会离开，让她们处于无人照看的环境。这些场合中的一次，她是怀着特殊的目的。医生来了，她想要单独和他谈话。**私下谈话**。

愚蠢的赫丝特，有孩子的地方就没有隐私。

她在正门迎接他。"天气真好。我们去花园走走，好吗？"

他们朝造型花园走去，没有意识到有人跟踪他们。

"你创造了一个奇迹，巴罗小姐。"医生说道，"埃米琳被改变了。"

"没有。"赫丝特说。

"有的，我向你保证。情况比我期望的还要好，我被深深打动了。"

赫丝特低下头，身体略微转离他。他把她的姿态理解为谦逊，沉默地想她大概是被自己的夸奖震住了。新修剪的紫杉让他有了一些可以欣赏的东西，也给家庭教师留出了恢复冷静的时间。幸好他沉浸在树木优美的几何线条中，否则他就会注意到赫丝特斜眼看他，并意识到自己的错误。

她的反对——"没有。"远不是医生以为的女性的扭捏，那是对事实的直接陈述。当然，埃米琳是被改变了。只要赫丝特在，怎么可能不被改变？没有什么不可思议的地方。这就是她说**没有**的原因。

不过，医生恩赐态度的评价并没有让她感到吃惊。这不是一个家庭教师的才华容易被注意到的世界，但无论如何，我认为她还是失望的。她本以为，在安吉菲尔德，医生是一个**可能**理解她的人。可是，他并不理解她。

她转向医生，却发现自己面对的是他的后背。他站在那儿，两手插在口袋里，肩膀线条平直，眼睛望着天边紫杉树的尽头。他灰白的头发梳得很整齐，头顶上有一道宽一英寸半、粉红色的完美圈形头路。

"约翰正在修复被双胞胎破坏的花园。"赫丝特说。

"是什么让她们那样做的？"

"就埃米琳而言，这是一个很好回答的问题，是艾德琳叫她做的。至于是什么让艾德琳那样做，这个问题就难回答了。我都怀疑她自己是否知道。大多数时间里，她都受制于一种似乎不含任何意识成分的冲动。不管是出于什么原因，破坏的结果对约翰来说都是毁灭性的。他的家族打理这个花园已经有好几代了。"

"真是残忍。尤其是出自小孩之手，更是让人震惊。"

在医生看不见的时候，她换了一张脸。显然他不了解孩子。"残忍之极。孩子们能做出很残忍的事情，只是我们不喜欢这样想他们罢了。"

他们开始慢慢地走在各种植物造型之间，边听赫丝特讲自己的工作，边欣赏紫杉。与他俩隔着一段安全距离，但总是保持在听力所及的范围内，一个小间谍尾随着他们，在紫杉的掩护下移动。他们朝左走走，又朝右走走，有时两人的背影重叠，这是一场角度的舞蹈，一种复杂的舞蹈。

"你很满意自己对埃米琳的改造结果吧，我想，巴罗小姐？"

"是的。再花一年左右的时间调教，我想埃米琳肯定会彻底改掉无法无天的毛病，并永久成为一个知道自己该如何表现最好的可人儿。她不会变得更聪明，但我依然相信她有一天会脱离她的姐姐，过上令人满足的生活。甚至她都可能结婚。所有的男人都不会追求妻子聪明，埃米琳挺温柔的。"

"很好，很好。"

"艾德琳则完全不同。"

他们在一个侧边有一道深口的方尖塔状的植物造型旁停下脚步。家庭教师看看深口里面棕色的枝条，摸摸从旧树干中朝阳光方向新长出来的带着鲜绿色树叶的嫩枝。她叹了一口气。

"艾德琳让我感到迷惑，莫斯雷医生。我很重视您的医学观点。"

医生礼貌地半鞠躬。"尽我所能。究竟是什么让你感觉烦恼？"

"我从来没有碰到过这样令人迷惑的孩子。"她停顿了一下，"请原谅我的迟钝，但无法简单地解释我在她身上发现的奇怪之处。"

"那么，慢慢说。我不赶时间。"

医生指指一个矮长凳，它位于一道被造型成精致拱形的树篱后面，很多精雕细刻的床架的床头板就是这种拱形。他们坐下来，发现自己正面朝着花园里最大的一片几何形状的植物。"瞧，一个十二面体。"

赫丝特没有理会他的评论，开始解释自己的问题。

"艾德琳是一个充满敌意和攻击性的小孩。她怨恨我出现在宅子里，抗拒所有我努力实施的秩序。她的饮食没有规律；她拒绝食物，直到饿得半死，只有等到那个时候，她才会吃东西，但只吃一口。给她洗澡必须使用强力，尽管她很瘦，但需要两个人才能把她按在水里。她用全然的无动于衷回应我的任何热情。她似乎没有任何正常人的情感，还有，我坦白对您讲，莫斯雷医生，我怀疑她是否能回到正常人的轨道上。"

"她聪明吗？"

"她诡计多端，很狡猾。但不可能让她对任何超出她自己的意愿、欲望和胃口的东西感兴趣。"

"她上课表现如何？"

"您当然明白，对类似这样的女孩，教她们的东西肯定和教正常孩子的不一样。没有算术，没有拉丁文，没有地理。尽管如此，为了培养她们的秩序观念，她们还是必须每天上课两次，每次两小时，我通过讲故事来教育她们。"

"她喜欢这些课吗？"

"要是我知道该如何回答这个问题就好了！她很**野**，莫斯雷医生。必须靠骗，才能让她待在房间里，有时，我甚至不得不让约翰把她强拉进房间。她会竭尽全力反抗，拼命挥舞手臂，或僵挺着整个身子，让人很难把她抬进门。让她坐在书桌后面更是不可能。约翰时常被迫把她留在地板上。上课时，她既不会看我，也不会听我讲话，只会藏在她自己的内心世界里。"

医生仔细地听着，并点点头。"这是一件麻烦事。她的行为让你更加焦虑，你害怕自己的努力在她身上不会像在她妹妹身上那样成功。"他的微笑很迷人，"如果我没能理解你为什么说自己被她弄得很为难，请原谅我，巴罗小姐。不过，你对她的行为和精神状态的描述比很多学医的学生更有条理，假设大家都面对同样的症状的话。"

她目光咄咄地看着他。"我还没说到令我困惑的部分呢。"

"啊。"

"有些手段过去在这样的孩子身上取得了成效。我很相信自己的一些策略，我也不会犹豫使用它们，要不是……"

赫丝特有些迟疑，这一回，医生知道该等她继续讲下去。当她再度开口时，她的语速很慢，谨慎地斟字酌句。

"艾德琳身上好像有一层雾，这层雾不仅将她和人性隔开，还将她和自身隔开。这层雾有时薄些，有时会散开，就会显现出另一个艾德琳。然后，这层雾又会回来，她也就会变回去。"

赫丝特看着医生，观察他的反应。他皱起眉头，但他的眉头上面、头发渐稀之处，他的皮肤是一片平整的粉红。"这些时候，她是什么样子？"

"外部的迹象很少。有好几个星期，我也没意识到这个现象，意识到之后，我也是等了一段时间，才有足够的确信来跟你说。"

"我明白了。"

"首先是她的呼吸。她的呼吸有时会改变，我知道尽管她假装沉浸在自己的世界里，她还是在听我讲话。她的两只手——"

"她的两只手？"

"通常，它们都是像这样紧张地张着。"赫丝特演示了一下这个动作，"但有时候，我注意到它们是像这样放松的。"她自己的手指又放松下来。"似乎她对故事的投入程度会抓住她的注意力，如此一来，就会削弱她的防御，于是她便放松下来，忘记了拒绝和反抗。我教过许多有问题的孩子，莫斯雷医生。我很有经验。我观察的结论是：无论如何，她体内有一股**不安的**力量。"

医生没有马上回答,他思考了一会儿,他的专注似乎让赫丝特很高兴。

"这些迹象的出现有什么规律吗?"

"目前还没有我能确定的……但是……"

他把头偏向一边,鼓励她说下去。

"可能没什么,但是某些故事……"

"故事?"

"比如《简·爱》。几天前,我给她们讲了该书第一部分的缩写版,我肯定自己当时注意到了她的变化。狄更斯也有同样的效果。历史故事和寓言从来没有这样的效果。"

医生皱起眉头。"效果稳定吗?给她读《简·爱》是否一直能带来你所描述的变化?"

"不是。这就是难点所在。"

"嗯。那么你打算做什么?"

"有办法对付像艾德琳这样既自私又抗拒的孩子。现在执行一套严格的生活制度或许足以防止她今后进精神病院。然而,这套生活制度会涉及强制实施规则,以及排除很多会刺激到她的东西,这会非常不受欢迎——"

"那个与我们相距甚远、身处薄雾中的孩子会非常不欢迎这套制度?"

"正是如此。事实上,对**那个**孩子而言,没有东西会比这更糟糕了。"

"那个孩子,那个身处薄雾中的女孩,你预测她的未来会如何?"

"提这个问题为时尚早。我只能说目前我不赞成对她撒手不管。谁知道她会变成什么样子呢?"

他们沉默地坐着,凝视对面呈几何造型的植物,思量着赫丝特刚才陈述的问题,他们不知道,那个问题本身,正藏在造型植物后面,透过枝条的缝隙盯着他们看。

最后,医生说:"我不知道有什么医学疾病会导致你所描述的那种精神状态。不过,那也可能是我自己无知。"他等她抗议,但她没有。"嗯。第一步,我应该给那个孩子做一个彻底检查,以确定她的整体健康状况,包括精神和身体两方面。"

"这正是我所想的。"赫丝特回答。"好了……"她翻找口袋,"这是我的笔记。上面记着我每次看到的现象,还有一些初步的分析。或许做完检查,您能多待半小时,告诉我您的初步想法?到那时,我们可以决定下一步该怎么做。"

他有些惊讶地看着她。她的做法已经超出了她作为家庭教师的角色,她表现得好像是一名同行专家!

赫丝特发现了自己的错误。

她犹豫了。她还能撤回来吗?是否已经太晚了?她做出决断。一不做二不休。"那不是一个十二面体,"她语气顽皮地告诉他说,"那是一个四面体。"

医生从凳子上站起来,朝造型植物走去。一,二,三,四……他边数边念道。

我的心停止了跳动。他要绕着树走,计算平面和角度吗?他会撞到我吗?

但他数到六就停住了,他知道她是对的。

然后,很奇怪,他俩互相对看了一小会儿。他的表情不太确定。这个女人是什么样的人?她有什么权力像刚才那样对他说话?她不过是一个身材粗短、脸蛋犹如马铃薯的乡下家庭女教师。难道不是吗?

她沉默地回望他,他脸上闪烁的不确定让她愣住了。

地轴仿佛倾斜了一点儿,然后他们都尴尬地移开目光。

"医学检查。"赫丝特开口说道。

"周三下午,行吗?"医生提议。

"那就周三下午。"

地轴又恢复它的正常角度。

他们朝宅子走回去,在路的转角,医生道别离开。

躲在紫杉树后面的小间谍,咬着指甲,心里充满了疑问。

五个音符

一股刺痛的疲劳感让我的眼睛感觉不适，我的思维也变得像纸一样薄。我工作了一整个白天加半个晚上，现在我却害怕去睡觉。

是我的脑子出现了幻觉吗？我仿佛听到一个曲调。怎么说呢，也不能算是曲调。只是五个迷途的音符。我打开窗户确认了一下。是的，确实有一个声音从花园传来。

我可以理解**文字**。给我一段支离破碎的文字，我可以理出前后顺序。或者，我至少能排出最有可能的顺序。但音乐不是我的语言，这五个音符是一首摇篮曲的开头吗？还是一段哀乐的结尾？不可能做出判断。没头没尾，不知道它们属于哪一个旋律，所以它们之间的任何联系都显得那么不确定。每一次，当第一个音符响起时，都会有一种焦虑感，似乎它在等着看自己的伙伴是否依然在那儿，还是已经飘走，永远地消失了，被风吹跑了。有一种感觉是，这组随意音符之间的脆弱联系迟早会断掉，就像这首曲调其余部分的联系已经断了一样，即使是在这样的深夜里，空洞的音乐片段还是会永远地消失，飘散在风里，恰似冬天里最后的那几片树叶。

每当我的意识呼唤它们响起来时，总是一片寂静，但当我不去想它们时，那些音符又会不知道从哪里冒出来。迷失在夜晚工作里的我，意识到它们已经在我头脑里重复了一段时间。躺在床上，处在半梦半醒之间，我还是会听到它们从远处传来，给我唱着它们含糊且无意义的歌曲。

但现在，我是真的听到了它们。先是一个单独的音符，它的伙伴溺死在拍打窗户的雨水中。没什么事情，我告诉自己，并准备重新上床睡觉。但接着，在暴风雨暂息时，其他三个音符又从雨水中冒了出来。

夜已经很深了。天黑极了，我只能凭雨声辨出花园的所在。拍打声，是雨点敲在窗户上。轻柔、随意的悲鸣是雨水落在草坪上。潺潺的声音，是雨水顺着檐槽淌进排水沟里。滴答——滴答——滴答。雨水从树叶掉到地上。在所有这些声音的后面、下面和中间，假如我不是在发疯或做梦的话，响起的是那五个音符。啦，啦，啦，啦，啦。

我穿上靴子和外套，走进外面的黑暗中。

伸手不见五指。什么都听不到，除了我自己的靴子压在草坪上的声音。然后，我隐约听到了一点响动。一个难听刺耳的声音；不是乐器发出来的，而是一个不成调、不悦耳的人声。

我走走停停，慢慢地追踪这些音符。我沿着长长的花坛走，转弯进入了带池塘的花园——至少，我觉得自己是走到那个地方了。然后，我弄错了路，跌跌撞撞地穿过了一片柔软的泥地，我本以为那是小路所在，这导致我没有像设想的那样走到紫杉树边，却走进了一片及膝高的灌木丛，衣服上钩了许多刺。从那时起，我就不再试图去辨别自己所在的位置，只凭自己的耳朵决定行进的方向，追随着那几个音符,就像在辨不出方向的迷宫里拉着阿瑞安娜线①一样。音符不规律地响起,每一次我都会循着声音的方向前进,声音消失时便停下脚步,等待它们再度响起。我在黑暗里跌跌撞撞地追寻它们有多久?十五分钟?半个小时?我只知道最后我发现自己站在一扇门前,它正是我离开宅子时所走的那扇门。我走了一路——或者说是被领着走了一路——只是兜了个圈子。

彻底安静了。音符不再响起,取而代之的是雨声。

我没有进屋,而是在宅子外的长凳上坐下,脑袋搁在交叉的双臂上,感受着雨水打在我的背脊、脖子和头发上。

我似乎开始觉得走出宅子、在花园里追随一些不实在的东西有点儿愚蠢,并设法说服自己相信所听到的声音只是自己幻想出来的,几乎就做到了。然后,我开始想别的事情。我想知道父亲何时会寄给我关于搜寻赫丝特的建议。我想到安吉菲尔德,不由皱起眉头:宅子被推倒后,奥里利乌斯会做什么?想到安吉菲尔德,就会让我想到鬼,还会让我想起我自己的鬼,想起那张我拍到她的照片,她消失在一片模糊的白色中。我决定第二天打电话给我的母亲,这是一个安全的决定;没人能逼你执行一个在半夜做出的决定。

接着,我的脊椎骨一阵发凉。

有人。在这儿。现在。在我旁边。

我猛地站起来,环顾四周。

一片漆黑。没有东西,也看不见任何人。周围的一切,甚至包括大橡树,都被黑暗吞没了,整个世界都被一双眼睛尽览无余,这双眼睛正看着我,知道我的心在狂跳。

不是温特小姐。她不在这儿,她不会在夜里的这种时候出来。

---

① 阿瑞安娜线:一种为防止在迷宫里迷路而使用的线。

那么是谁呢?

我在碰到它**之前**就感觉到它了。有东西碰到我身体的一侧——碰了一下,又走了——

是温特小姐的猫,影子。

它又靠近我,又用脸蹭蹭我的肋骨,喵地叫了一声,拖着音宣告自己的存在。我伸手摸摸它,试图让自己的心跳恢复正常。猫发出哼哼声。

"你湿透了,"我对它说,"来吧,小傻瓜。这样的晚上不该出来。"

它跟着我回到我的房间,我把自己的头发包在一条毛巾里,它则舔干自己,我们一起在床上进入梦乡。这一次——大概是由于猫的保护——我没有做梦。

第二天,天色灰蒙蒙的,很阴沉。在与温特小姐的固定会面后,我去花园散步。我试图在下午早些时候的阴沉光线下,追溯自己在深夜所走过的路。起初很容易:沿着长长的花坛,走进带池塘的花园。但后来,我就找不到路了。我记得自己穿过花圃的湿软泥地,但每一片花圃和花坛里的土都耙得很平整。但我还是随便猜测了几下,任意地做了几个决定,让自己兜了一个圈子,这可能是我昨夜所走的路径,也可能不是,至少部分如此。

我没看到任何特别的东西,除非你要把我碰到莫里斯的事情计算在内,这次他跟我说话了。他跪在一片翻起的泥地上,正在把土弄平。他感觉到我走上他身后的草地,便抬起头。"该死的狐狸。"他抱怨道。然后又转向自己的工作。

我回到宅子里,开始誊写我早晨会面时所记的笔记。

试 验

到了进行医学检查的那天,莫斯雷医生出现在宅子里。查理还是和平常一样,没有出来迎接访客。赫丝特以她惯常的方式告知查理医生会来(她留一封信在查理房间门口的托盘上),但没有得到任何回复,便理所当然地认为他对此事不感兴趣。

病人正处在一种闷闷不乐却不抵抗的情绪中。她任由人将她带进做检查的房间,顺从地让人对她戳戳刺刺。当叫她张开嘴巴、伸出舌头时,她没照做,但至少当医生把手指塞进她的嘴巴,分开她的上、下颌朝里看时,她没有咬他。她的眼睛不看他和他的器械,她似乎都没意识到他和他的检查。无论如何引导她,她就是一个字也不说。

莫斯雷医生发现他的病人体重过轻,还长了虱子;除此之外,一切健康。然而,她的精神状况却不太好确定。这个小孩,真的像挖土的约翰所言,是智障吗?或者,这个女孩的古怪举止是由于父母的忽视和缺乏管教?这是女管家的看法,至少她在公开场合是这样说的,她总是倾向于宽恕双胞胎。

医生给艾德琳做检查时，他脑子里的观点还不止以上这些。前一晚，在他自己家里，他边抽烟斗、把手放在壁炉上面，边思考这个病例，并把自己的思考告诉妻子（他喜欢让妻子听自己说话；妻子的倾听会让他变得滔滔不绝），还列举他听说的各种不当行为。从村民家偷东西，破坏造型花园，对埃米琳实施暴力，痴迷于玩火柴。当他正在思考可能的解释时，响起了他妻子温柔的声音："你不会认为她只是淘气吧？"

一时间，他太惊讶了，没想到妻子会打断他的沉思，让他回答问题。

"这只是一个建议。"她说完，挥挥手，好像是让人不要管她说的话。她说话很温和，但这无关紧要。事实是，只要她开口，就足够让她所说的话很有分量。

医生脑子里还装着赫丝特的观点。

"您一定要记住，"她告诉他说，"缺乏父母的严格管教，又没有来自学校的有力指导，目前为止，艾德琳的发展完全取决于她作为双胞胎之一的体验。她的妹妹是她意识中永远固定的一点，因此她的整个世界观的形成都受到她和妹妹的关系的影响。"

她说得很对，当然。他不知道她是从哪本书里读到这种观点的，但她一定是仔细读过那本书，因为她陈述观点时很有条理。听的时候，他被她那小小的奇怪声音打动了。尽管是明显的女性音调，但她的声音里有一种很强的男性权威感。她很善于表达。她有一个很有意思的习惯，就是当她表达自己的观点时，也能像解释一种她所读到的权威理论一样收放自如。而且当她在一个句子的结尾停下来换气时，会很快地扫他一眼——让他知道自己是否应该讲话，或者是她自己是否打算继续讲下去——第一次时他觉得很不安，不过现在他觉得这挺有趣的。

"我必须再做一些调查,"检查结束,他们见面时,他告诉赫丝特,"并且我一定会关注她作为双胞胎之一的意义。"

赫丝特点点头。她说:"我对此的看法是,从很多方面,您都可以把双胞胎看成分享一组性格的两个人。一个健康的普通人会感受到很多不同的情绪,做出许多不同的行为,对于双胞胎,您或许可以这样看,一组情绪和行为被一分为二,两人各取其一。双胞胎中一人若野蛮易怒,那另一人就会被动懒散。一人爱干净,另一人就会喜欢邋遢。一人吃东西吃不够,另一人就会饿自己好几天。如果这种极性——至于它是如何有意识地被采纳,我们可以以后再争论——对艾德琳的身份感至关重要,那么她身上压抑的一切就会落到埃米琳那边,这就没什么好吃惊的了,不是吗?"这是一个反问句;她没有叫医生回答的意思,而是慢慢地吸了一口气,继续说道:"考虑到身处薄雾中的女孩的性质,她听故事,能理解故事的内容,也能被一种非双胞胎语言的语言打动。这显示了与其他人交往的意愿。但就这对双胞胎而言,与他人交往的工作被分派给了谁?埃米琳!于是艾德琳就必须压制她本性中的这一部分。"

赫丝特把头转向医生,看了他一眼,示意该轮到他讲话了。

"这是一个很新奇的观点。"他谨慎地回答,"我本来的想法正好相反,你呢?我本以为作为双胞胎,两个人会更相似而非相异,不是么?"

"但我们观察到的情况并非如此。"她轻快地反驳道。

"嗯。"

她没有再说话,而是让他自己思考。他凝视着空白的墙壁,陷入了深思,她则不时地朝他的方向投去期盼的目光,试图从他的脸上找到对自己理论的接受。然后,他准备好发言了。

"你的这个观点很有意思,"他赞成地笑了一笑,以使自己的反对显得较为温和,"但我不记得自己在哪本权威著作中读到过这样的性格分配论。"

她没有理会他的微笑,而是坚定地看着他。"它没有被写进权威著作中,没有。假如它要出现在哪本权威著作里的话,它应该出现在劳森的书里,但劳森没有提到这种观念。"

"你读过劳森?"

"当然。若没有事先查阅资料,我不会斗胆就任何主题发表意见。"

"噢。"

"哈沃德的书里提到过一对秘鲁双胞胎,他们的例子很具启发性,但他没有给出一个可能得出的详尽结论。"

"我记得你说的这个例子……"他略微愣了一下,"哦!我看出它们的联系了!那么,我想知道布兰森比的个案研究是否与此相关?"

"我没能找到全部的资料,你能借给我?"

于是一切就是这么开始了。

赫丝特的敏锐观察力给医生留下了深刻印象,他借给她布兰森比的个案研究。她把书还回来时,附了一张纸,上面有几条表达简练的笔记和问题。与此同时,他找了其他许多书和文章,以充实自己关于双胞胎的研究资料,其中包括最新发表的文章、各类专家新近出版的书籍,以及一些国外著作。过了一两个星期,他就发现把书先借给赫丝特会节省很多时间,因为他只要读她写的简明、聪明的摘要就行了。他俩读完手头能找到的所有资料,就回到个人观察所得上。两人都做了很多笔记,他是医学方面的,她则是心理学方面的;他在她的手稿旁边写了很多评注,但她在他的笔记上做的评注更多,有时还会用另外的纸附上自己令人信服的文章。

他们阅读,他们思考,他们记录,他们碰面,他们讨论。这种情况一直持续到他们了解了关于双胞胎的一切，但有一件事他们依然没弄明白，而这件事恰恰是最重要的。

"所有这些著作，"一天晚上，医生在藏书室里说，"所有这些论文，我们都读过了，但依然没有进展。"他激动地用头梳梳头发。他告诉妻子七点半之前回去，现在要迟到了。"是因为埃米琳，艾德琳才压抑处在薄雾中的自己吗？我认为，现有的知识不能回答这个问题。"他叹了一口气，把铅笔往桌上一扔，半是恼怒，半是放弃。

"你说得没错。确实如此。"你应该体谅她声音里的不耐烦。他花了四个星期才得出这个结论，其实只要他之前愿意倾听，她一开始就能告诉他这个结论。

他转向她。

"只有一个解决办法。"她平静地说。

他扬起眉毛。

"我的经验和观察让我相信有执行一个新式研究计划的余地。当然，我只是一个家庭女教师，我很难说服合适的刊物发表我所写的任何东西。他们会看一眼我的资历，然后认为我不过是拥有一些超出自己能力范围的念头的傻女人。"她耸耸肩膀，眼睛朝下看去。"他们可能是对的，我是一个傻女人。"她顽皮地向上扫了一眼，"不过，对一个有着合适背景和知识的男人而言，我肯定那会是一个有收获的计划。"

起初医生显得很惊讶，然后他的目光变得迷茫了。一个新式研究计划！这个主意不算很荒唐。在那一刻，他被打动了，最近几个月，他读了那么多书，肯定是全国读双胞胎方面的书读得最多的医生！还会有谁知道得像他一样多？更重要的是，还会有谁手头就有一个完美的研究案例？进行新式研究计划？为什么不呢？

她让他自我陶醉了几分钟，看到自己的建议在他心里生根发芽后，她轻声地说："当然，如果您需要一个助手，我愿意效劳。"

"你真好。"他点点头，"当然，你一直在与这两个女孩打交道……实践经验……非常宝贵……不可估量。"

他离开宅子，轻飘飘地回到家中，他没有注意到饭是冷的，老婆在生气。

赫丝特收拾好桌上的纸，离开房间；脚步灵巧，关门动作坚定，透着一股心满意足。

藏书室看起来空无一人，其实不然。

在书架顶上，一个女孩直躺在那儿，边咬指甲边思考。

新式研究计划。

是因为埃米琳，艾德琳才压抑处在薄雾中的自己吗？

即使不是天才，也能想到接下来会发生什么。

他们晚上就开始执行计划。

他们把埃米琳从床上抬起时，她一点也没有动。她躺在赫丝特的臂弯里一定感觉很安全；她被抬出房间，抬到走廊里时，可能在梦中辨认出了赫丝特身上的肥皂味。无论如何，反正她没有意识到那晚发生的事情。过了好几个小时，她才醒来发现真相。

艾德琳就不同了。感觉敏锐的她立刻就醒过来发现妹妹不见了，她冲到门口，却发现门已经被赫丝特敏捷的手锁上了。一瞬间，她就明白了全部事情，感觉到了一切。隔绝。她没有尖叫，没有用拳头猛敲门，也没有用指甲抠门锁。她失去了全部战斗力。她跌到地上，瘫倒在门边，以这种姿势度过了整个晚上。光秃秃的地板硌到她瘦骨嶙峋的身体，她也不觉得疼。屋子里没有生火，睡衣很薄，她却不觉得冷。她什么都感觉不到，她被击垮了。

当他们第二天早晨来找她时，她根本就没听到钥匙开锁的声音，打开的门把她撞到一边,她也没有反应。她的目光没有一丝生气,皮肤也毫无血色。她的身体冰冷冰冷的。要不是嘴唇在不停地抽搐,她看上去就跟一具死尸差不多,她像是一直在重复一句无声的咒语:**埃米琳、埃米琳、埃米琳**。

赫丝特用双臂抱起艾德琳。这并不难做到,这孩子虽然已经十四岁了,但瘦得皮包骨头。她所有的力气都来源于意志;意志消失了,其他也就不存在。他们轻而易举地把她抱下楼梯,她轻得就像能被风吹跑的枕头里的一片羽毛。

约翰驾车。他保持沉默,赞成或不赞成都无关紧要,做决定的是赫丝特。

他们告诉艾德琳说她将见到埃米琳,其实他们根本没必要说这个谎;他们把艾德琳带到任何地方,她都不会反抗。她已经麻木了,灵魂出窍。离开妹妹,她就什么都不是。他们带去医生家里的只是一个人的躯壳,他们把她留在那儿。

回到家后,他们重新把埃米琳从赫丝特的床上搬回到她自己的床上,整个过程里她都没有醒。她又睡了一个小时,再度睁开眼睛时,她对姐姐的消失只是略感惊讶。随着晨光渐亮,她惊讶的程度也在加剧,到了下午,她已经从惊讶变为焦虑了。她搜遍整个宅子,搜遍花园。她跑到林子里、村里寻找,足迹远至她胆敢去的最大范围。

下午茶时间,赫丝特发现她站在路边,凝视远方,如果她敢朝那个方向走,那她会最终走到医生家的门口。但她没敢那么做。赫丝特把一只手放在埃米琳的肩头,将她拉近,然后带她走回宅子。一路上,埃米琳走走停停,犹豫着想要转回去,但赫丝特抓着她的手,坚决地把她朝家的方向带。埃米琳迈着顺从而迷茫的步子,跟着赫丝特。喝完茶后,她站在窗边,望着外面。随着天色慢慢变暗,她害怕起来,但直到赫丝特锁上门,开始按常规把埃米琳送上床时,她才开始发狂。

整个晚上，她都在哭，孤独的哭声似乎永远也不会停。瞬间就击垮艾德琳的事情，到埃米琳身上，成了一件可以闹二十四小时的事情。但当黎明来临时，她就安静了。她在哭泣和战栗中逐渐忘了此事。

将一对双胞胎隔绝开来，绝不是一桩普通的分离。想象一下地震后的情形吧：当你恢复知觉，发现世界已经变了样；地平线的位置变了，太阳改变了颜色，没一件事情是你所熟悉的；至于你，你还活着，但已经活得和过去不一样。这就难怪此类灾难的幸存者经常希望自己能和其他人一起死掉。

❦

温特小姐坐在那里凝视远方。她出名的铜色头发已经褪成了柔和的杏黄色，她已经放弃使用头发定型剂了，原本固定的发卷变得柔软，不定型地缠在一起。但她依然神情凝重，体态僵硬，仿佛正在对抗一股只有她自己能感觉得到的强风。她慢慢地将眼睛转向我。

"你没事吧？"她问，"朱迪思说你吃得不多。"

"我一直就是这样。"

"但你看起来很苍白。"

"大概是有点儿累。"

我们结束得比较早。我想这是因为我们两人都觉得没力气继续下去。

你相信鬼吗？

我下一次见到温特小姐时，她看起来有点儿不一样。她疲惫地闭着眼睛，用了比平时更长的时间才唤回过去，开始讲话。她整理思路的时候，我看着她，注意到她不再戴假睫毛了。一贯的紫色眼影还在，黑眼线也在，但没了蛛丝般的假睫毛。她出人意料地有了一副小孩子模样，像是一个乱涂妈妈化妆品的小孩。

✦

事情没有按照赫丝特和医生预计的那样发展。他们以为艾德琳会咆哮、狂怒、又踢又打。至于埃米琳，他们指望她对赫丝特的喜爱能让她接受双胞胎姐姐突然离开的事实。简而言之，他们以为分开后，两个女孩还会和过去一样。于是，当双胞胎崩溃为一对了无生气的玩具娃娃时，他们起初很吃惊。

不是完全没有生气，血液继续缓慢地在她们的血管里循环。她俩一个住在自己家里和女管家在一起，一个住在医生的家里，用调羹把汤喂到嘴边，她们也会把汤吞下。但吞咽只是条件反射，她们并没有胃口。

白天她们的眼睛睁着，但视而不见；夜晚，尽管她们闭上了眼睛，却无法享受到睡眠的宁静。她们被分开了，她们很孤独，她们仿佛处在地狱的边境。她们像被截肢的人，但失去的不是部分肢体，而是灵魂。

两位科学家怀疑过他们自己吗？他们有没有停下来，想一想他们在做的事情是否正确？双胞胎懒洋洋的无意识形象有没有让他们对自己的完美计划产生怀疑？你知道，他们不是蓄意残忍的，只是愚蠢。他们被自己的知识、自己的雄心和自我欺骗的盲目所误导了。

医生实施测试，赫丝特进行观察。他们每天碰面比对各自的笔记，探讨他们起初乐观地称为"进展"的东西。他们一起坐在医生的书桌后面，或是坐在安吉菲尔德的藏书室里，埋头于两个女孩生活全部细节的记录。行为举止、饮食和睡眠。他们困惑于她们缺乏胃口、成天想睡觉——其实那不是真正的睡眠。他们提出解释双胞胎变化的理论。试验进行得不像他们预期的那样顺利，事实上，试验开始得很惨淡，但两位科学家不去考虑他们正在造成伤害的可能性，宁愿坚信他们能联手创造出一个奇迹。

几十年来头一遭和一个有科学头脑、条理异常清晰的人工作，这份新鲜感让医生非常满足。他惊叹于自己的女门徒可以很快领会一条原理，并马上以职业水准的独创性和洞察力把它付诸实践。很快，他就在心里承认，她更像一名同事，而非女门徒。赫丝特非常激动地发现自己的头脑最终获得了培养和关注。他们每天的会面结束后，她都会兴奋得满脸红光。也难怪他们会如此盲目，怎么能指望他们明白对他们好处多多的事情可能会对他们照顾的孩子造成巨大的伤害？除非在夜里，当他们各自单独整理白天的笔记时，他们或许会抬头看看坐在角落椅子上的孩子，她们一动也不动，目光死气沉沉。这时，他们的脑子里会闪过一点儿疑问。这只是可能。不过，即使他们有所疑虑，也没有把它写进笔记里，没有对彼此提过。

这两个人是如此依赖他们共同的计划，以至于他们没看到这个伟大计划根本没取得什么进展。埃米琳和艾德琳几乎就是两个紧张性精神症患者，那个身处薄雾中的正常女孩却无处可寻。缺乏发现并没有把他们吓住，两位科学家继续工作：他们绘制图表、提出理论，精心研发出新的试验去测试她们。每一次失败后，他们都告诉自己他们已经缩小了检查范围，然后继续执行下一个宏大构想。

医生的妻子和女管家也曾参与其中，但很快就被排除在外。她们的职责就是照顾双胞胎的日常生活，她们负责一日三次用调羹将汤喂进双胞胎不抵抗的嘴里。她们为双胞胎穿衣、洗澡，替她们洗衣服，给她们梳头发。医生的妻子和女管家都有理由反对这个计划，都有理由对自己的想法保持沉默。至于挖土的约翰，他完全置身度外，没有人询问他的意见，不过这倒没能阻止他每天在厨房里对女管家发表自己的看法："这样做不会有好结果的。我告诉你吧，根本不会有好结果。"

一度，两位科学家倒是有可能不得不放弃。他们所有的计划都没有任何结果，尽管他们绞尽脑汁，还是想不出可以尝试的新手段。正在此时，赫丝特在埃米琳身上发觉了一点点好转的迹象。女孩会把头转向窗户了，她被发现紧攥着某个闪亮的小玩意，不肯松手。通过在门外偷听（顺便说一句，当打着科学的名号时，这么做就不算不妥行为），赫丝特发现，独自一人时，这个孩子会用过去的双胞胎语言自言自语。

"她在安抚自己，"她告诉医生，"幻想姐姐还在她身边。"

医生开始实施一种新疗法，即让艾德琳单独待几个小时，他则手持记事本和笔在门外听里面的动静。他什么都没听到。

对于艾德琳这样严峻的病例，赫丝特和医生都劝自己要耐心，与此同时，他们庆幸自己在埃米琳身上取得了进展。他们开心地记录下她胃口变大了，愿意坐起来了，开始自愿走几步了。很快，她就又像过去一样漫无目的地在宅子的花园里闲逛了。哦，是的，现在赫丝特和医生都认为试验真的取得了一定成果！但很难说，他们是否停下来想过，他们所谓的"成果"不过是埃米琳恢复了试验开始前就有的老习惯。

埃米琳的情况也不是完全风平浪静。有一天就很可怕，她用鼻子嗅出了塞满她姐姐过去穿的破衣服的壁橱。她把那些衣服贴在脸上，深深地吸入上面陈旧的动物气味，然后她开心地穿上它们。这很不像话，但更糟的还在后面。穿成这样后，她在镜子里看到自己，误以为自己的镜像是她的姐姐，便一头冲了上去。撞击声大得让女管家跑了过来，她发现埃米琳在镜子边哭泣，哭不是因为她自己的疼痛，而是因为她可怜的姐姐碎成了几片，还在流血。

赫丝特把衣服从她身边拿走，并叫约翰烧了它们。作为额外的防范，她还吩咐夫人把所有的镜子都翻过来面朝墙壁放着。埃米琳大感困惑，但类似的事故没有再发生。

她不说话。所有紧闭门内的孤独低语，用的都是过去的双胞胎语言，怎么都无法引导埃米琳对女管家或赫丝特说一个英语单词。这是一件需要讨论的事情，赫丝特和医生在藏书室里开了一个长会，最后他们认为没有理由担心。埃米琳能说话，她会说的，只是需要时间。拒绝说话，镜子事件——当然他们对此很失望，但科学就是有让人失望的地方。但看看进展吧！嗯，埃米琳不是已经强壮到可以外出了吗？而且这些天，她逗留在路边、在她不敢逾越的无形边界上凝视医生家方向的时间已经减少了。事情的发展已经够如人意了。

进展？他们一开始并没有希望取得什么进展。与赫丝特刚来时在女孩身上取得的成果相比，这些进展根本就不算什么。但现在这是他们所拥有的全部，于是他们就充分强调它。或许他们暗暗感觉如释重负。因为什么是明确的成功呢？他们没有任何理由继续合作下去。尽管他们对事实缺乏判断，但他们其实也不想这样的。

他们永远也不会主动结束试验，永远不会。需要某件事、某个外部事件来终止它，某件突然发生的事情。

❧

"是什么事情？"

尽管已经到了会面结束的时间，尽管她神情疲惫、脸色发灰，快到她吃药的时间了，尽管不允许提问，我还是忍不住问了。

虽然忍受着病痛，但当她信任地前倾身体时，她的绿眼睛里却闪过几分调皮。

"你相信鬼吗，玛格丽特？"

我相信鬼吗？我能说什么呢？我点点头。

温特小姐满意地向后靠在椅子上，我有一种熟悉的感觉，就是自己透露的又比原本想的要多。

"赫丝特不相信。你明白的，她认为那不科学。于是，当她看见一个鬼，不相信鬼的她就有了大麻烦。"

❧

事情是这样的：

一个大晴天，赫丝特花很多时间干完活儿后离开宅子，决定走长路去医生家一趟。天空一片湛蓝，空气干净清新，她感觉浑身充满了一种莫名的能量，这让她渴望从事一些艰苦的活动。

田野周围的小路有一个略微向上的坡度，尽管不算是一座小山，但爬上去后还是能让她饱览四下的田野和土地。去医生家的路差不多走了一半时，她步伐有力，心跳有所加快，但丝毫不感吃力，而是觉得只要自己想，大概就能飞起来，可她所看到的景象顿时让她惊得呆若木鸡。

远处，埃米琳和艾德琳正在一片田野里一起玩耍。确凿无误。两团红头发，两双黑鞋子；一个孩子穿着早晨夫人给埃米琳穿的藏青色府绸衣服，另一个穿着绿衣服。

这不可能。

但不是如此。赫丝特是相信科学的。她看到了她们，因此她们就是在那儿。一定可以解释。艾德琳从医生家里逃出来了。她活跃起来就像当初变得麻木一样快，她一定是利用一扇没关的窗户或一串无人看管的钥匙，在别人还未发现她恢复之前逃了出来。一定是这样的。

该怎么办？跑到双胞胎面前是行不通的。要接近她们，她将不得不穿过一大片开阔的田野，她们一定会发现她，并在她跑完一半的路之前就逃之夭夭。于是她朝医生家跑去，一路快跑。

不一会儿，她就到了，她焦急地敲门。开门的是莫斯雷夫人，赫丝特制造出来的喧闹让她嘴唇紧闭，但赫丝特脑子里装着比道歉更为重要的事情，她从莫斯雷夫人身边挤过去，走到诊疗室门口，没敲门就走了进去。

医生抬起头，吃惊地看到自己的合作者脸涨得通红，一贯梳得很整齐的头发也散开了。她上气不接下气，她想要说话，这一刻却说不出来。

"究竟出了什么事？"他从椅子上站起来，绕过书桌，走到她身边，把手放在她的肩头，问道。

"艾德琳！"她气喘吁吁地说，"您让她出去了！"

医生困惑不解地皱起眉头。他扳住赫丝特的肩膀，把她转过来，让她面朝房间的另一面。

艾德琳在那里。

赫丝特跳到医生的背后。"可是我刚才还看到她！和埃米琳在一起！在奥茨家田地后面的树林边……"她开口时语气很激动，但当她开始怀疑时语气便逐渐缓和下来了。

"冷静一点儿，坐下，坐在这里，喝口水。"医生说。

"她一定逃出去过。她怎么可能逃出去？又怎么可能这么快回来？"赫丝特试图理清思路。

"她过去两个小时都在这个房间里，从吃早饭开始，其间，一直有人看管她。"他看着赫丝特的眼睛，她的情绪让他感到不安。"你看到的一定是别的孩子，村里的孩子。"他以一种医生式的得体态度表示。

"可是——"赫丝特摇摇头，"那是艾德琳的衣服，艾德琳的头发。"

赫丝特又转过去看艾德琳，艾德琳睁大的眼睛对周围的世界无动于衷。她没有穿着赫丝特几分钟前所看到的那件绿衣服，而是穿着一件干净的藏青色衣服，梳着辫子，而不是披着头发。

赫丝特转回去看医生，目光充满了迷惑。她的呼吸也不稳定了，对于她所见到的一切，没有任何合理的解释。这不符合科学，赫丝特眼里的世界是完全彻底地合乎科学的。只可能有一个解释。"我一定是疯了。"她低语道，她的瞳孔扩大了，鼻孔不停地颤动，"我见到了鬼！"

她的眼睛里满是泪水。

看到自己的合作者如此情绪失控，忽然让医生心里产生了一种奇怪的感觉。尽管起初他是作为科学家欣赏赫丝特冷静而可靠的头脑，但看到她情绪崩溃时，却是作为男人的动物本能让他伸出双臂充满激情地抱住她，并紧紧地将嘴唇贴在她的嘴上。

赫丝特没有抵抗。

打着科学的名号在门外偷听不算不妥,那么说到研究自己的丈夫,医生的妻子也能算是一名感觉敏锐的科学家。让医生和赫丝特都震惊的吻,对莫斯雷夫人来说却一点也不令人惊讶,因为她早就料到会有此类事情发生。

她撞开门,愤怒却理直气壮地冲进诊疗室。

"我将很感谢你立即离开这栋房子,"她对赫丝特说,"你可以派约翰驾车来接孩子。"

然后,她对她的丈夫说:"我过一会儿再跟你谈。"

试验结束了,很多其他事情也结束了。

约翰接回艾德琳。他在医生家既没有见到医生,也没有见到医生的妻子,但他从仆人那里获悉了那天早晨所发生的事情。

回到家后,他把艾德琳放到她过去睡的房间的老床上,离开时把门微敞着。

埃米琳,在树林里游荡,抬头嗅嗅空气,然后立即转身回家。她从厨房的门进入宅子,直接走上楼梯,两步并作一步,毫不迟疑地走进老房间。她关上身后的门。

那么赫丝特呢?没人看到她回来,也没人听到她离开。女管家第二天敲她的门时,发现那个整洁的小房间已经空了,赫丝特走了。

❧❧❧

我从故事的魔力中抽身出来,回到温特小姐安着镜子的明亮藏书室内。

"她去哪里了?"我好奇地问。

温特小姐略微皱起眉头看看我:"我不知道。这有关系吗?"

"她一定是去了某个地方。"

讲故事的人斜了我一眼："李小姐，没必要纠缠于这些次要人物。这不是他们的故事。他们来了又走，既然走了，就永远消失了。不过如此。"

我把铅笔插进笔记本螺旋形的装订处，往外走，走到门口时，我又转过身。

"那么，她是从哪里来的呢？"

"看在上帝的分上！她只不过是个家庭女教师！她无关紧要，我告诉你。"

"她一定有几个介绍人，以前有一份工作，或者是一封带有家庭住址的申请信。可能是中介推荐的？"

温特小姐闭上眼睛，脸上浮现出一个长期忍受痛苦的表情。"我肯定，安吉菲尔德的律师洛马克斯先生知道所有细节。倒不是说那些细节会对你有什么用处。这是我的故事，我应该最清楚。他的办公室在班伯里的马克特大街上，我会叫他回答你的任何问题。"

我当晚便给洛马克斯先生写了信。

赫丝特之后

第二天早晨朱迪思送来早餐时,我把写给洛马克斯先生的信交给她,她则从围裙口袋里掏出一封信。我认出这是父亲的笔迹。

父亲的来信始终是一种安慰,这一封也不例外。他希望我一切都好。我的工作是否有进展?他读了一本非常奇怪但好看的十九世纪丹麦语小说,等我回家后,他会跟我讲讲这本书。在拍卖会上,他碰巧拍到一捆似乎无人问津的十八世纪书信。我是否感兴趣?他买下它们就是想到我可能感兴趣。私家侦探呢?嗯,可能是一个选择,不过一个家谱研究者是否会把这活儿做得同样好,或许更好呢?他认识一个在这方面具备一切条件的人,那人已经在考虑接这活儿了,他欠父亲一份人情:因为他有时会来店里查阅年鉴。如果我打算追究这事儿,这里有他的地址。最后,照例还是那句好心好意却干巴巴的话:**妈妈向你问好**。

她真的说了这话吗?我怀疑。父亲提到,**我今天下午要给玛格丽特写信**,于是她——随便地说?热情地说?——**代我向她问好**。

不，我想象不出来。这句话应该是我父亲自己加上的，她并不知道父亲这样写。他为何要费心这么做呢？为了让我高兴？为了让它变成真的？他这样吃力不讨好地把我们联系在一起，是为了我，还是为了她？这是不可能完成的任务。我和母亲就像两块慢慢分开的大陆，局面不可逆转；我的父亲是桥梁建造者，坚持不懈地延伸他为了联系我们而建造的脆弱桥梁。

店里收到一封写给我的信，父亲把它附在自己的信后面。信是父亲推荐给我的法学教授写来的。

亲爱的李小姐：

我不知道伊凡·李还有一个女儿，但现在我知道了，我很高兴认识你——更高兴能对你有所帮助。法律上的死亡就和你想象的一样：在法律上推定一个人的死亡，此人已经很长时间下落不明，在这种情况下，死亡是唯一的合理假设。它的主要作用就是让那名失踪人士的财产可以传到其继承人手中。

关于你特别感兴趣的案例，我已经做了必要的调查，查阅了相关文档。你的那位安吉菲尔德先生显然是一个习惯隐居的人，关于他失踪的资料和详情，似乎无人知晓。然而，洛马克斯先生一人出于同情而代表两位继承人（安吉菲尔德先生的两个外甥女）所做的辛勤工作，让相关的正式手续得以按时履行。尽管一场大火让宅子本身没法住人，让财产部分缩水，但其总价值依然不菲。我为你影印了相关文件，我所说的这些你自己都可以在复印件上看到。

你可以看到律师自己也代表受益人之一签字，当受益人由于某种原因（比如疾病或无行为能力）无法处理他们自己的事情时，这种情况很普遍。

我特别注意了另一位受益人的签名。字迹模糊得几乎无法辨认,但我最后还是认出来了。我是不是碰巧发现了当今最大的一个秘密?但也可能你已经知道了?是这引发了你对该案的兴趣吗?

恐怕不是如此!我是超级谨慎的人!让你父亲给个好折扣把那本《自然正义原则》卖给我,我不会跟任何人讲的!

愿意为你效劳的,

威廉·亨利·卡德瓦拉德

我直接翻到卡德瓦拉德教授为我影印的文件最后,那里印着查理的两个外甥女的签名。就像他说的,洛马克斯先生代埃米琳签了字。这至少向我表明,埃米琳在火灾中幸存了下来。在第二行,我看到了希望看到的名字,**维达·温特**。后面,在括号里,写着这样几个字:**曾用名艾德琳·马奇**。

证据。

维达·温特就是艾德琳·马奇。

她说的是真的。

想到这里,我走进藏书室赴约,在温特小姐叙述赫丝特走后的故事时,我在小本子上匆忙记录。

重聚后的第一个晚上和第一个白天,艾德琳和埃米琳都是在她们房间里的床上度过的,她们相互拥抱,凝视着彼此的眼睛。女管家和挖土约翰默契地就像对康复中的病人那样对待她们,从某个方面来说,她们的情况也确实如此。她们受到了一次伤害。于是她们躺在床上，鼻子对鼻子、眼对眼地凝视着对方，不说一句话，也不笑，频率一致地眨眼睛。经过二十四小时的互相渗透，被破坏的联系复原了，但就像任何愈合的伤口一样，留下了疤痕。

与此同时，女管家一直在疑惑赫丝特出了什么事情。约翰不愿意让女管家对家庭教师大失所望，所以什么都没说，但他的沉默只会让她更想把事情弄清楚。"我想她必须告诉医生她去了哪里。"女管家不快地总结道，"等她回来，我会向医生问个明白。"

然后约翰不得不开口了，他粗暴地说："不要去问医生她去了哪里！什么都别问！我们也不会再见到他出现在这里了。"

女管家皱起眉头转身离他而去。大家都是怎么了？为什么赫丝特不在了？为什么约翰这么心烦意乱？至于医生——他过去一直是家里的常客——为什么他不会再来了？发生的一切让她难以理解。这些天，她越来越觉得周遭的世界出了问题。不止一次，她好像突然意识到整整几个小时过去了，却没有在记忆里留下一丝痕迹。其他人能明白的事情，她却不一定理解。当她提出问题，试图把事情搞懂时，人们的眼睛里闪出古怪的神色，但大家又会迅速地掩饰。是的。有怪事发生，赫丝特莫名其妙的失踪只是其中之一。

约翰尽管为女管家的忧虑感到遗憾，但赫丝特走了，他倒是松了一口气。家庭教师的离开仿佛让他如释重负，他更自由地出入宅子，晚上与女管家一起待在厨房的时间也更长了。在他看来，失去赫丝特根本不算什么损失。她只在一件事情上真正改善了他的生活——在她的鼓励下，他重新拾起了造型花园的工作——此事，她做得如此巧妙、如此慎重，他在不知不觉中居然决定重返花园了。当情况显示她将永不再来时，他从工棚里拿出靴子，把腿跷在桌上，坐在炉子边擦拭它们，现在还有谁能阻止他呢？

待在育婴室里的查理似乎已经不再愤怒狂躁了，转而变得悲伤虚弱。你有时能听到他在地板上慢慢地蹒跚行走,你若把耳朵贴在门上,有时能听见他像可怜的两岁小孩那样哭到筋疲力尽。有没有可能赫丝特透过锁着的门,以某种神秘却不乏科学性的手段影响了他,让他最糟糕的绝望情绪无法逼近他?这似乎不是没有可能。

不仅是人对赫丝特的离开有所反应,宅子也立刻发生了变化。首先降临的是一种新的安静,没有了赫丝特上下楼梯和在回廊里走来走去的脚步声。然后,修理房顶的工人发出的敲打声也停止了;工人发现赫丝特不在了之后,便有理由怀疑没人会把他所做的工作清单给查理看,那也就不会有人付他工资;他收拾好工具就走人了,只回来过一次:拿梯子,之后就再也不见踪影。

在重陷沉寂的第一天,宅子就又恢复了它那漫长的腐烂工程,一切都仿佛从未被打断过。小处最先发生变化:污垢开始从每个房间的每件物品的每道缝隙向外扩散,表面慢慢积起灰尘,窗户覆盖上了第一层薄薄的尘垢。赫丝特所做的一切改变都是表面的,维护它们需要每天都花心思。但女管家的清洁时间表先是不够稳固,后来就彻底无效了,于是宅子的永恒本性开始重新掌权。终于有一天,当你捡起任何东西时,你的手指又会像过去一样感觉黏糊糊。

各类物品也很快回到了往昔的状态。先是钥匙开始四处流落,头天晚上,它们从锁上滑出来并脱离了钥匙圈,然后它们就一起灰头土脸地掉在某块松动的地板下面的空洞内。银制的蜡烛台,尽管依然带着赫丝特擦拭出来的光亮,却从客厅的壁炉架上一路跑到埃米琳床底下的宝藏堆中。书籍离开藏书室里的书架,爬上楼梯,跑去躺在角落里或沙发底下。窗帘或合或开,无人理会。由于缺乏监督,甚至家具都开始趁机乱跑。

正处在修理过程中的房顶,还没修好就变得更坏了。工人留下的某些窟窿比让他来修补的那些还要大。躺在阁楼的地板上,感受阳光照在脸上，倒是惬意，但下雨时情况就不同了。地板开始变得松软，然后雨水就穿过地板滴到下面的房间里。有些地方你得知道不能踩，因为你脚下靠不住的地板会垮陷下去。很快，地板就烂得差不多了，你可以直接看到下面的房间。下面房间的地板又能坚持多久，你何时能直接看到藏书室呢？藏书室的地板会烂掉吗？有没有可能某一天，你站在地下室里，抬头能透过四层楼的地板，直接看到天空？

水就像上帝，能以神秘的方式移动。一旦进入一栋房子，水就会迂回地遵循重力流淌。它能在墙壁内、地板下找到隐秘的小沟和渠道，会朝想不到的方向渗透和滴流，出现在最不可能的地方。宅子里到处都是吸水的织物，却没有人把水绞干；到处都摆着接水的锅和碗，却没有人记得在水漫出来前去更换。持续的潮湿使石灰从墙上掉下，侵蚀墙壁。阁楼内，你用一只手便能让墙壁像松动的牙齿一样摇晃。

那身处这一切之中的双胞胎呢？

赫丝特和医生重创了她们。当然，情况再也不会和过去一样了。双胞胎将始终共负一条伤疤，分离的影响永远也不会彻底消失。然而，她们对伤疤的感受却是不同的。艾德琳明白赫丝特和医生的目的之后，很快就忘掉了这码事。她几乎在失去妹妹的那一刻就迷失了自我，也回忆不起逝去的时光。就她的感觉而言，失去妹妹与找回妹妹之间的黑暗期可能是一年，也可能只是一秒。现在这都不重要了。因为一切都结束了，她又活过来了。

对埃米琳而言，情况就不同了。她没得让人减轻痛苦的健忘症，她痛苦的时间更长，程度更剧烈。最初几星期，每一秒钟都过得让人痛苦。她就像一个还没上麻药、在等待被截肢的人，痛得快要发狂，震惊于自己在身体如此痛苦的情况下还能活着。但慢慢地，她开始一个细胞一个细胞地修复痛苦。终于有一天，她不再感到全身如火烧般痛苦，但心还在痛。又过了一段时间，连她的心也能感受到其他情绪了，至少暂时可以。简而言之，埃米琳适应了姐姐不在自己身边的状态，她学会了一个人生存。

不过，她们还是重新聚在一起，又是成双结对的双胞胎了。尽管埃米琳和过去不一样了，但艾德琳并没有立刻发现这一点。

起初，有的只是重聚的快乐。她们是不能分开的。一个人去哪里，另一个就跟着去。在造型花园里，她们绕着老树转圈，没完没了地玩"你发现我，我发现你"的游戏，这是对她们最近"失去"和"重聚"经历的一种重复，艾德琳似乎永远也玩不厌这个游戏。对埃米琳来说，新鲜感开始逐渐消失。一些旧日的敌对状态又悄悄复萌。埃米琳想去这里，艾德琳想去那里，于是她们打架。就像过去一样，通常都是埃米琳让步。她不为人知的新自我，对此是介意的。

尽管埃米琳曾经很喜欢赫丝特，但现在并不想念她。试验期间，她对赫丝特的喜爱之情就减弱了。毕竟，她明白是赫丝特把她和姐姐分开的。不仅如此，由于赫丝特那么专注于写她的报告、和医生讨论科学问题，她忽略了埃米琳，可能她自己并没有意识到这一点。在那期间，埃米琳觉得自己异常孤独，她找到了让自己不想伤心事的办法，学会了找乐子，变得能够享受为娱乐而娱乐。她不想只是因为姐姐回来了，就放弃那些游戏。

于是，在重聚后的第三天，埃米琳抛开造型花园里捉迷藏的游戏，跑到桌球房去了，那里放着一叠扑克牌。她俯卧在铺着台面呢的桌子中央，开始了她的游戏。这是一种单人纸牌游戏，不过是最简单、最孩子气的那种。埃米琳每回都能赢，因为游戏规则由她说了算。每一回，她都很开心。

游戏玩到一半，她的脑袋一歪。她没有听真切，但始终接收着双胞胎姐姐信号的耳朵告诉她，艾德琳在叫她。埃米琳不予理会。她正忙着，要过一会儿再去见艾德琳，等游戏结束再说。

一个小时之后，艾德琳冲进桌球房，双眼愤怒地紧紧挤在一起，埃米琳不会保护自己。艾德琳爬上桌子，歇斯底里地向埃米琳发起愤怒的攻击。

埃米琳没有举起一根手指头防卫，也没有哭。她一声不吭地挨打。

艾德琳发泄完怒气，在那里站了几分钟，看着妹妹。鲜血渗进绿色的台面呢，扑克牌撒得到处都是。埃米琳蜷成一团，肩膀随着呼吸急促地一起一伏。

艾德琳转身离去。

埃米琳待在原地，待在桌上，直到约翰几个小时后来找她。他把她抱到女管家那里，女管家替她洗去头发上的血迹，在她眼睛上敷了一块纱布，用金缕梅药水擦拭她的淤伤。

"赫丝特要是在这里，这样的事情不会发生。"她发表评论说，"我真想知道她什么时候回来。"

"她不会回来了。"约翰压制着恼怒说道。他也不喜欢看到孩子这副模样。

"但我弄不懂她为什么就那样走了，没留一个字。到底发生了什么？我想，她一定是有急事。她家里的事情……"

约翰摇摇头。这话他已经听过十几遍了，女管家总是坚信赫丝特会回来。整个村子都知道她不会回来了，莫斯雷家的佣人什么都听到了，她还宣称自己亲眼目睹。而且，如今全村没有一个成年人不知道姿色平平的家庭女教师和医生有染。

终于有一天，关于赫丝特的"行为"（这是村民对"不端行为"的委婉说法）的流言飞语不可避免地传到女管家耳朵里。起初，她心生反感，拒绝接受大家的说法——**她的**赫丝特——做了那样的事情。

可是当她生气地向约翰汇报大家所说的话时,他只是加以证实。他提醒她,那天他在医生家接孩子,是女佣亲口告诉他的,就在事情发生当天。况且,假如没有不寻常的事情发生,那赫丝特为什么不打一声招呼突然离开呢?

"她家有急事……"女管家结结巴巴地说。

"那么,信在哪里?假如她要回来,一定会写信来的,对吧?她早就解释了。你收到信没有?"

女管家摇摇头。

"那就是了。"约翰道,声音里有掩饰不住的快感,"她做了她不该做的事情,不会再回来了。她永远离开了,我的话准没错。"

女管家左思右想,她不知道该相信什么。这世界成了一个令人费解的地方。

消 失！

只有查理不受影响。当然，变化还是有的。在赫丝特的统治下，每日按时摆在他房间门外的早点、午餐和晚饭变成了在女管家记得的时候，偶尔以不规律的间隔出现的三明治、一块冷排骨、一个西红柿、一碗冻结的炒鸡蛋。这对查理而言毫不重要。如果他感觉饿了，并且门外有食物，那么他就咬一口昨天的排骨，啃一点儿干面包；如果门外没有食物，那么他就不吃，饥饿也不会让他心烦。另一种更为强烈的饥饿需要他操心，他生命中最重要的东西，是赫丝特无法改变的——无论她在还是不在。

然而，改变还是找上了查理，尽管它与赫丝特无关。

偶尔有信寄到家里，偶尔也会有人打开它。挖土约翰就"没有赫丝特的来信"发表评论的几天后，女管家站在大厅里，注意到一小撂信件正在信箱下面的垫子上积灰。她打开它们。

一封是来自负责查理事务的银行职员：询问他对一个投资机会是否感兴趣？

第二封是房顶修理工所列的工作清单。

第三封是来自赫丝特吗？

不，第三封信是精神病院写来的。伊莎贝拉死了。

女管家盯着信看。死了！伊莎贝拉！这是真的吗？信上说，她是死于流感。

这件事必须告诉查理，女管家对前景感到恐惧。她把信放到一边，决定先跟约翰商量一下，可是，当约翰坐在厨房桌子边他的位子上，她为他的杯子倒满新鲜的茶水时，她丝毫没有想到那封信。它融入了那些越来越频繁发生的遗忘时刻，曾经存在、曾经被感知，但没被记录下来，然后就被忘掉了。几天后，她端着一托盘烤焦的面包和咸猪肉走过大厅，下意识地把信放到盛食物的托盘里，虽然她压根都不记得里面写了什么。

接着，又过了好多天，似乎什么都没有发生，只是灰尘更厚，窗框上的尘垢积得更多，扑克牌在客厅里散得更乱，忘记曾经有过一个赫丝特也变得越来越容易。

在这种寂静的日子里，是约翰意识到了有点不对劲。

他是一个喜欢待在户外的人，不爱待在家里。但他知道哪天需要先洗杯子才能找到干净的杯子喝茶，他也知道盛过生肉的盘子不能直接用来盛放熟食。他看到女管家料理家务的情况，他不是傻瓜。于是脏盘子和脏杯子堆积成山，他就开始认真清洗。看着他穿着威灵顿长筒靴、戴着帽子站在水池边是一件奇怪的事情，他摆弄陶器花盆和娇嫩的植物得心应手，碰到洗碗布和瓷器杯碟就笨手笨脚了。他注意到杯子和盘子的数量越来越少，很快就不够用了。失踪的杯碟到哪里去了？他立刻想到女管家不规律地端着食物送到楼上的主人查理那儿。他有没有见过她带空盘子回厨房？没有。

他走上楼。在锁着的房门外，盘子、杯子排成一个长队。一群苍蝇嗡嗡地聚在那里，查理没动过的食物成了它们的美餐，难闻的气味扑鼻而来。女管家把食物留在门外，却没有注意到查理还没碰过前一天的食物，这样的情况持续多少天了？他点了点盘子和杯子的总数，皱起眉头。这一刻，他意识到出问题了。

他没有敲门。敲门有什么用？他必须去工棚找一段足够结实的木材，把门撞开。撞击橡木门的噪声，金属门铰链从木头上断开的咯吱声，响得足以把我们大家都引来，连女管家都闻声而至。

门与铰链断开一半，门被砸开后，我们听见苍蝇发出的嗡嗡声，一股可怕的恶臭犹如巨浪一般翻滚出来，冲得埃米琳和夫人后退几步。连约翰都用手捂住嘴巴，脸色有些泛白。"待在后面。"他边走进房间边命令道。我隔着几步跟在他的身后。

我们小心翼翼地穿过旧育婴室地板上腐烂的食物，惊起了一阵阵密如云团的苍蝇。查理过着畜生般的生活，发霉的脏盘子堆在地上、壁炉架上、椅子上和桌子上。卧室的门微敞着，约翰手里还拿着一小段撞门用的木头，他小心地用它推开门，一只受惊的老鼠冲出来，疾速跑过我们的脚面。眼前的景象让人毛骨悚然。更多的苍蝇、更多的腐烂食物，更糟糕的是查理还生过病。一堆干掉的、叮满苍蝇的呕吐物在地毯上结了壳。床头桌上有一堆血迹斑斑的手帕，还有一根夫人的旧缝补针。

我们没有说话，屏住呼吸，迫不得已才用嘴巴吸气，恶心的空气刺激我们的喉咙，令人作呕。这还不是最糟糕的，还有一个房间。约翰硬着头皮打开浴室的门。门还未完全敞开，我们就感觉到了恐怖。不等恶臭钻进鼻孔，我的皮肤似乎就闻到了，我浑身上下直冒冷汗。厕所的情况糟透了，马桶盖虽然放下了，但它盖不住外溢的污物。但这还不算什么。看到浴缸——约翰猛地退后一步，要不是我也同时向后退了两步，他就会踩到我了——浴缸里堆满黑色的粪便，恶臭使约翰和我冲向门外，重新穿过成堆的老鼠屎和成群的苍蝇，跑到走廊里，奔下楼梯，来到大门外。

我恶心坏了。绿色的草地上，我的黄色呕吐物显得新鲜、干净且芬芳。

"好了。"约翰说，并用一只手拍拍我还在发抖的背。

女管家也拖着脚匆忙跑出来，穿过草坪走近我们，脸上写满了疑问。我们能对她说什么好呢？

我们发现了查理的血迹，我们发现了查理的大便、小便和呕吐物，但查理本人呢？

"他不在那儿，"我们告诉她，"他走了。"

⁓⁓⁓

我回到自己房间，思索这个故事。此事的离奇不止一点。当然，查理的消失很奇怪，这是事态发展的有趣转折。它让我想到年鉴和那个奇怪的缩写：Ldd。但还有其他奇怪的地方。她知道我注意到这些了吗？我没有表露出来。但我**注意到了**，今天温特小姐在叙述中用了**我**。

⁓⁓⁓

在房间里，我在火腿三明治旁的托盘上发现了一个棕色大信封。

律师洛马克斯先生寄来了回信。他在自己措辞和善的简短回信后面附上了赫丝特合同的复印件，我扫了一眼，便将它放在一边，那不勒斯的一位布莱克女士写了一封推荐信，信中她盛赞了赫丝特的才能，这些复印件中最有意思的是一封表示接受聘用的信，它是奇迹创造者本人写的。

亲爱的莫斯雷医生：

感谢您好意为我提供了这份工作。

如您所示,我很乐意从四月十九日起接手安吉菲尔德的职位。

我已经查询,得知火车只能开到班伯里。您或许能给我出出主意,告诉我从那儿到安吉菲尔德的最佳路线。我将在十点半抵达班伯里车站。

您诚挚的朋友,
赫丝特·巴罗

赫丝特笔锋硬朗的大写字母透出一种坚定,所有字母的倾斜角度一致,字母 g 和 y 打圈的收笔部分感觉很流畅。字的大小适中:既不会大到浪费墨水和纸张,也不会小到看不清楚。没有多余的修饰,没有刻意的打圈、花体字或龙飞凤舞。每一个字母中的秩序感、平衡感和比例感体现出正字书法之美。笔迹优美干净,是赫丝特本人透过这些文字在说话。

在信的右上角写着一个位于伦敦的地址。

太好了,我想。我马上就可以找到你了。

我拿来纸,在动笔整理白天会面的笔记之前,先给爸爸推荐的那位家谱学者写了一封信。这是一封长信:我必须先自我介绍,因为他肯定不知道李先生还有女儿;必须简要讲一下年鉴的事情,以求他费时协助我;必须列举我所知道的赫丝特的所有情况;那不勒斯,伦敦,安吉菲尔德。但信的中心思想很简单,就是要**找到她**。

查理失踪之后

对于我和她的律师交流一事,温特小姐未加评论,但我相信她是知道的,正如我相信若没有她的同意,我要看的文件永远也不会寄到我手里。我想知道她是否认为这是一种作弊,是否认为这是她所反对的"打乱故事进展的先后顺序",但我收到洛马克斯先生寄来的那组信件,并写信给家谱学者寻求帮助的那天,她没说一个字。她从前一天停下的地方继续把故事讲下去,仿佛这些用邮件交流信息的事情根本没有发生。

❧

查理是离开我们的第二个人。假如你算上伊莎贝拉,查理就是第三个,但就实际生活而言,我们两年前就失去她了,所以不能算她。

与赫丝特的消失相比,查理失踪对约翰的影响更大。查理虽然是一个隐居者、一个怪人、一个在家里遁形的人,但他终究还是一家之主。一年四次,在被要求了六七遍后,他才会在纸上潦草地签下自己的名字,银行便会发放资金维持这个家的慢速运转。现在他走了。这个家怎么办?他们怎么找钱?

约翰过了几天担惊受怕的日子。他坚决主张彻底清扫育婴室——"否则,这会让我们全都得病的。"——当他再也受不了那种气味时,就会坐在门外的台阶上呼吸干净的空气,像一个溺水获救的人。晚上,他洗澡要洗很长时间,用掉一整块肥皂,皮肤擦得直泛红,连鼻孔里面也抹上肥皂。

他还做饭。我们都注意到女管家如何在饭做到一半就失去头绪,蔬菜煮得烟成一团,接着锅底烧焦,宅子里永远飘着一股食物的焦臭味。然后有一天,我们在厨房里看见了约翰的身影。我们熟悉的那双把马铃薯从地里拔出来的脏手,现在正在水里漂洗黄色表皮的蔬菜,然后去皮,照看炉子上咔嗒作响的锅盖。我们吃到了美味的肉、鱼、很多蔬菜,喝到了味道浓郁的热茶。女管家坐在厨房角落里的椅子上,似乎没怎么感到以前这都是她的任务。洗完餐具,他们俩坐在厨房的桌子边聊天。他只关心一个问题。他们该怎么办?他们如何生存下去?我们大家会变成什么样?

"别担心,他会出来的。"女管家说。

出来?约翰叹了一口气,摇摇头。这话他之前听过了。"他不在那里了,太太。他走了,难道你忘了吗?"

"走了!"她摇摇头,大笑起来,仿佛他是在说笑。

那一刻,当她获悉查理离开,这个事实顿时让她丧失了意识,然后她一直没能恢复过来。她脑子里用来联系和分隔思维的通道、走廊和楼梯井已经被破坏了。拾起一段思绪的一头,她会跟着它,穿过墙壁上的窟窿,滑入在她脚下展开的隧道,最后茫然、迷惑地停下:有没有那事?她有没有去过?想到查理把自己锁在育婴室里,因为对他死去妹妹的爱而痛苦得发狂,她会在自己根本都意识不到的情况下,跌进时间的暗门,转而想到查理的父亲——新近丧妻的乔治把自己锁在藏书室里，哀悼他死去的妻子。

"我知道怎么把他从那里弄出来。"她眨眨眼睛说，"我把婴儿抱到他面前，那会有用的。事实上，我现在就要去看看婴儿。"

约翰没有再跟她解释伊莎贝拉已经死了，因为这只会引起极度忧伤的惊讶，导致她要求知道是怎么回事以及为什么。"精神病院？"她会惊讶地叫道，"可是为什么没有人告诉我伊莎贝拉小姐在精神病院里呢？想想女孩可怜的父亲吧！他那么宠爱她！这会要了他的命。"她会一连几个小时迷失在过去的破碎走廊里，哀悼老早以前的悲剧，就像它们昨天才发生，而不去考虑今天的伤心事。约翰经历过好几次这样的情形了，所以无意再经历一次。

女管家慢慢从椅子上站起来，一只脚痛苦地挪到另一只脚前面，拖着脚走出房间，去关心那个婴儿，其实在她失去记忆的那些年里，这个婴儿长大成人、结婚，生了一对双胞胎，现在已经死了。约翰没有阻止她。没等她走到楼梯边，她就会忘记自己要去哪里。但是在她的背后，他还是用手托着脑袋，叹了一口气。

该怎么办呢？关于查理、关于女管家、关于一切，都该怎么办呢？这是约翰一直关心的问题。在一周的最后，育婴室干净了，经过这些晚上的深思熟虑，约翰算是有了一个计划。哪里都没有查理的消息。没人看见他走，宅子外也没人知道他走了。考虑到他隐士般的习惯，也不可能有人发现他不在宅子里了。约翰想知道，自己是否有义务去通知什么人——医生？律师？——告诉他们查理失踪了？他一遍遍在脑子里思考这个问题，每一次的答案都是否定。只要人乐意，他完全有权利离开自己的家，走的时候也不告诉用人他去哪里。约翰觉得告诉医生没有任何好处，医生之前对这个家庭的干涉带来的只有坏处，至于律师……

想到这儿，约翰自言自语的速度放慢了，情况复杂了。假如查理不回来，谁来授权银行发放钱款呢？他模糊地知道假如查理继续失踪下去，将不得不把律师牵扯进来，但是……他的不情愿很自然。在安吉菲尔德，他们已经与世隔绝地生活了很多年。赫丝特是进入他们的世界的唯一外人，瞧瞧发生的一切吧！而且，他天生对律师怀有一种不信任感。约翰说不出洛马克斯先生具体哪里不好，他从任何方面看都是一个通情达理的正人君子，但约翰就是不愿意把这个家的困难托付给一个靠干预他人私事谋生的人。而且，查理的古怪已经众人皆知，假如他的失踪也传出去，律师还会甘愿在查理的银行票据上签字，只为让约翰和女管家继续有钱支付杂货店的账单吗？不会。他对律师足够了解，知道事情不可能这么简单。约翰想象洛马克斯先生在宅子里，打开各扇房门，彻底搜查柜子，扫视每一个黑暗的角落，谨慎地扩大自己在安吉菲尔德世界里的影响力。如此这般，没完没了。

然后，律师只需在女管家状况不对劲的时候来一次家里就行了。他会坚持把医生喊来。那么发生在伊莎贝拉身上的事情就会同样落到女管家头上，她会被带走。那会有什么好处呢？

不。他们刚刚除掉一个外人，不是再请一个外人进入的时候。私下处理私事会安全许多。这就意味着，由他来处理，现在就顺其自然吧。

没必要着急。最近的一次放款就在几个星期之前，所以他们不是完全没有钱。赫丝特走时也没有拿自己的工资，所以如果她不写信来要钱，事态也没有发展到令人绝望的话，他们手头是有一些现金的。不用买许多食物：花园里有足够喂一支军队的蔬菜和水果，树林里也多的是松鸡和野鸡。假如事情真是到了那一步，假如出现紧急状况，比如一场灾难（约翰也不清楚自己提到这点是什么意思——难道他们遭受的事情不算灾难吗？还有可能发生更糟糕的事情？不知何故，他这样想），那么他也认识某个会从地窖里拿出几瓶小心保存的红葡萄酒、并给他几个小钱作为报答的人。

"在最近一段时间里，我们不会有事的。"一天晚上，他在厨房里抽烟，对女管家说，"如果我们仔细一点儿，大概能过上四个月。那时，就不知道该怎么办了。只能走一步算一步。"

这是一场自我安慰式的谈话，他已经不指望能从女管家那儿获得什么直接答案了。但他与女管家谈话的习惯已经养成很久了，没那么容易改变。于是他继续在厨房里与女管家面对面坐在桌子边，与她分享他的看法、他的梦想和他的担忧。当她回答时——她的答案也不过是一些不着边际的随意词语——她的看法让他困惑，他试图找出问题和回答之间的联系。但她脑袋里的迷宫对他来说太复杂了，他找不到通道，指引她从一个词跳到另一个词的线索从她的指间滑落到黑暗中。

他保存菜园里采的食物；他做饭，他切碎女管家盘子里的肉，用小勺子喂到她嘴里；他倒掉她杯子里的冷水，倒上新茶。他不是木匠，但他在各处腐烂的旧木头上钉上新木板，倒空主要房间里用来接漏水的锅。还站在阁楼里，望着房顶上的窟窿搔头皮。"我们必须把那儿修好。"他下定决心——可最近雨水少，也没下雪，这事还等得起。要做的事还有很多。他洗被子、洗衣服，没有漂净的肥皂渍使它们晾干后又硬又黏。他剥掉兔子皮，拔去野鸡毛，把它们烤熟。他清洗餐具，清洁水池。他知道该做什么，看女管家做事都看过一百次了。

有时，他也会花半个小时在造型花园里，但不再觉得那是一种享受。对自己不在时屋内可能发生的事情的担心超过了待在花园里的愉悦，况且他也抽不出那么多时间认真打理花园。最后，他能顾得上坚持打理的部分就是菜园了，花园的其他部分，他都不管了。

❦

我们一旦习惯这种生活，倒也活得挺滋润。酒窖为这个家提供了一份稳定的经济收入,渐渐地,我们的这种生活方式似乎还能维持下去。我们真能过得更好,只要查理一直失踪下去。没有被发现,也没有回来,不知道究竟是死是活,他不会对任何人造成伤害。

于是我守口如瓶。

树林里有一间棚屋,已经荒废上百年了,荆棘丛生,周围长满了荨麻,那是查理和伊莎贝拉过去常去的地方。伊莎贝拉被送去精神病院后,查理仍然去那里;我知道,因为在那儿见过他,啜泣着用那根旧缝补针在自己的骨头上刻情书。

这是一个很容易想到的地方。他失踪后,我又去了那里。我穿过多刺的灌木丛,拨开挡住门口的植物,走进混杂着腐臭和芬芳的棚内,那儿,在阴暗处,发现了他。他倒在角落里,身边放着一把手枪,半边脸被枪打烂了。我认出了另半边脸,尽管上面爬满了蛆。没错,是查理。

我顾不上那些荨麻和荆棘,一下冲到门口,迫不及待要远离眼前的场景。可他的形象却在我脑中挥之不去,无论跑到哪儿,他那只空洞的眼睛似乎始终在盯着我。

该去哪里寻找安慰呢?

我知道一栋房子。树林中有一栋朴素的小房子,我从那里偷过一两次食物。我去了那里。我躲在窗户边,屏住呼吸,知道自己离平凡的生活很近。呼吸平静后,我站起来朝里看,一名妇女正坐在椅子上做针线活。她不知道我在那里,但看到她我就心安,就像童话故事里慈祥的老奶奶。我看着她,眼前开始澄澈,直到查理尸体的影像逐渐消失,自己的心跳恢复正常。

我走回安吉菲尔德,没有对任何人提这事。我们顺其自然,状况良好。无论如何,这对他而言都不重要了,不是吗?

他是我的第一个鬼。

在我看来，医生的汽车似乎永远都停在温特小姐家的车道上。我初次来到约克郡时，他每隔两天来一次，接着变成一天隔一天，然后是每天都来，现在他一天要来家里两次。我仔细观察温特小姐。我了解实际情况，温特小姐有病，正在走向死亡。但只要她对我讲故事，看起来依然充满了力量，丝毫不受年龄和疾病的影响。对于这种互相矛盾的情况，我认为是医生持续不断的照料支撑着她。

不过，在我的视野之外，她一定非常衰弱。否则怎么解释一天早晨朱迪思出人意料的通知呢？她突然告诉我，温特小姐身体不好，无法见我，还说温特小姐会有一两天都无法与我会面，既然我在这儿无事可做，不妨休个短假。

"休假？我上回离开时，她小题大做，我还以为她最不情愿的事就是让我休假呢。何况离圣诞节只有几个星期了！"

朱迪思的脸红了，但她没有再说什么。有事不对劲。我被打发走，以免碍事。

"我能为你收拾一个箱子，如果你需要？"她抱歉地笑笑，主动提出，知道我明白她在隐瞒什么事。

"我自己能收拾。"恼怒让我说话有些失礼。

"今天莫里斯休息，克里夫顿医生会送你去车站。"

可怜的朱迪思。她讨厌欺骗，也不善于耍花招。

"温特小姐在哪儿？走之前，我想跟她简单说两句。"

"温特小姐？恐怕她——"

"她不愿见我？"

"是**不能**见你。"她一脸轻松，声音中透出真诚，因为终于能说实话了，"相信我，李小姐。她只是不能见你。"

不管朱迪思瞒着什么事，医生也都知道。

"你父亲的书店在剑桥什么地方？"医生想知道，"他经营古董病历吗？"我简短地回答了他，脑子里想得更多的是自己关心的问题，过了一会儿，他不再闲聊。去哈罗门市的路上，车里的气氛很沉重，就像温特小姐令人压抑的沉默。

再访安吉菲尔德

到达前一天,我在火车上想象那里的喧闹景象:高声指挥,挥手打着紧急的旗语;慢慢行驶的轰鸣起重机;石头的撞击声。实际情况完全相反,我到了大门口,看到里面的废墟依旧一片寂静。

什么都看不见,雾隐藏了远处的一切,连脚下的路都看不清楚。我的脚前一刻还在那里,后一刻就不见踪影了。我抬头盲目地行走,追寻着上次来这里的道路,追寻着记忆中温特小姐的描述。

我脑中的地图很准确,我按预期来到了花园。紫杉树的轮廓就像画得很朦胧的舞台道具,空白的背景使它们显得像画在平面图上。两个穹顶状的树冠飘在云朵般的雾气中,轻得犹如圆顶硬礼帽,支撑它们的树干隐在下面一片白茫茫中。六十年的时间已经让树冠过度生长、走了形,但如今还是很容易想象:雾气让几何轮廓变得柔和,当雾气散去,展现在眼前的花园将一如往昔,一切都那么精致完美,坐落在一栋完好无损的宅院内,而不是在一片被破坏的废墟上。

像悬浮在空气中的水汽一样纤弱的半个世纪,正准备随冬天太阳的第一缕光线一起消失。

我将手腕举到眼前,看了看时间。我已经安排好与奥里利乌斯见面,但在这样的雾气中,该如何找到他呢?我可能永远逛下去都看不见他,即使他和我仅隔一臂擦身而过。

我大喊:"嗨!"接着传来一个男人的声音。

"嗨!"

我搞不清楚他的远近:"你在哪里?"

我想象:奥里利乌斯在雾气中凝视远方,寻找着一个明显的地标。

"我在一棵树旁。"声音模糊传来。

"我也是。"我大喊道,"我想你跟我不在同一棵树旁,你听上去离我很远。"

"但是你听着离我很近。"

"是吗?那你为什么不继续待在原地说话,我来找你!"

"你说得对!好主意!虽然我得想些话说,对吧?平时说话好像都很容易,可是要按指示说话,却真难呀……今天的天气真是太阴沉了。从来没碰到过这么阴沉的天气。"

奥里利乌斯就这样自言自语,我则踏入雾气中循着他的声音找他。

正在这时,我看见了它。一个影子从我身边滑过,一个在潮湿光线下的苍白影子。那不是奥里利乌斯。我突然意识到自己的心在狂跳,我半是恐惧、半是满怀希望地伸出手。那个影子避开我,从我的视线里溜走了。

"奥里利乌斯?"我听到自己的声音在打颤。

"什么?"

"你还在那儿吗?"

"当然,我还在。"

他的声音从完全不同的方向传来。我刚才看到的是什么?那不是奥里利乌斯,一定是雾气产生的效果。虽然害怕再等下去会看到什么,我还是站着没动,透过潮湿的空气凝视前方,希望那个身影再度出现。

"啊哈!你在这儿!"我的身后响起一个很大的声音。奥里利乌斯,他用戴着连指手套的手抱住我的肩膀,我转向他。"天哪,玛格丽特,你的面色苍白如纸。别人一定以为你刚见了鬼!"

我们一起走在花园里。裹着大衣的奥里利乌斯看上去比实际上更为高大、魁梧。走在他的身边,穿着烟灰色雨衣的我觉得自己很渺小。

"你的书写得怎么样了?"

"现在还只有一些笔记。和温特小姐谈话,做些调查。"

"今天是来做调查的,对吗?"

"是的。"

"你想知道什么?"

"我只想拍一些照片,可是看来天气不太合适。"

"不用一小时,你就能看得清了。这场雾不会持续很长时间。"

我们走上一条像人行道的小路,路的两边都是圆锥形的植物,它们非常宽大,几乎形成了一条树篱。

"你为什么来这里,奥里利乌斯?"

我们走到路的尽头,然后走进一片迷蒙的雾气中。来到一排有奥里利乌斯两倍高的紫杉树前,又继续沿着它们走。我注意到草和叶子上有点儿闪光:太阳出来了。空气里的水汽开始蒸发,我们的视野每一分钟都在变宽。那排紫杉树领我们绕一片空地兜了一整圈,我们又回到进入花园时所走的那条人行道。

我的问题已经问了一段时间,在我都快忘了的时候,奥里利乌斯却回答了:"我出生在这里。"

我突然停下脚步。奥里利乌斯继续往前走,没有意识到自己的话对我产生的影响。我差点儿跑起来才赶上他。

"奥里利乌斯!"我拉住他的一个大衣袖子,"这是真的吗?你真的生在这里吗?"

"是的。"

"什么时候?"

他奇怪地笑了笑,有些悲伤。"在我生日那天。"

我不假思索地追问:"是的,可那是什么时候呢?"

"大概是一月的某一天吧,也可能是二月,或者是十二月底。大约六十年前,我知道的恐怕就这么多了。"

我皱起眉头,想起他上次跟我讲过拉乌夫人,并说他没有母亲。一个被收养的孩子怎么会对原来的情况知道的这么少,连自己的生日都不知道呢?

"奥里利乌斯,你是想告诉我,你是一个弃婴吗?"

"对。这种这个词儿最适合我,一个弃婴。"

我不知道该说什么才好。

"我想,人总会对这种情况习惯的。"他说,对于他自己的失落,他还反过来安慰我,我感到很抱歉。

"你真的习惯了吗?"

他带着一种奇怪的表情看着我,想着该怎么跟我讲。"说实话,不习惯。"他说。

我们像病人似的迈着缓慢沉重的步伐,继续往前走。雾气差不多已经散尽。造型花园里原本带有魔幻色彩的植物造型失去了魅力,露出真面目——蓬乱的灌木丛和树篱。

"那么是拉乌夫人——"我开口说道。

"发现了我，没错。"

"你的父母亲……"

"不知道。"

"可你知道自己是在这儿被发现的？在这栋房子里？"

奥里利乌斯把手深深插进口袋里，挺直肩膀。"我不指望别人能明白，我没有任何证据。**可我就是知道。**"他快速扫了我一眼，我用眼神鼓励他继续说下去。

"有时候，你就是能知道某些事情。那些和自己有关的事情，那些在你记事前就发生的事情。我解释不了。"

我点点头，奥里利乌斯便继续往下说。

"我被发现的那个夜晚，这里发生了一场大火。我九岁的时候，拉乌夫人这样对我说。她认为她应该这么做，因为她发现我时，我浑身都是烟味。后来，我就到这里看一看，从此就一直来了。再后来，我在本地报社的档案馆里查过这事。不管怎么说——"

他的声音很轻，当一个人开始讲述特别重要的事情时，就会用这种很轻的声音。一个非常珍视的故事，**就该用漫不经心来掩饰它的重要性，以免听故事的人冷淡无情。**

"总之，我一来到这里就知道了。**这就是家**，我对自己说。**我就是来自这里**。毫无疑问，我知道。"

说完最后几个字，奥里利乌斯很轻的声音消失了，他的情绪又热烈起来。他清清嗓子。"我不指望别人能相信，我没有任何证据。只有日期的一致和拉乌夫人依稀记得的那股烟味——还有我自己肯定。"

"我相信。"我说。

奥里利乌斯咬着嘴唇，警惕地斜了我一眼。

他的信任和这场雾，出人意料地把我们带到亲密的半岛上，我发现自己快忍不住讲述以前从未对别人说过的事情了。准备就绪的词语闪现在我的脑子里，它们立刻组成句子，一长串的句子，迫不及待地要从我的舌尖飞出去。仿佛它们已经为这一刻准备多年。

"我相信你。"我重复道，一连串词语在舌头上打滚，"我也有那样的感觉。知道一些自己不了解的事情，那些事情在我能记事之前就发生了。"

它又来了！一个东西突然在我的眼角闪过，稍纵即逝。

"你看到了吗，奥里利乌斯？"

他顺着我的目光朝造型花园和花园后面望去。"看到什么？没，我没看见任何东西。"

它消失了，抑或它根本从未出现过。

我重新转向奥里利乌斯，但已经不知所措。信任关系消失了。

"你有生日吗？"奥里利乌斯问。

"是的，我有生日。"

所有我未说出口的话，又回到它们这些年所待的地方。

"我要把它记下来，可以吗？"他快乐地说，"到时我就能寄卡片给你。"

我装出一个微笑。"实际上，我的生日快到了。"

奥里利乌斯翻开一本小小的、标注着月份的蓝色笔记本。

"这个月十九号。"我告诉他，他用铅笔把它记下，那支铅笔很小，小得就像他大手里的一根牙签。

拉乌夫人编织袜跟儿

开始下雨了,我们拉上衣服的帽兜,急忙赶去教堂避雨。在教堂门廊里,我们跳了几下,抖掉衣服上的雨水,然后走到里面。

我们坐在圣坛附近的长椅上,我抬头凝视着苍白的拱顶,直到自己看得头晕。

"告诉我你是在哪里被发现的,"我说,"你知道些什么?"

"我知道拉乌夫人告诉我的事情。"他回答,"我能告诉你。当然,还有我继承的东西。"

"你有一笔遗产?"

"是的。没什么大不了的。不是人们通常说的那种遗产,但还是一笔遗产……以后我可以拿给你看。"

"那太好了。"

"是这样……因为我在想,九点钟吃蛋糕大概离早饭时间太近了,是不是?"说着,他迟疑地做了个鬼脸,但这个表情转瞬即逝,他接着说,"所以我想,请玛格丽特在十一点左右回来喝午前茶。蛋糕加咖啡,听起来怎么样?你可以随便吃。到时候,我给你看我的继承物。可看的东西太少了。"

我接受了邀请。

奥里利乌斯从口袋里拿出眼镜,开始心不在焉地用手绢擦拭它。

"那么,"他慢慢地深吸一口气,又慢慢地呼出,"我来讲讲我听到的故事。拉乌夫人和她的故事。"

他露出一种绝对中立的表情,这是讲故事的人的标志,表明他在收起个人色彩,让听众专注于故事本身。从第一句起,我在他的声音里听到的就是拉乌夫人,关于她的记忆将她从坟墓中唤起。

她的故事,奥里利乌斯的故事,或许也是埃米琳的故事。

那个夜晚,天空漆黑一片,一场暴风雨行将来袭。大风在树顶上呼啸,雨点大得足以敲碎窗户。我坐在炉火边的椅子上织一只灰色的袜子,那是一双袜子中的第二只,我正在编织脚跟部分。我突然一哆嗦。跟你说吧,倒不是因为冷。那天下午,我从工棚里拿了一大篮柴火,而且刚往火里添了一段木头。所以我并不冷,一点儿也不冷,只是想,今晚天气多么糟糕啊,真高兴在这样的晚上自己不是离家在外的可怜人,想到有些可怜人无家可归,我不禁发抖。

屋内一片宁静,只有炉火不时发出的噼啪声、编织针发出的喀哒声,以及我的叹息声。你奇怪,我在叹气?是的,我是在叹气。因为我觉得不开心。我陷入了回忆之中,这对一个五十岁的女人而言,不是一个好习惯。坐在温暖的炉火边,头上有挡风遮雨的屋顶,肚子也吃得饱饱的,但我满意吗?不。所以我坐在那里,一边织灰袜子,一边叹气,雨还是下个不停。过了一会儿,我起身从食品室里拿了一块口感浓郁的葡萄干蛋糕,就着白兰地吃了,感到无比幸福。可心情又因为织那只袜子而变坏了。你知道为什么吗?那只袜子的后跟织了两遍!

我感到很烦。真的很心烦,因为我做针线活很仔细,不像我的姐姐基蒂过去那样粗心,也不像我可怜的老娘死前眼神那么不好。我一生中只犯过两次这样的错误。

第一次,我重复编织一只袜跟儿是在我年轻的时候。一个阳光明媚的下午。我坐在一扇开着的窗户边,享受着花园里盛开的植物的芬芳。那是一只蓝色的袜子,是织给……嗯,是织给一个年轻男人的。我的男朋友,我不会告诉你他的名字;我和他没有结果。我在做白日梦,很傻,类似白礼服、白色的蛋糕之类的胡思乱想。突然,我朝下一看,发现自己把袜跟儿织了两遍。清清楚楚,带棱纹的袜腿部分,一块后跟部分,也带棱纹的脚掌部分,然后——又是一只后跟。我大笑起来。没关系,拆掉重织,很简单。

基蒂沿着花园小径跑来时,我已经把针抽出来了。"她出了什么事?"我想,为何急急忙忙的。我看她的脸色白中泛绿,接着当她透过窗户一看到我,就立刻停下了脚步。这时,我意识到不是她碰到问题了,而是发生了和我有关的事情。她张开嘴巴,但连我的名字都说不出来。她在哭。然后,她才把话说出口。

出了意外。我的男朋友和他的兄弟外出,他们出去打松鸡,去了不该去的地方。有人看见了他们,他们很惊慌,于是逃跑。丹尼尔,我男朋友的兄弟,先到了篱笆旁的阶梯,翻过篱笆。我的男朋友跑得太急了,枪卡在了篱笆梯上。他应该放慢速度慢慢来,可他听到追踪者的脚步声,十分恐慌。他猛拽自己的枪,我不用再详说了,对吧?你能猜到发生了什么。

我拆掉袜子。那些我一个一个织起来的小结,一排排地构成一只袜子,我把它们都拆了。很简单,抽出针,轻轻拉一下,它们就土崩瓦解了。一个结接一个结,一排接一排。我拆掉多余的那个袜跟儿,然后继续拆。脚掌部分，第一个后跟，带棱纹的袜腿部分。所有那些小圈都随着你拉线而散开。然后，就没有东西可拆，我的腿上只剩下一堆皱巴巴的蓝色毛线。

织一只袜子不用很长时间，拆一只袜子快得多。

我以为自己会把这些蓝色的毛线绕成球，再用来织别的东西，但我不记得那么做了。

我第二次重复织袜跟儿，是我开始变老的时候。基蒂和我正一起坐在这里的炉火边。她丈夫死了一年后，她过来和我住了差不多有一年了。我觉得她的状态好了很多，笑得更多了，开始对事情感兴趣。听到他的名字，她可以不哭了。我们坐在这里，我在做针线活——给基蒂织一双睡觉时穿的保暖袜，柔软的羊毛质地，粉红的颜色很配她的睡袍——她的腿上放着一本书。她肯定没在盯着书看，因为她说："琼，你把袜跟儿织了两遍。"

我举起正在织的袜子，她说的没错。"我搞砸了。"我说。

她说如果是她在织，这样的错误不奇怪。她一直会重复织袜跟儿，或者根本就忘记织袜跟儿。她不止一次给自己的丈夫织袜子忘记织袜跟儿，只织了袜腿和脚趾。我们大笑起来，但她对我犯这种错误感到很惊讶，她说，这么不专心，不像是我。

唔，我说，我以前也犯过这种错误。只有一次。我跟她说了我刚对你讲的事情，都是关于我的男朋友。我一边大声缅怀往事，一边仔细地拆掉第二个后跟，并重新织。这更需要集中注意力，可天色正渐渐变暗。我讲完自己的故事，她什么都没说，我猜她正在想丈夫。你知道的，我失去男朋友是很多年前的事，相比之下，她失去丈夫的时间离现在还比较近。

天色太黑了，不可能织完袜跟儿，于是我放在一边，抬起头。"基蒂？"我说，"基蒂？"没人回答我。我一度以为她睡着了，但她不是睡着。

她看上去如此平静，脸上挂着微笑，好像她很高兴能和他一起回去，回到丈夫身边。当我在黑暗中盯着那双睡觉时穿的保暖袜，絮絮叨叨自己往日的故事时，她去到了他的身边。

在那个天色漆黑一片的夜晚，我发现自己又重复织了袜跟儿，我感到很心烦。第一次织错的时候，我失去了男朋友；第二次织错的时候，我失去了姐姐；现在是第三次了，我没有人可以失去了。只剩下我自己。

我看着袜子，一双普通的灰色的羊毛袜，是给我自己穿的。

可能没有关系，我自言自语。谁会想念我呢？没有人会因为我的离去而痛苦，这是一种福气。毕竟，我至少活了一辈子，不像我的男朋友。我也记得基蒂脸上开心、平静的表情。不会很难受的，我想。

我开始拆多织的后跟。你或许会好奇，为什么要这么做呢？嗯，我不想别人发现我多织了一个后跟。"傻老太婆。"我想象他们会这样说。"他们发现她的腿上放着正在编织的袜子，你猜怎么着？她织了两个后跟。"我不想让他们这样说。所以我拆掉了多余的那个后跟部分。我一边拆，一边在脑子里准备好了自己即将死去。

我就这样在那里坐了不知有多久。但最后耳朵里听到一个声音，是从门外传来的。一个哭声，像是某种迷路的动物。我正沉浸在自己的思绪中，没料到在自己和死亡之间还会发生什么事情，于是起初并没有留意。但我又听到了那个声音，它似乎在呼唤我。除了坚守在这里、不知道自己身处何方的我，还会有谁听到这个声音？我想那可能是一只和母亲走失的猫。尽管我已经准备好要去见上帝了，但一只皮毛湿漉漉的小猫形象让我心神不宁。我想，仅仅因为我快死了就不给上帝创造出来的生命一点点温暖和食物，是没有道理的。告诉你吧，那一刻，我也不介意身边有个活物来陪陪我。于是我走到门口。

我在那里发现了什么?

挡住雨水的门廊里,放着一个孩子!裹在帆布襁褓中的婴儿,正像一只小猫那样在啜泣。可怜的小孩,你又冷又湿又饿,我简直不敢相信自己的眼睛。我弯腰把你抱起来,你一看到我就不哭了。

我没有在屋外徘徊。你需要吃东西,还需要换上干衣服。于是,我没有在门廊里久留,只是快速地看了一下。没有东西,根本没有人。只有风把树林边的树吹得沙沙作响,还有——有一点很奇怪——安吉菲尔德方向有阵阵烟雾飘向天空。

我抱紧你,走进屋,关上门。

我之前两次重复织袜跟儿,走近我的都是死亡。第三次,来到我门口的是生命。这教会我不要太在意巧合。无论如何,从此以后,我就无暇思考死亡了。

我要想你的事情。

从此以后,我们生活得很开心。

◈

奥里利乌斯咽了一下口水,他的声音变得嘶哑且不连贯。从他嘴里说出来的词语就像咒语;他在孩提时代听过千百遍的词语,在他成年后,又在他的体内重复了几十年。

故事说完,我们坐着沉默不语,凝视着圣坛。外面还在下大雨,我身边的奥里利乌斯像一尊雕塑似的一动不动,但我猜他的思绪绝不平静。

有许多事情我可以说,但没有说。我只是等待他回到现在。他对我说:

"问题是,这不是我的故事,对不对?我当然也在故事里面,但它不是我的故事,它属于拉乌夫人。那个她想要嫁的男人,她的姐姐基蒂，她的针线活儿，她的烘焙。所有这一切都是她的故事。就在她觉得一切都行将结束时，我来了，给了故事一个新的开始。

"但这并没有把它变成我的故事，对吧？因为在她开门**之前**——在她听到黑夜里的声音之前——之前——"

他停下来，气喘吁吁，打了个手势表示暂停，然后继续："因为一个人以那样的方式发现一个孩子，只是发现他，下雨天独自在那里，对发现孩子的人来说，这意味着，在此之前——为了让它发生——必须——"

他又猛地打了个手势，眼睛急切地扫视着教堂的天花板，仿佛能在某处找到自己需要的那个动词，使他最终说出自己想说的话："因为如果拉乌夫人**发现了我**，这只能说明在这事之前，某个人，另外一个人，某个**母亲**一定是——"

就是它。那个动词。

绝望的表情凝固在他的脸上。他的双手，做一个激动的手势做到一半，停在半空，像是在恳求或祈祷。

有时候，脸和身体可以非常准确地表达出人心灵的渴望，正如大家所言，你可以像读一本书那样阅读它们。我阅读奥里利乌斯。

不要抛弃我。

我碰碰他的手，雕塑活了过来。

"没必要等雨停了。"我轻轻地说，"雨会下一天。拍照不能等，我们还是走吧。"

"行，"他说，嗓音有些粗哑，"我们走吧。"

遗　产

"直走的话一英里半，"他指着树林里的一条路说，"走大路会远一点儿。"

我们穿过鹿园，快走到树林边的时候，听到有人在说话。一个女人的声音透过雨水传来，沿着砾石的车道传到她的孩子那里，穿过鹿园，一直传到我们这里。"我跟你说过了，汤姆。太潮湿了。这种下雨天，它们无法工作。"看到静止的起重机和机械，孩子们失望地停下脚步。两个长着金发的脑袋上都戴着防水帽，我分不出谁是谁。说话的女人赶上他们，穿着雨衣的一家人挤在一起商量了一会儿。

这幅关于家庭的生动画面让奥里利乌斯着迷。

"我以前见过他们。"我说，"你知道他们是谁吗？"

"他们是一家人，住在街上，一幢带秋千的一栋房子。卡伦负责照看这里的鹿。"

"大家还在这里打猎吗？"

"不，她只是照看它们。他们一家人很好。"

他羡慕地目送他们离去，接着摇摇头转移开自己的注意力。"拉乌夫人对我很好，"他说，"我爱她。所有其他事情——"他做了个轻蔑的手势，转身朝树林走去。"来吧。我们回家吧。"

穿雨衣的一家人回头朝大门走去，他们显然是达成了一致。

奥里利乌斯和我默契地走过树林。

树上没有了遮挡光线的树叶，被雨水淋黑的树枝伸向潮湿、黑暗的天空。奥里利乌斯伸手拨开低矮的树枝，于是树枝上的雨水便和天上的雨水一起落到我们身上。我们碰到一棵倒下的树便俯身观察，雨水积聚在树干上的空洞里，腐烂的树干软得就跟毛皮似的。

接着，奥里利乌斯宣布："到家了。"

那是一幢石头小房子。建造时更多考虑的是经久耐用，而非美观，但它简单的几何线条还是很赏心悦目。奥里利乌斯把我领到房子的一边。它有一百年还是两百年的历史了？很难说。它是那种历经百年都不会有多少变化的房子。房子的后面扩建出一个很大的侧房，几乎和房子本身一样大，都用作厨房。

"我的庇护所。"他一边把我引进门，一边说。

一个巨大的不锈钢烤箱，白色的墙壁，两个大冰箱——这是一间给真正的厨师使用的真正的厨房。

奥里利乌斯为我拉过一把椅子，我在书架旁的小桌子边坐下。书架上摆满食谱，有法语、英语和意大利语的。唯独有一本书被放在桌子上。那是一本厚厚的笔记本，因为年代久远，角都磨掉了，而且由于被油腻腻的手指翻阅了几十年，本子的棕色封面已经变透明了。有人在本子的正面用学校教出来的老式风格的大写字母写着 *RECIPIES*[①]。几年之后，写下这个单词的人用另一支笔把单词中的第二个字母 *I* 勾掉了。

[①] 这里，写字的人犯了一个拼写错误，应该是 RECIPES（意为"菜谱"）。

"我可以看看吗？"我问。

"当然。"

我翻开笔记本，开始浏览。果酱夹层蛋糕，椰枣核桃面包，烤饼，姜味蛋糕，覆盆子馅饼，杏味果酱馅饼，多汁水果蛋糕……越往后翻，拼写和字迹就越好。

奥里利乌斯拨动烤箱上的刻度盘，又轻松地走来走去集齐他的配料。等一切都就位后，他看也不看便伸手取筛子或刀。他在厨房忙碌的样子就像司机换挡位：平缓地兀自伸出一只手，准确地知道该做什么，同时目光一刻不离面前的器皿：他只需要盯着调配各种原料的碗就行了。他筛面粉，把黄油切成小块，往碗里挤橙汁，做得就像呼吸一样自然。

"你看到那个橱柜了吗？"他说，"在你左边。帮我打开它好吗？"

我想他大概需要某件工具，便打开橱门。

"看到栓子上挂着的包了吧，在里面。"

那是一个小背包，旧旧的，式样也很奇怪。它的边没有用线缝合，只是向内折进去。拴紧它的是一条带扣，包的两边各有一个生锈的钩环，扣环上长长的宽皮带让你可以把它斜背在身上。皮带已经干裂，曾经可能是卡其黄的帆布现在只能看到岁月的颜色。

"它是干什么用的？"我问。

他的目光从碗上移开，抬头看了我一眼。

"我被发现时，就装在这个包里。"

他又把目光转回碗上，继续调和配料。

他就是装在这个包里被发现的？我把目光慢慢地从包移到奥里利乌斯身上。即使在弯腰揉面，他还是有超过六英尺高。第一次见到他时，我还以为他是传说中的巨人。今天，这包上的皮肩带还不够绕他的腰身一周，然而六十年前，他小得能装进这个包里。时间的力量让人眩晕,我再度坐下。是谁在很久以前把孩子放在这个背包里?是谁折好孩子身边的帆布,扣紧带扣以抵御糟糕的天气,把背带挎在身上背起背包,穿过黑夜,来到拉乌夫人的家?我的手指抚过遗弃孩子的她所触摸过的地方。帆布,带扣,背带。寻找她的痕迹。我多么想通过触摸找到一条线索,用盲文、隐形墨水或密码写成的线索。但这不可能。

"这很气人,对吧?"奥里利乌斯说。

我听见他把某样东西放进烤箱,关上烤箱门,接着我感觉他走到我的背后,目光越过我的肩膀俯视。

"你打开它——我手上沾着面粉。"

我解开带扣,翻开皱巴巴的帆布。它们展开成为一个圆形,中间躺着一团纸和一块破布。

"我继承的遗产。"他宣布。

这些东西看起来就像是一堆等着被扫进垃圾桶的废物,而他却像一个盯着一堆珍贵收藏品的男孩,热切地凝视着。"这些东西是我的故事。"他说,"这些东西告诉我,我是谁。只是需要——需要理解它们。"他显然很迷惑,但一副顺从天命的样子。"我一辈子都在努力把它们拼凑起来。我一直在想,要是能找到线索……一切都会明白的。就拿这来说——"

那是一块布。亚麻质地,曾经是白色的,现在已经泛黄。我把它从其他物品中分出来,展展平。它上面绣着同为白色的星星和花朵的图案,还有四颗美丽的珍珠母贝的纽扣,这是一件婴儿外套或睡衣。奥里利乌斯沾满面粉的宽大手指悬在这件小衣服的上面,想要摸它,又不愿意它沾上面粉。如今小衣服的窄袖子只能套下他的一根手指。

"这就是当时我穿的衣服。"奥里利乌斯解释道。

"它很旧了。"

"我猜，它和我一样老。"

"比我还老。"

"你觉得呢？"

"你看这里的针脚——还有这里。补过不止一次。还有，这粒纽扣也不是原配的。在你之前，其他孩子也穿过这件衣服。"

他看着布，迅速扫了我一眼，然后又移回到布上，急于获得信息。

"还有这个。"他指着一页纸。那是从一本书上撕下来的，上面布满褶痕。我捧在手里，开始读。

"……起初并不知道他的用意；但当我看到他举起书，拿稳当了，立起身来摆出要扔过来的架势时，我一声惊叫，本能地往旁边一闪——"

奥里利乌斯接过我读到一半的句子，继续往下念，他没有看纸，而是凭记忆背诵："——可是晚了；那本书飞过来，正好打中了我，我应声倒地，脑袋撞在门上，碰出一道口子。"

当然我认出了这页书。我怎么可能认不出来呢？天晓得这本书我读了多少遍。"《简·爱》。"我带着好奇说。

"你认出来了？是的，它正是。我在图书馆里问过一个男人，是一个叫夏洛蒂的人写的。她显然有很多姐妹。"

"你读过这本书吗？"

"开始读了，是关于一个小女孩的故事。她失去了自己的家庭，于是她的舅母收养了她。我认为自己能凭这页书弄明白一些事情。讨厌的女人，那个舅母，一点儿也不像拉乌夫人。这页书写的是她的一个表兄用书砸她。后来，她去了学校，一个糟糕的学校，伙食也差极了，可她确实交到了一个朋友。"想到自己读过的东西，他笑了一下，"只是后来她的朋友死了。"他沉下脸。"在那之后——我似乎就失去了兴趣，没有读到底。在那之后，我没办法理解故事的情节和我有什么关系。"他迷惑地耸耸肩膀。"你读过这本书吗？最后这个女的怎么样了？情节和我有关联吗？"

"她爱上了她的雇主。他的妻子——是个疯子，秘密地住在房子里——她试图烧掉整栋房子，简离开了。当简回来时，雇主罗切斯特先生的妻子已经死了，罗切斯特先生的眼睛瞎了，简嫁给了他。"

"啊。"他皱着眉头，试图理出头绪，但又放弃了，"不。这跟我没关系，对吧？小说的开头或许还跟我有点儿联系。女孩子没了母亲。但后来……我希望有人能告诉我故事的意思。我希望有人能告诉**我真相。**"

他重新转向撕下来的那页纸。"大概书本身根本不重要，只是这页内容重要。也许它有些隐含意思，看这里。"

在他孩提时代的食谱封底内，密密麻麻地纵横写着许多数字和字母，大大的字迹显然是出自一个男孩之手。"我过去以为这是一组密码。"他解释道，"我试图解开密码。试过每一个单词的第一个字母，每一行的第一个词，或第二个。还试过用一个字母取代另一字母。"他指着自己的各种试验，眼神狂热，仿佛还有可能发现一些他过去没留意的东西。

我知道那是毫无希望的。

"这是什么？"我拿起另一件东西，禁不住抖了一下。很显然，这曾经是一根羽毛，但现在它成了一样脏兮兮、令人厌恶的东西。它本身的油分已经干枯，裂开的羽脊上的毛都乱糟糟地散成了棕色的长穗。

奥里利乌斯耸耸肩膀，茫然地摇摇头，我放下羽毛，舒了一口气。

只剩下一样东西了。"这个么……"奥里利乌斯开口说道，但他没有把话说完。那是一小片被粗暴撕下来的纸,上面有一摊褪色的墨水印,可能曾经是一个单词。我仔细地审视这片纸。

"我想——"奥里利乌斯结结巴巴地说,"嗯,拉乌夫人认为——事实上,我们两人都同意——"他期待地看看我,"这上面写的一定是**我的名字**。"

他指了一下。"它被雨水弄湿了,但这儿,就在这儿——"他把我带到窗户边;示意我对着光线举起纸片。"开头好像是一个 A,接着是一个 S。就在这儿,在纸的边缘。当然,这么多年过去,字迹有点褪色了;你得仔细看,但你还是**可以**看见它,对吧?"

我盯着墨迹看。

"你看到吗?"

我含糊地动了一下脑袋,似点头,似摇头。

"你瞧!看来你知道在看什么,是吗?"

我继续盯着看,但他可以看见的鬼魅字母,我却看不见。

"这就是拉乌夫人为何给我取名为奥里利乌斯。"他说,"尽管我也很可能是叫阿方斯,我猜。"

他有些悲伤有些不自在地自嘲,然后转过身。"还有最后一件东西,一把调羹。但你已经见过了。"他伸手从上衣袋里拿出一把银色的调羹,就是我们第一次见面时我看到的那把,当时我们坐在安吉菲尔德宅子外台阶两侧的巨大石猫上用它吃姜味蛋糕。

"至于背包本身,"我很好奇,"它派什么用途?"

"只是一只包。"他含糊地说。他把它举到脸旁,用心地闻闻它,"过去它闻上去有一股烟味,现在没了。"他把包递给我,我把鼻子凑近它。"你瞧,现在气味消失了。"

奥里利乌斯打开烤箱门,取出一盘淡金色的小点心,放在一边冷却。接着,他注满水壶,备好托盘,茶杯、茶碟、糖罐、牛奶壶和小盘子。

"你拿着这个。"他把托盘递给我,又打开一扇通往一间起居室的门,里面放着舒服的旧椅子和印有花卉图案的垫子。"你自便。我马上把其余东西拿进来。"他一直背对着我,低头洗手,"我把这些东西放好就来找你。"

我走进拉乌夫人的起居室,坐在壁炉边的椅子上,让奥里利乌斯独自安置好他的遗产——他那万分珍贵、难以破译的遗产。

我离开安吉菲尔德宅子时,思绪纷乱。是因为奥里利乌斯所说的事情吗?是的。一些在我脑子里回响的事情和关系吸引了我的注意,但很快他故事中的其他部分又占据了我的思维。没关系,它们还会回到我的脑中。

树林里有一片空地。在它之下,地势急剧下降,散布着一小片一小片的矮树,接着地势又变得平坦了,又是大片的树林。因此,站在那片空地上,可以清楚地看到安吉菲尔德宅子。从奥里利乌斯家出来,在回去的路上,我在那片空地停下脚步。

眼前的景象一片荒凉。安吉菲尔德宅子,或者说是宅子的遗迹,充满了鬼气。在灰色天空的掩映下,宅子像是一片灰色的污迹。宅子左翼的上面几层都没有了。底层还在,门框的线条很清晰,黑色的石头门楣和门口的台阶都在,但门没有了。这不是适合待在户外的一天,看着拆了一半的宅子,我哆嗦了一下。连石猫都弃它而去了。就像鹿一样,石猫也不再淋雨了。宅子右翼的大部分依然完好无损,但从起重机的位置来判断,接下去就要拆右半边。有必要使用这些机械吗?我突然意识到自己正在思考。因为看上去,雨中的墙壁正在逐渐消失;那些石块依然可见,但就像宣纸那样苍白而脆弱,仿佛我只要在这里一直站着，它们就会在我的眼皮底下消融掉。

我的相机挂在脖子上。我把它从衣服底下取出来，举到眼前。在这样的下雨天，有没有可能捕捉到渐渐消失的宅子呢？我怀疑，但还是想尝试一下。

我正在调节长焦镜头，在镜头视野的边缘发现有东西微微动了一下。不是我的鬼魂，是那两个孩子回来了。他们在草地上看到了什么东西，正兴奋地弯腰盯着它看。那是什么？一只刺猬？一条蛇？我很好奇，于是调节相机的焦点，这样看得更清楚。

其中一个孩子伸手从长长的草丛中把他们发现的东西拎了出来。那是一顶黄色的建筑工人帽，他开心地笑着拉掉自己的防水帽——现在我可以看清孩子的性别，是那个男孩——把找到的帽子戴在头上。他像士兵那样站得笔笔直，抬头挺胸，双臂紧贴身体两侧，一脸专心地防止太大的帽子从头上滑下。正当他摆着造型时，出现了一个小小的奇迹。一束阳光穿过云层的缝隙照下来，落在男孩的身上，照亮了他的光荣时刻。我按下快门，拍了一张照片。男孩戴着帽子，左肩上方有一块"不得入内"的指示牌，位于他右边的背景是安吉菲尔德宅子，一片阴沉的灰色。

太阳消失了，我把目光从两个孩子身上移开，卷好底片，把相机塞进干燥的地方。再回头看，孩子们已经走过了车道的一半。他的左手拉着她的右手，他们一边朝大门走去，一边打转，迈着同样的步伐，同样的体重，彼此成为绝佳的平衡力。雨衣在他们身后飞扬，他们的脚几乎不接触地面，看上去仿佛正要升到半空、飞起来一样。

《简·爱》与熔炉

回到约克郡后,我没有收到任何关于暂时"驱逐"我的解释。朱迪思对我笑得不太自然,灰色的日光蔓延进她的皮肤,在她的眼睛下面形成阴影。她把我起居室里的窗帘多拉开了几英寸,露出更多窗户,但这并没改善屋内的阴暗。"该死的天气。"她喊道,我觉得她似乎是不能忍受了。

这样的天气只持续了几天,但令人觉得好像永远。经常是黑夜,白天似乎总也不来,阴郁天空制造出的昏暗效果让我们都丧失了时间概念。我和温特小姐每天早晨会面,有一次她迟到了。她脸色非常苍白,我不知道究竟是新近的痛苦记忆还是其他事情让她的眼中充满了黑暗。

"我建议对我们的会面采取一个更灵活的时间表。"在自己的光环下坐定后,她说。

"当然可以。"我和她的医生谈过,知道她夜里睡得不好,当止痛药的药效过去,或者药效还未完全发挥时,我都能看出来。于是我们约定:我等人来敲我的门,而不必像过去那样每天早晨九点去藏书室。

起初，敲门声总会在九点和十点之间响起。接着，又后延了。医生调整了药量后，她开始很早便喊我过去，但会面的时间又比过去短；接着我们养成习惯，一天不定时地见面两三次。有时候，她感觉好就喊我过去，她会说很长时间，说得很仔细。另一些时候，她会在感觉痛苦时喊我。倒不是她要人陪，而是讲故事本身具有麻醉效果。

九点开始的工作方式取消后，我对时间更没概念了。我听她讲故事，把故事写下来，睡觉时，我梦见这个故事；醒着时，构成我思维背景的还是这个故事。我像是完全生活在一本书里，甚至都不需要抽身出来吃饭，因为我可以坐在书桌前一边看笔记，一边吃朱迪思送到我房间的饭食。麦片粥意味着早晨，汤和色拉意味着午饭时间，牛肉腰子馅饼则表示已到晚上。我记得自己对着一盘炒鸡蛋沉思了很长时间。这说明什么？它可以出现在一天中的任何时间。我吃了几口，便把盘子推到一边。

在这段漫长而不分晨昏的日子里，有几件事情不同寻常。我当时是把它们和故事分开记录的，值得在这里回顾一下。

这是其中的一件。

我在藏书室里寻找《简·爱》，发现整个架子上几乎摆满了这本书。这是一个狂热爱好者的收藏：有廉价的现代版本，二手书店都不会收；有市场上十分罕见的版本，价值难以估量；还有其他各种版本，价值不等。我寻找的是一个普通版本——但也有其特别之处——那是世纪之交时出的一个版本。我正在浏览，朱迪思把温特夫人带了进来，让她坐在炉火边的椅子上。

朱迪思走后，温特夫人问："你在找什么？"

"《简·爱》。"

"你喜欢《简·爱》吗？"她问。

"非常喜欢。你呢？"

"我也是。"

她哆嗦了一下。

"要把火拨旺吗?"

她垂下眼帘,似乎有一阵痛苦袭来。"好的。"

火烧旺之后,她说:"你有时间吗?坐下,玛格丽特。"

沉默了一分钟后,她说了这句话。

"想象一条传输带,一条巨大的传输带,在它的尽头有一个巨大的熔炉。传输带上摆着书,每一本都是你最喜欢的书,它们排成一行。《简·爱》《维莱特》《白衣女人》。"

"《米德尔马契》。"我补充道。

"谢谢,《米德尔马契》。想象一根贴着'开'和'关'两张标签的操纵杆。此刻操纵杆处在'关'的位置,操纵杆边站着一个人,他的手放在操纵杆上。他正要拉动操纵杆,你可以阻止。你手里有一把枪,只需扣动扳机。你会怎么做?"

"不,这太愚蠢了。"

"他拉动了操纵杆,传输带开始转。"

"这个假设太极端了。"

"首先,雪莱的作品转到了传输带的边缘。"

"我不喜欢这样的游戏。"

"现在乔治·桑的作品开始化为乌有。"

我叹了一口气,闭上眼睛。

"《呼啸山庄》来了,你愿意让它烧掉?"

我情不自禁地看到了那些书,看到它们稳稳地送到熔炉口,看到它们被火焰熏得变形。

"不管你愿不愿意,它靠近了。《简·爱》也近了?"

《简·爱》。我突然觉得口干。

"你只能开枪射击。我不会告诉别人,不用让人知道。"她顿了一下,"它们开始往下掉,只是最前面的那几本,后面还有许多。你有片刻时间考虑。"

我的大拇指紧张地搓着中指指甲粗糙的边缘。

"现在它们往下掉得更快了。"

她直勾勾地盯着我。

"一半已经化为灰烬。想一想,玛格丽特。很快,所有版本的《简·爱》都要永远消失了。想一想吧。"

温特小姐眨眨眼睛。

"三分之二没有了。只是一个人,玛格丽特。只是一个微不足道、无足轻重的小人物。"

我眨眨眼睛。

"还有时间,要快。记住,这个人焚书。他还配活着吗?"

"最后的机会。"

一闪。一闪。一闪。

《简·爱》都消失了。

"**玛格丽特!**"温特小姐说话时脸都因为恼怒而扭曲了,她用左手敲着椅子的扶手,连伤残的右手也在腿上抽搐。

我后来记录这段的时候,觉得这是温特小姐第一次在我面前自发地流露情绪。这不过是个游戏,她却如此投入,真让人吃惊。

我自己的感觉呢?羞愧。因为我说谎了,我当然爱书超过爱人,我当然重视《简·爱》超过重视一个手放在操纵杆上的无名陌生人。莎士比亚的全部作品当然比一个人的生命更有价值,毫无疑问。可是我不像温特小姐,我羞于如此说。

出藏书室前,我回到放《简·爱》的那个书架,拿了一个符合我的标准的版本。符合标准的年代,符合标准的纸张类型,符合标准的字体。我回到房间，把书翻到那个地方。

……起初并不知道他的用意；但当我看到他举起书，拿稳当了，立起身来摆出要扔过来的架势时，我一声惊叫，本能地往旁边一闪——可是晚了；那本书飞过来，正好打中了我，我应声倒地，脑袋撞在门上，碰出了一道口子。

这本书完好无损，一页都不缺，奥里利乌斯的那页不是从这本书上撕下来的。但为什么应该是从这本书上撕下来的呢？假如他的那页书来自安吉菲尔德——假如确实如此——那么那本书应该也和宅子的其余部分一起烧掉了。

有一会儿，我坐着一动不动，只想着《简·爱》、藏书室、熔炉和大火，但无论怎样联系，都理不出头绪。

另一桩事是关于照片的。一天早晨，一个小包裹出现在我的早餐托盘上，包裹上是我父亲细细的字迹。里面装着我在安吉菲尔德拍的照片；我把胶卷盒寄给他，他替我把底片冲洗出来了。我第一天拍的几张照片很清楚：藏书室的遗迹长着荆棘，常春藤攀着石头台阶蜿蜒向上。看到那张我在卧室里拍的照片，我停了下来，我就是在那里和我的鬼魂不期而遇的；在老旧的壁炉上面，只映着一团闪光灯发出的耀眼光芒。我把它从一叠照片中挑出来，塞在我笔记本的封皮里，好好保存。

其余照片是我第二次去安吉菲尔德时拍的，那天天气很不好。大部分只是黑黑的一片模糊。我**记得**各种深浅的灰色上覆盖着银色；雾气像一层移动的薄纱；我自己的呼吸介于空气和水之间。但相机没能捕捉到任何一点，也不可能从一片灰色之中的污糟糟里辨出石头、墙壁、树或森林。看了半打照片，我不再看了。我把这卷照片塞进羊毛衫口袋里,下楼去了藏书室。

我们的会面进行到一半,我意识到谈话陷入了一片沉默。我在做梦。像往常一样,我迷失在她童年的双胞胎世界里。我重放她的录音,回忆起她语调的改变,记得她在对我说话,却不记得她说了什么。

"什么?"我说。

"你的口袋,"她又说了一遍,"你的口袋里有东西。"

"噢……是一些照片……"我含糊地说,沉浸在故事和自己生活之间的过渡状态,反应一时跟不上。"安吉菲尔德。"我说。

没等我回过神,照片已经在她手中了。

起先,她一张一张地仔细看,透过眼镜尽力辨认那些模糊的形状。看了一张又一张不清楚的照片,她轻轻地叹了一口"维达·温特式"的气,这表示照片充分应验了她很低的期望,她的嘴紧紧地抿成一线。她用健康的左手快速翻阅照片;也就是说,她已经不指望发现什么有意思的东西,每看一张,便扔在身边的桌子上。

她有规律地扔照片的节奏使我昏昏欲睡。它们乱七八糟地散布在桌上,这张落在那张上,又从其光滑的表面上滑过,发出的声音仿佛在说:"没有用,没有用,没有用。"

然后,这种节奏停下来了。温特小姐坐得笔直,正拿着一张照片皱眉细看。**她看到了鬼魂**,我猜。过了好一会儿,她假装没有感觉到我在看她,把那张照片塞到剩下的十几张照片后面,然后像之前一样看一张扔一张到桌上。又轮到那张吸引她注意力的照片时,她几乎看也不看便扔到桌上。"我可看不出来这些照片拍的是安吉菲尔德,但是既然你这么说……"她冷冰冰地说,然后笨拙地拾起整沓照片,递给我,手一松,照片都掉在地上。

"我的手不好。请原谅。"我俯身去捡照片时,她轻轻地说,但我没上她的当。

然后她继续讲她的故事。

后来,我又翻看了一遍照片。虽然照片掉在地上打乱了次序,但并不难认出是哪张照片这么触动她。在这包模糊的灰色影像中,确实只有一张照片与众不同。我坐在床边,看着这张照片,清楚地记得拍摄的那一刻。雾气逐渐消散,阳光越来越暖,两者相结合,正好让一束光照在相机前摆姿势的小男孩身上,他抬头挺胸,透着焦急的眼神表明他脑袋上的黄色施工帽随时都可能从一侧滑下来。

为什么这张照片吸引她?我扫视照片的背景,已经毁了一半的宅子只是孩子右肩膀上的一团灰色的污渍。离他更近的地方,只能看见安全防护网的格栅和"不得入内"牌子的一角。

是男孩本身让她感兴趣吗?

我迷惑地盯着照片看了半个小时,还是毫无头绪。我把它也塞进笔记本的封皮里,同那张只有一团亮光的照片放在一起。

除了这张男孩的照片,以及那场《简·爱》与熔炉的游戏,没什么事能刺穿笼罩着我的"故事斗篷"。除非你把温特小姐的猫也计算在内。猫注意到了我不寻常的作息,它不分日夜想到就会来抓一下我的门,小闹一下,吃完我盘子里少量的鸡蛋和鱼。它喜欢坐在纸堆上看我写字。我可以一连几个小时坐在那里写作,游走在温特小姐故事的黑暗迷宫里,但无论如何忘我,我始终没有忘记自己正在被监视。当我迷路时,似乎是猫的凝视穿透我的混沌状态,为我照亮归途,让我重新回到房间,回到我的笔记、我的铅笔和我的卷笔刀边。有些夜晚,它甚至和我一起睡在床上,我开始让窗帘敞开,以便它醒来后可以坐在窗台上,观察在黑暗中移动的那些人类眼睛看不到的东西。

就是这样。除了这些细节,没什么可说的。惟有永恒的暮色和故事。

崩　溃

伊莎贝拉走了，赫丝特走了，查理走了。现在温特小姐告诉我这个家庭的进一步损失。

※

在上面的阁楼里，我用背倚着吱吱作响的墙壁使劲去推，又松气。一次又一次。我在试探命运。我想知道，假如墙壁倒下来，会发生什么？屋顶会塌下来吗？墙壁倒下来的力量会导致地板坍塌吗？屋顶上的瓦片、横梁和石块会像发生地震一样撞穿天花板掉到床上吗？接着还会发生什么？就此结束了吗？事态会有多严重？我摇啊摇，嘲弄着墙壁，挑衅它，看它会不会倒下，但它没有倒。一堵死墙居然推不倒，还能挺立这么长时间。

然后，我在半夜醒来，耳朵里叮当直响。噪声停止了，可我依然能感觉到它在我的耳膜和胸中回响。我跳下床，跑向楼梯，埃米琳紧跟着我。

我们来到带长廊的楼梯平台，睡在厨房的约翰也赶到了楼梯脚下，我们都盯着楼梯看。女管家穿着睡衣站在楼梯中间,眼睛向上看。她的脚下是一大堆石头,头上的天花板上有一个形状不规则的大窟窿。空气里满是灰尘,灰尘在空中上下飘浮,沉不下来。上面一层的石膏、泥灰和木头的碎片还在往下掉,发出类似老鼠四处逃窜的声音,我感觉埃米琳不时跳来跳去,因为楼上的木板和砖头也在往下掉。

石头台阶很冷,木头、石膏和泥灰的碎片钻进我的脚里。女管家站在我们破房子的碎石堆中间,灰尘旋涡围着她慢慢打转,她就像是一个鬼。烟灰色的头发,发灰的脸色和双手,灰色的褶皱长睡衣。她站在那里,一动也不动,眼睛向上望着。我走近她,顺着她的目光看过去。我们凝视着天花板上的洞,透过这个洞,可以看到上层天花板上的洞,透过上层天花板上的洞,又可以看到再上面一层天花板上的洞,如此一直向上。我们可以看到上面卧室里印着牡丹花卉的墙纸和阁楼小房间里灰白色的墙壁。在所有之上,我们可以看到屋顶上的大窟窿,透过窟窿,就看到天空。天空中没有星星。

我拉起女管家的手。"走吧,"我说,"望着上面没什么用。"

我带她走开,她就像小孩那样跟着我。"我会把她送上床。"我对约翰说。

他点点头,脸色惨白。"好。"他说,声音沙沙的,好像喉咙里也堵满了灰。他几乎不敢看她。他慢慢指了一下头上的坏天花板,就像一个被水流拖住的溺水者做出的慢动作。"我会把这修好的。"

然而,一小时后,女管家穿上干净整洁的新睡衣,盖好被子在床上睡着了,他却还在那儿。就站在我离开时他所站的地方,盯着她站过的地方看。

第二天早晨,女管家没有出现在厨房,我去叫她,叫不醒。她的魂灵穿出屋顶上的窟窿离开了,她走了。

"我们失去她了,"我在厨房里对约翰说,"她死了。"

他的脸色没有变。他继续凝视着厨房桌子的对面,仿佛没有听见我说话。"知道了,"最后他用轻得别人根本听不见的声音说,"知道了。"

感觉一切似乎都终止了。我只有一个愿望:像约翰那样坐着,一动也不动,凝视前方,什么都不做。然而,时间并没有停止。我的心脏还在跳动,饥饿的胃在灼烧,喉咙在发干。我悲伤得以为自己会死,但荒唐地苟且活着——活得好好的,甚至可以感觉到自己头发和指甲的生长。

尽管内心几乎不堪重复,我却不能像约翰那样沉湎于悲伤。赫丝特走了;查理走了;女管家走了;约翰,也以他自己的方式,走了,尽管我希望他能回来。在这时候,那个薄雾中的女孩必须走出阴影,是时候停止玩耍,该长大了。

"我去烧水,"我说,"然后泡茶。"

我的声音不是我自己的。另一个明事理、有能力的普通女孩设法进入了我的肌肤,接管了我。她似乎就是知道该做什么。我只是有点儿惊讶,我这半辈子难道不是在观察人们如何生活吗?我不是一直在观察赫丝特、观察女管家、观察村民吗?

我的内心平静下来,那个有能力的女孩烧水,倒出适量茶叶,搅拌,冲泡。她在约翰的杯子里放了两块糖,在我的杯子里放了三块糖。我喝下茶,甜甜的热茶进入胃中,我终于停止了颤抖。

银色花园

　　还没睡醒，我就感觉有什么不一样。过了一会儿，还不等睁开眼睛，我就明白了，有光线了。

　　从这个月初开始就埋伏在我房间里的阴影消失了，阴郁的角落和悲哀的气氛也都消失不见。透过苍白的长方形窗户，一道闪烁的白光照亮了我房间各个角落。已经很久没有这样的光亮了，我感到一阵莫大的喜悦，仿佛不仅仅是黑夜结束了，而是整个冬季。好像春天来了。

　　猫坐在窗台上，专注地凝视着花园。听到我的动静，它立刻跳下来，抓门要求出去。我拉上衣服，穿上外套，我们一起走下楼梯，穿过厨房，来到花园。

　　我一踏出门便意识到自己的错误。此时不是白天，我之前所见的光亮不是日光，而是在花园里闪烁的月光，月光给树叶镶上银边，勾勒出雕塑的轮廓。我停住脚步，凝视着月亮。那是一轮满月，苍白地悬在清澈的夜空。我为它着迷，要不是猫不耐烦地用爪子踩我的脚踝吸引我的注意，我本可以一直站在那里直至天明，于是我俯身去摸它。可一碰到它，它便逃开了，走出几步又停下来转头看我。

我竖起衣领,冰冷的双手插进口袋,走上去跟着猫。

它领着我先是沿着长花坛之间长满草的小路走。左边的紫杉树篱闪闪发亮,右边的树篱处在月光的阴影中。我们转进玫瑰花园,那里被修剪过的灌木丛就像一堆堆枯死的小枝条,但围绕它们的花坛里种着精致的黄杨,蜿蜒地构成伊丽莎白式的图案,有的照得到月光,有的照不到月光,于是,有的地方呈银色,有的地方呈黑色。我好几次想停下脚步:一片在月光下弯曲得恰到好处的常春藤叶子;突然看见一棵高大的橡树,在苍白天空的映衬下,线条如蚀刻般清晰——但我无法停步。猫始终在前面有目的地大步走着,步伐平均,尾巴像导游的雨伞一样高高翘起,指示"**走这边,跟着我**"。在有围墙的花园里,它跳到围绕喷水池的边沿上,不顾像一枚硬币那样在池底闪耀的月亮倒影,走过半个池子的边沿。走到冬园的拱门入口方向,它从喷水池边跳下来,朝入口走去。

在拱门底下,它停下脚步,专注地左看右看似乎看到了什么东西,然后就朝那里跑去,溜出了我的视野。

我好奇地踮着脚尖走到它刚才站的地方,四处打量。

在一年中的恰当季节里、一天中的恰当时刻欣赏冬园,你会发现它很多彩。它主要是靠白天的光线给它带来生气,午夜的访客必须费劲地寻找它的景致。此时,天太黑了,看不清广布在黑色土地上的低矮嚏根草叶子;还没到可以看到鲜亮的雪莲花的季节;天太冷,瑞香也无法散发出芬芳。不过还有金缕梅,很快它的枝条上就会缀起摇曳的黄色和橙色花穗,但现在只能看到枝条。形状优美、没有叶子的枝条精致地纠结,随意地弯曲,张弛有道。

金缕梅的底下,地面上隆起一块,是一个蜷成球状的人影。

我惊呆了。

那个人影费力地拱起身子，动了几下，气喘吁吁地呼出几口大气，还努力咕哝几句。

在漫长而缓慢的片刻之间，我的头脑飞转，为何半夜里有人会在温特小姐的花园里。有些事情，我不假思索就能立刻知道。首先，那不是莫里斯跪在地上。尽管他是最有可能出现在花园里的人，但我根本不必思考那是他。那不是他瘦长结实的身型，动作也不像他。那也不是朱迪思，整洁、沉稳、指甲干净、发型完美、鞋子擦得锃亮的朱迪思怎么可能午夜在花园里挣扎呢？不可能。我不用考虑他们俩。

在那一刻，我在两个念头间摇摆了上百次。

是温特小姐。

不可能是温特小姐。

是温特小姐，因为——因为就是她。我能辨认出来。我能感觉出来。是她，我知道是她。

不可能是她。温特小姐虚弱有病，温特小姐一直待在轮椅上。温特小姐身体太糟，不可能在那里俯身拔草，更不用说蜷缩在冰冷的地上发狂似的拨弄泥土了。

不是温特小姐。

但不知为何，抛开一切匪夷所思，那就是她。

思考的第一秒钟漫长且令人困惑。第二秒终于来临时，我顿时明白。

一个人的形象凝固……回旋……站立起来……我知道了。

那是温特小姐的眼睛。明亮，超乎自然的绿。

但不是温特小姐的脸。

一张由伤疤累累的斑驳肌肉拼凑起来的脸，上面交叉分布着许多比皱纹更深的裂痕。两块不对称的面颊。歪斜的嘴唇，一半是完美的弓形，可以看出它过去的美丽，另一半则是一块嫁接上去的扭曲白肉。

埃米琳！温特小姐的双胞胎妹妹！她还活着，就住在这幢房子里！

我的头脑一片混乱，血液直往耳朵上冲，我惊呆了。她一眼不眨地盯着我看，我意识到不像我这么震惊。但她和我一样，似乎也被同一条咒语镇住了，我们两个都一动不动。

她首先恢复过来，朝我伸出一只沾满泥土的黑手，做了一个急迫的手势，并用嘶哑的嗓音发出一串不知什么意思的声音。

迷惑使我的反应迟缓；在她转身斜着身体、耸着肩膀匆忙向前走去后，我甚至无法结结巴巴地叫她的名字。猫从阴影中跳出来，它冷静地伸伸懒腰，对我不理不睬，跟着她走了。他们消失在拱门中，只剩下我一人，我和一块被翻起的泥巴。

真是两个狡猾的家伙。

他们一消失，我或许就可以说服自己刚才这一幕是我的想象。我可以说自己是在梦游，在睡梦中梦见艾德琳的妹妹出现在我的眼前，嘶嘶地告诉我一个秘密，一条难以理解的消息。但我知道这一幕是真的。尽管已看不见她，我依然能听到她离开时的吟唱。那五个不成调子、令人冒火的音符：啦，啦，啦，啦，啦。

我站在那里倾听，直到它彻底消失。

然后，我意识到自己的手脚冻得冰冷，便转身朝房子走去。

音标字母

距我学习音标字母已经过去许多年了,那是从父亲店里一本语言学书本里的一张图表开始的。我最初对音标发生兴趣没什么原因,只是一个周末无事可做,就被图表里的标记和符号迷住了。里面既有熟悉的字母也有外国字母:大写 N 和小写 n 不一样,大写 Y 和小写 y 也是不同的;其他字母,n、d、s 和 z 都有着滑稽的小尾巴和圈圈;你可以在写 h、i 和 u 时划一条横线,仿佛它们是 t 似的。我热爱这些乱糟糟、稀奇古怪的杂交字母:我在几页纸上写满了 m 和 v;m 会转变成 j;v 则小心地栖息在小 o 上面,就像马戏团里蹲在球上的听话的小狗。我的父亲偶然看到我写的那几页符号,便教我它们如何发音。我发现,使用国际音标,你可以写出像数学那样的词、像密码那样的词、像失传的语言那样的词。

我需要一门失传的语言。用这门失传的语言,我可以和被遗忘的人交流。我一遍又一遍地写一个特殊的词,我妹妹的名字,一个护身符。我把写着她名字的纸精心地折成一个小饰物,随身带着它。冬天,放在外套口袋里；夏天，塞在袜子里，让脚踝感受到它的摩擦；夜里，我攥着它入梦。虽然我精心呵护，可也没有一直守着。我会遗失，再做新的护身符，然后又找到旧的。当母亲想从我的手指间夺走，我会一口把它吞下，让她拿不到，就算她拿到也看不懂。可是，当父亲在抽屉底部的杂物中拣出一张发灰的、边缘已经磨损的折纸翻开看时，我没有阻止他。他读到那个秘密的名字，似乎脸色大变，再抬头看我，眼中充满了悲伤。

他本想说什么，刚张嘴，我却在唇边竖起手指，示意他不要说话。我不会让他念她的名字。他不是想把她关在黑暗里吗？他不是想忘记她吗？他不是想瞒着我吗？现在他无权对她怎么样。

我从他的指间拿走那片纸，一声不吭离开了房间。我坐在二楼窗台上，把这小纸片放进嘴里，品尝它干燥的木质滋味，然后吞下。我的父母把她的名字在沉默中埋葬了十年，想要遗忘。现在我要以自己的沉默方式保护它，记住它。

孩提时代我很喜欢看书，于是我能用十七种语言的错误发音说"你好""再见""对不起"；希腊字母表倒背如流（我一辈子都没有学过一个希腊文单词）；除此之外，音标也是我小时候悄悄地胡乱学会的无用知识。我学习它，仅仅为了自娱——当时学习的目的是纯私人的——所以那么多年过去，也从来没有刻意练习。因此，当我从花园回到房间，拿起笔想要在纸上记下埃米琳急切的呢喃所发出的齿擦音、摩擦音、爆破音和颤音时，我必须练习好几遍。

试过三四遍后，我坐在床上，看着自己写的那些波形曲线、符号和标记。它们准确吗？我开始怀疑。我花五分钟走回屋内后，对那些声音的记忆还精确吗？我对音标本身的记忆还够用吗？假如第一次失败的尝试扰乱我的记忆怎么办？

我轻轻地念出自己写在纸上的音标，然后急切地小声读了一遍。

我等着记忆中回响起某个答案，可以让我知道对错，但没有任何回响。这些音标记录的只是一段开始就被听错，然后又只被记住一半的声音。它们毫无用处。

我转而写下那个秘密的名字。咒语，魔力，护身符。

它从来都不起作用，她从来都不曾出现，我依然独自一人。

我把纸揉成一团，踢到角落里。

梯 子

"我的故事没有让你厌烦吧,李小姐?"

在花园碰到埃米琳后的一天,我忍耐了许多类似的评论,因为我一边听温特小姐讲述,一边坐立不安,止不住打哈欠,揉眼睛。

"对不起。我只是有点儿累。"

"累!"她惊叫道,"你看上去病得很厉害!好好吃一顿能让你恢复过来。你到底是怎么了?"

我耸耸肩膀。"只是累了。没事儿。"

她抿紧嘴唇,严厉地看着我,但我没再说话,她也就继续讲故事。

⁓⁓⁓

生活如此持续了六个月。我们隐退到几个房间里:厨房(约翰夜里依然睡在那里)、客厅和藏书室。我们两个女孩子走后楼梯,从厨房进入一间看上去还算安全的卧室。睡的床垫是从老房间里拖出来的,床本身太沉,我们挪不动。由于家庭成员越来越少,整个宅子就显得太大了。较小的生活空间安全、便于收拾,我们这些幸存者居于其中反而感觉更自在。不过，我们依然无法彻底忘记宅子的其他部分，它们像垂死的肢体，在紧闭的门后慢慢溃烂。

埃米琳的大量时间都花在发明纸牌游戏上。"跟我玩玩，快来玩吧。"她会这样纠缠。最终我会让步，陪她玩。都是些莫名其妙的游戏，规则总是在变；只有她搞得明白，赢的总是她，这让她一直很开心。她也洗澡。她从来都没有失去对肥皂和热水的热爱，会花几个小时泡在我本用来洗衣、洗碗的热水中纵情享乐。我不怨她。有一个人能开心，总比两人都不开心要好。

在我们关闭那些房间前，埃米琳把属于伊莎贝拉的柜子都翻了一遍，她拿了里面的衣服、香水瓶和鞋子，藏在我们扎营的卧室里。我们就好像在试衣间里睡觉。埃米琳穿的那些衣服，有些已经过时十年了，另一些——我猜是伊莎贝拉母亲的衣服——已经有三四十年的历史了。晚上，埃米琳会穿着奇装异服戏剧性地进入厨房娱乐我们。那些衣服让她看上去不止十五岁，让她显得有女人味。我记得赫丝特与医生在花园里的谈话——**埃米琳有一天会结婚，她不会嫁不出去**——我还记得夫人跟我讲过伊莎贝拉参加野餐的事情——**她是那种男人看了就想摸的女孩子**——我突然感到一阵焦虑。但是这时，她砰的一声跳到下面的餐椅上，从一只丝绸小包里拿出一副扑克牌，孩子气十足地说："快来和我玩牌啊。"我稍稍放心了，但还是要确保她不会穿着那些鲜艳的服装离开宅子。

约翰情绪低落。但他倒是打起精神想了一个难以置信的办法，他找了一个男孩在花园里帮忙。"没事的，"他说，"他不过是老普鲁克特的儿子，安布罗斯，是个安静的小伙子。他不会待太久，等我修好宅子他就走了。"

我明白，宅子永远也修不完。

男孩来了。他比约翰高，肩膀也比约翰宽。他们俩手插在口袋里，站在那儿讨论白天的工作，然后男孩就开始干活了。他挖土耐心仔细，铲子持续不断、节奏平稳地敲打泥土的声音令我不安。"我们为什么一定要请他？"我想要知道，"他就像其他人一样，也是外人。"

但不知何故，约翰并没有把这个男孩当外人。也许是因为他来自约翰的世界，男人的世界，一个我不了解的世界。

"他是个好小伙子，"约翰在一次次回答我的提问时总是这么说，"他干活卖力。不会问这问那，话也不多。"

"他可能没有舌头，但他头上有眼睛。"

约翰耸耸肩，局促地移开了目光。

"我不会一直待在这里的，"最后他说，"日子不可能永远像这样持续下去。"他比划了一个含糊的手势，意思就是宅子、宅子里的居住者以及我们在这里的生活都包括在内，"有一天，事情总会变化。"

"变化？"

"你正在长大。日子不会和过去一样，对不对？做孩子是一回事，可当你长大后……"

但我已经走开了，我不想知道他要说什么。

埃米琳在卧室里，正从一条晚装披肩上往下抠亮片，放进她的藏宝盒。她完全投入其中，我进去时，都没有抬头看我一眼。她那胖嘟嘟的锥形手指不断地抠着一枚亮片，直到它掉下来，然后她就扔进盒子里。这是一件慢活儿，可埃米琳有的是时间。她弯腰埋首于披肩上，平静的脸上从未改变过表情。她闭着嘴唇，凝视的目光既专注又像在做梦。她的眼皮不时垂下来，盖住绿色的眸子，但上眼皮一碰到下眼皮，她就会马上睁开眼睛，又露出那双不曾改变的绿色眸子。

我和她真的很像吗？我怀疑。哦，我知道我俩的眼睛在镜子里十分相像。我知道在我们那头红发下、脖子后，我们的头发都扭向同一边。我知道当我们偶尔穿着相配的衣服，挽着手臂走在大街上，会给目睹此景的村民留下什么印象。但是，我看上去还是不像埃米琳，不是吗？我的脸上没有那种平静专注的表情。抠亮片的活儿到我手里一定搞砸。我会咬着嘴唇，生气地把头发向后撸到肩上不让它碍事，不耐烦地呼气。我不会像埃米琳那样安静，我会用牙齿把亮片咬下来。

你不会离开我，对吧？我想说。因为我不会离开你，我们要永远待在这里，待在一起。不管挖土约翰怎么说。

"我们为什么不玩玩呢？"

她继续着自己安静的工作，仿佛没有听到我说话。

"让我们玩过家家吧，你可以扮新娘。来吧，你可以穿……这个。"我从角落里的服饰堆里拉出一件黄色的薄纱衣服，"它就像面纱，看。"甚至当我把它罩在她头上，她都没有抬头看一眼，只是把它从眼睛上拂开，继续抠她的亮片。

于是我把注意力转向她的藏宝盒。赫丝特的钥匙依然在那里，依然闪闪发光，尽管我知道埃米琳已经忘记了先前的持有者。盒子里还有一些伊莎贝拉的珠宝；赫丝特某天给她吃的糖果的彩色包装纸；一片来自一个绿色破瓶子的、让人担心的玻璃碎片；一长条带金边的缎带，这根缎带本来是我的，是女管家很多年前给我的，我都不记得具体时间了。在所有杂物底下，依然摆着赫丝特到达那天埃米琳从窗帘上扯下的银线。在那堆乱糟糟的红宝石、玻璃和杂物底下，半露出一件看上去格格不入的东西，一件皮革制品。为了看清楚，我把脑袋斜向一边。啊！这正是她抠亮片的原因！用来贴在皮革表面的字母上：IAR。IAR 是什么意思？谁是 IAR？我把脑袋斜向另一边，又看到其他东西。一把小锁，还有一把小钥匙。埃米琳的藏宝盒里有这些东西并不奇怪。贴金的字母和一把钥匙，我本以为这是她的战利品，但突然一个念头闪进我的脑海——IAR！DIARY，日记！

我伸出一只手。

埃米琳的动作快得像闪电——她那平静的表情是有欺骗性的——她的手像老虎钳，一把握住我的手腕，阻止我碰她的东西。她还是没有看我，坚决地把我的手挪开，然后盖上盒盖。

我手腕上留下了白色的握痕。

"我要走了。"我试探性地说，我的声音听起来不那么可信，"我真要走了，把你留在这里。我会长大，**独自生活**。"

然后，我充满尊严却又自怜地站起来，走出房间。

直到那天傍晚，她才跑来找我，我正坐在藏书室的窗台上。我躲在拉起的窗帘后面，但她直奔我待的地方，四处察看。我听见她的脚步声越来越近，她掀起窗帘时，我感觉到窗帘的移动。我把前额贴在玻璃上，正在看雨点敲打窗玻璃的景象。风让雨点颤抖；雨点常常看似即将偏离曲折的路线，但最终每一颗小雨点都会落入既定的轨道，留下一条银色的痕迹。她来到我身边，头枕在我的肩上。我生气地耸肩把她的头推开，不愿转身与她说话。她拉起我的手，把某个东西套在我的手指上。

等她走了，我才看她套在我手指上的东西。一枚戒指，她给了我一枚戒指。

我把戒指上的宝石朝内转到对着手心的那一面，然后凑近窗户看。光线赋予了宝石生气，它是绿色的，就像我的眼睛。这种绿色也是埃米琳眼睛的颜色。她给了我一枚戒指。我蜷起手指，把宝石紧紧握在掌心。

✦

约翰把贮满雨水的桶倒空；削好蔬菜放进锅里；他去农场，带着牛奶和黄油回来。但每干一桩事，他慢慢积聚起来的力量似乎就耗尽了，每一次我都怀疑他那干瘦的身体是否还有力气从桌边站起来，继续去干下一桩事。

"我们去造型花园好吗？"我问他，"你也许可以向我演示一下那里需要干什么活儿。"

他没有回答。我猜，他大概没听到我说话。我等了几天，又问他。过几天，又问他。反复问。

最后，他终于去了工棚，像过去那样以平稳的节奏把剪枝夹磨快。然后我们搬下长长的梯子，把它抬到门外。"像这样。"他说着伸手给我演示了梯子上安全钩的用法。他展开梯子，让它靠着花园结实的围墙。我练习了几遍安全钩的使用法，向上爬了几英尺，又爬下来。"梯子靠着紫杉时，它感觉不会很稳。"他告诉我，"如果你使用得当，它还是够安全的。你必须培养对它的感觉。"

然后，我们去了造型花园。他把我领到一棵造型已经长得蓬乱的中等大小的紫杉前。我走过去把梯子靠在树身上。"不，不。"他大喊道，"太没耐心了。"他绕着树慢慢地走了三圈，然后坐在地上点了一支烟。我坐下来，他给我也点了一支。"千万别在太阳底下修剪。"他说，"也别在自己的影子下修剪。"他吸了几口烟。"小心云朵。当它们飘过时，不要让它们歪曲了你的线条。在你的视线内找一样静止的东西，一个屋顶或者一条篱笆，那才是你的参照物。还有，永远不要着急。修剪之前，你得花三倍的时间观察。"他说话时，眼睛始终没有离开过那棵树，我也一直盯着树看。"修剪树的前部时必须想到树的后部，修剪后部时则要想到前部。不要只动大剪刀，要用上你的整条手臂，从手指到肩膀都要发力。"

我们抽完烟，用靴子前尖踩灭烟蒂。

"你走近看它时，你要记得现在隔一段距离看看它是什么样子。"

我准备好了。

他让我把梯子靠在树上摆了三遍，才对它的安全表示满意。然后我拿起大剪刀，爬上梯子。

我干了三个小时。起初，我对高度很敏感，时常往下看，要硬起头皮才能往上爬一级。每次移动梯子，都要试好几遍才能确保它放置安全。但渐渐地，这活儿我干得比较顺手了。几乎意识不到自己站得有多高，我一门心思专注于正在修剪的造型。约翰站在旁边，多数时间都保持沉默，偶尔发表一下评论：**注意你的影子！或者想想树的后部！**但大部分时间，他只是在一旁边看边抽烟。当我最后从梯子上爬下来，松开安全钩，收起梯子，才意识到自己举着沉重大剪刀的双手是多么酸痛。但我不在乎。

我退到远处，审视自己的作品。我绕树三圈，心跳得很快。我干得**很好**。

约翰点点头。"不错，"他评论道，"你能干好这活儿。"

⁕

我去工棚拿梯子，想去修剪那棵圆顶硬礼帽造型的树，梯子却不见了。那个我不喜欢的男孩正拿着耙子在菜园里。我走到他身边，板着脸问："梯子在哪里？"这是我第一次跟他说话。

他没有理会我的粗暴，礼貌地答道："迪金斯先生拿了梯子，他在房子前面修理屋顶。"

我从约翰留在工棚里的烟中拿了一支抽，男孩羡慕地望着我手中的烟，我则恶狠狠地看看他。然后我把剪枝夹磨快。因为喜欢磨刀，我又慢腾腾地磨快了修枝刀。在磨刀石和刀刃摩擦的节奏中，一直可以听见男孩的耙子翻土的节奏。然后我抬头看看太阳，觉得此时修剪那个圆顶硬礼帽造型已经有点儿晚了。于是我去找约翰。

梯子躺在地上。梯子的两个支架像钟的指针那样构成一个角度；本来应该把梯子的两个支架垂直固定住的金属条被人从木头上扭了下来，梯子侧面的扶手上可以看到很深的裂缝，裂缝中还有一些凸起的金属碎片。梯子旁躺着约翰。我碰碰他的肩膀，他没有动，阳光照在他张开的肢体和血迹斑斑的头发上，摸上去还是热的。他直勾勾地仰面凝视着湛蓝的天空，但那双蓝眼睛却奇怪地变暗了。

那个聪明的女孩弃我而去了。突然之间，我又只是我自己，不只是一个笨孩子，什么都不是。

"我该怎么办？"我喃喃低语。

"我该**怎么办**？"我的声音让我自己也吓了一跳。

我四肢张开，躺在地上，握着约翰的手，砾石碎片硌着我的太阳穴，我就看着时间一分一秒地过去。宅子里藏书室的影子斜到砾石小路和离我们最远的梯子横杆上。然后影子一级一级地沿梯子向上朝我们爬来，爬到安全钩上。

安全钩。为什么约翰没有检查安全钩？他肯定会检查它，他当然会检查；假如他确实检查过，那么怎么会……为什么？

真是不堪设想。

一级横杆，又一级横杆，再一级横杆，宅子的影子越爬越近。影子爬到约翰的毛料裤子上，接着爬到绿色衬衫上，又爬到头发上——他的头发怎么变得这么稀少了！为什么我没把他照顾好？

真是不堪设想。可是怎么能不想呢？在注意到约翰的白头发的同时，我也注意到梯脚在约翰身下突然倾翻时在泥地上割出的深凹槽。没有其他痕迹；砾石地面不是沙地、雪地，也不是新翻的土地；砾石地面不会留下足迹。没有痕迹显示有人可能来过，他们可能在梯子底下徘徊，达到目的后，他们沉着地走了。砾石地面只能告诉我，可能有鬼来过。

一切都是冷的。砾石是冷的，约翰的手是冷的，我的心也是冷的。

我站起来，把约翰留在那里，没有回头。我绕着宅子走到菜园里。男孩还在那儿，他正在把耙子和扫帚放好。看到我走近，他停了下来，盯着我看。然后，我停下脚步——**不要晕倒！不要晕倒！**我对自己说——他跑上来扶我。我望着他，仿佛和他相距很远。我没有晕倒，没有真的晕倒。相反，当他靠近时，我感觉体内涌起一个声音，不是我自己选择要说，而是它们强行冲出我卡住的喉咙："为什么没人来**帮**我？"

他抄起我的手臂托住我，我倒在他身上，他扶我慢慢地在草地上坐下。"我会帮你，"他说，"我会的。"

❦

挖土约翰之死还在我的脑海里浮现，温特小姐丧亲的表情也占据着我的记忆，于是我差点儿忽略了自己房间里等着我读的那封信。

直到完成会面记录，我才打开信，但发现也没多少可读之处。

亲爱的李小姐：

　　多年来，您父亲一直给予我帮助，在此我很高兴能尽绵薄之力帮助他的女儿以示回报。

　　关于赫丝特·巴罗小姐在结束与安吉菲尔德的雇佣关系后的去向，我在英国的初步调查没有发现线索。我找到一些她受雇于安吉菲尔德之前生活的文件，我正在编辑一则报告，您在几周内应可收到。

　　我的调查远未结束。对她的意大利背景的研究我尚未完成，她早年生活的一些细节很有可能提供新的调查线索。

万勿绝望！只要有迹可寻，我一定能找到您提到的这位家庭女教师。

您诚挚的朋友，

伊曼纽尔·德雷克

我把信放进一边的抽屉，穿上外套，戴上手套。

"来吧。"我对影子说。

它跟着我下楼走到户外，我们沿宅子一侧往前走。墙边到处都长着灌木丛，这让路线变得曲折；不知不觉，脚下的路便偏离了墙壁，偏离了宅子，朝迷宫一样的花园延伸开去。我没有沿着好走的路线行进，而是继续往前直走。一直沿着房子墙壁的右边走，这意味着挤在越长越宽的茂盛灌木丛的后面。它们粗糙的树茎钩住我的脚踝；我得用围巾把自己的脸包起来，以免被划伤。至此为止，猫还陪着我，接着它停下脚步，茂密的矮树丛淹没了它。

我继续前行。我发现了自己在找的东西。一扇窗户，上面几乎爬满了常春藤，厚厚的一层绿色树叶遮着花园里的这扇窗户，因此它偶尔反射出的光线绝不会为人所注意。

窗户里面，温特小姐的妹妹坐在一张桌子边。对面坐着朱迪思，朱迪思正用调羹往这位残疾人贴着纱布的发炎嘴唇间喂汤。突然，朱迪思的手在汤碗和埃米琳的嘴巴之间僵住了，她直直地朝我看来。她看不到我，窗户上覆盖着许多常春藤，但她一定是感觉到了我的目光。停顿片刻，她继续喂埃米琳喝汤。我之前并没有注意到这把调羹的奇异之处。这时，我才发现这把银制的调羹柄上装饰有一个安琪儿造型的拉长字母 A。

我以前见过这样的调羹，字母 A。安琪儿（Angel），安吉菲尔德

（Angelfield）。埃米琳有一把这样的调羹，奥里利乌斯也有一把。

贴着墙壁，头发里纠缠着小树枝，我扭动身子从灌木丛中钻出来。猫看着我拂去袖子和肩膀上的小枝条和枯叶。

"回屋里去？"我提议，它立刻兴高采烈地同意了。

德雷克先生没能查出赫丝特的踪迹。我却找到了埃米琳。

永恒的暮色

我在书房里记录;我在花园里闲逛;我在卧室里抚摸猫,让自己保持清醒,阻止噩梦靠近。那个我在花园里看见埃米琳的月夜,现在对我而言仿佛就是一场梦,因为天空又开始布满阴霾,我们再一次陷入了无尽的暮色中。女管家死了,现在挖土约翰的死又给温特小姐的故事添加了一分额外的寒意。是埃米琳——花园里的那个可怕人影——弄坏了梯子吗?我只能等待,让故事本身揭示真相。与此同时,随着十二月的深入,在我窗前盘旋的影子也越来越深。她的接近让我反感;她的远离让我心碎;每次看到她,我的内心就涌起一股恐惧和渴望交织的情绪。

我总是比温特小姐提前到藏书室——是早晨、下午,还是晚上,我不清楚,因为现在这对我来说没有区别——我会站在窗户边等待。我苍白的妹妹隔着窗户把她的手指压在我的手指上,哀求地凝视着我,她那冷冷的呼吸给窗玻璃蒙上了一层薄雾。

"你到底在看什么?"温特小姐的声音从我的背后传来。

我慢慢转过身。

"坐下吧,"她冲我喊道,接着,她又说,"朱迪思,你往火里再加一块木头,然后给这姑娘拿点儿吃的来。"

我坐下。

朱迪思拿来了可可和烤面包片。

温特小姐继续讲她的故事,我则小口地喝着可可。

<center>~~~~~</center>

"我会帮你的。"他说。但他能干什么呢?他不过是个孩子。

我把他打发走了,免得他碍事。我派他去把莫斯雷医生叫来。其间,我泡了浓浓的甜茶,喝了一大壶。我想到一些难以解决的问题,迅速思考一番。茶喝干了,刺激我眼睛的泪水已经退去,是行动的时候了。

男孩带着医生回来时,我已经准备就绪。一听到他们的脚步走近宅子,我就面朝角落等着他们进来。

"埃米琳,可怜的孩子!"医生走近我时喊道,他同情地伸出手,像是要拥抱我。

我往后退了一步,他也停住了。"埃米琳?"他的眼睛里闪烁着不确定。艾德琳?这不可能,不可能是艾德琳。他没有说出艾德琳的名字。"请原谅。"他结巴地说,但他依然不知道我是谁。

我没有帮他摆脱困惑,而是大哭起来。

不是真的眼泪。我的真眼泪——相信我,我有许多真眼泪——都被我储存起来了。某个时间,今晚、明天或某个即将到来的时间,我会一个人待着,哭上几个小时。哭约翰,哭自己;我会大声哭泣,边叫边哭,就像小时候那样哭;那个时候只有约翰能抚慰我,他会用带着烟草和花园气息的手抚摸我的头发。真实的眼泪是炙热丑陋的,哭完以后,假如可以停止哭泣的话,我的眼睛会肿得厉害,我将只能透过红红的眼眶缝隙朝外看。

但那都是私密的眼泪,不是给眼前的这个男人看的。我给他的是假眼泪,它们从我绿色的眼睛里淌出来,就像钻石从翡翠上滚落。这很有效。假如你用绿眼睛让一个男人头晕目眩,他就会神志恍惚,不会留意到你的眼睛里还有一个人在监视他。

"对于迪金斯先生,我恐怕无能为力了。"他从尸体边站起来时说。

听到有人叫约翰的真名感觉很奇怪。

"这究竟是怎么发生的?"他抬头看看约翰刚才干活的地方的栏杆,又俯身看看梯子,"安全钩坏了吗?"

我勉强不带任何感情色彩地看着尸体。"他会不会是脚下打滑了?"我大声地表达自己的惊讶,"是不是摔下来时抓着梯子,于是梯子就被他带倒了呢?"

"没人看见他是怎么摔下来的?"

"我们的房间在房子另一边,男孩在菜园里。"男孩站在与我们稍微分开一点的地方,没有朝尸体看。

"嗯。我好像记得,他是没有家的。"

"他一直一个人住。"

"我明白了。你舅舅呢?他怎么不来这里见我?"

关于我们的情况,我不知道约翰对男孩说了什么,只能见机行事了。

我哽咽着告诉医生说我的舅舅走了。

"走了!"医生皱起眉头。

男孩没有反应。至此,没什么能让他吃惊的了。他站在那里,眼睛盯着自己的脚,这样就不用看尸体,我觉得他是一个娘娘腔,然后我继续说道:"我的舅舅过几天才能回来。"

"过几天呢?"

"哦!他究竟是哪天走的呢……?"我皱起眉头,假装计算起日子来。接着,我把目光移到尸体上,并做出膝盖颤抖的样子。

医生和男孩都冲到我的身边,一人拉住我的一个手肘。

"好了。过会儿再说,我的小乖乖,我们过会儿再说。"

我顺从地让他们领着我绕过房子往厨房走去。

"我不知道该怎么办!"我们转过房子的拐角时,我说。

"关于什么事情呢?"

"葬礼。"

"你什么都不用做。我会安排好葬礼操办人,其余事情教区牧师会处理的。"

"那钱呢?"

"你的舅舅回来后会把钱付清的。顺便问一句,他在哪里?"

"可是,假如他延期回来怎么办?"

"你觉得他很有可能延期回来?"

"他是一个……没法预料的人。"

"这倒是。"男孩打开厨房的门,医生领我进去,并为我拉过来一把椅子。我瘫倒在椅子上。

"假如到了那一步,律师会安排好一切。你姐姐呢?她知道这些事吗?"

我一眼不眨。"她在睡觉。"

"没关系。也许,就让她睡吧,嗯?"

我点点头。

"那么,你们独自待在这里的时间,谁可以照顾你们呢?"

"照顾我们?"

"你们不能独自待在这里……这事发生以后,你们不能单独留在这儿。首先,你们刚刚失去了女管家,还没找到人来接替她,舅舅就离开你们外出,真是太鲁莽了。一定得有人来帮忙。"

"真的有必要吗?"我的绿眼睛里满是泪水,并不是只有埃米琳才知道如何表现得像女人。

"嗯,你们肯定——"

"只是上一次有人来照顾我们时——你肯定还记得我们的家庭女教师,是吧?"我朝他飞去一个鄙夷的表情,这个表情一闪而过,他几乎不敢相信自己看到了它。他还知道脸红,朝别的地方看去。当他再看我时,我的脸上什么表情都没有,只有那双绿眼睛和一脸的泪水。

男孩清了清喉咙。"我奶奶可以过来看一看,先生。不是住在这里,但她可以每天都来看一下。"

莫斯雷医生不安地考虑了一下。这是个法子,而他又正在寻找一个解决办法。

"唔,安布罗斯,我想这样安排很理想。至少,在短期内很好。毫无疑问,你舅舅再过几天就会回来,在这种情况下,正如你所说,就不需要……嗯……去——"

"确实如此。"我稳稳地从椅子上站起来,"那么如果您找好葬礼承办人,我就来负责联系牧师。"我伸出手。"感谢您这么快赶来。"

这个男人已经彻底站不稳了。他在我的提醒下才站起身来,我感觉到他的手指轻轻地触碰了一下我的手指。他的手心全是汗。

他再次审视我的脸庞,试图确定我的名字。艾德琳还是埃米琳?埃米琳还是艾德琳?他采取了唯一的解决办法:"我为迪金斯先生感到难过。真的很难过,马奇小姐。"

"谢谢您,医生。"我把自己的微笑藏在一片泪水下。

莫斯雷医生往外走时朝男孩点点头，然后关上身后的门。

现在就等男孩了。

等医生走后，我打开门，请男孩出去。"顺便说一句，"当他走到门口时，我以宅子女主人的口气说，"没必要叫你奶奶过来。"

他好奇地看了我一眼。他看到了我的绿眼睛，也看到了眼睛里面的那个女孩子。

"没关系，"他随意地碰了一下帽边，说，"因为我也没有奶奶。"

⸻❧⸻

"我会帮你的。"他说过，但他还是个孩子。不过，他倒是会驾驶马车。

第二天，他驾马车送我们去班伯里见律师，我坐在他身边，埃米琳坐在后排。在接待员的眼皮底下等了十五分钟后，我们终于被叫进洛马克斯先生的办公室。他看看埃米琳，又看看我，然后说："不需要问你们两个是谁了。"

"我们有点儿困难，"我解释道，"我舅舅不在家，我们的园丁死了。那是一个意外，一个悲剧性的意外。他没有家，一直为我们工作，所以我觉得我们家应该为他支付丧葬费用，只是我们有点儿缺……"

他的眼睛从我身上转向埃米琳，又转回到我身上。

"请原谅我妹妹，她身体不太好。"埃米琳看上去确实有点儿古怪。我让她穿着她那过时的华丽服饰，她的眼睛太美了，美得容不下智力之类的世俗之物。

"是的，"洛马克斯先生说，他同情地压低声音，"我听说过这样的情况。"

为回报他的友善，我凑近桌子，倾诉道："当然，说到我舅舅……嗯，您跟他打过交道，所以您是知道的，对吧？和他讲事情总是不太容易。"我努力以最坦诚的眼神看着他,"事实上,能换个通情达理的人交谈真是一件乐事!"

他翻来覆去思考了一番他听到的传言。大家说,双胞胎中有一个不太正常。嗯,他得出结论,显然,另一个很机灵。

"愉快完全是双方的,呃——原谅我,但你父亲姓什么?"

"他姓马奇,但我们已经习惯于别人用我们母亲的姓来叫我们。村里人都把我们叫做安吉菲尔德的双胞胎。没人记得马奇先生,尤其是我们俩。你瞧,我们从没见过他,和他的家庭也毫无联系。我经常想,还不如把姓正式改了呢。"

"可以这样做。为什么不呢?很简单的事情,真的。"

"这以后再说吧。今天的事情……"

"当然。请不要担心葬礼的事情。你不知道舅舅什么时候回来,是吗?"

"可能要很长一段时间。"我说,这倒也不完全是谎话。

"没关系。他也许能及时赶回来亲自支付各种费用,假如他不能,那我会代表他打理好一切,等他回家后再做安排。"

我摆出一个松了一口气的表情,迎合他的期望,趁他依然沾沾自喜于为我减轻负担的时候,我问了他一连串问题,我问他,像我这样的女孩,承担着照顾妹妹的责任,如果我不幸永远要做她的监护人,那该怎么办?他简单说了几句解释了整个情形,我弄明白自己必须要采取的措施,以及何时该实施行动。"处在你的位置,这些都不用担心!"他总结道,仿佛他已经与自己所描述的那种惊人情形无关,并且希望能收回自己说的四分之三内容。"毕竟,过不了几天,你舅舅就会回到你们身边。"

"但愿如此!"我冲他微微一笑。

我们走到门口时,洛马克斯先生想起一件重要的事情。

"顺便问一句,我想他没有留下地址吧?"

"你了解我舅舅的!"

"我也是这样想。但是,你总知道他大概在哪里吧?"

我喜欢洛马克斯先生,可必要时我还得骗他。我这样的女孩,说谎是第二天性。

"是的……更确切地说,不。"

他严肃地看了我一眼。"因为假如你不知道他在哪里……"他的思绪又回到刚才他向我列举的那些法定义务上去了。

"嗯,我可以告诉你**他说**他要去哪里。"

洛马克斯先生扬起眉毛,看着我。

"**他说**他要去秘鲁。"

洛马克斯先生的圆眼睛鼓了出来,嘴巴也张得大大的。

"可是,当然,我们都知道那很愚蠢,对吧?"我继续把话说完,"他不可能在秘鲁,是不是?"

我露出一个最让人放心、最勇敢能干的笑容,然后关上身后的门,让洛马克斯先生独自为我担心。

❦

举办葬礼的日子到了,我依然没有机会哭泣。每天都有事。先是牧师,接着村民们小心地来到门口,想要看看花圈和花饰;连莫斯雷夫人也来了,她礼貌却冷淡,仿佛我也被赫丝特的罪行玷污了。"男孩的祖母,普鲁克特夫人,真是一个大好人。"我告诉她,"太感谢您丈夫的建议了。"

说这些话时,我一直怀疑普鲁克特家的男孩在监视我,尽管我从来没有看到他这样做。

约翰的葬礼也不是一个适合哭泣的场合,这是最不适合哭泣的场合。因为我是安吉菲尔德小姐，他是谁呢？只是一名园丁。

仪式结束后，牧师和蔼却徒劳地跟埃米琳谈话——说她应该多去教堂，还说主的爱是对他创造的万物的赐福——牧师说话时，我一直在听洛马克斯先生和莫斯雷医生的谈话，他俩自以为站在我的身后就不会被我听到。

"一个有能力的女孩，"律师对医生说，"我想她还没有充分意识到事态的严峻；没人知道她舅舅去了哪里，你明白吗？等她了解了情况，我相信她会合作。我已经妥当安排了钱方面的事务。她首先担心的是支付园丁葬礼的费用，真是既聪明又善良。"

"是啊。"医生有气无力地说。

"我总有一种印象——也不知道怎么会有这种印象，跟你直说吧——就是觉得这两个孩子……不太正常。可现在我见过她们了，显然她们中只有一个不太对劲。还算好。当然，作为她们的医生，你应该了解全部情况。"

医生咕哝了几句，我没听清。

"什么？"律师问，"先生，你说什么了？"

医生没有回答，于是律师又问了一个问题："那么，哪个是哪个？她们来见我时，我一直没分清。那个头脑明白的叫什么名字？"

我侧过一点身，刚好能够以眼角余光看到他们。医生正望着我，整个葬礼过程中他都以同样的眼神望着我。在他家住了几个月的那个头脑迟钝的孩子去哪里了？那个女孩不会把调羹举到嘴唇边，不会说一个英语单词，更不用说独自指挥一个葬礼，并问律师睿智的问题了。我理解他的困惑。

他看看我，再看看埃米琳，又看看我。

"我想是艾德琳。"我看见他的嘴唇读出这个名字，他所有的医学理论和试验都在他脚边轰然倒塌，我笑了。

看到他的眼睛，我向他们伸出手。一个表示感谢的手势，感谢他们为帮我而来参加一个他们几乎不认识的人的葬礼。律师是这么理解我的手势的，医生或许有不同的感觉。

<hr />

后来，过了好几个小时以后。

葬礼结束了，我终于可以哭了。

但还是不能。我的泪水被压抑得太久，已经变成了化石。

如今它们只能永远留在我的眼中。

变成化石的眼泪

"请原谅……"朱迪思欲言又止。她嘴唇紧闭,又反常地挥了挥手,"医生出诊去了——一个小时内无法赶来。请……"

我系好晨衣的腰带,跟着她走;朱迪思走在前面和我相隔几步,几乎是在小跑。我们上上下下走过一段段楼梯,转进通道和走廊,来到底楼的后部,这里我从没来过。最后来到一排房间前,我想这应该是温特小姐的私人套间。我们在一扇门前停下,朱迪思不安地看了我一眼。我理解她的焦虑。门后面传来一阵阵不像是人发出的低沉声音,痛苦的咆哮中夹杂着粗重的喘息。朱迪思打开最后一扇门,我们走了进去。

我大为震惊。难怪声音回响得这么厉害!宅子的其他部分都装饰过度,泛滥的窗帘、带护墙板的墙壁和大量的挂毯,这儿却是一个没有任何装饰的小空房间。光秃秃的灰泥墙壁,简单的木头地板;一个塞满成堆发黄纸张的朴素书架;房间一角摆着一张狭窄的床,床上有简单的白色铺盖。窗户上的印花棉布窗帘软塌塌地悬在窗框两侧,夜色透过窗玻璃照进屋里。

温特小姐趴在一张普通小书桌上,背对着我。她没有穿惯常的火红的橙色和华丽的紫色服装,而是穿了一件宽松的长袖白色连衣裙,正在哭泣。

她的声带发出不成调的刺耳声音,难听的哀号又转变成恐怖的动物似的呜咽。她的肩膀一起一伏,身体颤抖着;一股力量从她孱弱的脖颈游走到头部,又沿着手臂进入她的双手,并摇晃着桌面。朱迪思急忙更换掉温特小姐太阳穴下的衬垫,完全被病魔控制住的温特小姐似乎没有意识到我们在这里。

"我从没见过她这副模样,"朱迪思手捂嘴唇说,接着她的声音里多了一份惊恐,"不知道该怎么办。"

难以承受的巨大痛苦使温特小姐的嘴巴扭曲变形,形成一个怪异、丑陋的嘴型。

"没事的。"我对朱迪思说。我了解这种痛苦。我拉了一把椅子,在温特小姐身边坐下。

"嘘,嘘,我明白的。"我把一只胳膊放在她的肩上,拉过她的双手握在自己的手中。我抱住她,将耳朵凑近她的脑袋,然后继续念"咒语"。"没事的,会过去的。嘘,孩子。你不是一个人。"我摇晃她、安慰她,并不停地轻诵那些有魔力的话。它们不是我自己的词语,而是我父亲的。我知道这些话会起作用,因为它们对我一直很有效。"嘘,"我轻轻说,"我明白的,会过去的。"

抽搐没有停止,哭泣中的痛苦也没有减少,但逐渐不那么猛烈了。她在每一次发作前,都有时间战栗着奋力吸进几口气。

"你不是一个人,我在你身边。"

最后,她平静下来了。她的脑袋压着我的脸颊,她的头发碰到我的嘴唇,我的肋骨可以感觉到她微弱的呼吸和肺部轻柔的收缩。她被我握住的双手很冷。

"好了。现在好了。"

我们沉默地坐了几分钟。我拉上她的披肩,用它包住她的肩膀,并努力搓热她的手。她的脸已经不成样子。眼睛肿得几乎看不见,嘴唇发炎干裂,头上刚才枕着桌子的部位起了一块淤青。

"他是一个好人。"我说,"一个好人。他爱你。"

她慢慢地点点头,嘴巴颤动了一下。是想说些什么吗?她的嘴唇又动了一下。

安全钩?她说的是这个词吗?

"是你妹妹在安全钩上做了手脚吗?"现在问这个问题似乎有些残忍,但此刻,泛滥的泪水冲走了所有礼节,这种直接不会让人感觉不妥。

我的问题引起她最后一阵痛苦,不过她说话却毫不含糊。

"不是埃米琳。不是她。不是她。"

"那是谁呢?"

她闭紧眼睛,开始一下下地摇头。我见过动物园里困在笼中发疯的动物做同样的动作。我开始害怕她的痛苦再次来袭,并记起自己小时候父亲如何安慰我。我轻轻地、温柔地抚摸她的头发,直到她平静下来,把头靠在我的肩上。

最后她足够平静了,朱迪斯便把她送上床。她以一种孩子气的困倦声音请求我留下来,于是我就留下陪她,跪在她的床边,看着她入睡。有时,她的沉睡被一阵颤抖所干扰,恐惧的表情爬上她熟睡的脸庞;发生这种情况时,我就抚摸她的头发,直到她的眼皮再度平静下来。

父亲是在什么时候像这样安慰我的?一件事情从我的记忆深处浮现出来。那时,我大约十二岁。那是一个星期天,我和父亲在河边吃三明治,一对双胞胎出现了。两个金发女孩和她们的金发父母,他们是一日游的观光客,来这儿欣赏建筑物,享受阳光。每个人都注意到了她们,她们一定习惯了被陌生人注视,但她们不习惯我的目光。我看到她们,心便狂跳起来。看到她们,就像在镜子里看到完整的自我。我目光灼灼地注视着她们,眼神里充满渴望。她们紧张地转身避开这个贪婪地盯着她们的女孩,伸手去拉父母的手。我看到了她们的恐惧,仿佛有一只手在用力地捏我的肺,这种感觉一直持续到天色变黑。随后,回到店里,我半梦半醒地坐在窗台上;他蹲在地上,抚摸我的头发,轻轻念着他的咒语,"嘘,都会过去的。没事的,你不是一个人。"

　　过了一段时间,克里夫顿医生来了。转身看到门口的他时,我感觉他可能已经在那里站了一会儿了。我从他身边溜过,走了出去,他的表情里有某些我不知该如何解读的含义。

水中的解密术

我朝自己的房间走去，脚步的速度就像我的思维一样缓慢。一切都搞不明白。为什么挖土约翰死了？因为有人在梯子的安全钩上做了手脚。不可能是那个男孩干的。温特小姐的故事为他提供了肯定不在犯罪现场的证明：约翰和他的梯子从栏杆上倒下来摔到地上的时候，男孩正在眼馋她手上的香烟，还不敢要求吸一口。那么一定是埃米琳干的。只是故事里没有任何情节显示埃米琳会干这样的事。她是一个不会伤人的孩子，连赫丝特都这么说。温特小姐本人对此也一定非常明白。不，不会是埃米琳。那么是谁干的呢？伊莎贝拉死了。查理走了。

我走进自己房间，站在窗边。天色太暗了，看不清外面；只能透过夜色看见窗玻璃上自己的影像，一个苍白的影子。谁干的？我问它。

有一个从容的声音在我的脑子里响个不停，我一直试图忽略它，但最后，我听见它说，**艾德琳**。

不，我说。

是她，它说，**艾德琳**。

这不可能,她为挖土约翰之死的悲痛哭泣在我脑海里依旧鲜活。如果她杀了他,就不可能这么悲痛,对不对?没人会谋杀一个自己深爱到要如此痛哭的人,对不对?

但我脑子里的声音叙述了一段又一段故事中的情节,我对它们太熟悉了。糟蹋造型花园,每一剪刀都是在剪约翰的心。对埃米琳的攻击,拉她的头发、打她、咬她。把婴儿弄出婴儿车,随便一扔,不管他死活。村里人都说,双胞胎中有一个不正常。我记得这些,我想要知道。那可能吗?我刚才目睹的眼泪是内疚的泪水?悔恨的泪水?我抱在怀里安慰的是一个杀人犯?这就是温特小姐对世人保守了这么久的秘密?我心里起了阵不情愿的疑虑,一种令人不快的怀疑。这就是温特小姐故事的意义吗?让我同情她,免除她的责任,宽恕她?我打了个冷战。

但至少有一件事我是肯定的。她爱他。不然还能怎么解释呢?我记得自己抱着她痛不欲生的身体,知道只有破碎的爱才能让人这么绝望。我记得女管家死后,还是孩子的艾德琳走入约翰的孤寂,让他教她修剪造型花园,把他从痛苦中拉回来,使他恢复了活力。

但破坏造型花园的也是她。

噢,也许我终究无法确定!

我的眼睛朝窗户外的黑暗看来看去。她漂亮非凡的花园,是她在向约翰致敬吗?是她对自己所造成的破坏的终生忏悔?

我揉揉疲惫的眼睛,知道自己该上床了,但我累得睡不着。如果不做些什么让思绪停下来,它们会整晚都转个不停。我决定去泡个澡。

在等待浴缸注满水时,我尽量找件事思考。梳妆台底下露出一半的一个纸球引起了我的注意,我拾起来把它展开,弄弄平。上面手写着一行音标。

在哗哗的注水声的背景下，我使劲想自己写的这行符号是什么意思，但怎么也想不出来。总是有东西打岔，让我感觉自己没有完全准确地保存下埃米琳发出的声音。我想象月光下的花园，弯曲的金缕梅，那张神情急切的怪脸；我又一次听到埃米琳粗鲁的声音。但无论我多么努力，都想不起她所说的话。

我爬进浴缸，把这片纸放在浴缸的边缘。水温暖了我的脚、腿和背，让我明显感到自己身体侧面的一小块皮肤比较凉。我闭上眼睛，完全滑入水中。耳朵、鼻子、眼睛，直到水没过头顶；水在耳朵里回响，头发从根部开始竖了起来。

我起身呼吸，又沉入水中；又呼吸，沉入水中。

在水中的放松状态下，思绪开始在我脑中游走。我对双胞胎的语言有足够的了解，我知道这种语言是不完整的。就埃米琳和艾德琳而言，她们的双胞胎语言会以英语或法语为基础，或两者兼而有之。

呼吸。入水。

引用失真。或许是在声调方面，或者是元音部分。有时候，会多出几个音节，不是为了表意，而是为了迷惑外人。

呼吸。入水。

一个谜，一套密码，一种解密术。它不会像埃及的象形文字或古希腊的 B 类线性文字那么难。你该如何着手破译它呢？把每一个音节分开，一个音节可能是一个词或词的一部分。先把声调去掉，试着延长、缩短或弄平元音。然后，这个音节在英语里是什么意思呢？在法语里又是什么意思呢？如果你把它省去，从左向右或从右向左读这些音节，会得出什么呢？会得到许多种可能的组合，成千上万种。不过这个数字不会是无限的，计算机可以完成这项工作。花一两年时间，人脑也能做到。

死人去地下。

什么？我震惊地坐得笔直。这几个词不知道从何而来，它们痛苦地敲打我的胸膛。这真荒谬，不可能是这样的！

我颤抖地伸手去拿放在浴缸边缘的纸片，我把它拿近一些。我焦急地审视它，我的笔记、我的标记和符号、我的曲线和点，都消失了。它们坐在一池水中，被淹死了。

我再一次努力回想我刚才在水中想到的声音，但它们都在我的记忆里被抹去了。我只记得她焦虑、急切的脸庞和她离开时所唱的五个音符的曲调。

死人去地下。之前进入我脑子的词语完全成形固定下来了，没有在它们身后留下一丝痕迹。它们是从哪里来的？我的脑子出了什么问题，怎么会莫名其妙地想出这几个词？

我实际上不相信这就是她对我说的话，是吧？

好了，理智一点儿，我对自己说。

我伸手去拿肥皂，决心忘记在水中的想象。

头　发

在温特小姐的家中，我从来不看钟。几秒钟等于几个词；几分钟等于用铅笔写的几行字。十一个词是一行，二十三行是一页，这是我新的计时法。每隔一段时间，我停下笔去转动卷笔刀，看着边缘带铅笔芯的卷木片摇摇晃晃地掉进废纸篓；这些停顿标记着我的"小时"。

我全神贯注于我听到并记录下的故事，对其他任何事情都没有兴趣。我自己的生活——和过去一样——几乎没有。白天我的思绪里、夜晚我的梦境中，全都是温特小姐故事里的人物，却没有现实世界里的人。赫丝特和埃米琳、伊莎贝拉和查理，他们在我的幻想中漫步，我的思绪流连的地方就是安吉菲尔德。

事实上，我不是不愿意放弃自己的生活，深深地沉浸在温特小姐的故事里是逃避自身问题的一种方式。然而，人不可能这么简单地把自己消灭掉。即使我故意无视某些东西，也无法回避已是十二月的事实。在我思绪后面，在我的睡眠边缘，在我激动地写满字迹的纸页的空白处，我意识到十二月正在倒计时，每时每刻我都感觉到一年一次的纪念越来越近。

那晚痛哭后的第二天,我没有见到温特小姐。她躺在床上,只见了朱迪思和克里夫顿医生。这倒是省事。我自己那晚也睡得不好。但接下去的一天,她叫我。我去了她那朴素的小房间,发现她躺在床上。

她的眼睛似乎在她的脸上变大了,她没有化妆。药物可能正处在药效最强的时候,但她的那种平静似乎与以往不同。她没有朝我笑,但我进去时,她抬起来看我的眼睛里充满了友善。

"你不需要用笔记本和铅笔。"她说,"今天我想让你做点儿别的事情。"

"什么事?"

朱迪思走了进来。她在地板上展开一块床单铺好,然后把温特小姐的轮椅从毗连的屋子里推出来,抬到床单上。在床单中间,她调整轮椅角度,让坐在轮椅上的温特小姐能看到窗户外面。接着,她在温特小姐的肩膀上垫了一块毛巾,让她那头橙色的头发披散在毛巾上。

走之前,她递给我一把剪刀。"祝你好运。"她微笑着对我说。

"但你要我做什么呢?"我问温特小姐。

"当然是剪我的头发。"

"剪你的头发?"

"是的,别这么看我。没什么的。"

"可我不知道该怎么剪。"

"只管拿好剪刀剪吧。"她叹了一口气,"我不在乎你怎么剪。我不在乎最后看上去会是什么样子,只要把头发剪掉就行了。"

"可我——"

"请。"

我迟疑地站到她背后。在床上躺了两天之后,她的头发像一团乱糟糟的橙色金属丝。头发摸上去很干,干得让我感觉它们会断,里面还有许多打得死死的小结。

"我最好还是先把它梳一下。"

她打结的头发太多了。尽管她没有说一句责备的话,但我能感觉到我每梳一下,她都会疼得缩一下。我放下梳子,还是直接把打结的头发剪掉比较好。

我试着剪了第一刀。从发尾剪掉几英寸,把她披在背上的头发剪短了一些。刀刃干净地剪过头发,剪下来的头发就掉在床单上。

"再剪短一点儿。"温特小姐温和地说。

"到这儿?"我碰碰她的肩膀。

"更短。"

我拿起一束头发,紧张地把它剪断。头发好像一条橙色的蛇,滑到我的脚边,温特小姐开始说话了。

我记得葬礼后,过了几天,我站在赫丝特的老房间里。没有什么特别的原因,我只是站在那儿,站在窗户边,茫然地盯着前方。我的手指在窗帘上摸到了一处隆起,是她缝补过的一道裂缝。赫丝特做起针线活儿来十分心灵手巧,但这道补过的裂缝的末端有一段线松了。我无所事事、心不在焉地开始破坏它。我没打算去拉它,真的没有打算做任何事……但突然,它就在我手里,被我扯下来了。整条按针脚的轨迹弯弯曲曲的线,都在我的手里。窗帘上的窟窿张得大大的,现在它要开始磨损了。

约翰从来都不喜欢赫丝特待在宅子里,他很高兴她走了。但事实是:假如赫丝特在家,约翰就不会爬到屋顶上去;假如赫丝特在家,就没人会在安全钩上做手脚;假如赫丝特在家,那天就会像其他任何一天一样,太平地迎来黄昏,约翰那天也会像其他任何一天一样,在花园里忙碌；当宅子的凸窗在下午把影子投到砾石路上时，不会有梯子，不会有梯子上的横档，约翰也不会四肢摊开躺在寒飕飕的地上；那天会像其他任何一天一样，到来并过去，在那天的最后，约翰会上床睡得很香，甚至都不会梦到从半空中摔下来。

假如赫丝特在家。

我发现窗帘上的那个正在磨损的窟窿完全让人无法忍受。

❦

温特小姐讲话时，我一直都在剪她的头发，剪到齐耳垂时，我停下了手。

她抬起一只手摸摸脑袋，感觉一下头发的长度。

"再剪短一些。"她说。

我拿起剪刀，继续剪。

❦

男孩依旧每天都来。他挖土、除草、种下植物、用土盖住植物的根部。我猜他还来的原因是我们欠他工钱，但律师给我一些现金——"让你可以维持到你舅舅回来。"——我付钱给男孩后，他照样来我家。我透过楼上的窗户观察他，他不止一次朝我的方向看过来，我都跳到一边，但有一回，他看到了我，挥挥手。我没有挥手回应。

每天早晨，他把蔬菜送到厨房门口，有时还会带一只带皮的兔子或拔了毛的母鸡来。每天下午，他来收集剥下的菜皮用做堆肥。他在门口徘徊，由于我已经付钱给他，他的嘴唇间时常叼着一支香烟。

我已经抽完了约翰的香烟，如今男孩有烟抽，我却没烟抽，这让我很气恼。我从未对此说一个字，但有一天，男孩肩膀靠着门框站着，发现我正看着放在他胸口口袋里的那包香烟。

"用一支烟跟你换一杯茶。"他说。

他走进厨房——实际上这是约翰死后,他第一次进入宅子——他坐在约翰的椅子上,手肘撑着桌子。我坐在角落里的椅子上,那是女管家过去坐的地方。我们默默地喝茶,吐出的烟像云朵一样盘旋着慢慢升向肮脏的天花板。吸完最后一口烟,把烟蒂在茶托上按灭后,他一句话也没说便站起来,走出厨房回去工作了。但是第二天,当他带着蔬菜来时,便直接走进来坐在约翰的椅子上,不等我把水壶放到炉子上,便扔了一支烟给对面的我。

我们从不交谈,但我们有我们的习惯。

埃米琳从来不在午饭前起床,她有时会花一下午待在户外旁观男孩干活儿。我为此责骂过她:"你是主人家的女儿,他是园丁。看在上帝的分上,埃米琳!"但这没用,她会对任何意识到她的爱好的人慢慢地微笑一下。我密切地监视他们,牢记女管家跟我所说的话,男人看到伊莎贝拉就想摸她。但男孩没有表现出任何想要摸埃米琳的意思,尽管他对她说话很和善,也喜欢逗她笑。可我对此就是无法感到安心。

有时,我会透过楼上的窗户监视待在一起的他们俩。有一天,阳光明媚,我看见她懒洋洋地靠在草地上,头枕在手肘支撑的手上。这个姿势展示了她从腰到臀的曲线。他转过头去回答她提出的某个问题,当他看着她时,她翻身仰卧在地上,举起一只手拂去前额上的一缕头发。这是一个懒洋洋的挑逗动作,我认为她不会介意他真的摸她。

但男孩说完话后,便转身背对埃米琳,仿佛没看到她似的继续干活儿。

第二天早晨,我们在厨房抽烟时,我打破了平时的沉默。

"不要碰埃米琳。"我明确地告诉他。

他看起来很惊讶。"我没碰过埃米琳。"

"很好。那么,不要去碰。"

我以为事情就是那样。我们都再吸了一口烟,我准备重归沉默,但在呼出气后,他说话了:"我不想碰埃米琳。"

我听见了,我听到了他所说的话。那个奇怪的小语调,我听懂了**他的意思**。

我吸了一口手中的烟,没有看他,慢慢地吐气。我没有看他。

"她比你友善。"他说。

我的烟连一半都没抽完,但我把它摁灭了。我大步走到厨房门口,猛地推开门。

他在门口拦住我。我僵硬地站着,直视前方他衬衫上的纽扣。

他咽口水时,喉结一上一下地动。声音很含糊地说:"友善一点儿,艾德琳。"

被愤怒刺痛的我抬头看他,眼中仿佛能飞出匕首,但他脸上温柔的神情让我大为震惊。有一瞬间,我……糊涂了。

他抓住机会,举起手,想要摸我的脸颊。

但我动作更快。我举起拳头,打开他的手。

我没有弄伤他,我不可能弄伤他。但他看上去很困惑,很失望。

然后他走了。

自那以后,厨房就变得很空。女管家走了,约翰走了,现在连男孩也走了。

"我会帮你的。"他说过。但这不可能,一个像他那样的男孩怎么帮我?**随便一个人**怎么可能**有人帮我**?

◆◆◆

床单上到处都是橙色的头发。我走在头发上,头发黏在鞋子上。

所有陈旧的染发都被剪掉了，贴在温特小姐头皮上的稀少头发全是白的。

我拿掉毛巾，吹掉她脖子后面的碎头发。

"给我镜子。"温特小姐说。

我把镜子递给她，剪了头发的她看上去像是一个头发灰白的小孩。

她凝视镜子。眼睛注视着镜子里自己的眼睛，没有化妆，面色暗淡，她盯着自己看了很长时间。然后，她把镜子镜面朝下放在桌子上。

"这正是我想要的发型。谢谢你，玛格丽特。"

我离开她，回到自己的房间后，思索那个男孩。我想他和艾德琳，我想他和埃米琳。接着我又想奥里利乌斯，他被发现时还是一个婴儿，穿着一件过时的衣服，被裹在一个背包里，带着一把来自安吉菲尔德的调羹和一页《简·爱》。我仔细地思考这一切，但我的思考没有任何结论。

在所有那些难解的思绪中，有一件事情我倒是想了起来。我记得自己上一次在安吉菲尔德时，奥里利乌斯说的话："我只希望有人能**告诉我真相**。"我发现了与此相仿的一句话："告诉我真相。"穿着棕色西装的男孩如是说。怪不得《班伯里先驱报》上面没有任何有关他们的年轻记者去约克郡采访的记录，他根本就不是一名记者。自始至终就是奥里利乌斯。

雨水与蛋糕

第二天,我意识到:今天,今天,今天。一个只有我才能听到的铃声。暮色似乎已经穿透我的灵魂,我感觉到一种超自然的疲惫。我的生日,我的忌辰。

朱迪思拿早餐托盘来时,还带来了我父亲寄来的一张卡片。花朵图案的卡片,加上他措辞含糊的惯常问候语和一句话。他希望我一切都好。他很好,他有一些书要给我。他要不要把它们寄给我?我母亲没有在卡片上签名,他代她签了两个人的名字。**爸爸妈妈向你问好**,统统不对头。我明白,他也明白,但又能怎么样呢?

朱迪思来了。"温特小姐说现在是否可以……?"

我就把卡片塞到枕头下面,没让她看到。"现在没问题。"我说,然后拿好铅笔和本子。

"你睡得好吗?"温特小姐问道,接着又说,"你看上去有点儿苍白,吃得不够多。"

"我很好。"我向她保证,虽然实际情况并非如此。

整个早晨,我都在与一种感觉做斗争,偏离于一个世界的一小部分正在渗入另一个世界的裂缝。当你开始读一本新书，上一本书的最后一页还来不及向你合上，你明白这种感觉吗？上一本书的思想和主题——甚至是人物——困在你衣服的纤维里，当你翻开新书，它们依然跟你在一起。唔，就像这样。一整天我都心烦意乱。思绪、记忆、感觉、我自己生活里不相关的片段，严重破坏了我的专注力。

温特小姐正在跟我讲着什么，然后她打断了自己。"你在听我说话吗，李小姐？"

我猛地从幻想中抽身出来，支支吾吾地想找个回答。我在听吗？我不知道。此刻，我无法讲出她在说什么，可我肯定在我脑子里的某个地方记录着她说的一切。但是，当她把我从幻想中猛地拉出来时，我正处在一个无人的境地，一个什么地方都不是的区域。头脑会开各种玩笑，想出各种事情，而我们自己则沉睡在一个白色地带，怎么看都像是一个疏忽大意的旁观者。我不知道该说什么，盯着她看了一分钟，她则变得越来越烦躁，然后我把出现在脑子里的第一句连贯的话突然说了出来。

"你有过孩子吗，温特小姐？"

"上帝啊，这叫什么问题。我当然不曾有过孩子。你疯了吗，姑娘？"

"那么，埃米琳呢？"

"我们有过一个协议，对不对？不许提问，记得吗？"接着，她换了个表情，俯身向前，仔细端详我，"你是不是病了？"

"没有，我不觉得自己病了。"

"唔，你显然神志不清，不适合工作。"

这是一个逐客令。

回到房间后，我有一个小时都感觉无聊、不安和苦恼。我坐在书桌前，手里握着铅笔，但却没有写字；我感觉冷，便打开取暖器，接着又觉得太热，便脱掉羊毛衫。我想要洗个澡，却没有热水。我冲了一杯可可，多加了一点儿糖；可甜味却让我感觉恶心。找一本书看？这会让我舒服点儿吗？藏书室的架子上摆满了死气沉沉的文字，那里没有东西能对我有帮助。

突然一阵雨点落下来，四散地打在窗户上，我的心狂跳起来。**外面**。是的，那正是我所需要的。不仅仅是在花园里走走，我需要离开房子，走远一点，走到荒野里去。

我知道，大门一直是锁着的，我不指望叫莫里斯替我开门。我取道花园，一直走到离房子最远的地方，那里的围墙上有一道门。门上爬满了常春藤，已经很久没有打开过了，我只能用手拉掉门上的树叶，然后才能打开门闩。当门向内旋开，我拨开更多的常春藤，才有点狼狈地走到外面。

我过去以为自己很喜欢下雨，但现在发现我根本就不了解雨。我喜欢的是城市中那种文雅的雨水，地平线上的各种障碍物把它们变得温和，城市本身冉冉上升的热量把它们变得温暖。荒野上的雨水是野蛮的，大风激怒它们，寒气压迫它们。像针一样的冰粒刺痛我的脸庞，在我的身后，冰冷的雨水一桶桶地浇在我的肩膀上。

生日快乐。

如果我待在店里，父亲会在我走下楼梯时从桌子底下变出一份礼物。会有一本或几本他在拍卖会上买下并放在一边的书；还会有一张唱片，一瓶香水，抑或是一幅画。他会在某个下午，趁我去邮局或图书馆，坐在店里把它们包好。他会在某个午饭时间，独自出去选一张卡片；他会坐在桌前在卡片上写，爸爸妈妈向你问好。一个人，完全是一个人。他会去面包店买一只蛋糕，在店里的某个地方——我从未发现这个地方，这是我不了解的少数几个秘密之一——他保存着一支蜡烛,每年的这一天它都会现身,被点燃,被极力挤出开心表情的我吹灭。然后,我们会吃蛋糕、喝茶,坐下来静静地消化,静静地为书编目录。

我知道这对他而言是怎么回事。由于我长大了,所以过生日比小时候容易一些。从前,在家里过生日真是难啊。前一天晚上,要把礼物藏好,不是怕我发现,而是怕我母亲发现,她看到它们受不了。不可避免的头痛是她对纪念仪式妒忌般的保卫,它让邀请其他孩子来家里变成不可能,也不可能带我去动物园或公园而把她留在家。作为我生日礼物的玩具,始终是那种不会发出声音的玩具。蛋糕从来都不是自己家里做的,吃剩下的蛋糕必须拔掉蜡烛、去掉糖霜,才能放进罐子里留到第二天吃。

生日快乐?父亲会在我的耳朵边兴高采烈地低声说一句,生日快乐。我们安静地玩纸牌游戏,赢的人做出愉快的表情,输的人则扮鬼脸、垂头丧气,但不会被在我们楼上房间里的母亲听到,她不会听到我们的低语或不连贯的谈话声。在玩牌的间隙,可怜的父亲会跑上跑下,往来于弥漫着痛苦的安静卧室和楼下的秘密生日庆祝会之间,在楼梯井里切换自己的脸部表情,从高兴变成同情,又从同情变回高兴。

不快乐的生日。从我出生那天起,悲伤就一直伴随左右。它像笼罩在一家人身上的灰尘,它覆盖了每一个人,每一件事物;它侵入我们的每一次呼吸,它把我们包裹在各自不同的苦难中。

我能够承受对这些记忆的思考,仅仅是因为我太冷了。

她为什么不可以爱我呢?为什么我的生命在她眼里不如我妹妹的死亡重要?她把妹妹的死亡归咎于我吗?也许她责怪我是对的。我现在活着,因为我的妹妹死了。每一次看到我,就让她想起自己失去的东西。

假如我们两人都死了,是否会让她感觉好过一点儿呢?

我麻木地走着。一只脚迈到另一只脚前面,我一再重复这个动作,仿佛进入了催眠状态。我一点儿也不关心自己在朝哪里走。我不看任何地方,也看不见任何东西,只是蹒跚地前行。

然后我撞到了什么东西。

"玛格丽特!玛格丽特!"

我冷得连惊讶都不会了,冷得面无表情,站在我面前的庞然大物裹在一块类似帐篷的绿色防水布里。他朝我走来,双手向下放在我的肩膀上,摇了摇我。

"玛格丽特!"

是奥里利乌斯。

"瞧瞧你!你冻得发青!快点,跟我来。"他拉起我的手臂,领着我快步行走。我的两只脚跟跟跄跄在地上挪动,跟在他后面,直到我们走到路上的一辆汽车边。他把我塞进车里。我听见车门砰地一关,发动机嗡嗡作响,然后一股暖气吹在我的脚踝和膝盖周围。奥里利乌斯打开一个保温瓶,倒了一杯橘子茶给我。

"喝!"

我喝了,茶既热又甜。

"吃!"

我咬了一口他递来的三明治。

在车内的暖气中,喝着热茶,吃着鸡肉三明治,我感觉比之前更冷了。我的牙齿开始上下直打架,我控制不住地直发抖。

"天哪!"奥里利乌斯一边递给我一块又一块可口的三明治,一边温柔地惊呼道,"哎呀!"

食物似乎让我恢复了一点儿知觉。"你在这儿干什么,奥里利乌斯?"

"我来给你这个。"他说着把手伸到后面,从座椅之间的缝隙拿出一个蛋糕罐。

他把罐子放在我的腿上,打开盖子,高兴地冲我笑笑。

里面放着一块蛋糕,一块家里做的蛋糕。在蛋糕上面,有一行用带波纹的糖霜写的字:**生日快乐,玛格丽特。**

我冷得哭不出来。寒冷加上这块蛋糕,让我有话要说。词语从我的体内随意地冒出来,就像冰川融化时喷出的物体。夜晚的曲调,一个和眼睛、姐妹、一个婴儿、一把调羹联系在一起的花园。"她甚至知道那栋宅子,"奥里利乌斯用纸巾替我擦干头发时,我喋喋不休地说,"你的房子和拉乌夫人的房子。她透过窗户看,觉得拉乌夫人像一位童话故事里的老奶奶……你难道不明白这里面的意思吗?"

奥里利乌斯摇摇头。"但她告诉我说——"

"她对你说谎了,奥里利乌斯!当你穿着棕色西装去见她时,她说谎了。她已经承认这一点了。"

"我的天哪!"奥里利乌斯惊呼,"你究竟是怎么知道我的那件棕色西装的?我必须假装成一名记者,你知道的。"但接着,他开始理解我告诉他的事情,"你说,一把和我的调羹一样的调羹?她还知道那栋宅子?"

"她是你的姨妈,奥里利乌斯。埃米琳是你的母亲。"

奥里利乌斯正在摸我头发的手停住了,有很长一段时间,他一直凝视着车窗外宅子的方向。"我的母亲,"他轻轻地说,"在那儿。"

我点点头。

又是一阵沉默,然后他转向我。"带我去见她,玛格丽特。"

我似乎一下子就醒了过来。"问题是,奥里利乌斯,她身体不好。"

"病了?那你**一定**要带我去见她。不要耽搁!"

"准确地说,不是病了。"怎么解释呢?"她在火灾中受了伤,奥里利乌斯。不仅是脸受伤,她的头脑也受损了。"

他听懂了这条新信息,把它加进自己贮藏的失落与痛苦之中,等他再度开口,他低沉的声音里充满了坚定。"带我去见她。"

疾病是否控制了我的反应?是否因为这天是我的生日?还是因为我自己就像没有母亲一样?这些因素或许都有点关系,但最重要的是奥里利乌斯等待我回答时的表情。可以有一百零一个理由拒绝他的要求,但面对他强烈的渴望,所有的理由都不复存在。

我说,好。

重　聚

泡一个澡让我有点儿解冻了，但一点儿都没能缓解我眼睛背后的疼痛。我彻底放弃了在下午剩下的时间里工作的念头，爬上床，把被子一直向上拉过耳朵。裹在被子里的我还是直哆嗦，在浅睡中，我看到一些奇怪的幻影。我看见赫丝特、我的父亲、双胞胎和我的母亲，在这些幻影中，每个人都长着其他人的脸，每个人都是其他人装扮的，连我自己的脸都让我感觉不安，它移动改变，有时是我自己，有时则是别人。然后奥里利乌斯光亮的脑袋出现在我的梦里：他自己，始终是他自己，只有他自己，他笑了笑，幻影就被赶走了。黑暗像水一样没过了我，我沉沉地睡去。

我醒来后感觉头疼，四肢、关节和背脊也都很疼。一种与劳累或缺乏睡眠无关的疲惫压倒了我，让我的思维变得迟缓。黑暗更为浓重了。我是不是睡得错过了与奥里利乌斯约好的时间？这个念头让我隐约有点儿烦恼，过了好一会儿，我才能够起身看表。在我的睡眠中，一种模糊的情绪在我的体内生成——惊恐？

怀旧？兴奋？——这种情绪引发了一种期待感。过去正在回来！我的妹妹就在附近，毫无疑问。我看不见她，闻不到她，但我始终只接收来自她的讯息的内耳听到了她的振动，这让我充满了一种隐秘的、昏昏沉沉的喜悦。

没有必要推迟与奥里利乌斯的约定。我的妹妹会找到我，无论我在哪里。难道她不是我的双胞胎妹妹吗？事实上，距我与他约好在花园门口见面的时间还有半个小时。我费劲地把自己从床上拉起来，脱掉睡衣太冷也太累，于是直接在睡衣外套了一条厚裙子和一件毛衣，把自己包得像一个晚上出去看烟花的孩子，我走下楼梯来到厨房。朱迪思留了一顿冷餐给我，但我全无胃口，没有去碰那些食物。我在餐桌边坐了十分钟，想要闭上眼睛，却又不敢，怕自己会困倦地趴在硬邦邦的桌面上睡着。

还剩五分钟，我打开厨房门，走进花园。

宅子里没有灯光，外面也没有星星。我在黑暗中蹒跚前行，脚下松软的泥土和刷过我脚面的树叶和树枝，让我知道自己偏离了小道。不知从什么地方冒出来的一根枝条划到了我的脸，我闭上眼睛作为保护。脑中有一种半是痛苦半是快乐的振动，我完全能理解，这是她在唱歌，我的妹妹正在走来。

我到了见面地点。黑暗中有什么东西动了一下，是他。我的手笨拙地碰到他，然后抓住了他。

"你没事吧？"

我隐约听见有人问。

"你有没有发烧？"

话就在耳边，但奇怪的是在我听来它们竟然没有任何意思。

我多想告诉他那种令我愉快的振动，告诉他我妹妹要来了，她可能随时都会到这里和我相聚。我知道的；我知道，是因为我身体一侧的那块记号感觉到了她辐射出的热量。可她发出的白声①夹在我和我的话语之间,让我说不出话来。

奥里利乌斯松开我的手,脱下一只手套,把手放在我的额头上,在炎热的夜晚,我感觉他的手掌却出奇的凉。"你应该躺在床上。"他说。

我拉拉奥里利乌斯的袖子,只是轻轻一拉,但这就足够了。他跟着我走过花园,脚步平稳得就像带脚轮的雕像。

我不记得自己手里怎么会拿着朱迪思的钥匙,但我一定是拿了它们。我们一定是走过长长的走廊才到了埃米琳的房间,但我也不记得了。我倒是记得房间的门,可我脑海里的画面却是我们一到门口,门就慢慢地自动旋开了,我知道这不太可能。我一定是打开了门锁,但这段事实却被我遗忘了,我只记得门是自己打开的。

那晚在埃米琳的房间里发生了什么,我的记忆是支离破碎的。整段整段的时间重叠在一起,另外一些事件却在我的记忆中迅速地一遍遍连续重演。面孔和表情显现时大得可怕,然后埃米琳和艾德琳却像迷你牵线木偶般出现在很远的地方。在整件事情中,我自己一直感觉困倦和寒冷,一个人占据着我的头脑,支配我,把我弄得心烦意乱,那就是:我的妹妹。

通过逻辑推理,我尽力把脑子里随意记录下来的,犹如梦中事件的不完整图像组织成一个有意义的片段。

奥里利乌斯和我走进埃米琳的房间。我们踏在厚厚地毯上的脚步寂静无声。我们穿过一条条的走廊,来到一个房间,房间里有一扇敞开的门通向花园。一个白发的身影背对我们站在门口,她在哼唱,啦——啦——啦——啦——啦。一段不完整的曲调,没头没尾,这正

---

① 白声是指那些声音音质松散、干涩同时又缺乏泛音光泽的声音。

是自我来到这栋宅子便一直萦绕着我的曲调。它钻进我的脑袋里，与我妹妹发出的高调振动一争高下。奥里利乌斯站在我的身旁，等着我向埃米琳告知我们的到来。可我无法说话。在我的脑中，整个世界都缩小成了一个难以忍受的嚎叫；时间延伸成了永恒的一秒钟；我被震得失语。我用手捂住耳朵，绝望地想要摆脱这个刺耳的声音。看到我摆出这种姿势，奥里利乌斯说话了，"玛格丽特！"

听到身后传来陌生的声音，埃米琳转过身。

她非常吃惊，绿色的眼睛中充满了痛苦。她那没有嘴唇的嘴巴张成一个扭曲的O形，但她并没有停止哼唱，只是她的哼唱有时会变成尖声哀号，像一把刀一样插进我的脑袋。

奥里利乌斯震惊地把目光从我身上移到埃米琳身上，这个女人是他的母亲，可她破相的面孔却把他吓呆了。她嘴唇间发出的声音像剪刀一般划过空气。

我一度既聋又瞎。当我再次能看见时，埃米琳蜷缩在地上，膝盖着地，正在抽泣。奥里利乌斯跪在她的身边，她的手胡乱地抓着他，我不知道她是要抱住他，还是要赶走他，但他抓住她的手，紧紧地握着。

手握着手，血融于血。

他是一块悲伤的巨石。

在我的脑子里，那个折磨人的清晰白声依然在响。

我的妹妹——我的妹妹——

周围的世界都往后退去，我发现自己独自一人沉浸在噪声的痛苦中。

我知道接下来发生了什么，即使我已不再记得。奥里利乌斯听到过道里传来脚步声，他温柔地把埃米琳放到地上。朱迪思发现自己的钥匙不见了之后，大喊了一声。当她去找第二套钥匙时——大概是莫里斯的那套——奥里利乌斯冲向通往花园的门，跑掉了。当朱迪思终于进入房间后，她盯着地上的埃米琳看，接着惊叫一声，朝我走来。

但在那时，我什么都不知道。因为我妹妹散发出的光芒占据着我，让我知觉全无。

终于。

每个人都有一个故事

温特小姐绿色的眼睛焦虑、锐利地凝视着我,针一般的目光把我弄醒了。我在睡眠中喊了谁的名字?是谁替我脱了衣服,把我送上床的?他们会如何解读我皮肤上的记号?奥里利乌斯怎么样了?我对埃米琳做了什么?最要命的是,当我慢慢醒来时,她那张发狂的脸折磨着我的良心。

我醒来时,不知道是哪一天,也不知道是什么时间。朱迪思在那儿;她看到我动了,便把一杯水送到我的嘴唇边。我喝了。

不等我说话,睡意再次压倒了我。

我第二次醒来时,温特小姐拿着一本书坐在我的床边。她的椅子上一如既往地塞满了天鹅绒的垫子,几簇白头发围绕在她没有化妆的脸庞周围,让她看上去就像是一个淘气地爬上女王宝座的顽皮小孩。

听见我挪动身子,她停止阅读,抬起头。

"克里夫顿医生来过了,你烧得非常厉害。"

我没有说话。

"我们不知道今天是你的生日。"她继续说道,"我们找不到一张卡片,这儿不太看重生日,不过我们从花园里为你采了一些瑞香。"

花瓶里插着一些黑色的枝条,枝条上没有一片叶子,但从上到下都分布着一些雅致的紫色花朵。它们使空气中充满一种甜美、醉人的芬芳。

"你怎么知道今天是我的生日?"

"你**告诉**我们的,睡着时说的。你什么时候会告诉我**你的**故事,玛格丽特?"

"我?我没有故事。"我说。

"你当然有故事,每个人都有一个故事。"

"我没有。"我摇摇头。我听见自己的脑袋里隐约回响起那些我可能在睡着时说的话。

温特小姐把丝带放在她看到的那页上,然后合起书。

"每个人都有一个故事,就像每个人都有家人一样。你可能不知道谁是你的家人,也可能会失去他们,但他们依然存在。你可能与他们疏远,或者抛弃他们,但你不能说你没有家人。就故事而言,也是同样的道理。"她总结道,"每个人都有一个故事。你什么时候会告诉我你的故事?"

"我不会说的。"

她把头歪向一边,等我继续说下去。

"我从来没有跟任何人讲过我的故事。**即使**我有一个故事,我也不会说的。我不觉得现在有任何理由去改变这点。"

"我理解。"她点点头,温柔地说,仿佛她真的理解,"唔,这当然是你自己的事情。"她翻过放在腿上的手,凝视着她被烧伤的掌心。"你有自由什么都不说,如果你想要这么做的话。但是沉默不是适合故事的自然环境,故事需要言语;没有言语,它们就会变得苍白、病态并死去;然后它们就会萦绕在你的心头。"她将目光转回到我的身上,"相信我,玛格丽特。我知道的。"

我睡了很长时间,不管我什么时候醒来,床边总是摆着一份朱迪思准备的给病人吃的食物。我吃一两口就不吃了。朱迪思来取走托盘时,看到我剩下那么多,总是无法掩饰失望之情,但她从来都不说什么。我不再感觉疼痛了——没有头疼,不觉寒冷,也不想呕吐——但我的头脑和内心还是被一种深深的疲惫和悔恨所笼罩。我对埃米琳干了什么?奥里利乌斯呢?我醒着的时候,对于那晚的记忆一直折磨着我;内疚让我陷入沉睡。

"埃米琳怎么样了?"我问朱迪思,"她还好吗?"

她婉转地回答了我:我自己的身体都如此不好,为什么还要担心埃米琳小姐?埃米琳小姐状况不好已经有很长一段时间了,埃米琳小姐年纪大了。

我这种不愿明说的态度,反而告诉了我一切我想知道的事情。埃米琳情况不好,是我的错。

至于奥里利乌斯,我唯一能做的就是写信给他。我感觉稍微好一点,便立刻让朱迪思给我拿来铅笔和纸,我倚靠在枕头上,开始写一封信。觉得不满意,便另写一封,还不满意,又另写一封。我从未觉得写信这么难。当我的被面上撒满了被我抛弃的信纸,我对自己感到绝望时,就随便挑了一份草稿,誊写了一遍:

亲爱的奥里利乌斯:

你还好吗?

我对发生的一切感到很抱歉。我从没想过要伤害谁。我疯了,是吗?

我什么时候可以见你?

我们还是朋友吗?

玛格丽特

只能如此了。

克里夫顿医生来了。他听听我的心脏,问了我许多问题。"失眠?睡眠不规律?做噩梦?"

我点了三次头。

"我料到了。"他拿了一支体温计,指导我把它放在自己的舌头下面,然后他站起来,走到窗边。他背对着我,问道,"你看什么书?"

嘴巴里放着体温计,我无法回答。

"《呼啸山庄》——你看过吗?"

"嗯。"

"那《简·爱》呢?"

"嗯。"

"《理智与情感》?"

"嗯。"

他转过身,严肃地看着我。"那我猜这些书你看过不止一遍吧?"

我点点头,他皱起了眉头。

"看了又看?看过很多遍?"

我再次点点头,他眉头皱得更紧了。

"从小时候起就开始看?"

我被他的问题弄糊涂了,但他严肃的凝视还是迫使我再次点头。

他黑色眉毛下面的眼睛眯成了一条缝。我多少可以想象出他或许能把他的病人吓唬好,因为他们只想快点儿摆脱他。

然后，他凑近我，读体温计。

靠近时，人会看起来不同。一根黑眉毛依旧是一根黑眉毛，但你可以看到它里面每根独立的毛，以及它们排列得是多么近。眉毛末端的几根毛，非常纤细，几乎看不见，偏离眉毛的走势朝着太阳穴长，指向他的耳窝。在他皮肤的纹路里，紧密排列着许多胡茬；嘴巴边，鼻孔正在细微地翕动。我之前一直把这个表情视作严肃，以为他是在小看我；但现在，隔着几英寸看，我才意识到他或许根本没有不赞成什么的意思。我思索着，克里夫顿医生可不可能正在暗暗地嘲笑我？

他从我嘴里拿走体温计，双臂交叉，宣布了他的诊断。"你患上了喜欢胡思乱想的小姐常得的毛病，症状包括晕倒、疲惫、没有胃口、情绪低落。这病可能归咎于你在没有采取适当的防雨措施的情况下，在冰冷的雨中游荡，但是更深层次的病因大概是在于某种情感创伤。然而，你不是生活在早前缺乏生气的严酷时代，所以你不像你喜欢的小说里的女主人公，你的体质没那么弱。你没得过肺结核，没得过小儿麻痹症，也没有生活在不清洁的生活环境里。你会好的。"

他直勾勾地看着我的眼睛，我无法转开自己的目光，他说："你吃的不够。"

"我没有胃口。"

"*L'appétit vient en mangeant.*"

"胃口是吃出来的。"我翻译了这句法语。

"完全正确。你的胃口会回来的，但你必须在半路迎接它，你必须想要它回来。"

轮到我皱眉头了。

"治疗手段并不复杂：吃、休息，还有这个……"他在本子上快速写了几句话，撕下这页纸，放在床头柜上。"虚弱和疲劳几天后就会消失的。"他伸手拿起自己的公文包，把笔和纸装进去。然后，他起身准备离开,犹豫了一下,他说,"我想要就你所做的梦,问你几个问题,但我猜你不会愿意告诉我……"

我冷冷地看着他,说:"我不想说。"

他的脸一沉。"我早料到了。"

他在门口举手与我道别,然后走了。

我拿起处方。他以遒劲有力的字体潦草地写道:**亚瑟·柯南·道尔,《福尔摩斯探案集》**。每日两次,一次读十页,直到读完。

十二月的时光

我听从克里夫顿医生的指示,在床上躺了两天,吃饭、睡觉、读夏洛克·福尔摩斯。我承认,我超量执行了处方上的指示,狼吞虎咽地读完了一个又一个的故事。第二天还没过完,朱迪思就下楼去藏书室给我拿来了另一本柯南·道尔写的书。我病倒后,她突然对我友善起来。她有所改变,倒不是因为她同情我——尽管她是为我感到难过——而是因为如今在家里埃米琳的存在不再是秘密了,她可以随心所欲地在与我的交谈中自然地流露出同情,而不是始终保持警惕的外表。

"她有没有说过任何关于第十三个故事的事情?"一天,她期待地问我。

"一个字也没说过,跟你说过吗?"

她摇摇头。"从未提过。很奇怪,是吧?她写了那么多书,最出名的故事却可能不存在。想想吧:她大概可以出版一本所有故事都失踪的书,而这本书还是会像刚出炉的蛋糕那样大卖。"接着,她摇摇头,理清思绪,以一种新的语调说,"那么,你觉得克里夫顿医生怎么样?"

当克里夫顿医生顺便来看看我的时候,他的眼睛落在我床边的那些书上;他什么也没说,但他的鼻孔翕动了一下。

第三天,我起床了,但感觉虚弱得犹如一个新生儿。我拉开窗帘,清新、干净的光线充满了房间。户外,明亮无云的蓝天一望无际,蓝天下霜冻的花园闪闪发光。仿佛在那些漫长的阴天里,光线在云层后面积聚起来,现在云层消失,没有东西能阻止光线倾泻下来,积聚了两周的光明一次把我们浸透了。我在光亮中眨眨眼睛,感觉某种类似生气的东西正缓缓地在血管里移动。

吃早饭前,我走到户外。我慢慢地、小心地在草坪上走动,温特小姐那只叫影子的猫一直紧跟着我。脚下的地踩上去很脆,到处洒满了阳光,结冰的叶子在阳光下闪闪发光。霜冻的草留住了我的脚印,但走在我身边的影子,像一个优雅的鬼魂,没在草上留下任何痕迹。冰冷、干燥的空气起初像刀一样刺痛我的喉咙,但慢慢地它让我恢复了活力,我变得兴高采烈起来。然而,在户外待几分钟就足够了;我的脸颊感觉刺痛,手指被冻成粉红色,脚趾也冻得生疼,我很乐意回去,影子也乐意跟着我。先吃早饭,然后去生着火的藏书室,坐在沙发上读些东西。

我可以判断出自己好了许多,因为我想的不再是温特小姐藏书室里的藏书,而是她的故事。我上楼拿起自病倒那天就没再看过的那沓纸,回到温暖的壁炉边,"影子"待在我的身旁,白天光线充足的那几个小时里,我就一直在读。我读了又读,从头到尾又理了一遍故事,我想起那些难题、谜团和秘密,但没有获得任何启示。读完整个故事,还是像开始读之前一样困惑。有人对挖土约翰的梯子动了手脚吗?赫丝特看到什么时,她觉得自己见鬼了吗?最令人费解的是,艾德琳,一个暴力得像流氓的孩子,除了她那头脑不好使的妹妹,她无法与任何人交流，她残忍地破坏了造型花园，又怎么会变成温特小姐，一个自律的畅销书作家和一座精美花园的缔造者？

我把这沓纸推到一边，摸摸影子，凝视着炉火，渴望能读到一个情节被妥善安排好的故事，在那样的故事里，中间部分的混乱只是为了给予我乐趣，我能通过剩下的纸张厚度估量出离真相大白还有多远。我不知道还需要多少页纸才能写完埃米琳和艾德琳的故事，甚至都不知道是否有时间完成它。

尽管我全神贯注地读着我的笔记，但还是不禁奇怪自己为什么没看见温特小姐。每次我问起，朱迪思都会给我同样的回答：她和埃米琳在一起。直到傍晚，她才从温特小姐本人那里带来一条消息：我是否感觉无恙，可以在晚饭前为她读一会儿东西？

到了她那里，我发现一本书——《奥德利夫人的秘密》——放在温特小姐身边的桌子上。我翻到书签夹着的那一页，开始读，只读了一章便停下了，因为我感觉到她想跟我说话。

"那个夜晚发生了什么事？"温特小姐问，"就是你病倒的那晚。"

对于自己有机会解释，我既紧张又高兴。"我已经知道埃米琳在房子里了，我在晚上听到过她发出的声音。我在花园里看见过她，还发现了她住的房间。然后，那晚我带了一个人去见她，埃米琳很震惊，我最不愿发生的事情就是吓着她。可当她看到我们时，她就是被惊呆了，接着——"我的声音堵在喉咙里出不来。

"这不是你的错，你知道的。别自己吓自己了，哀号和神经崩溃——这类事，我、朱迪思和医生之前都见过许多次了。如果要怪谁，那该责怪我，因为我没有早点让你知道她在这儿。我总是防备过度。我真是太傻了，没有早点告诉你。"她停顿了一下，"你打算告诉我你带去见她的人是谁吗？"

"埃米琳有一个孩子，"我说，"跟我去的就是那个人。那个穿棕色西装的男人。"说完我所知道的事情,那个我不知道答案的问题冲到了我的嘴边,仿佛我自己的坦白可能会鼓励她以实情相告似的,"埃米琳在花园里找什么?我看到她的时候,她正试图把什么东西挖出来。她经常这么做:莫里斯说那是狐狸干的,但我知道那不是事实。"

温特小姐沉默不语,一动也不动。

"死人去地下。" 我引述道,"她是这么告诉我的。她觉得谁被埋在地下了?她的孩子吗?赫丝特?她在地下寻找谁?"

温特小姐咕哝了几句,尽管很含糊,但它立刻让我记起了埃米琳在花园里冲我喊出的嘶哑语句。就是那些词语!"是这个吗?"温特小姐又说道,"她说的是这个吗?"

我点点头。

"用双胞胎的语言?"

我再次点点头。

温特小姐饶有兴趣地看着我。"你干得非常好,玛格丽特,比我想的还要好。问题是,故事的进展有点儿失控。我们走到前头去了。"她停下来,凝视着自己的手掌,然后直勾勾地看着我,"我说要告诉你真相,玛格丽特,而且我这么做了。但是在我告诉你之前,有些事情必须先发生。它将要发生,但还没发生。"

"什么——"

可是不等我说完我的问题,她就摇摇头。"让我们回到奥德利夫人和她的秘密上去,好吗?"

我又读了半个小时左右,但我的思绪不在故事上面,我觉得温特小姐的注意力也不集中。当朱迪思在晚饭时间过来敲门时,我合上书,把它放在一边。接着,仿佛读书活动不曾中断,仿佛是在继续我们之前的讨论,她说:"假如你不是太累的话,今晚为什么不来看看埃米琳呢?"

姐　妹

到了约定的时间，我去了埃米琳住的地方。这是我第一次作为被邀请的客人去那里，还没进入卧室，我觉察到的第一件事情是室内浓重的寂静。我在门口停下——她们还没注意到我——意识到她们正在窃窃私语。空气中隐约可以听到呼吸在声带上的摩擦声，温柔的爆破音不等你听到便消失了，压抑的齿擦音可能被你误认为是自己耳朵里的血液的流动声。每一次当我以为声音已经停止，抚慰的低语又会在我耳边响起，就像一只蛾子停在我的头发上，又拍拍翅膀飞走了。

我清了清喉咙。

"玛格丽特，"坐在自己妹妹身边轮椅上的温特小姐，用手指了指床另一边的一把椅子，"你能来真好。"

我看看枕头上埃米琳的脸。我之前见过的红色与白色的烧伤疤痕还是同样的红色与白色，她也没有失去任何由于吃得好而产生的丰腴感，她的头发依旧是一团乱糟糟的白色。她无精打采地凝视着天花板，对我的到来显得无动于衷。哪里变得不同了？因为她不

一样了。她身上发生了某种改变,一种一眼就能看出来的改变,尽管它捉摸不定、难以名状。但是她没有失去任何力量,她的一只胳膊伸在被单外面,手紧紧地攥着温特小姐的手。

"你好吗,埃米琳?"我紧张地问。

"她情况不好。"温特小姐说。

温特小姐最近也有变化,但她的疾病仿佛包含着一个蒸馏过程:病痛让她的身体越变越虚弱,却让她显得越来越有精神。我每次见她,她看上去都病得更重了:愈发消瘦、愈发憔悴、愈发透明,但她越是虚弱,就越是能显出她内心的坚强。

温特小姐的手还是老样子,埃米琳有力的拳头里紧紧握着的还是这只极度消瘦和虚弱的手。

"你想要我读点儿什么吗?"我问。

"当然。"

我读了一个章节。然后,温特小姐轻轻地说:"她睡着了。"埃米琳闭上了眼睛,呼吸深沉而有规律。她松开了姐姐的手,温特小姐正搓着手,让它恢复知觉。她的手指被捏得发青。

见我盯着她的手看,她把手缩进了自己的披肩里。"我很抱歉中断我们的工作。"她说,"那次埃米琳生病时,我不得不把你送走。现在,我也必须花时间陪她,我们的工作计划只能暂停,但是不会很久。圣诞节快到了,你一定想离开我们,和家人团聚。等你节后回来,我们再看看情况如何。我期望——"她略微停顿了一下——"那时我们能够再度开始工作。"

我没有立刻理解她的意思。她的话很含糊,是她的声音透露了她的意思。我的目光跳到埃米琳熟睡的脸上。

"你的意思是?"

温特小姐叹了一口气。"不要被她看上去的强壮欺骗了,她生病已经有很长一段时间。有很多年，我一直以为能活着看她在我之前离去。但是，我自己患病后，就不那么确定了。如今看来，我们似乎是在比谁先跑到终点线。"

那么，这就是我们正在等待的事情。没有它，故事无法收尾。

我突然感觉喉咙很干，内心害怕得犹如一个孩子。

快死了，埃米琳快死了。

"这是我的错吗？"

"你的错？怎么可能是你的错？"温特小姐摇摇头，"那个夜晚与此毫无关系。"她老到、犀利地看了我一眼，显然她知道的事情比我打算告诉她的还要多，"这为什么让你心烦意乱，玛格丽特？我妹妹对你而言只是一个陌生人。你如此痛苦，并不是因为同情我，不是吗？告诉我，玛格丽特，出了什么事情？"

有一部分，她想错了。我确实同情她，因为我相信我理解温特小姐正在经历的一切。她将与我为伍，成为一名被截肢的人。失去另一方的双胞胎只有一半的灵魂。生与死之间的分界线又窄又黑，失去另一方的双胞胎比大多数人都更接近那条线。虽然温特小姐经常脾气很坏、很执拗，但我已经渐渐喜欢上她了。我尤其喜欢童年时的她，那个孩子现在越来越频繁地出现在我的脑海里。剪得乱糟糟的头发、不施粉黛的脸庞、没有佩戴沉重宝石的孱弱双手，这使她每一天都显得越来越像一个孩子。在我的脑子里，就是这个孩子将失去她的妹妹，在这一点上，温特小姐的悲伤与我的悲伤重合了。她的戏剧将在这栋房子里上演，就在未来的几天内，正是同样的戏剧塑造了我的人生，虽然我的戏剧在我记事前就已演完。

我看着枕头上埃米琳的脸，她正在走近那条已经把我和我的妹妹分隔开的线。很快她就要越过这条线，离开我们，去另一个地方。我的内心充满了荒唐的欲望，想要在她的耳边低语，委托一个或许即将能见到我妹妹的人替我带一条口信。只是说什么才好呢?

我感觉温特小姐正好奇地凝视我的脸庞,我克制住自己愚蠢的念头。

"工作要停多久?"我问。

"几天,也许一周。不会久的。"

我和温特小姐一起坐到很晚。第二天,我又出现在埃米琳的床边。我们坐在那儿,大声阅读,或长时间地沉默不语。我们守夜时,只有克里夫顿医生来过;他似乎觉得我出现在那里很自然,轻声对温特小姐讲述埃米琳恶化的病情时,会朝她严肃地笑笑,也会朝我微笑一下。有时,他会陪我们坐一个小时左右,与我们一起守夜,听我读书。那些书都是从架子上随便抽的,我会翻开任意一页开始读,想结束时就结束,有时会在一句话的中间停下来。从《呼啸山庄》读到《爱玛》,接着是《尤斯蒂斯钻石》、《艰难时世》和《白衣女人》,都只读了一些片段。不过没关系。艺术,它的完整性、它的形式、它的精巧,都没有慰藉的力量。从另一方面而言,文字是一条生命线,它们留下抚慰的节奏,计算着埃米琳缓慢的吸气与呼气。

这一天过后,明天就是圣诞夜了,也是我离开的日子。从某种程度上来说,我并不想离开。这栋房子的安静,它的花园所提供的完美独处空间,是我现在想要的全部。书店和父亲显得遥远且微不足道,母亲——和过去一样——更是遥不可及。至于圣诞节……在我们家,节日距离我的生日太近,所以母亲无法忍受庆祝另一个女人的孩子的诞生,无论那是多久之前的事情。我想到父亲,他翻开我们家少数几个朋友寄来的圣诞卡,将印着无伤大雅的圣诞老人、雪景和知更鸟的卡片摆在壁炉上,把那些印着圣母玛利亚的卡片藏起来。每一年,他都会偷偷收集起一沓卡片,这些卡片上的图案是散发着宝石光辉的圣母兴高采烈地凝视着她唯一的完美婴儿，婴儿也回望她，两人构成了一个关于爱和完整的幸福圆环。每一年，这些卡片都会被整堆地扔进垃圾筒。

我知道，假如我要求留下，温特小姐不会拒绝，她甚至可能很高兴在未来几天有人做伴。但我没有要求留下。我看到了埃米琳状况的恶化，随着她越变越虚弱，揪住我心脏的那只手也越揪越紧，我逐渐加重的痛苦告诉我，离结束不远了。圣诞节的来临是一个逃避的机会，怯懦的我抓住了它。

傍晚，我回到房间整理行李，接着又回到埃米琳的房间与温特小姐道别。所有姐妹间的窃窃私语停止了，比过去更为沉重、寂静的阴郁笼罩着整个房间。温特小姐的腿上摆着一本书，假如她之前在读书的话，那么此刻她停下了；她哀伤地望着她妹妹的脸。埃米琳一动也不动地躺在床上，被单随她的呼吸轻轻地一起一伏。她闭着眼睛，看上去睡得很沉。

"玛格丽特。"温特小姐轻轻地说，并指指一把椅子。我来了，她似乎很高兴。我们一起坐着等待天色逐渐变暗，听着埃米琳的呼吸。

埃米琳躺在我们之间的病床上，以一种平稳、沉着的节奏吸气、呼气，她的呼吸就像拍打海岸的波浪一样让人感觉安慰。

温特小姐没有说话，我也沉默不语，我在脑子里组织着一些不可能的信息，或许可以通过这个即将启程去另一个世界的旅行者将它们传给我的妹妹。随着埃米琳的每一次呼吸，房间里似乎就充满了更深刻、更持久的悲伤。

温特小姐靠在窗上，呈一个黑色的剪影，她动了一下。

"你应该拿着这个。"她说，黑暗里的一个动作告诉我她正把一样东西递向坐在床对面的我。

我的手拿到一件长方形、带金属锁的皮革物。

"这是在埃米琳的藏宝盒里找到的。没人需要它了,走吧,读读它。你回来后我们再谈。"

我拿着本子,摸着家具,穿过房间走到门口。在我身后,埃米琳有节奏地呼吸着。

一本日记与一列火车

赫丝特的日记本已经损坏了,钥匙不见了,锈得很厉害的扣环会在你手指上留下橙色的锈迹。本子内部的胶水融化在日记本的前三页上,致使它们粘在了一块儿。每一页上的最后一个词都分解成了一个褐色的水印,仿佛日记本曾经被暴露在又脏又潮湿的地方。有几页日记被撕掉了;残留的纸张边缘上留有一些引人猜测的字母:abn、cr、ta,等等。最糟糕的是,日记本似乎在水里泡过。纸张都是皱的,合上本子,它超过了应有的厚度。

日记本被水泡过,是造成我阅读困难的最大原因。翻开一页扫一眼,就可以清楚地知道这是日记的原稿。不是别人,正是赫丝特的。随处可见她坚定的笔触,精巧流畅的打圈,赏心悦目的斜体,经济实用的字间距;但是仔细看,会发现那些单词都模糊褪色了。这一笔究竟是字母 l,还是字母 t?这条曲线究竟是字母 a,还是字母 e?抑或是字母 s?这个词究竟是 bet,还是 lost?

读这本日记会像玩拼图游戏。尽管我后来读出了日记的内容,但那天的假日火车太拥挤了,不可能用笔和纸记录。我蜷缩在靠窗的座位上,把日记本凑近自己的鼻子,仔细审视日记的每一页,沉浸在解读任务中。起初,三个单词中我能看懂一个;然后随着我开始理解她的意思,词语开始自动在我的脑子里现形,我的努力终于有了丰厚的回报;最后,我能够以比较正常的速度阅读了。在那列火车上,在圣诞节之前,赫丝特活了过来。

赫丝特的日记内容支离破碎地在我的脑中拼凑起来,我不必在此以同样的方式复述它来测试你的耐心。站在赫丝特的角度上,我整理补全了日记的内容。我剔除那些颠三倒四的混乱部分,以肯定替换疑问,以清晰替换朦胧,用内容填补缺失。我这么做或许会在她的日记中添上她不曾写过的话,但我可以保证即使我有弄错,那也只是在一些小事上;对于重要的问题,我仔细审查,直到我确信自己弄懂了她的原意。

我不会讲全本日记,只节选一些编辑过的段落。首先内容要和我的目的有关,即讲述温特小姐的故事,其次是要能精确地描绘出赫丝特在安吉菲尔德的生活。

✦

  安吉菲尔德宅子远看很体面,尽管它的朝向不好,窗户的位置也很糟糕,但走近后,你就立刻发现宅子疏于维护,陷入了破旧失修的状态。部分石雕风化严重,可能导致险情;窗框正在腐烂;部分屋顶显然是被暴风雨破坏了。我准备首先检查一下阁楼房间的天花板。

  女管家在门口迎接。尽管她试图掩饰,但我马上意识到她视力和听力都不好。考虑到她年纪那么大了,这一点儿也不足为奇。这也解释了为什么宅子那么脏——但我猜安吉菲尔德一家并不想把在宅子里服务了一辈子的她扫地出门。我理解他们的忠诚，但为什么不让年轻力壮的人来帮她呢？

邓恩夫人向我介绍了家里的情况。在多数人看来，这个家庭多年来一直严重缺乏人手，而这点似乎已被视为这家人生活方式的一部分。至于何以至此，我还没查明，可我知道，除了严格意义上的家庭成员，这儿只有邓恩夫人和一个名叫约翰·迪金斯的园丁。这儿还有鹿（虽然已不再有打猎活动），但宅子周围从来就看不到那个负责照管鹿的人；他也听命于那个雇用我的律师，这个律师起的作用类似于一个财产管理者——只要涉及财产管理，都由他负责。邓恩夫人本人负责处理家庭的日常开销。我猜查理·安吉菲尔德每周会查看一下账簿和收据，但邓恩夫人只是笑笑，并问我是否真的以为她的视力还能允许她在账簿上记各种数字。我无法不觉得这有违规矩。我倒不是认为邓恩夫人不可靠。就我所见，她从各方面来看都是一个善良、诚实的女人，我希望当我更了解她后，能把她的沉默寡言完全归咎于她的耳聋。我写了一张字条向安吉菲尔德先生显示精确记账的好处，我想我或许可以主动提出由我来承担这份工作，假如他太忙没时间做。

想到这一点，我开始觉得该是见见我的雇主的时候了，当邓恩夫人告诉我他整天都待在旧育婴室里不出来时，我惊讶极了。提了很多问题后，我终于确定他的脑子有点儿不正常。真可怜！还有什么比头脑的正常功能被破坏更可悲的吗？

邓恩夫人给我茶喝（我出于礼貌假装喝了，但后来把它倒掉，因为看到厨房的情况后，我无法相信杯子是干净的），还跟我说了一点儿她自己的情况。她八十多岁，没结婚，一辈子都生活在这里。接着，我们的谈话很自然地转到这家人身上。邓恩夫人了解双胞胎的母亲在孩提时代和年轻时的情况。她证实了我已经知道的事情：双胞胎的母亲最近因为头脑有病被送去了精神病院，这促成了我的受雇。她对于致使双胞胎的母亲被送去精神病院的事件的描述颠三倒四，所以我搞不清楚那个女人究竟有没有用一把小提琴攻击医生的妻子。这倒也无关紧要，显然这个家庭有神经错乱的家史，当我确认这一点时，我得承认，心跳有些加快。对于一个家庭女教师而言，如果一个家庭本来就运转顺畅、事事如意，那工作起来还有什么满足感呢？管教思维本来就已经很清晰有序的孩子，有什么挑战可言呢？我不仅准备好了从事这份工作，而且我渴望从事这样的工作已经有很多年了。在这里，我终于有机会验证我教育手段的价值了！

我还询问了双胞胎的父亲的家庭情况——尽管马奇先生已经去世了，而且孩子们从来就不了解他，但他和她们有血缘关系，对她们的天性有所影响。可是邓恩夫人可以提供的信息非常之少。她转而说了一系列关于双胞胎的母亲和她们舅舅的逸事，假如我要深究其中的言外之意（她肯定也是想让我这么做），我觉得它们暗示了某些丑行……当然，她暗示的一切根本不可能，至少在英国是如此，我怀疑她有点儿爱幻想。想象是一件健康的事情，没有想象，许多科学发现也不会存在，但若想有所收获，想象就得限制在某些严肃的对象上。天马行空地乱想往往会导致愚蠢。她胡思乱想可能是由于年纪大了，因为她从其他方面看是一个宽厚的人，不像是那种喜欢无事生非的人。无论如何，我立刻坚决地把这个话题从脑中排除出去了。

我在写这些事情的时候，听见自己的房间外面有动静。两个女孩子从她们躲藏的地方出来了，正在房子里蹑手蹑脚地四处走动。她们这么任性，一点儿也不讨人喜欢。我想把秩序、卫生和纪律慢慢地灌输进这个家，她们会从中得益匪浅。我不会出去找她们。毫无疑问,她们会期望我出去找她们,但眼下,我的目的就是要让她们感到手足无措。

邓恩夫人带我参观了底层的房间。到处都是垃圾,所有物体的表面都积着厚厚一层灰,窗帘破破烂烂地挂着,可是她看不见,她还以为一切都和人员齐整的双胞胎的祖父时代一样。底层房间里的钢琴可能彻底坏了,但我会看看能怎么处理,一旦把藏书室里的灰尘清扫干净,就能看清里面有些什么东西,或许藏书室里摆的都是好书。

我不想让邓恩夫人一次爬太多楼梯,所以我独自查看了宅子的其他几层。我在二楼听到扭打声、低语声和被压抑的咯咯笑声。我发现了我要负责管教的对象。她们锁上了门,当我试着转动门把手时,她们就不出声了。我喊了一遍她们的名字,然后随她们去折腾,继续查看三楼的情况。最重要的一条准则是不去讨好我的管教对象,我只会培训她们来找我。

三楼的房间最杂乱无章。肮脏,我已经料到了。雨水穿过屋顶漏下来(我也料到了),一些腐烂的地板上长出了真菌。这实在不是一个适合抚养孩子的健康环境。一些地板不见了,看上去好像是被故意撬走的。我必须见安吉菲尔德先生,跟他谈谈找人来修理这些东西的事宜。我必须向他指出,地板上的窟窿可能会让人掉下楼,至少会导致踩到的人扭伤脚踝。所有门铰链都得上润滑油,所有门框都变形了。无论走到哪里,都可以听到门转动时门铰链发出的吱吱声,地板发出的吱嘎声,还能感觉到吹起窗帘的气流,尽管说不清这些气流来自哪里。

我尽快回到厨房。邓恩夫人正在准备晚饭,我之前看到的那些锅都很脏,我不想吃在这样的锅里做出来的食物,于是我开始卖力地清洗一大堆脏餐具(我先把估计已有十年没擦的水池彻底擦洗了一遍），并密切留意夫人准备饭菜的过程。她尽力了。

两个女孩不肯下来吃饭。我只喊了她们一次。邓恩夫人极力主张一再喊她们，劝说她们下来吃饭，但我告诉她说我有我的方式，她必须站在我这一边。

医生过来吃饭。与我了解到的情况一样，一家之主没有出现。我本以为医生会因此不开心，但他似乎觉得这很正常。于是只剩下我们两个，邓恩夫人尽力招待医生，但她需要我的许多帮助。

医生是一个有教养的聪明人。他真诚地期望能看到双胞胎的进步，也是招聘我来安吉菲尔德一事的最初发起者。他长篇大论地向我说明我在这儿可能会碰到的困难，我尽量礼貌地倾听。像我一样在这个家里待上几个小时候后，任何一个家庭女教师都会对她所面临的任务有一个全面的清晰认识，但他是男人，因此他不会觉得长篇大论地解释一个别人已经完全理解的问题是多么令人厌烦。我的坐立不安，以及回答一两个问题时的些许急躁，完全没有被他注意到，我认为他的观察能力及不上他的精力和分析技巧。他以为自己碰到的任何人都没有他本人有能力，我不会在这一点上对他大加批评。因为他是一个聪明男人，而且，他是一条身处小池塘里的大鱼。他采取了一种安静的谦逊态度，但我轻易就看穿了它，因为我正是用同样方式来伪装自己的。然而，我需要他支持我所承担的任务，尽管他有缺点，我还是要将他变成我的同盟者。

我听到楼下传来混乱的响声。大概是两个女孩发现食品储藏室的门被锁起来了，她们将会感觉愤怒与挫败，但我还能用其他什么办法来培训她们按时吃饭呢？没有固定的吃饭时间，又怎么可能重建秩序呢？

明天我会从打扫这间卧室开始做起。今晚，我已经用一块湿布擦干净了所有物品的表面，还很想清扫地板，但我告诉自己不要这么做。假如我今天扫地，那么明天擦拭墙壁、取下积满灰尘的窗帘后，还得重扫一遍。于是今晚，我就睡在灰尘中，但明天就可以睡在一个明亮整洁的房间里了。这会是一个良好的开端。因为我计划在这个家里重建秩序和纪律，为了达到目标，必须首先为我自己创造一个干净的思考空间。处在一个不卫生、缺乏秩序的环境里，没人能清楚地思考并取得进步。

双胞胎正在大厅里哭，该去见我的管教对象了。

✢

最近我忙于统筹安排家里的各项事务，几乎无暇写日记，但我必须抽出时间来写，因为我主要是在写日记时，记录并调整我的方法。

我在埃米琳身上取得了很大的进展，接触下来，我觉得她的行为模式和我见过的其他问题儿童一样。我认为她不像人们说的那样心理严重不正常，在我的感化下，她会变成一个好孩子。她感情丰富、精力充沛，已经学会了欣赏卫生的益处，吃饭胃口不错，通过亲切的劝哄或承诺一些小恩小惠，我能让她听话。她很快就会明白受人尊重的良好表现所能带来的直接好处，然后我就可以减少对她的贿赂。她永远不会变得聪明，这也让我知道自己方法的局限性。无论我花多少力气，我只能激发对象所拥有的潜质。

我对自己在埃米琳身上所取得的进展感到很满意。

她姐姐的情况更为棘手。我过去也见过暴力的孩子，对于艾德琳的破坏性，我的震惊程度没有她以为的那么严重。然而，有一件事让我很吃惊：其他孩子的破坏性通常都是愤怒造成的副作用，破坏不是他们最主要目的。我在其他对象身上观察到的暴力行为，多数都是由极端的愤怒激起的，发泄愤怒只会偶尔损害人身和财产的安全。艾德琳的情况不符合这种模式。就我的所见所闻来看，破坏似乎是艾德琳的唯一目的，愤怒则是她不得不在自身内部激发生成的东西，为的是产生破坏的能量。因为她是一个虚弱的小东西，皮包骨头，吃得很少。邓恩夫人跟我说了发生在花园的事件，在那个事件中，为人所知的是艾德琳毁坏了许多紫杉。假如这是真的，那太可耻了。花园原本显然是十分美丽的。它可以复原，但那件事让约翰丧失了勇气，不仅是植物造型，整个花园都因为他缺乏兴趣打理而荒废了。我会找时间，想办法恢复他的骄傲。如果能让他开心地工作，花园就会再次变得井然有序，这将大大改善宅子的外观和气氛。

　　说到约翰和花园，我想起——必须就那个男孩与他谈谈。今天下午，我在教室里走来走去，碰巧走到了窗户边。外面在下雨，我想关上窗户，防止更多的潮气进入；室内的窗台已经坏了。假如我没有离窗户很近，事实上我几乎是鼻子贴着窗户玻璃，我怀疑自己是否会看见他。可我看见他了：一个男孩，蹲在花坛里，除草。他穿着一条成年男人的裤子，裤腿在脚踝处剪短了，还往上卷了几层。一顶宽檐帽子使他的脸笼罩在一片阴影之下，他大概十一二岁的样子，但我看不清他的准确年纪。我知道在乡村，孩子干园艺活儿很平常，虽然我认为孩子帮忙干农活儿更为普遍，早一点儿学习手艺对他们有好处，但我不喜欢在上学时间看到任何孩子在学校外面。我会跟约翰谈谈这件事情，让他明白在上学时间这个男孩必须待在学校。

　　回过头来继续说我的对象：就艾德琳对她妹妹的恶意而言，

这样的事情我以前都见过，她或许会对此感到吃惊。姐妹间的妒忌和敌视是很平常的，双胞胎之间的对立通常更为严重。假以时日，我将能够减少这种攻击行为的发生，但其间必须时刻保持警惕以防艾德琳伤害她的妹妹，但这会减慢其他阵线上的进步，真令人遗憾。埃米琳为什么任由自己被攻击（任由自己的头发被拉掉，任由艾德琳手持夹着烧红的炭块的火钳追逐自己），我必须弄个明白。她的块头是姐姐的两倍，相比姐姐，她能更有力地保护自己。也许她不想伤害自己的姐姐，她是一个重感情的人。

※

在最初的日子里，我初步判断艾德琳可能是一个无法像她的妹妹那样正常独立生活的孩子，但可以引导她达到一种平衡、稳定的状态，也可以通过强制执行一套严格的日常生活制度使她克制住自己的愤怒。我不指望能把她变成一个富有同情心的人。相比她的妹妹，我预计改造她的任务要艰巨得多，但我期待获得的感谢却也要少得多，因为在世人眼里，她的进步也会显得比妹妹少。

但她透出的隐秘才智让我震惊地修改了自己的看法。今天早晨，她拖着脚步走进教室，但没有用更糟糕的举动表现出不情愿，在位子上一坐下，她就像我之前见过的那样，把头枕在胳膊上。我开始上课。其实也不过是讲故事，我特意改编了很多女孩都喜欢的小说《简·爱》的开头几章。我的注意力集中在埃米琳身上，尽量把故事读得栩栩如生，以鼓励埃米琳听讲。我用一种声音读女主人公的台词，一种声音读简的舅母所说的话，另一种声音模仿简的表兄；我一边讲故事，一边还做出各种手势和表情来显示角色们的情绪。埃米琳的眼睛一直停留在我的身上，我很高兴自己能取得这样的效果。

我眼角的余光瞄到了一个动作。艾德琳把头转到我的方向,她的脑袋依然枕在胳膊上,她的眼睛依然闭着,然而我明显感觉到她在听我讲故事。即使变换姿势没什么意义(但其实并非如此,之前她一直拒绝面对我),但也是发生在她身上的改变。她通常都像动物一样无意识地趴在桌上沉睡,但今天她的整个身体似乎变得灵敏了:两只肩膀有点儿紧张。她仿佛正被拉进故事里,但依然试图表现出惰性的休眠状态。

我不想让她发现我注意到了什么。我继续显得好像只是在对埃米琳一人讲故事,维持着生动的脸部表情和声音。但我一直留心观察艾德琳,她不仅在听,我看见她的眼睑颤动。我以为她闭着眼睛,但不完全是——透过睫毛之间,她还在看我!

这是一个非常有趣的进步,我预计这将成为我在这儿的事业的中心。

❦

然后一件最出人意料的事情发生了,医生的脸改变了。是的,改变了,就在我的眼前。某些时刻,这张脸会突然变得轮廓鲜明,尽管容貌特征一如往昔,但它们就是发生了令人眩晕的转变,出人意料地呈现出了一种新感觉。我想要知道是人脑中的什么物质造成我们熟悉的脸庞会那样改变,并在我们眼前舞动。我排除了和光线等有关的视觉效果因素,得出的结论是观众的心理。无论如何,他容貌特征的突然位移和重组让我盯着他看了一会儿,这一定让他觉得很奇怪。当他的五官停止跳动后,他的表情里也有了些奇怪的意味,我至今都无法理解。我不喜欢自己无法理解的东西。

我们互相盯着对方看了几秒钟,双方都觉得很尴尬,然后他突然就离开了。

───※───

我希望邓恩夫人不要动我的书。一本书要看完了才算结束,这话我还得跟她说多少遍?假如她一定要动它,为什么又不遵循从哪儿来回哪儿去的原则,把它放回到藏书室呢?把它留在楼梯上算什么?

───※───

我和园丁约翰进行了一次奇怪的谈话。

他是一个优秀的工人,由于植物造型正在被修复,他比过去快乐了许多,总体而言他在家里是一个有用的帮手。他在厨房与邓恩夫人喝茶聊天;有时我撞见他们用很轻的声音谈话,这让我觉得邓恩夫人并没有像她自己声称得那么聋。要不是她年纪大了,我会猜想他俩关系暧昧,但由于这不可能,所以我不知道该如何解释他们的鬼鬼祟祟。我为此不高兴地责备了邓恩夫人,因为她和我在大部分事情上都能达成友好的默契,我觉得她认可我出现在这里——倒不是说她不认可的话,我就不会出现——她告诉我说他们没谈什么,只是聊聊家务事,诸如杀鸡、挖土豆之类。"为什么要用那么轻的声音谈话?"我坚持问道,她跟我说他们的声音一点儿也不轻,至少不是特别轻。"但当我说话声音轻时,你就听不见。"我说,她回答说新声音比她所习惯的老声音难听清楚,如果约翰轻声说话她能明白,这是因为她听他的声音已经许多年了,而听我的声音只有几个月。

我把他们在厨房低声谈话的事情都抛在脑后,直到发现约翰新的古怪之处。几天前的一个早晨,我趁午饭前在花园里散步,又看见了那天在教室窗户下的花坛里除草的男孩。男孩没有看到我,因为我被树挡住了。我观察了他一会儿;他根本没有在干活儿,而是四肢伸开躺在草坪上,全神贯注地看着草上的某个东西,那东西就在他的鼻子底下。他和先前一样,还是戴着那顶松软的帽子。我朝他走去,想要问清他的名字,并跟他说说教育的重要性,但他一看到我便跳起来,一只手把帽子在头上按牢,飞快地跑开了,比我见过的任何人都要跑得快。他的惊恐足以证明他的内疚。男孩完全明白自己应该待在学校里,他跑开时手里似乎拿着一本书。

我找到约翰,跟他说了我的看法。我告诉他,我不会允许孩子在上学时间为他工作,为了赚几个小钱而影响他们的教育是错误的,假如孩子的父母不同意这种观点,我将亲自去见他们。我告诉他,假如花园的活儿真的需要更多人手,我会去找安吉菲尔德先生,让他雇一个人。我已经主动提出可以想办法为花园和家里多雇几个帮手,但约翰和邓恩夫人都极力反对这个主意,所以我想最好还是等到我对这儿的事务更为熟悉时再做决定。

约翰的反应是摇头否认知道男孩的存在。当我对他列举出我亲眼看到的证据时,他说肯定是村里哪个小孩碰巧进来逛逛,有时会发生这种情况,但不该由他来为所有碰巧进入花园的逃学孩子负责。接着,我告诉他,我之前见过这个男孩,在我到这里的那天,这个孩子显然是在这里工作。他口风很紧,只是反复说他不认识什么小孩,任何人只要想都可以在他的花园里除草,还说根本就没有这样一个孩子。

我有点儿生气地告诉约翰(对于自己的愤怒,现在也没办法后悔了),我打算去跟学校的女校长谈谈这件事情,我还会直接去找孩子的父母,和他们一起处理好这件事。他只是挥挥手,仿佛在说这与他没关系,我想怎么样就怎么样(我肯定会这么做的)。我确信他知道那个男孩是谁,他拒绝帮我履行对男孩的道德责任,这让我很震惊。如此不配合似乎不符合他的性格,但后来我猜想他也是从小就开始了自己的学徒生涯,而且他不认为这对他造成了任何损害。这种态度在农村地区的绝迹速度十分缓慢。

✦

我全神贯注地读着日记。字迹辨认方面的障碍迫使我读得很慢,我需要苦苦思索那些难懂的地方,运用我全部的经验、知识和想象力去猜出那些费解的词语,然而,这些障碍似乎并没有阻止我。相反,褪色的空白处、难以辨认的地方、模糊的字迹似乎都搏动着意义,栩栩如生。

在我专心读日记时,一个新的决定在我脑中形成。火车驶进我将下车换乘的站点时,我打定了主意。不回家了,我要去安吉菲尔德。

去班伯里的区间火车挤满了圣诞旅行者,没有座位,我从来不站着读书。在摇晃的火车里,在熙熙攘攘的同车乘客中,我感觉赫丝特长方形的日记本贴在我的胸口。我只读了一半,余下部分可以以后再读。

在你身上发生了什么事情,赫丝特?我思索着。你究竟去哪里了?

推翻过去

透过窗户，我看见他的厨房里没有人，我往回走到小房子的前面，敲敲门，没有人回答。

他可能出去了吗？这确实是一年中人人都会出去的时节。但大家肯定都是回家去，奥里利乌斯没有家，应该会留在这里。过了一会儿我想到奥里利乌斯不在家的原因：他大概是出去送圣诞节派对的蛋糕了。在圣诞节之前，一个宴席承办者还会去其他什么地方呢？我将不得不以后再来一趟。我把买的卡片投进他的信箱，穿过树林朝安吉菲尔德宅子走去。

天很冷，冷得足以下雪。脚下的地面冻得硬邦邦的，头上的天空白得吓人。我快步前行，用围巾包住自己的脸直包到鼻子，很快就感觉暖和起来。

我在一片空地停下脚步，远处的工地上正在进行不寻常的活动。我皱起眉头。他们在干什么？我的相机就挂在脖子上，在外套下面；我解开纽扣时，寒气便钻进来。我用长焦镜头去观看远处，车道上停着一辆警车，施工人员的车辆和机器全都静止不动，施工人员正三三两两地站在那里。他们一定是停下工作有一小会儿了，因为他们都在搓手跺脚不让身体冷下来。安全帽都摆在地上，或悬在他们的手肘上。一个男人拿出一包香烟分发。间或，他们中的一个人会对其他人说一句话，但没有交谈。我试图解读他们面无笑容的表情。无聊？担心？好奇？他们背朝工地站着，面向树林和我的镜头，但不时会有人回头扫一眼身后的情况。

在工人后面，一顶支起的白色帐篷盖住了部分工地。宅子不见了，不过根据车棚、砾石路和教堂判断，我猜帐篷的所在位置原来是藏书室。在帐篷边，一个工人和另一个我觉得是老板的人正在和另外两个人谈话。这对人中，一个穿着西装和大衣，另一个穿着警服。那个老板模样的人正在讲话，语速飞快，穿插着说明性的点头和摇头，但当穿大衣的人提出一个问题时，问题是针对那个工人的，工人回答后，其余三个男人目不转睛地看着他。

工人模样的男人似乎不觉得冷。他说话用的都是短句；在他长时间的停顿时，其他人不说话，都专注耐心地望着他。一次，他举起手指，指着机器的方向，并模仿机器铲入地面的样子。最后，他耸耸肩，皱起眉头，用手捂住眼睛，仿佛要把他刚才回想起来的影像从眼前擦干净。

位于白色帐篷一侧的帐盖打开了。一个男人从里面走出来，加入了上面四个人的队伍。他们召开了一个简短而严肃的会议。会议结束后，老板模样的男人走到工人面前，跟他们讲了几句话。大家点点头，仿佛他们被告之的正是他们想要听到的，大家开始把脚边的帽子和热水瓶收集到一起，然后朝停在大门口的汽车走去。穿着制服的警察站在帐篷的入口处，背朝帐盖，穿大衣的那个人则领着回答问题的工人和老板朝警车走去。

我慢慢放下相机，但继续凝视着白帐篷。我知道那个地点，我自己去过那里。我记得那片废墟本来是乱七八糟的藏书室；我记得那些倾覆的书架、坠落在地板上的房梁；我记得自己走在那些被烧焦的碎木头上时，内心充满了恐惧。

那个房间里有一具尸体，埋在烧焦的书页里，以一个书架为棺材。一座被坠落的房梁掩藏并保护了半个世纪的坟墓。

我不禁产生了这个想法。我一直在寻找一个人，现在这个人被找到了。这种契合有一种不可抗拒的力量，怎么能不让人把它们联系在一起呢？不过，赫丝特在火灾发生的前一年就离开了，不是吗？她有什么道理回来？然后一个念头突然出现在我的脑子里，正是这个念头本身的简单性让我觉得它可能是真的。

假如赫丝特根本就没有离开呢？

我走到树林边时，看到那两个金头发的孩子闷闷不乐地顺着车道走过来。他们走路时摇摇晃晃，步履有点儿蹒跚。他们脚下的地面散布着建筑队的重型机器挖出的黑色沟壑，他们没有朝前看，而是回头望着来时的方向。

那个女孩子脚下一个趔趄，差点摔倒，她转过头，首先看到了我。她停下脚步。她哥哥看到我后，自以为是地开腔了。

"你不能去那里，警察说的。你必须离开。"

"我知道。"

"他们支起了一个帐篷。"女孩羞怯地补充道。

"我看见了。"我告诉她说。

在拱形的大门口，他们的母亲出现了，有点儿气喘吁吁。"你们两个还好吗？我看见街上有一辆警车。"然后她对我说，"出了什么事？"

女孩回答了她："警察支起了一个帐篷，不许大家靠近。他们说我们必须回家。"

金发女人抬眼望望工地，白色的帐篷让她皱起了眉头。"难道这不是当他们……"她没有在孩子面前把话说完,但我知道她的意思。

"我相信正是如此。"我说。我看出来她想要把孩子拉近以求放心,但她只是理了理男孩的围巾,拂去挡住女儿眼睛的头发。

"来吧。"她对两个孩子说,"不管怎么说,外面都太冷了。我们回家喝可可去。"

孩子们冲出大门,跑到街上。一根无形的线把他们联在一起,让他们在围着彼此转或奔向任何方向时,都清楚对方会一直在那儿,就在线的另一头。

我望着他们,感觉自己的身边空得可怕。

他们的母亲留在我的旁边。"你来喝杯可可,好吗?你脸色像死人一样苍白。"

我们跟在孩子后面走。"我叫玛格丽特,"我告诉她,"我是奥里利乌斯·拉乌的朋友。"

她微笑了一下。"我叫卡伦。我负责照管这里的鹿。"

"我知道,奥里利乌斯跟我说了。"

在我们的前方,女孩扑向她的哥哥;他掉转方向,跑到路上躲避她。

"托马斯·安布罗斯·普鲁克特!"他们的妈妈喊道,"回人行道上去!"

这个名字让我一惊。"你说你儿子叫什么?"

男孩的母亲好奇地转头看我。

"只是——许多年前,有一个姓普鲁克特的男人在这里工作。"

"我父亲,安布罗斯·普鲁克特。"

我必须停下脚步,把思路理理清楚。"安布罗斯·普鲁克特……那个和挖土约翰一起干活儿的男孩——他是你**父亲**?"

"挖土约翰?你是指约翰·迪金斯吗?是的,就是那人帮我父亲在这里找了份工作。不过，那是我出生前很久的事情。我出生时，我父亲已经五十多岁了。"

我又开始慢慢地往前走。"假如你不介意的话，我乐意去你家喝杯可可。我还有些东西要给你看。"

我从赫丝特的日记本里抽出我用作书签的那张照片。卡伦看到照片立刻就微笑起来。照片上，她的儿子神情严肃，充满自豪，戴着一顶安全帽，肩膀僵硬，背挺得笔直。"我记得那天他回家后说自己戴过一顶黄色的帽子。拥有这张照片，会让他非常高兴。"

"你的雇主，马奇小姐，她见过汤姆①吗？"

"见过汤姆？当然没有！你知道吗，这儿有两个马奇小姐。其中一个我听说脑子一直有点儿不好使，于是便由另一个来管理财产。不过，她有点像隐士。火灾之后，她一直没有回过安吉菲尔德，连我都从没见过她。仅有的联系也是通过她的律师进行的。"

卡伦站在炉子边，等牛奶烧热。透过她身后的小窗看出去，可以看见花园，花园的后面是田野，那是埃米琳和艾德琳从前拖玛瑞丽的婴儿车的地方。很少有地方的景致变化如此之少。

我需要小心，不能说太多。我进来时，在大厅的书架上发现了一些书，卡伦似乎完全不知道，安吉菲尔德的马奇小姐和那些书的作者马奇小姐是同一个人。

"我刚巧在为安吉菲尔德家族工作。"我解释说，"我在写关于她们在这里度过的童年时代的事情。当我给你的雇主看一些宅子的照片时，我感觉她认识你儿子。"

"她不可能认识他，除非……"

---

① 汤姆是托马斯的昵称。

她拿来照片,又看了一遍,然后对待在隔壁房间的儿子喊道:"汤姆?汤姆,把壁炉架上的那张照片拿过来,好吗?装在银色相框里的那张。"

汤姆拿着照片进来了,他的妹妹跟在后面。

"瞧,"卡伦对他说,"阿姨给你拍了一张照片。"

当他看见自己的照片时,一个惊喜的微笑爬上了他的脸庞。"我能留下它吗?"

"可以。"我说。

"给玛格丽特阿姨看一张你祖父的照片。"

他绕着桌子,走到我的身边,害羞地伸手把相框里的照片递给我。

这一张老照片,照片上的男子非常年轻。几乎还是个孩子。可能十八岁,也许更年轻。他站在一张凳子边上,背景是经过修剪的紫杉树。我立刻认出了这幅背景:造型花园。男孩脱了帽子,把它拿在手里,我在脑子里想象出他的动作,一只手拂去帽子,另一只手的前臂擦擦额头。他的脑袋略微后仰,试图不要在太阳下眯起眼睛,并几乎成功地做到了这点。他衬衫的袖子卷到手肘的上面,最顶上的纽扣没有扣,但他裤子上的褶皱抚得很平,他还为拍照擦干净了他那双笨重的工作靴。

"发生火灾的时候,他在那里工作吗?"

卡伦把盛着可可的杯子放在桌上,孩子们过来坐好开始喝。"我想那时他可能已经去了军队。他有很长一段时间都不在安吉菲尔德,差不多有十五年。"

我透过老照片不平滑的纹理仔细观察男孩的脸庞,感觉他和他的孙子有许多相似之处。他看起来**挺帅的**。

"你知道,他从来不多说他的早年生活。他是一个沉默寡言的人,但我希望自己能弄明白一些事情。比如,为什么他结婚那么晚。他和我母亲结婚的时候已经快五十岁了。我禁不住认为他过去一定有点儿什么事情——也许,伤心欲绝的事情?但你小的时候不会想到去问这些问题,长大后……"她伤心地耸耸肩,"他是一个很好的父亲,耐心、和蔼,总是帮我应付一切。然而,现在我成年了,有时却觉得自己从来都**不了解他**。"

照片上的另一个细节引起了我的注意。

"这是什么?"我问。

她凑过来看。"这是一个包,狩猎时用的,主要用来装野鸡。你可以把它在地上摊平,把野鸡放进去,然后系好它,包住野鸡。我不知道为什么这个包出现在照片里。他从来都没当过猎场管理员,我肯定。"

"过去当双胞胎有需要时,他常会带一只兔子或野鸡给她们。"我说,获悉她父亲早年生活的零星消息让她显得很高兴。

我想到奥里利乌斯和他的遗产,装他的包就是一只狩猎用的包。难怪包里还有一支羽毛——包是用来装野鸡的。我又想到那片纸。"开头好像是一个 A。"我记得奥里利乌斯把模糊的蓝色字迹对着窗户看时,是这么说的。"接着是一个 S。就在这儿,在纸的边缘。当然,这么多年过去,字迹有点褪色了;你得仔细看,但你还是**可以看见它**,对吧?"当时我无法看见它,但或许他真的看见了。假设那片纸上写的不是他自己的名字,而是他父亲的名字呢?**安布罗斯**(Ambrose)。

从卡伦家出来,我乘出租车去了洛马克斯律师位于班伯里的办公室。我知道地址,是因为我就有关赫丝特的一些问题与他有书信往来;现在我去找他,还是因为赫丝特。

办公室的接待员发现我没有预约,不肯让我打扰洛马克斯先生。"你知道的,今天是圣诞夜。"

但我坚持要见他。"告诉他,玛格丽特·李找他,有关安吉菲尔德宅子和马奇小姐的事情。"

她走进办公室传达信息时摆出的态度就是在说,**这不会有任何用处的**;当她出来时才相当勉强地通知我直接进去。

小洛马克斯先生的年纪一点儿也不小了。当年双胞胎出现在老洛马克斯的办公室为挖土约翰的葬礼要钱,现在的小洛马斯大概就和当时的老洛马克斯差不多大。他与我握手,眼睛里闪着一丝好奇,嘴唇带着几分笑意,我明白对他而言,我们是同谋者。多年来,只有他一人知道他的客户马奇小姐的另一个身份;除了樱桃木的办公桌、文件柜和墙上的画,他还从他的父亲那里继承了这个秘密。如今,在保持秘密多年之后,又有一个人知道了他所知道的事情。

"很高兴见到您,李小姐。我能帮您什么吗?"

"我从安吉菲尔德来,从工地。警察在那儿,他们发现了一具尸体。"

"啊,哦,天哪!"

"您认为警察会找温特小姐谈话吗?"

我提到这个名字时,他谨慎地瞥了一眼门,确保我们的谈话不会被别人听到。

"作为正常的程序,他们会想与房产的持有者谈话。"

"我也这样想。"我急急忙忙地继续说道,"问题是,她不单单是病了——我想你也知道这一点吧?"

他点点头。

"考虑到她虚弱的病体,以及她妹妹的健康状况,她还是不要太突然地收到有关发现尸体的消息比较好。她最好不要从一个陌生人那里听到这个消息。即使收到这个消息,她最好也不是一个人在场。"

"您的建议是?"

"我可以今天就回约克郡。如果我在下一个小时内赶到车站,今晚就能到那儿。警察必须通过你才能联系到她,对吗?"

"是的。但我可以拖延几个小时,有足够的时间让你赶到那里。我也可以开车送你去车站,如果你需要。"

这时,电话响了。他接起电话时,我们焦虑地交换了一下眼神。

"尸骨?我明白了……她是房产的持有者,是的……一个老人家,身体也不好……一个妹妹,病得很重……有可能即将失去亲人……或许会更好……考虑到这种情况……我碰巧得知有人将亲自去那里,就在今晚……非常值得信赖……相当……确实……一定。"

他在便笺本上记了几笔,然后把本子推给桌子对面的我。纸上写着一个名字和电话号码。

"他要你到那儿后打电话给他,让他知道夫人听到消息后情况如何。如果她还承受得住,那他将和她谈谈;假如她吃不消,那可以再等等。遗体看上去距今有点儿年头了。好了,你是几点的火车?我们该动身了。"

看到我在沉思,不算年轻的洛马克斯先生沉默地开着车。然而,一种兴奋似乎战胜了他的平静,最后,当车转上通往车站的路,他再也忍不住了。"第十三个故事……"他说,"我猜……"

"我也希望自己能知道。"我告诉他,"抱歉。"

他的脸上写满了失望。

当车站进入眼帘时,我问了一个我自己想知道的问题。

"你认识奥里利乌斯·拉乌吗?"

"宴席承办者!是的,我认识他。他是一个烹饪天才!"

"你认识他多久了?"

他不假思索地回答——"实际上,我和他一起上过学。"——说到一半，他的声音里多了一份好奇的颤抖，仿佛他刚刚意识到我询问里的暗示。我的下一个问题没有让他感到吃惊。

"你是什么时候知道马奇小姐就是温特小姐？是你接管你父亲的生意的时候吗？"

他咽了一下口水。"不是。"他眨眨眼睛，"在那之前，我还在上学的时候。一天她来家里，来见我父亲，家里比办公室更为私密。他们有一些事务要处理，在他们交谈的过程中，无须探究一些机密的细节，我就清楚地意识到马奇小姐和温特小姐是同一个人。我没有偷听他们的谈话，你知道的，就是说，我不是有意去听的。他们进来时，我已经在饭厅的桌子下面了——垂下来的桌布有点类似帐篷，你明白吧——我不想突然出现让父亲感到尴尬，于是我就安静地待在那儿。"

温特小姐不是已经告诉过我了吗？**有孩子的宅子里，永远不可能有秘密。**

我们在车站前停下车，小洛马克斯先生目光忧虑地转向我，"我跟奥里利乌斯说过。一天，他告诉我，他是在火灾的那天晚上被发现的。我就告诉他，艾德琳·安吉菲尔德小姐和温特小姐是同一个人。我很抱歉。"

"不必担心这一点。无论如何，现在这都不重要了。我只是有点儿惊讶。"

"她知道我跟奥里利乌斯说了她是谁吗？"

我思索了一下温特小姐最初寄给我的那封信，以及穿棕色西装的奥里利乌斯探索自己身世的事情。"假如她猜出来的话，那也是几十年前的事情了。如果她知道，我觉得你也可以认为她不在乎。"

他紧锁的眉头舒展开了。

"谢谢你开车送我。"

然后我跑去赶火车。

赫丝特的日记（二）

我在车站给书店打了一个话。当我告诉父亲我回不了家时，他无法掩饰失望之情。"你的母亲会感到很遗憾。"他说。

"她会吗？"

"她当然会的。"

"我必须赶回去，我想我可能已经找到了赫丝特。"

"在哪里？"

"他们在安吉菲尔德发现了尸骨。"

"尸骨？"

"今天，一个建筑工人在挖掘藏书室所在的位置时发现了。"

"天哪。"

"他们一定会与温特小姐联系，询问她有关尸骨的事情。她妹妹快死了，我不能留她一个人在那儿。她需要我。"

"我明白了。"他的声音很严肃。

"别告诉母亲。"我提醒他，"不过，温特小姐和她的妹妹是双胞胎。"

他沉默不语。然后，他只是说："你会当心的，是吧，玛格丽特？"

十五分钟之后，我在火车靠窗的座位上安顿下来，从口袋里拿出赫丝特的日记本。

✦

我应该多了解一些光学知识。与邓恩夫人一起坐在客厅查阅这周的膳食计划时，我突然在镜子里瞥见一个人影。"埃米琳！"我恼火地大喊，因为她根本就不应该在家里，而是应该在外面，进行每天的锻炼，呼吸新鲜空气。当然，这是我自己的错误，因为我只要朝窗外望一眼，就能看见她在外面，她的姐姐也在外面，她们正在开心地玩耍。我所看见的——确切地说，我所瞥见的那个令我误解的人影——一定是一束照进窗内并被镜子反射的阳光。

看到反射的映像，（反射现象！一个并非存心开的玩笑！）是光学世界里的奇怪效果，也是我自己看东西时的心理造成了我的误会。因为我已经习惯于看见双胞胎在宅子里闲逛、出现在我不希望她们出现的地方，有时当我以为她们在其他地方时，她们却出现在家里，于是我养成了把眼角余光所见的每个影像都当成她们的习惯。因此，被镜子反射的一束阳光在我看来就很像一个穿着白衣的女孩了。为了防止类似的错误，你必须教自己看待每件事物时都不要带着先入之见，必须教自己抛弃所有的习惯性的思维定式。基本上采取这种态度的好处很多。思维清晰！对世界给予新鲜的回应！很多科学都源于能够重新审视人们已经发现并自以为理解了几个世纪的东西。然而，在平常的生活中，一个人无法遵循这样的原则。想象一下，假如每天每分钟都要重新细查经验的每一个方面,那要花多少时间啊。不,为了使我们自己摆脱寻常事务的牵绊,很多时候,我们必须让处理认定、假设以及可能状况的头脑低智区域来解释这个世界。即使它有时会让我们误入歧途,导致我们错误地把一束阳光当成一个穿着白衣的女孩,这两件事情发生的概率和其他事情也差不多。

邓恩夫人的脑子有时很不清楚。关于膳食计划的谈话,我怕她没怎么听进去,我们明天将不得不重新核对一遍整件事情。

关于我在这里的教育活动和医生,我有一个小计划。

我已经详细地跟他说了我的看法:我过去从未碰到过或读到过艾德琳所表现出的这种精神错乱。我提到了我读的关于双胞胎以及关联发展问题的论文,我看见他露出对我的阅读表示赞许的表情。我认为,现在他对我的能力和才干有了更清晰的认识。我提到一本书,他不知道,于是我向他介绍了书中的论点和论据的概略。我继续指出我在书中注意到的几处重要的矛盾,并建议说,如果这是我的书,我会如何改变我的结论和忠告。

我讲完以后,医生朝我微笑,并轻松地说:"也许你应该写你自己的书。"这正好给了我机会,我寻觅这个机会已经有一段时间了。

我向他指出,写这样一本书的最佳研究个案就在我们的手边,就在安吉菲尔德宅子里。我可以每天花几个小时记录下我的观察。我粗略地描述了几个可以用来检验我假设的尝试和实验,并简要地说了一下书完成后在医学界的权威人士眼中会有怎样的价值。说完这点后,我悲叹自己的经验和资质不足以吸引到一家出版社。最后，我坦承，作为一个女人，我没有足够信心完成这样一个远大的计划。假如有这样一个男人，聪明、足智多谋、感觉灵敏、懂科学手段，若他能利用我的经验和我的个案研究，那肯定能把这个计划完成得更好。

我以这样的方式在他的脑子里种下了一个念头，结果正是我想要的：我们将一起工作。

◈

我担心邓恩夫人有点儿不对头。我锁了门，她却把它们打开。我拉开窗帘，她却把它们拉上。我的书依然不会待在它们的位置上！她试图通过坚称宅子里有鬼来逃避她自己行为的责任。

很巧的是，她说到鬼的那天，一本我读了一半的书正好彻底消失了，取而代之的是一部亨利·詹姆斯的中篇小说。我不会怀疑邓恩夫人替换了书；她自己几乎不识字，也不喜欢搞恶作剧。显然是两个女孩中的某一个干的。值得注意的是，一个惊人的巧合让这个恶作剧变得比她们想的更为聪明。因为这本书写的正是一个相当无聊的故事，关于一个家庭女教师和两个鬼魂附体的孩子。恐怕詹姆斯先生在该书中暴露了他的无知程度，他对孩子所知甚少，对家庭女教师更是一无所知。

◈

都搞定了，试验已经开始了。

分离很痛苦，假如我不知道分离所能带来的好处，我应该会认为把她们拆散是很残忍的行为。埃米琳哭得心都快碎了。艾德琳怎么样了？因为独立生活的经历应该会改变她最多。当我们明天第一次开会时，我就会知道了。

◆◆◆

除了研究,没有时间做任何事情,但我成功地额外完成了一件有用的事情。今天,我在邮局外面与学校的老师进行了一番谈话。我告诉她说,我已经就逃学者的事情与约翰谈过了,如果那个男孩再无缘无故不去上学,她应该来找我。她说她习惯了在收获季节班里只有一半的学生,因为孩子们都和他们的父母一起下地干活儿去了。但现在不是收获季节,那个孩子正在花坛里除草,我告诉她说。她问我说的是哪一个孩子,无法回答她让我感觉自己很愚蠢。那顶特别的帽子根本无助于确定他的身份,因为孩子们不会在班级里戴帽子。我可以回去问约翰,但我怀疑他不会说出比上次更多的信息。

◆◆◆

最近,我不太写日记。我发现,深夜写完每天关于埃米琳的进展报告后,我经常累得无法再记录我自己的活动。但我确实想要记录下这几周、这些天来的活动,因为我正与医生一起进行一项非常重要的研究,在未来的岁月里,当我远走高飞、离开这个地方时,我或许会回头看看、回忆一番。也许我和医生的努力会为我今后进一步从事此类工作打开某扇门,因为我发现有关科学智力的工作比我做过的任何事情都更引人入胜、令人满足。以今天早晨为例,莫斯雷医生和我就埃米琳使用代词这一主题进行了一番最为激动人心的谈话。她越来越多地与我说话,她的交流能力每天都有所进步。然而,她语言能力的一个方面却抗拒发展,她始终执意要用第一人称的复数。"我们去了树林。"她会说;我则一直纠正她:"我去了树林。"她会像一只小鹦鹉那样跟着我重复"我",但紧接着的下一句话,她又会说:"我们在厨房看见了一只小猫。"类似的事情一再发生。

医生和我对她的这个怪癖都很感兴趣。这仅仅是一个从她的双胞胎语言中延续到英语里的根深蒂固的语言习惯吗?是一个最终会自动纠正的习惯吗?还是双胞胎特性如此深地根植在她的体内,造成她连在语言里都抗拒使用一个不同于她姐姐的单独身份?我告诉医生说很多精神错乱的小孩都会发明虚构的朋友,于是我们一起探究了这种做法的含意。会不会是这个孩子对她的双胞胎姐姐的依赖太深,因而分离造成了精神创伤,受到损伤的头脑通过创造一个虚构的双胞胎姐姐、一个幻想出来的伙伴来提供安慰呢?我们没有得出令人满意的结论,但确定了未来的另一个研究领域:语言学。

⌒⌒✦⌒⌒

对于埃米琳、研究和家务管理,需要做许多事情,我发现自己睡眠太少,尽管通过健康饮食和锻炼,我储存了一些精力,但我还是能感觉到睡眠不足的症状。我放下东西后就会忘记自己把它们放在哪里了,这让我很恼火。夜晚翻开书时,我的书签告诉我前一晚我一定是盲目地翻着书页,因为我根本不记得这页或前一页书上写了什么。这些让人恼火的小事情,以及我持续的疲惫感,是我为了与医生一起执行我们的计划所付出的代价。

然而,这并不是我要写的事情。我要写的是我们的工作。不是写我们的发现,因为发现已经被详尽地记录在我们的论文里了,我要写的是我们的思维模式,我们可以顺畅地彼此理解,默契使我们工作时可以不用说话。比如,当我俩都忙着记录彼此对象的睡眠方式时,他可能想让我注意某一点,但他无须说话,因为我能感觉到他的眼睛正在看着我,他的头脑正在呼唤我,我会放下工作抬起头,充分准备好听他指出他想让我注意的是哪一点。

怀疑论者可能会觉得这纯粹是巧合,或者怀疑我用想象把一个偶然发生的事件夸张成了一个习惯性事件,但我发现当两个人就一个共同的计划一起亲密地工作时——我是指,两个聪明人——他们之间会发展出一种能促进他们工作的交流关系。他们共同专注地从事一项任务时,他们会始终非常敏感地意识到对方最微小的动作,并相应地诠释它们。做到这点,甚至看也不用看到那些极小的动作。而且这不会让人在工作中分心,相反,它还会促进工作,因为这加快了我们彼此理解的速度。让我举一个简单的例子吧,例子本身虽小,但却能代表其他无数事情。今天早晨,我正专心地看一些笔记,试图从他的记录中发现艾德琳的行为模式。我伸手去拿铅笔,想要在纸页的空白处做一些注释,我感觉医生的手拂过我的手,把我搜寻的铅笔递到我的手中。我抬头想要感谢他,但他正全神贯注地看着自己的资料,完全没有意识到所发生的事情。我们以这样的方式一起工作:总是心手相连,总是能预料对方的需要和想法。一天里的大部分时间,我们都不在一起,但我们总在思考着和这个计划有关的各种小细节,或思考着其他更广泛的关于生活和科学的各个方面,这正显示了我们是多么适合从事这项共同的任务。

我困了,尽管我可以详细描述合著一篇研究论文的乐趣,但真是到了上床睡觉的时间。

我几乎有一个星期没有写东西了,理由倒和平常不一样。这次是因为我的日记不见了。

我跟埃米琳谈了这事——和蔼、严厉，既给予巧克力这样的奖赏也威胁要惩罚她（是的，我的手段不起作用，但坦白说，丢失一本日记是最让人不痛快的事情）——但她继续否认一切。她的否认前后一致，而且显示了许多值得相信的迹象。任何一个不了解情况的人都会相信她。像我这样了解她的人，也觉得日记本被偷很出人意料，我发现很难在她全面进步的基础上解释这件事。她不认字，除了直接影响到她的部分，她对其他人的想法和内心世界也毫无兴趣，她为什么要偷日记本呢？大概是日记本上闪亮的锁吸引了她——她对闪光的东西的喜爱从来没有消退过，我也不试图去改变这点；通常这种喜爱都是无害的。但我对她感到很失望。

假如我只凭她的否认和性格来判断，我会推断她没有偷日记本。但事实是不可能是别人偷的。

约翰？邓恩夫人？即使假设仆人想要偷我的日记本（其实我根本就不相信这种假设），我也记得清清楚楚，当日记本失踪时，他们正在宅子的其他地方忙碌。为防万一出错，我询问了他们的活动，约翰证实邓恩夫人整个上午都在厨房里（"还大声嚷嚷"，他告诉我）。邓恩夫人则证实约翰正在车棚里修车（"吵闹的老工作"）。日记本不可能是他们其中之一偷的。

于是，在排除了所有其他嫌疑人之后，我不得不相信是埃米琳偷的。

然而，我无法打消自己的疑虑。甚至到现在，我都能描绘出她的脸庞——外表是如此纯真，被指责后表现得如此痛苦——我被迫怀疑自己是否忽略了某些额外的因素？当我以这样的角度看待事情时，我变得不安起来：我突然有一种预感，即我的计划将注定没有一项能取得成果。自从我来到这个家，就有某种东西一直在与我作对！在我从事的每一个项目上，某种东西都想要阻碍我、挫败我！我反复核对了我的思路，回溯了我逻辑推理的每一步；我找不到任何错误，然而我依然发现自己为疑虑所困扰……我没能发现的是什么？

读完上面的最后一段话，我惊讶于自己异常缺乏信心的语气。肯定只是疲惫才让我以那种方式思考，缺乏休息的头脑容易胡思乱想；好好睡一觉就能治愈一切了。

此外，现在一切都已结束了。我正在这儿，在失而复得的日记本里写东西。我把埃米琳在她的房间里关了四个小时，第二天关了六个小时，她知道接下去的一天她会被关上八个小时。关她禁闭的第二天，我下楼打开她的门锁后不久，我发现日记本出现在教室里我的桌上。她一定是悄悄溜下楼把它放在那儿，我没有看见她经过藏书室的门走进教室，尽管我故意让门敞着。日记本被还回来了。那么就没什么好怀疑了，不是吗？

我太累了，但我却无法入睡。我在夜里听见脚步声，但当我走到门口，朝走廊看去时，却没有人在那儿。

我承认这让我很不安——至今还是让我感到不安——想到这本小日记本曾有两天不在我手里。想到另一个人读了我的文字，让人非常不安。我禁不住思考另一个人会如何解读我所写的某些事情，因为当我只是写给自己看，并且明确地知道所写事情的真相时，我可能会对自己的表达不那么当心、写得很快，有时我的表达可能会让别人误解，因为别人不会像我本人那样清楚地洞察出我真正的意思。仔细想想我所写过的一些事情（医生递铅笔给我——如此无关紧要的一件事情——几乎根本就不值得写），我明白它们在一个陌生人眼里可能显得与我的真实意图有很大的出入，我在想是否应该把这些页撕下来并销毁。只是我不想这么做，因为我想要保留它们，日后当我老了，离开这儿，回想起自己工作中的愉悦以及我们伟大计划中的挑战，我会想要再读读它们。

为什么一段关于科学的友谊就不能成为欢乐的来源？这不会减少事情的科学性，不是吗？

或许我根本就应该停止写日记，因为当我写日记时，甚至就是现在当我写下这个单词、这句话时，我都意识到有一个鬼魂读者正趴在我的肩头看着我的笔，它扭曲我的文字，误解我的意思，让我在自我思考时感觉不舒服。

被人用非常不同的陌生角度看待令人很恼火，即使这种角度显然是错误的。

我不会再写日记了。

结 局

故事里的鬼魂

我在沉思中从赫丝特日记的最后一页上抬起眼睛。在读日记的过程中,许多事情引起了我的注意,现在我读完了,有时间更系统地思考它们。

哦,我想。

哦。

还是,**哦**!

该如何描述我的顿悟呢?起初只是一个偶然的假设,一个不着边际的猜想,一个难以置信的想法。它——唔,也许不是不可能,而是荒谬!因为开始——

我刚开始组织合乎情理的反驳,就在半途停了下来。因为我正在自动向前做出极为重要的思维预制,已接受了经过修正的对事件的描述。在一个瞬间,一个万花筒般令人眼花缭乱的眩晕时刻,温特小姐跟我讲的故事毁灭又重组起来,每一个事件都是同样的,每一个细节都没有改变——但故事整体上却完全不同了。就像一些肖像,当你从这个角度看,看到的是一个年轻的新娘,从那个角度看,看到的则是一个干瘪的丑老太婆。就像那些掩饰着茶壶、小丑脸庞或卢昂大教堂的乱点图，只要你能学会看，便会发现其中的奥妙。真相始终都在那儿——只是我现在才发现。

接下来是一段漫长的沉思。我一次想一个要素，分别从所有的不同角度思考，回顾了我所知道的每一件事情。每一件我被告知的事情，每一件我发现的事情。**是的**，我想。还是，**是的**。这一点，那一点，还有那一点。我的新思维让故事活了起来。它开始呼吸，开始修补自己。参差不齐的边缘变得平顺，裂口本身被填平了，缺失的部分被重建了。谜团进行了自我解释，神秘的事物也不再神秘。

最后，在所有故事讲述之后，在烟幕、特殊的镜子和虚张声势之后，我**明白**了。

我知道赫丝特那天看到了什么，她以为自己看到了鬼。

我知道花园里的男孩的身份。

我知道是谁用小提琴袭击了莫斯雷夫人。

我知道是谁杀了挖土约翰。

我知道埃米琳在地底下寻找谁。

细节都各就各位。当姐姐在医生家里时，埃米琳在关起的门后面与自己说话。《简·爱》，这本反复出现在故事里的书，就像挂毯上的一根银线。我解开了赫丝特神出鬼没的书签之谜，明白了《螺丝在拧紧》为何出现，她的日记本为何消失。我理解了挖土约翰的奇怪决定，为什么他会教曾经亵渎他花园的女孩如何打理它。

我弄懂了身处薄雾中的女孩，以及她是如何、为何走出薄雾的。我明白了为什么一个像艾德琳的女孩会消融转变成温特小姐。

"我要告诉你一个关于双胞胎的故事。"第一天晚上，在藏书室，当我正要离开时，温特小姐在我身后追着喊道。这话出人意料地应和了我自己的故事,让我难以抗拒地与她的故事联系在一起。

从前有一对双胞胎女孩……

只是现在我知道更多了。

第一个晚上,她就向我指出了正确的方向,要是我早知道如何倾听就好了。

"你相信鬼魂吗,李小姐?"她问我,"我将跟你讲一个鬼故事。"

我告诉她说:"改天吧。"

但她确实跟我讲了一个鬼故事。

从前有一对双胞胎女孩……

或者换句话说:从前有**三个**女孩子。

从前有一幢宅子,宅子里闹鬼。

这个鬼,和平常的鬼一样,通常是隐身的,但也不是完全看不见。关上的门会被打开,敞开的门会被关上。镜子前一闪而过的身影会让你上下看看,密闭窗户前的窗帘后会有阵阵微小的气流。书出人意料地从一个房间来到另一个房间,书签神秘地从一页跳到另一页,都是那个小鬼干的;是她的手从一个地方拿起日记本并把它藏在另一个地方,是她的手后来又把日记本放回原处。假如你转进一条走廊,忽然冒出一个奇怪的想法,觉得自己刚好看见一只鞋子的鞋跟消失在远处的角落里,那么说明小鬼就在附近。当你惊讶地感觉脖子后面正有人在盯着你看,抬起头却发现房间是空的,那么你可以肯定小鬼就藏在某个地方。

那些有眼睛去看的人,可以通过许多方式猜到她的存在。但她却没被看见。

她轻松地神出鬼没。她光着脚,踮起脚尖,从不发出声音;但她辨认得出宅子里的每一个居住者的脚步声,知道每一块吱吱作响的木板、每一扇吱嘎作响的门。她熟悉宅子里每一个黑暗的角落、每一处隐蔽、每一道裂缝。她清楚橱柜后面和书架之间的每一个空隙，了解沙发背后和椅子底下的情况。在她的头脑中，宅子就是一个有许多藏身之处的地方，她知道如何在这些藏身处之间移动而不被人看见。

伊莎贝拉和查理从来没有看见过这个鬼魂。他们脱离逻辑、脱离理智地活着，不是那种会困惑于难解之事的人。物品的遗失、损坏、放错地方，在他们看来都是自然世界的一部分。地毯上本不应该出现影子的地方出现影子，不会让他们停下来细想一下；这类神秘的事情似乎只是他们心灵和头脑里的阴影自然而然的延伸。小鬼在他们的外围视野里活动，未被解开的谜团在他们的考虑范围之外，持久的阴影在他们不知道的情况下，与他们的生活联系在一起。她像老鼠一样吃他们食品储藏室里的剩菜，等他们上床睡觉后，靠他们炉火的余烬取暖，一有人出现，她就会躲进他们年久失修的宅子看不见的角落。

她是宅子里的秘密。

和所有的秘密一样，她也有保护人。

女管家清楚地看见了小鬼，尽管她的视力越来越差。这也是一件好事，没有她的合作，食品储藏室里绝不会有足够小鬼填饱肚子的剩菜剩饭，早餐面包也不会剩下那么多碎屑。把这个小鬼当成一个虚无飘渺的、非物质的幽灵是不对的。不，她也有一只胃，当这只胃空空如也时，就必须用食物填饱她。

但她能靠自己挣饭吃。她吃多少，也能产出多少。宅子里另一个有本事看到鬼的人，你知道，就是园丁，他很高兴多一个帮手。她戴着宽檐帽，穿着约翰的一条旧裤子，裤腿在脚踝处剪短、并用带子向上卷起，她在花园的出没很有成效。在她的照料下，土壤里的马铃薯长胖了；地面上的果树枝繁叶茂，下面的叶子底下结出成串的浆果。她不仅擅长种植水果和蔬菜，还让玫瑰史无前例地怒放。后来，她意识到紫杉和黄杨都应该被修剪得符合几何形状。在她的努力下，树叶和枝条都呈现出精致的角度、曲线和直线。

在花园和厨房里，小鬼不需要躲藏。女管家和园丁是她的守卫，她的保护人。他们教她宅子里的各种习惯，教她如何安全地待在宅子里。他们给她吃东西，他们照看她。当目光锐利、一心想要驱除阴影、锁上门的陌生人住进宅子，他们为她感到担忧。

最重要的是，他们爱她。

但她是从哪里来的呢？她的故事是什么？因为鬼魂不会随便出现。他们只会去他们知道会感觉自在的地方。这个小鬼在这栋宅子里感觉自在，在这个家里感觉自在。虽然她没有名字，虽然她一文不名，但园丁和女管家依然清楚地知道她是谁。她的故事就写在她那铜色的头发和翠绿色的眼睛里。

这是整个故事中最奇怪的事情。这个鬼魂与已经生活在宅子里的那对双胞胎像得不可思议。否则她怎么可能不为人知地在那儿生活如此之久？三个留着披肩铜色长发的女孩，三个长着翠绿色眼睛的女孩。双胞胎长得像这个小鬼，小鬼长得又像双胞胎，你不觉得奇怪吗？

"出生时，我只是故事的次要情节。"温特小姐告诉我说。于是她开始讲故事，故事里伊莎贝拉去参加野餐，遇见了罗兰，最终私奔嫁给了他，逃离了她哥哥阴暗的非兄长般的色欲。被妹妹忽略的查理暴跳如雷，将他的愤怒、激情和妒忌发泄在其他人身上。伯爵的女儿、店主的女儿、银行家的女儿，或烟囱清扫工的女儿；对他而言，她们是谁无关紧要。无论她们是否同意，他都会扑向她们，绝望地在她们身上寻求遗忘。

伊莎贝拉在伦敦的一家医院生下她的双胞胎。两个女孩跟她们母亲的丈夫一点也不像，铜色的头发——像她们的舅舅，绿色的眼睛——也像她们的舅舅。

以下是那个次要情节：差不多同时，在某个谷仓或昏暗的村舍卧室里，另一个女人也生了孩子。我想，她不是伯爵的女儿，也不是银行家的女儿。有钱人会有办法处理麻烦。她一定是某个没有权势的无名普通妇女，她的孩子也是一个女孩。铜色的头发。翠绿色的眼睛。

愤怒产生的孩子，强奸产生的孩子。**查理的孩子。**

从前有一幢叫"安吉菲尔德"的宅子。

从前有一对双胞胎。

从前有一个堂妹来到安吉菲尔德，更可能是一个同父异母的妹妹。

我坐在火车上，腿上放着赫丝特合上的日记本，当我想到另一个私生子，我对温特小姐的强烈同情减弱了。奥里利乌斯。我的同情转变为愤怒。为什么他和他的母亲被分开？为什么他被遗弃？为什么让他在不知自己身世的情况，在这个世界上自谋生路？

我还想到了那顶白色的帐篷，现在我知道帐篷底下的遗骨不是赫丝特的了。

一切都浓缩在发生火灾的那个夜晚。纵火，谋杀，遗弃一个婴儿。

火车抵达哈罗门车站后，我走下火车，踏上月台，惊讶地发现自己踏进了齐踝深的雪中。过去的一小时，我一直盯着火车的窗户看，却一点也没留意到车外的景象。

当我参悟的那一刻，我以为自己知道了一切。

当我意识到安吉菲尔德不仅有两个女孩，而是三个，我以为自己抓住了整个故事的关键。

经过深思熟虑，我意识到，在了解火灾那晚发生了什么之前，我什么都不知道。

遗 骨

这是圣诞夜；时间已经晚了，雪下得很大。两个出租车司机先后拒绝在这样的晚上送我出城，但第三个面无表情的出租车司机一定是被我热切的要求所打动了，因为他耸耸肩，让我上了车。"我们试试吧。"他粗声地说。

我们驶出城，雪继续下，雪片精确地堆积在每一寸土上、树篱顶上和每一根树枝上。驶过最后一个村庄、最后一间农舍后，我们发现身处一片白色的景致中，有时无法区分道路和周围的平地，我缩在座位上，以为司机随时可能放弃并掉转车头回去。只有我清晰的方向感向他保证说我们实际上是驶在一条路上。我自己下车打开第一道门，然后我们开到了第二道门前，第二道门是通往宅子的主门。

"我希望你能顺利找到回去的路。"我说。

"我？我没问题。"他再次耸耸肩说。

正如我预料的，门被锁上了。我不想让司机以为我是小偷之类的人，于是当他掉转车头时，我假装在自己的包里找钥匙。等他开远，我才抓住门栅，攀爬过去。

厨房的门没有锁。我脱掉靴子，拍掉外套上的雪，把它挂起来。我走过空荡荡的厨房，朝埃米琳住的房间走去，我知道温特小姐会在那儿。我心中充满了疑问和谴责，火冒三丈；我生气是为奥里利乌斯和遗骨被埋在安吉菲尔德藏书室的火灾废墟下六十年的女人。尽管怀着满腔愤怒，但我走路还是静悄悄的；地毯吸收了我脚步中的狂怒。

我没有敲门，推开门直接走了进去。

窗帘依然拉着，温特小姐安静地坐在埃米琳的床边。我的出现让她吃了一惊，她注视着我，眼睛里闪过一丝特别的光芒。

"遗骨！"我嗞嗞地对她说，"他们在安吉菲尔德发现了遗骨！"

我全神贯注、焦虑不安地等待她的自白，不论是用言语、表情还是手势。她做了，我就会解读。

可惜房间里有某种东西一直在试图干扰我的仔细观察。

"遗骨？"温特小姐说。她脸色苍白，眼睛像海洋，目光深邃得足可以淹没我所有的愤怒。

"哦。"她说。

哦。一个单独的音节所蕴涵的颤动是多么丰富啊。恐惧、绝望、忧伤和顺从。一种难以理解、不起安慰作用的解脱，还有一种年代久远的深深悲痛。

然后，房间里让我分心的那种东西在我的脑子里越来越强烈，以至于我无法思考任何其他事情。那是什么东西？某种与"遗骨事件"无关的东西。某种在我闯入之前就存在的东西。在犹豫的那一秒钟里，我迷惑了，接着，所有我之前视而不见的无关紧要的事情都汇集到一起。房间里的气氛、拉上的窗帘、温特小姐透明水润的眼睛、她个性中那种钢铁般的内核似乎完全消失了。

我的注意力集中到一件事情上：埃米琳缓慢的呼吸声到哪里去了？我的耳朵没有听到任何声音。

"不！她是——"

我跪在床边，盯着她看。

"是的，"温特小姐温柔地说，"她走了。就在几分钟之前。"

我凝视着埃米琳没有表情的脸庞。其实没有什么改变，她的伤疤依然是潮红色；她的嘴唇还是朝同一边歪着；她的眼睛依旧是绿色的。我摸摸她那布满疤痕的手，皮肤还是热的。她是真的走了吗？千真万确，无可挽回地走了？这样的情况似乎不可能。她真的是完全抛下我们了吗？她肯定留下些什么来安慰我们吧？没有能把她招回来的咒语、法宝或巫术吗？是不是我无论说什么，都无法让她听到了呢？

她手上的温度让我相信她能听见我。她手上的温度让所有的言语都涌上我的胸口，它们迫不及待地一个接一个飞进埃米琳的耳朵里。

"找到我妹妹，埃米琳。请找到她，告诉她我在等她。告诉她——"我的喉咙太窄了，不可能一口气说出所有的话，它们争先恐后地涌上来，困难地挤出我的喉咙。"告诉她我想她！告诉她我很孤独！"话语性急地冲出我的嘴唇。它们炙热地飞过我们之间的空间，追逐着埃米琳。"告诉她我再也等不下去了！叫她来！"

但我已经赶不上了。分界线已经划好了，无形的界限。不能撤回，也无法弥合。

我的话语像撞上玻璃窗格的飞鸟。

"哦，我可怜的孩子。"我感觉到温特小姐把手放在我的肩膀上，当我怀着未说完的话哭泣时，她的手就一直轻轻地停在那儿。

最后我擦干眼泪。只剩下几句话没有说了，它们脱离了老伙伴，四处乱转。"她是我的双胞胎妹妹，"我说。"她在这里，瞧。"

我拉起塞在裙子内的上衣，在光线下露出我的身体。我的疤痕，我的半月形记号。淡淡的银粉色，呈现出一种泛着光彩的半透明。这就是分界线。

"这是她所在的地方。我们在这里连在一起,我们被分开。她死了,她没有我就活不下去。"

我感觉到温特小姐的手指颤抖着抚过我皮肤上月牙形的疤痕,接着她对我投来温柔的同情目光。

"问题是——"(最后的话,最后几个词语,在这之后,我再也不需要说任何话,永远都不需要)"我想我没有她就活不下去。"

"孩子。"温特小姐看着我,用同情的目光围住我。

我什么都没有想,我的头脑表面完全静止了,但是在静止的表面下却有着变化和搅动。我感觉到一股汹涌的暗流。一艘遇难的船沉在深处,一艘载有遗骨的生锈轮船,现在它移动了位置。我打扰了它,它引起一阵骚动,从海底扬起朵朵沙云,砂粒在被扰乱的黑色海水中形成漩涡。

温特小姐一直用她的那双绿眼睛凝视着我。

然后,沙子缓缓地平复下来,海水也慢慢地恢复了平静。遗骨重新安睡在生锈的船体内。

"你曾经让我讲讲自己的故事。"我说。

"你说你没有故事。"

"现在你知道了,我确实有一个故事。"

"我从来都没有怀疑过这一点。"她惨淡地一笑,"我邀请你来这里时,还以为自己已经知道了你的故事。我读过你写朗蒂埃兄弟的文章,那是一篇非常好的文章。你对于兄弟姐妹关系理解得是如此深刻。局内人的认识,我认为。你的文章我读得越多,就越觉得你肯定有一个双胞胎姐妹。于是我便锁定你为我写传记。因为假如我在讲了多年的故事后,有意向你说谎的话,你一定会发现。"

"我已经发现你说谎了。"

她点点头,神色平静、伤心、不感到吃惊。"我在时间方面也说了谎。你知道多少?"

"你告诉我的事情,只是一段次要情节,你是这样表述的。你跟我讲了伊莎贝拉和她的双胞胎的故事,我却没有注意。次要情节是查理和他的狂暴行为。你一直在把我引向《简·爱》,一本关于家庭外来者的书。没有母亲的堂妹,我不知道你的母亲是谁,也不知道你怎么会离开她待在安吉菲尔德。"

她伤心地摇摇头。"任何可能知道这些问题答案的人都死了,玛格丽特。"

"你难道不记得了吗?"

"我是人。像所有的人一样,我也不记得自己的出生。在我们自我觉醒之前,我们是小孩子,我们的出生是某件很久以前发生的事情,那时一切都还刚开始。我们活得像戏院里的迟到者:必须尽力弥补,根据后面事情的轮廓猜想人生的开端。有多少次我走回到记忆的边界,窥视边界之外的黑暗?但在边界上徘徊的不只是记忆,那里还充斥着各种幻景。一个孤独孩子的梦魇,被一个渴望故事的头脑盗用的童话,被沉溺于想象的小女孩急切地用来向自己解释那些难以理解之事的白日梦。无论我在遗忘的边境发现了什么样的故事,我都不会对自己假称那是事实。"

"所有的孩子都会神化他们的出生。"

"确实如此。我唯一能确定的就是挖土约翰告诉我的事情。"

"他跟你说了什么?"

"他说,我像一株杂草,出现在两颗草莓之间。"

她给我讲了这个故事。

❦

有人动了草莓。不是鸟儿干的,因为它们会啄食并留下有坑洞的草莓。也不是双胞胎干的，因为她们会践踏植物，在地上留满脚印。不，是某个轻手轻脚的小偷东一个西一个地摘走草莓的。手脚很干净，没有扰乱任何一件东西。换一个园丁或许根本就不会注意到。同一天，约翰在花园的水龙头下面发现了一摊水，龙头在滴水。他拧了一下龙头，将它拧紧。他抓抓脑袋，继续干活去了。但他留心着周围的动静。

第二天，他在草莓丛中看到一个人影。一个衣衫褴褛的小孩，仅有膝盖那么高，戴着一顶尺寸太大的帽子，低垂的帽子遮住了他的脸。他一看见约翰就跑掉了。但第三天，小孩显然一心想要水果，约翰不得不边喊叫边挥舞着手臂把他赶走。事后，约翰觉得自己不认识这个孩子。村里哪家人有一个这么瘦小、没有喂饱的小孩？附近有谁会让他们的孩子到别人家的花园里偷水果？他想不出答案。

此外，有人去过盆栽棚。他没有把旧报纸整理成那样。还有那些板条箱——它们被摆放整齐了；他知道它们被动过了。

他破例第一次在回家前锁上了挂锁。

经过花园的水龙头时，他发现它又在滴水。他想也没想就把龙头拧紧了半圈。接着，他又用力拧了四分之一圈。这样应该没问题了。

夜里，他醒来，某些说不清道不明的原因让他心神不宁。他想，如果你没办法进入盆栽棚，用报纸在板条箱里做出一张床，你睡到哪里去？如果水龙头被拧得太紧，你拧不开它，那你去哪里找水喝？他一边责怪自己不应该在半夜犯傻，一边打开窗户去感受户外的温度。已经过了霜冻的季节，但每年这个时候还是很凉。如果你饿的话，会感觉更冷吧？如果你还是个孩子，应该会觉得外面更黑吧？

他摇摇头，关上窗户。没有人会把孩子抛弃在他的花园里，不是吗？当然，人们不会这么做。然而，他不到五点就起床了。他早早地在花园里四处走动，检查他的蔬菜、造型花园，计划他一天的工作。

整个上午,他都在留意水果丛里是否有一顶松垂的帽子。但什么都没有看见。

"你是怎么了?"当他安静地坐在厨房桌子边喝咖啡时,女管家说。

"没事。"他说。

他喝光杯中的咖啡,回到花园。他站在那儿,焦虑地扫视着水果丛。

什么都没有。

午饭时,他吃了半个三明治,便发现自己没有胃口,他把剩下的一半三明治留在花园水龙头旁的一个倒扣的花盆上。他说自己是一个傻瓜,却又在三明治旁放了一块饼干。他拧开水龙头,拧起来连他都觉得费劲。他让水大声地往下流进一个锡制的水罐里,在最近的花床上倒空罐子后,他又将它注满。喷洒的水声在菜园里回响,他小心地不抬头四下张望。

然后,他稍微走开一点儿,背对水龙头,跪在草地上,开始刷几个旧花盆。这是一项重要的工作,必须要做;假如你在两次种植之间不好好地清洁花盆,可能会传播疾病。

在他身后,水龙头吱吱地响。

他没有立刻转身。他继续刷完手中的花盆,刷,刷,刷。

然后,他动作很快。起身,冲到水龙头边,速度比狐狸还快。

但其实没必要这么急。

那个孩子吓坏了,试图逃跑,却被绊倒了。他站起来,跌跌撞撞走了几步,又绊了一下。约翰抓住他,把他拎起来——他的分量跟一只猫差不多,一点也不比猫重——约翰把他转过来面朝自己,他的帽子掉了下来。

小家伙骨瘦如柴,饿得不行,眼皮发硬,头发脏得发黑,身上臭烘烘的。两个脸颊红红的。约翰把一只手放在孩子的前额上,发现他在发烧。回到盆栽棚，约翰又看了看孩子的脚。他没有穿鞋子，肿胀的脚上满是结痂，脓液正透过污垢渗出来。一根类似荆棘的东西深深地刺在他的脚里。孩子正在发抖，发烧、疼痛、饥饿、恐惧。约翰想，假如他发现一只动物处在这样的状况下，他会拿起枪，结束它的痛苦。

他把孩子锁在棚内，跑去找女管家。她来了，女管家眯起眼睛仔细打量了一番，吸了一口气，便退后几步。

"不，不，我不知道他是谁。或许我们可以把他洗干净点儿？"

"你的意思是，把他泡在水桶里？"

"正是水桶！我去厨房把浴盆注满水。"

他们剥去孩子身上发臭的破布。"用火烧掉。"夫人说着便把它们扔到外面的院子里。孩子的皮肤上结满了污垢，他像是包了一层壳。第一盆水立刻就变黑了。为了倒掉脏水，重新注满干净的水，他们把孩子拎出来，他靠那只没受伤脚站着，不停地颤抖。光着身子，滴着水，肋骨和手肘上都是一条条的灰黄色水渍。

他们看看孩子；彼此对望，然后又看看孩子。

"约翰，我可能是视力不好，但告诉我，你也没有看到我没有看到的东西吗？"

"是的。"

"真是一个小家伙！是个小女孩。"

他们烧了一壶又一壶的水，用肥皂擦洗她的皮肤和头发，刷掉她指甲下硬化的污垢。把她洗干净后，他们消毒了一把镊子，拔掉扎在她脚底的那根刺——她表情痛苦，却没有哭出来——他们给她穿上衣服，替她包扎好伤口。他们轻轻地把热的蓖麻油抹在她眼睛周围的硬皮上，在被跳蚤咬伤的地方搽上炉甘石乳液，用凡士林油涂抹她干燥开裂的嘴唇，梳通她打结的长头发。他们把冷毛巾敷在她的前额和发

371

烫的脸颊上。最后,他们用一块干净的毛巾把她包起来,让她坐在厨房的桌子边,女管家用调羹往她嘴里喂汤,约翰给她削了一只苹果。

吞下汤后,她抓过苹果片,一把塞进嘴里。女管家切了一片面包,涂上黄油。孩子又狼吞虎咽地吃掉了面包。

他们看着她。她眼睛周围的硬皮已经清除干净了,眼睛是一种闪亮的翠绿色。渐干的头发呈现出一种明亮的金红色,宽宽的颧骨凸显在饥饿的脸庞上。

"你也在思考我正在思考的事情吗?"约翰说。

"是的。"

"我们要告诉他吗?"

"不。"

"但她不属于这儿。"

"是的。"

他们思索了一会儿。

"要请医生吗?"

孩子的脸颊红得不那么厉害了。女管家把一只手放在她的额头上,依然很烫,但好一点了儿。

"我们看看她今晚情况怎么样,明早再叫医生。"

"如果需要的话。"

"好,如果需要的话。"

⁂

"于是就这么安排好了。"温特小姐说,"我留了下来。"

"那你叫什么名字?"

"夫人想叫我玛丽,但这个名字没能叫长。约翰叫我'影子',因为我像影子似的黏着他。你瞧,他用工棚里的种子目录教我认字,但我很快就发现了藏书室。埃米琳不用叫我什么。她不需要那样做,因为我一直都在那儿。不在场的人,你才需要知道他们的名字。"

我沉默地思考了一会儿。鬼魂般的孩子,没有母亲,没有名字。孩子本身的存在就是一个秘密,不可能不感觉到同情。但是……

"那么奥里利乌斯呢?你了解,在没有母亲的情况下长大是什么感觉!为什么抛弃他?他们在安吉菲尔德发现的遗骨……我知道那一定是杀死挖土约翰的艾德琳的遗骨,但后来在她身上发生了什么?告诉我,火灾的那个夜晚发生了什么?"

我们在黑暗中交谈,我看不见温特小姐脸上的表情,但当她瞥见床上的人时,似乎在颤抖。

"把被单拉到她的脸上,可以吗?我要跟你讲述婴儿的事情,我要告诉你火灾那晚发生了什么。但首先,你能不能把朱迪思叫来?她还不了解情况。她要把克里夫顿医生叫来,有些事情需要办。"

朱迪思来了之后,首要关心的是活着的人。她看了一眼温特小姐苍白的脸色,坚持要送她上床,先照料她吃药。我们一起把温特小姐推进她的房间,朱迪思帮她换上睡衣;我冲了一壶热水,并把床放平。

"我现在就打电话给克里夫顿医生。"朱迪思说,"你能陪着温特小姐吗?"但只过了几分钟,她又出现在卧室门口,把我招到前厅。

"我没办法跟他通话。"她轻声告诉我说,"电话出问题了,大雪切断了线路。"

我们被隔绝了。

我想起自己包里那张记着警察电话的纸,舒了一口气。

我们安排,由我先陪着温特小姐,以便让朱迪思可以去埃米琳的房间处理那些需要在那里做的事情。之后,到了温特小姐下一次吃药的时间,她会来换我的班。

这将是一个漫长的夜晚。

婴 儿

在温特小姐狭小的床上，只能从被单下轻微的起伏看出她的身体轮廓。她小心翼翼地进行着每一次呼吸，仿佛觉得自己随时可能遭受伏击一样。灯照出的光线凸显出她的骨骼，描绘出她苍白的颧骨，照亮了她白色的眉弓也使她的眼睛沉在一片深色的阴影中。

我的椅背上搭着一条金色的丝绸披肩。我将它遮盖在昏暗区域上，让它散播光线，把光线变得温暖一些，不要很强烈地照在温特小姐的脸上。

我静静地坐着，静静地看着，当她说话时，我几乎听不清她的轻语。

"真相？让我想一想……"

词语从她的嘴唇飘进空气里；它们颤抖地悬在半空，找到路后便开始了它们的旅程。

※

我对安布罗斯不友好。我可以对他友好，在另一世界里，我或许会对他友好。对他友好并不很难：他高大、健壮，头发在太阳底下是金色的。我知道他喜欢我，我也并非无动于衷。但我硬起心肠，我是一定要和埃米琳在一起的。

"我配不上你吗？"一天他问我，他很直接地开口问我。

我假装没有听见，但他坚持要我回答。

"如果我不够好，你就直接当面对我说！"

"你不识字，"我说，"你不会写字！"

他笑了。他从厨房的窗台上拿了我的铅笔，开始在一张纸上写字。写的速度很慢，字母大小不均，但写得足够清楚。**安布罗斯**。他写下自己的名字，写完时，他拿起纸，伸手展示给我看。

我从他手里一把夺过纸片，把它揉成一团，扔在地上。

喝茶休息的时间，他不再来厨房了。我坐在女管家的椅子上喝茶，一边想念着我的香烟，一边听着他的脚步声或铲子发出的响声。当他拿着肉来宅子时，他把包递给我，不说一个字，眼睛看着别处，面无表情。他已经放弃了。后来，我在清扫厨房时，发现了那张写着他的名字的纸片。我为自己感到羞耻，我把纸片放进挂在厨房门背后的他的狩猎包里，这样就不会看见它了。

我是什么时候意识到埃米琳怀孕的？在男孩不再来喝茶的几个月后。我在她本人知道之前就发现了；她几乎不会注意到自己身体的变化，也意识不到其后果。我就安布罗斯审问了她，但很难让她明白我的问题的意思，她完全不明白我为什么生气。"他那么伤心。"她只会这么跟我说。"你太不友好了。"她非常温和地说，话中满是对男孩的同情，化解她对我的责备。

我可能是用力摇晃了她。

"现在你到底有没有意识到你会生一个孩子啊，有没有？"

淡淡的惊讶掠过她的脸庞，但她很快就恢复了先前的镇定。看起来，没有什么东西能打扰她的平静。

我解雇了安布罗斯。我付了他工钱，让他干到那一周结束，把他打发走。我跟他说话时，没有看他。我没有给他任何理由。他也没有提任何问题。"你最好马上就走。"我告诉他，但那不是他的习惯。他做完被我打断的种植工作，按约翰教他的方式细致地清洗完工具，把它们放回花园的工棚里，将一切都摆放得整整齐齐。然后他敲敲厨房的门。

"你知道怎么处理肉吗？你至少知道怎么杀鸡吧？"

我摇摇头。

"那来吧。"

他的脑袋指向母鸡，我跟着他。

"别浪费时间。"他指导我说，"下手要干净利索，不要犹豫。"

他扑向一只长着铜色羽毛、在我们脚边啄食的鸡，一把抓住它的身体。他演示了一下可以拧断它脖子的动作。"明白了吗？"

我点点头。

"那么你来试试。"

他放掉母鸡。它慌张地落到地上，圆圆的背部很快就混在其他母鸡中分辨不出来了。

"现在？"

"今晚你还有其他东西可吃吗？"

母鸡啄食种子时，阳光在它们的羽毛上闪烁。我伸手去抓一只鸡，但它逃开了。第二只鸡也以同样的方式从我的指间溜走。我去抓第三只鸡，这一回，我逮住它了。它咯咯乱叫，惊恐地拍着翅膀试图逃跑，我奇怪男孩为什么能那么轻松地抓着它。当我费力地用胳膊夹稳它，用双手掐住它脖子时，我感觉到男孩在严厉地注视着我。

"下手要干净利索。"他提醒我。他怀疑我的能力，我从他的声音里可以听出来。

我要杀死这只鸡，我决定杀死它。于是，我握紧它的脖子，用力地拧。可双手却不怎么听我使唤。鸡的喉咙发出一声窒息的惊叫，一时间，我有所犹豫。鸡使劲一扭，拍着翅膀，身体从我的胳膊底下挣脱出来。仅仅是因为我惊恐得无法动弹，我才依旧抓着它的脖子。鸡在半空拍着翅膀，脚爪拼命乱蹬，差点就要从我手里掉下去了。

男孩迅速有力地从我手中夺过鸡，一下子就弄死了它。

他伸手把死鸡递给我，我硬着头皮接过它。它还是热的，很重。

他望着我，阳光在他的头发上闪烁。相比鸡的爪子、鸡乱拍的翅膀和我手中的死鸡，他的凝视更让我无法承受。

他转身离开，没有说一个字。

男孩对我而言有什么价值呢？我的心不属于我，无法给他；我的心属于另一个人，一贯如此。

我爱埃米琳。

我相信埃米琳也爱我，只是她更爱艾德琳。

爱上双胞胎中的一个是一件很痛苦的事情。艾德琳在的时候，埃米琳的心是满的。她根本不需要我，我被抛在外面，像一件多余的废物，仅仅是一个看着双胞胎和她们之间亲密关系的观察者。

只有当艾德琳独自去闲逛时，埃米琳的心里才会有空间装下另一个人。那时，她的悲伤就是我的喜悦。我一点一点地帮她排遣孤独，送她银线和闪亮的小玩意儿作为礼物，直到她差不多忘了自己被抛弃，接受我所给予她的友谊和陪伴。我们坐在火边玩牌，唱歌，聊天。我们在一起很快乐。

直到艾德琳回来。又冷又饿的她会狂怒地冲进宅子，她出现的那个瞬间，我们的两人世界就结束了，我又被抛在外面。

这不公平。尽管艾德琳殴打她、拉她的头发，埃米琳还是爱她。

尽管艾德琳抛弃她，埃米琳还是爱她。无论艾德琳做什么，都不会有任何改变，因为埃米琳的爱是绝对的。至于我呢？我的头发和艾德琳一样，是铜色的。我的眼睛和艾德琳一样，是绿色的。艾德琳不在时，我可以欺骗任何人，但我永远也骗不了埃米琳。她的心知道真相。

埃米琳在一月份生下了她的孩子。

没有人知道。随着她肚子越变越大，她也越变越懒；把她圈在宅子内一点儿也不难。她满足地待在家里，在藏书室、厨房和她的卧室内打着哈欠。没人注意到她的隐居。怎么会有人注意呢？宅子的唯一访客是洛马克斯先生，他有规律地定期来访，在他敲门前把埃米琳藏起来是小菜一碟。

我们和其他人的接触很少。因为肉类和蔬菜，我们是自给自足的——我从来都不喜欢杀鸡，但我学会了如何杀鸡。至于其他必需品，我亲自去农场采集乳酪和牛奶，商店每周一次派一个男孩骑车送来我们要买的东西时，我在车道上与他交易，然后自己把篮子扛进宅子。我认为，至少间或让双胞胎中的另一个亮亮相，是一项审慎的明智措施。一次，当艾德琳看起来足够平静时，我给她硬币，派她去见骑车来送货的男孩。"这次是双胞胎中的另一个，"我想象他回到店里后说，"古怪的那个。"我想要知道，假如男孩的描述传进医生的耳朵里，医生会如何理解。但很快就不可能再像那次那样派艾德琳用处了。埃米琳的怀孕奇怪地影响着她的双胞胎姐姐：艾德琳平生第一次有了食欲。她从一个骨瘦如柴的人，变成了一个有着圆润曲线和丰满胸部的人。有几次——在半明半暗中，从某些角度——我甚至一时无法把她俩区分开来。于是，每周三早晨，我有时会扮成艾德琳。我会弄乱自己的头发，弄脏自己的指甲，摆出一副绷紧的不安表情，沿车道走去与骑车的男孩交易。看见我沿着砾石车道走去见他时的步伐，他会以为我是双胞胎中的另一个。我可以看见他的手指焦虑不安地握着自行车把手。他偷偷地看我，把篮子递给我，然后把小费装在口袋里，高兴地骑车走了。之后的一周，我会做我自己，他见到我时，笑容里透着几分轻松。

隐瞒埃米琳怀孕的事情并不困难。但在等待的那些月份里，我一直在为生产这件事情本身烦恼。我知道生孩子可能会有什么样的危险。伊莎贝拉的母亲就没能挺过第二次生产，每一次我把这种念头赶出脑子，最多只能维持几个小时。埃米琳会受苦，她的生命会受到威胁——这是不可想象的。另一方面，医生不是我们的朋友，我也不想让他出现在宅子里。他替伊莎贝拉看过病后，就把她带走了。不能允许那样的事情发生在埃米琳身上。他把埃米琳和艾德琳分开，不能允许那样的事情发生在埃米琳和我身上。此外，他来了之后怎么可能不立刻将事情复杂化？尽管他被说服去相信——尽管他并不理解——曾经跟他一起生活了几个月的沉默、愤怒的女孩艾德琳已经从迷雾中走出来了，但假如他一旦意识到安吉菲尔德宅子里有三个女孩子，他就会立刻明白整件事情的真相了。面对一次拜访和生产本身，我还可以把艾德琳锁在旧育婴室里，我们或许能侥幸蒙混过去。可一旦被人知道宅子里有一个婴儿，访客就会源源不断，那就不可能保守我们的秘密了。

我清楚地意识到自己身份的脆弱。我知道自己属于这儿，我知道这是我的地方。除了安吉菲尔德，我没有家；除了埃米琳，我不爱别人；除了这儿的生活，我没有别的生活；但我清醒地知道自己的声明在他人看来是多么站不住脚。我有什么朋友吗？不能指望医生会为我辩护，尽管洛马克斯先生现在对我很友好，但他一旦知道我假扮艾德琳，他的态度必然会改变。埃米琳对我的感情和我对她的爱，根本不会受到任何重视。

埃米琳本身无知而平和，无忧无虑地让自己的待产期一天天地过去。对我而言，这段时间却是在极度痛苦的犹豫中度过的。该如何维护埃米琳的安全？又该如何维护我自身的安全？每一天，我都把做决定的日期推迟到第二天。在起初的几个月里，我确信自己能及时想出解决办法。我不是排除万难，解决了其他所有事情吗？那么这件事情也能被安排好。但随着生产时间的临近，问题越来越紧急，我却依然没有做出决定。我犹豫不决，我抓过自己的外套，想去医生家里，在那儿告诉他一切，但另一方面，我却想：那样做就会暴露我自己，暴露我自己只会导致我被驱逐。我把外套挂回到钩子上，明天再去，我告诉自己。明天，我会想出点办法。

可是已经等不到明天了。

我被一声喊叫所惊醒。埃米琳！

但喊叫声不是埃米琳发出的。埃米琳在喷气喘息；她像一头畜生那样喷着鼻息，流着汗；她瞪着眼睛，露出牙齿；但她没有大喊。她吞下自己的痛苦，痛苦在她的体内转变成力量。惊醒我的那声喊叫，以及继续在整栋宅子里回响的喊叫声，都不是来自她，而是艾德琳所发出的，直到早晨，埃米琳生下一个男孩后，喊叫声才停息下来。

那天是一月七日。

埃米琳睡着了，她在睡梦中微笑。

我给婴儿洗了澡。他睁开眼睛，转动眼珠，惊讶于热水的触碰。

太阳升起来了。

做决定的时刻来了又过了，还是没有做出任何决定，然而，我们在这儿，处在灾难的另一边，我们很安全。

我的生活可以继续下去。

火　灾

　　温特小姐似乎感觉到了朱迪思的到来，因为当女管家在门边张望时，她发现我们正处在沉默中。她用托盘给我送来了一杯可可，还提出如果我想去睡觉，她可以替换我。我摇摇头。"我没事，谢谢。"

　　当朱迪思提醒温特小姐如果她需要，她可以再吃一些白药片时，她也拒绝了。

　　朱迪思走后，温特小姐再次闭上了眼睛。

　　"要你命的那头狼怎么样了？"我问。

　　"它安静地待在角落里。"她说，"为什么不呢？它肯定会成功。于是它满意地等待时机，它知道我不会大吵大闹。我们达成了协议。"

　　"什么协议？"

　　"它让我完成我的故事，然后我会让它结果了我。"

　　她跟我讲了火灾的故事，狼则在倒计时。

　　　　　　　　　ᴄᴇᴡᴏ

　　婴儿降生之前，我从来没有仔细考虑过这个孩子。我肯定是考虑过在宅子内隐藏一个婴儿的实际问题，我对他的未来有一个计划。假如我们能秘藏他一段时间，我打算以后让人知道他的存在。尽管肯定会有闲言碎语，但可以把他介绍成某个家族远亲留下的孤儿，如果人们非要怀疑他父母的确切身份，随便他们去；他们没办法强迫我们揭示真相。计划好这些以后，我把这个孩子设想成一件需要解决的难事。我没有考虑到他是我的骨血，我没有预期去爱他。

他是埃米琳的孩子，这是自然的。他是安布罗斯的孩子。我没有多想这个问题，但他也是我的孩子。我惊异于他珍珠般的皮肤、凸起的粉色嘴唇、小手试探性的动作，想要保护他的强烈欲望淹没了我：我想要为埃米琳保护他，为他保护埃米琳，为我自己保护他们两个。看着他和埃米琳在一起，我无法移开自己的目光。他们是那么美丽，我的一个欲望就是保持他们的安全。我很快就意识到他们需要一个守卫来保证他们的安全。

艾德琳很妒忌婴儿，这种妒忌超过了她对赫丝特的妒忌，也超过了她对我的妒忌。唯一的想法就是：埃米琳喜欢赫丝特，埃米琳也爱我，但这两种爱都触及不到她对艾德琳至高无上的感情。可是这个婴儿——啊，婴儿是不同的。婴儿篡夺了一切。

艾德琳的仇恨程度倒是没让我感到惊讶。我知道她的愤怒会有多么险恶，也目睹过她的暴力程度。然而，那天当我第一次意识到她的极端程度时，我还是难以置信。我经过埃米琳的卧室，安静地推开门，想看看她是否还在睡觉。我发现艾德琳在房间里，她靠在大床边的婴儿床上，她的姿势让我觉得不安。听到我的脚步声，她起身，转过来，跑过我的身边冲到门外。她的手里攥着一个小垫子。

我迫不及待地冲到摇篮边。婴儿正在熟睡，卷起的手放在耳朵旁，呼吸轻柔纤细。

安全！

直到下一次。

我开始监视艾德琳。我往日如鬼魂般的生活经历再度变得有用，我躲在窗帘和紫杉后面观察她。她的行动随意无常；无论是在室内还是在户外，不管是什么时间或什么天气，她都在从事无意义的重复行为。她在执行某种我无法理解的指令，但有一项活动逐渐引起了我特别的注意。一天中，一次、两次、三次，她出入车棚，每一次都拿一罐汽油。她把罐子带去客厅、藏书室或花园。然后，她似乎就丧失兴趣了。她知道自己正在干什么，但有点儿糊涂和心不在焉。趁她不注意，我拿走了罐子。她究竟是如何解释罐子的失踪呢？她一定是认为罐子本身也有主导精神，它们可以按自己的意愿跑来跑去。或者她可能把搬动它们的记忆当成做梦或还未实现的计划了。无论是出于什么原因，对于罐子不在她所放的位置，她似乎并不觉得奇怪。然而，尽管汽油罐的踪影捉摸不定，她依然坚持把它们从车棚里拿出来，秘密地摆放在宅子里的各个地方。

我似乎每天要花半天的时间把罐子重新放回到车棚内。但一天，我不想让埃米琳和她的孩子在没有保护的情况下单独睡觉，就把一个罐子放在藏书室里了。我把罐子放在架子上层的书后面，远离人的视线。我觉得这也许是一个更好的地方。因为我一直把罐子放回车棚的话，我所做的一切不过是保证罐子将永远被搬来搬去。犹如玩旋转木马。将它们彻底带离环游路径，我或许能够终止这套无意义的程序。

我看着她把我弄得筋疲力尽，可她！她永远不知疲倦。小睡一觉就能让她精神抖擞很久。她能在夜里的任何时间起床，四处走动。而我却昏昏欲睡。一天晚上，埃米琳很早上床睡觉了。男孩睡在她房间里的摇篮中。他患疝气痛，哭闹了一整天，但现在，他感觉好一点儿了，睡得很熟。

我拉上窗帘。

到了去检查艾德琳情况的时间。我对需要一直保持警惕感到厌烦。埃米琳和她的孩子睡觉时,我要看着他们;他们醒着时,我要看着艾德琳;我自己几乎没有时间睡觉。此刻房间里是多么安宁啊。埃米琳的呼吸使我思维迟缓,让我放松。旁边,孩子也在轻轻地呼吸。我记得自己倾听着他们的呼吸,感受着其中的和谐,我想这是多么宁静啊,我思考着如何来形容它——这始终是我娱乐自己的一种方式,即把我看到和听到的东西诉诸语言——我认为自己必须描绘出这种呼吸是如何像渗透一样进我的体内,代替了我的呼吸,仿佛我们是同一个生命体,我和埃米琳,还有我们的孩子,三个人共享着同一种呼吸。这个念头牢牢控制了我,我感觉自己与他们一起漂远了,漂进了梦乡。

某样东西惊醒了我。我像猫一样,还没睁开眼睛就警惕起来。我没有动,保持着呼吸的规律,从眼睫毛之间观察艾德琳。

她俯身从摇篮里抱起婴儿,正在朝屋外走去。我可以大叫去制止她,但我没有那么做。如果我大喊,她就会推迟她的计划,反之让她继续下去,我就能发现她的意图并一劳永逸地终结此事。孩子在她的臂弯中动了几下。他是要醒了,除了埃米琳,他不喜欢被其他任何人抱,双胞胎中的另一方欺骗不了孩子。

我跟着她下楼来到藏书室,透过她微微敞开的门向内窥视。孩子被放在桌上,旁边是一堆从未被放回到架子上的书,因为我非常频繁地重读它们。在规整的长方形书的边上,我看见包裹孩子的毯子的褶皱里有动静。我听见毯子底下的孩子在哼哼,他醒了。

艾德琳跪在壁炉边。她从煤桶里取出煤炭,从炉边的木材堆上拿取木材,随意地把它们丢进壁炉。她不知道如何生火。我从女管家那里学会了正确安排纸张、引火物、煤炭和木材;艾德琳的燃烧物是一堆乱七八糟的东西，根本不可能烧起来。

我慢慢明白了她的意图。

她不会成功的，不是吗？壁炉里的灰烬只剩下一丝热度了，不足以重新点燃煤炭或木材，我从来不会把引火物放在她拿得到的地方。她生的火太糟了，不可能点燃；我知道这不可能。但我无法让自己安心，她对火焰的欲望是她所需要的全部引火物。她只需看着某样东西，就能让它闪出火星。她所拥有的纵火魔力那么强，只要她一心想要做到，她甚至可以让水着火。

我恐惧地看着她把裹在毯子里的孩子放到煤炭上。

接着，她四下打量房间。她想要干什么？

当她走到门口，打开门时，我向后跳进阴影里。她没有发现我在监视，她找的是其他东西。她转进楼梯下的通道，消失不见了。

我跑到壁炉边，把孩子从"火葬的柴堆"上抱下来。我飞快地用他的毯子包好一个破旧的躺椅垫子，以它取代孩子放在煤炭上。但没有时间逃走了，我听见石板上的脚步声、汽油罐在地板上拖曳的刮擦声，就在我退进藏书室的一个隔间时，门被打开了。

嘘，我默默地祈祷，**现在不要哭**，我将婴儿贴着自己的身体紧紧抱住，这样他就不会想念毯子的温暖了。

艾德琳歪着脑袋，回到壁炉边，检查她的火。怎么了？她注意到变化了吗？似乎没有。她看看房间的各处，她想要什么？

孩子动了一下，伸了伸手，踢了一下腿，脊背发紧，这经常是孩子要大哭的先兆。我重新把他抱抱好，他的头沉甸甸地靠在我的肩上；我感觉他的呼吸喷在我的脖子上。**别哭，千万别哭。**

他再度平静下来，我继续观察。

我的书堆在桌上，我从这些书旁经过时，不可能不随手去翻翻它们，快速地问声好、浏览几行字就会让我感觉愉悦。看到它们被艾德琳拿在手里，是多么不协调啊。艾德琳和书本？怎么看都别扭。甚至当她翻开书的封面时，我还一度奇怪地认为她是要**读书**……

她一把一把地撕下书页，把它们撒得满桌都是；一些书页滑到了地板上。撕完书页后，她抓起它们，揉成松松的纸团。她的速度飞快！犹如一阵旋风！我那些精美的小书，顿时化成一座纸山。没想到一本书里面竟然有那么多张纸！我想要大声呼喊，但喊什么呢？所有的词语，那些美丽的词语都被扯得四分五裂、揉得褶皱不堪，我待在阴影里，说不出话来。

她抱起一堆纸团，把它们撒在壁炉里的白色毯子之上。我看着她三次从桌子走向壁炉，每次都抱着满怀的书页，直到被撕碎的书籍在炉膛里堆得高高的。《简·爱》《呼啸山庄》《白衣女人》……纸团从"火葬柴堆"上倒下来，有些滚到地毯上，加入了那些她在搬运途中掉下来的纸团队伍中。

一个纸团滚到我的脚边，我静静地蹲下拾起了它。

哦！被揉皱的书页给人奇怪的感觉：词语无法无天地朝各个方向乱飞，毫无意义。我的心碎了。

愤怒横扫了我；我像一片被它所左右的漂浮物，看不见东西也无法呼吸；愤怒在我脑中犹如一片咆哮的海洋。我可以大喊着像疯子一般从自己隐藏的地方跳出来，袭击她，但我怀里抱着埃米琳的宝贝，所以当她的姐姐亵渎我的宝贝时，我只是站在一旁，颤抖地看着，默默地哭泣。

最后，她对自己设置的"火葬柴堆"感觉满意了。然而，无论你从哪个角度看，炉膛里的那座"小山"还是一副蠢样。它完全是上下颠倒，女管家会说，它永远也点燃不起来——你应该把纸放在可燃物的底部。但即使她把可燃物堆放正确，也不会有什么区别。她没办法点燃它，她没有火柴。即使她弄到了火柴，也仍然不能达到杀害男孩的目的,她预设的牺牲品正被我抱在怀里。最疯狂的是,假如我没有在这里阻止她呢?假如我没有救下婴儿,她把孩子活活烧死了呢?她怎么会觉得烧死妹妹的孩子就能让妹妹重回她的身边呢?

这是一个疯女人的怒火。

在我的怀抱里,孩子动了一下,张开嘴巴呜咽。怎么办?我在艾德琳的身后轻轻地撤退,然后逃进厨房。

我必须把孩子送到一个安全的地方,再去对付艾德琳。我的脑子转得飞快,想了一个又一个计划。当埃米琳意识到她的姐姐试图做什么后,她对姐姐不会再有任何爱的感觉。如今就我和她了。我们会告诉警察艾德琳杀死了挖土约翰,他们会把她带走。不!我们会告诉艾德琳,除非她离开安吉菲尔德,否则我们就报告警察……不!然后我突然有了主意!**我们**将离开安吉菲尔德。是的!埃米琳和我将离开这儿,带着孩子,我们将开始新生活,远离艾德琳,远离安吉菲尔德,但是我们在一起。

于是一切都显得如此简单,我奇怪自己之前怎么从未想到。

安布罗斯的狩猎包挂在厨房门上的钩子上。我迅速解开带扣,把孩子包在里面。未来是如此闪亮,以至于它显得比现在更为真实,为保护艾德琳从《简·爱》中撕下的书页,我把它和厨房桌上的一把调羹也放进狩猎包里。奔赴新生活的途中,我们会需要这把调羹。

那么该把孩子安置在哪里呢?某个离宅子不远的地方,某个他不会受到任何伤害、并能感觉足够温暖地度过几分钟的地方,因为我要回宅子找埃米琳,带她跟着我走……

不能把孩子放在车棚,艾德琳有时会去那儿。放在教堂,那是她从来都不会去的地方。

我跑下车道,穿过教堂墓地前有顶盖的门,走进教堂。前几排座位上放着供人下跪用的织锦垫子。我用它们做成一张床,把装着孩子的帆布婴儿包放在上面。

现在，回宅子去。

当我的未来粉碎时，我几乎已经赶到那儿了。玻璃碎片在空中乱飞，一扇窗户碎了，接着是另一扇，一股邪恶的逼真光线在藏书室里游走。空空的窗框向我展示了液体燃烧剂正在房间里蔓延，汽油罐正在猛烈地燃烧。屋内还有**两个人**。

埃米琳！

我飞奔起来。在门厅里，大火的气味就飘进我的鼻孔，尽管石头地板和墙壁是凉的，大火还没有蔓延到这儿。但我在藏书室的门口停住了脚步，熊熊的火苗蹿上窗帘，书架都着火了，壁炉本身犹如地狱。双胞胎在屋子的中间。身处大火的声响和热度之中，我一度呆呆地停在那儿，非常吃惊。因为埃米琳，那个被动、温顺的埃米琳，正在与艾德琳以牙还牙、针锋相对地搏斗。她以前从来没有对姐姐以暴制暴过，但现在她正在这么做。为了她的孩子。

在她们周围、在她们的脑袋上方，随着汽油罐的爆炸，闪出一束又一束的强光，火苗像雨点一样落在屋内。

我张嘴想大喊着告诉埃米琳，孩子很安全，但我一呼吸，吸进的就只有热气，让我感觉窒息。

我在火苗间跳来跳去，尽量绕开火苗，躲避从上面往我身上落的火苗，用手拂去火苗，拍灭掉在我衣服上的火苗。当我走到两姐妹面前时，我没办法看见她们，我是穿过浓烟摸索到她们的。我的触碰让她们吃了一惊，她们立刻分开了。有一刻，我看见了埃米琳，看得很清楚，她也看见了我。我抓住她的手，拉着她穿过火焰、穿过燃烧物，走到门口。但当她意识到我正在做什么时——我在把她拉离大火、拉去安全的地方，她停住了。我用力拽她。

"他很安全。"我声音嘶哑地说，但我说得足够清楚。

为什么她不能明白?

我又试了一次。"孩子。我已经救下了他。"

她肯定听到我说的话了?她莫名其妙地抗拒我拉她,她的手从我的手中滑脱。她在哪里?我只能看见一片黑暗。

我蹒跚地向前走进火焰里,撞到她的身体,抓住她,拉她。

她依然不愿跟我待在一起,再度转身走进房间。

为什么?

她注定要和她的姐姐在一起。

她注定如此。

我看不见东西,肺部感觉在灼烧,但我还是跟着她走进了浓烟中。

我要打破她们的联结。

我闭着眼睛抵御热浪,冲进藏书室,伸出手臂,在身前搜索。在浓烟中碰到她时,我抓住她不放。我不会让她死掉的。我要救她。尽管她反抗,我还是野蛮地拖着她走到门口,把她拖出藏书室。

藏书室的门是橡木做的,它很重,不会轻易燃烧。我关上身后的门,锁好门。

在我身旁的她,迈步向前,想要再度打开门。某种比大火更热烈的东西在把她往那个房间里拉。

插在锁孔里的钥匙滚烫滚烫的,自赫丝特之后就没人用过。当我转动钥匙时,它烧伤了我的手掌。那晚,我没受到其他伤害,只有钥匙烧伤了掌心,我闻到了自己的皮肉被烤焦的气味。埃米琳伸出一只手去抓钥匙,想再打开门。金属钥匙也烧伤了她,当她感觉震惊时,我拉着她的手离开。

我的脑子里满是呼喊声,是人发出的声音吗?还是大火本身所发出的响声?我甚至不知道这个声音是从屋内还是从屋外传来。开始它是一个喉音，然后随着调子越变越高，音量也越变越大，其最高点达到让人战栗的程度，当我以为它肯定气数已尽时，它会继续下去，声音低得不可以思议，持续的时间长得不可思议，无限的声音充满了周围的世界，吞没了它，包含了它。

接着，声音消失了，只剩下咆哮的大火。

户外下着雨，草地浸透了水；我们倒在地上；我们在潮湿的草地上打滚，弄湿我们焖烧的衣服和头发，让我们被烧焦的皮肉感受凉凉的潮湿。我们躺在那里，平贴着土地。我张开嘴巴，喝着雨水。雨水落在我的脸上，冷却了我的眼睛，我又能看见东西了。我从来没有见过这样的天空，深深的靛蓝底色上灰黑色的云朵正在快速移动，银色的雨水犹如片片刀刃倾泻下来，宅子上空不时会爆出一片明亮的橙色蘑菇云，喷出一股火苗。一次又一次，闪电将天空劈成两半。

孩子，我必须告诉埃米琳孩子的事情。知道我救了他，她会很开心，这会让一切变得顺利。

我转向她，张嘴想要说话。她的脸——

她可怜的美丽脸庞又红又黑，满是烟尘、血迹和火灰。

她的眼睛，绿色的凝视，饱经蹂躏，视而不见，茫然无知。

我看着她的脸庞，无法在上面找到我所爱的那个人的痕迹。

"埃米琳？"我轻轻地喊，"埃米琳？"

她没有回答。

我感觉自己心都死了。我做了什么？我是否……是不是有可能……

知道答案，会让我无法忍受。

不知道答案，也会让我无法忍受。

"艾德琳？"我的声音支离破碎。

但她——这个人，这个她，究竟是这个还是那个，这个到底是不是她,这个是我心爱的人还是那个怪物,我不知道这个人是谁——她也没有回答。

人们都赶来了。他们跑上车道,在夜色中急切地呼喊。

我起身蹲伏着逃开了,我保持身体贴近地面,躲藏着。大家赶到草地上,当我确定他们找到草地上的女孩后,我就把她留给他们处理了。在教堂里,我把狩猎包背在肩上,把装在包里的婴儿贴着自己身体紧紧地抓住,便出发了。

树林里很安静。雨水受到树叶天篷的阻碍,放慢速度温柔地落在矮树丛上。孩子呜咽了一会儿,然后睡着了。我的双脚把我带到位于树林另一边的一幢小房子前。我认识这幢房子,我做鬼魂的那些年里,我经常看到它。一个女人住在那里,独自一人。我透过窗户观察她做编织或烤蛋糕,一直觉得她看起来很和蔼,当我在书中读到慈爱的老奶奶和仙女婆婆时,我就会想到她的脸。

我把孩子带到她那里。我像从前一样,透过窗户扫视屋内,我看见她坐在壁炉边她常坐的位子上做编织,细心从容。她在拆掉编织物的一部分,正坐在那儿把线头拉出来,编织针放在她身边的桌子上。门廊里有一块干的地方可以安置孩子,我把他放在那儿,自己则躲在一棵树后面等待。

她打开门,抱起了他。当我看见她的表情时,我知道他跟她在一起会安全。她抬头看看四周,又朝我的方向看了一看。她好像是看到了什么,是我让树叶沙沙作响,暴露了自己吗?我闪念想要站出来。她肯定会像朋友一样对待我的吧?我犹豫了一下,风改变了方向。我和她同时闻到了大火的气味。她转过身,望着天空,从安吉菲尔德宅子所在的位置飘来的浓烟让她大吃一惊。接着,她的脸上露出迷惑的表情。她将孩子凑近自己的鼻子,嗅了一嗅。他身上有大火的气味,是从我的衣服上沾染到的。她又扫了一眼浓烟的方向,便坚定地迈步回到自己的房子，关上了门。

我孤独一人。

没有名字。

没有家。

没有亲属。

我什么都不是。

我没有地方可去。

我没有一个属于自己的人。

我凝视着自己被烧焦的手掌，但却感觉不到疼痛。

我是一个什么样的人？我到底还活着吗？

我可以去任何地方，但我却走回了安吉菲尔德。那是我唯一熟悉的地方。

穿过树林，我走近了火灾现场。一辆消防车停在那儿。被浓烟熏黑了脸庞的村民们拿着他们的水桶，退到后面站着，头脑发晕的他们正望着消防员与火焰做斗争。女人们被伸向黑色天空的浓烟惊得目瞪口呆。现场还有一辆救护车，莫斯雷正跪在草地上为一个人做检查。

没有人看到我。

我站在所有活动的边缘，不受人注意。也许我真的什么都不是，也许根本就没人能看到我。也许我在火灾中死了，自己却还没有意识到。也许我终究还是一如从前：是一个鬼魂。

然后，一个女人朝我的方向看过来。

"瞧，"她指着我大喊，"她在这里！"人们纷纷转头，盯着我看。一个女人跑去通知男人们，他们也从火灾现场转头朝我看。"谢天谢地！"有人说。

我张嘴想要说话——却不知道该说什么。我什么都没说，只是站在那里，动了动嘴巴，没有发出声音，也说不出话。

"不要说话。"莫斯雷医生此刻站到了我的身边。

我凝视着躺在草地上的女孩。"她会活下来的。"医生说。

我望望宅子。

熊熊烈焰。我的书，我觉得自己无法承受。我想起那页从《简·爱》上撕下的书页，那个被我从"火葬柴堆"上救下的纸团。我将它留给孩子了。

我开始哭泣。

"她受了惊吓，"医生对一个女人说，"让她保暖，陪着她，我们送她的姐妹上救护车。"

一个女人走到我的身边，对我表示关心。她脱下自己的外套，温柔地将它裹在我的身上，仿佛是在给一个婴儿穿衣服，然后她轻轻地说："不要担心，你会没事的，你的姐妹也会没事的，哦，我可怜的小乖乖。"

他们抬起草地上的女孩，把她放在救护车内的床上。接着，他们扶我上车，让我坐在她的对面。然后他们载着我们朝医院驶去。

她凝视着远方。睁开的眼睛里，空无一物。看了一眼后，我就不再看她。救护人员弯腰看看她，以确保她正在呼吸，然后他转向我。

"那只手怎么了，嗯？"

我的左手紧紧地攥着我的右手，脑子里没有意识到痛苦，但我的身体却泄露了秘密。

他拉过我的手，我让他展开我的手指。一个记号被深深地烙进我的掌心，钥匙的形状。

"那会愈合的，"他告诉我说，"不要担心。那么你是艾德琳还是埃米琳？"

他指指另一个。"这是埃米琳吗？"

我无法回答，无法保持镇定，无法移动。

"不要担心，"他说，"别急。"

他放弃让我理解他的意思了，他自言自语："尽管如此，我们必须用一个名字来称呼你。艾德琳，埃米琳，埃米琳，艾德琳。一半对一半，不是吗？一切都会真相大白。"

医院到了，救护车的门被打开。一片喧闹忙碌，人们语速飞快地说着话。担架被抬到一个手推车上，迅速被推走。又来了一把轮椅。有人将手放在我的肩膀上。"坐下，亲爱的。"轮椅移动起来，我的背后传来一个声音，"不要担心，孩子，我们会照顾好你和你的妹妹。你现在安全了，艾德琳。"

✦

温特小姐睡着了。

我看见了她张开的嘴巴的肌肉松弛，太阳穴处不听话的小簇头发。在睡梦中，她显得既非常非常的老，又非常非常的年轻。她的每一次呼吸都会让毯子在她瘦弱肩膀上一起一伏，每一次毯子的缎边都会拂过她的脸庞。她似乎没有意识到这一点，但我还是俯身把毯子往下折折好，把她苍白的卷发抚抚平。

她没有动。我怀疑，她是真的睡着了，还是已经陷入了昏迷？

我不知道自己之后看了她多久。房间里有一只钟，但指针的移动就像描绘海洋表面的地图一样无意义。一波又一波的时间流逝而去，我坐在那里，闭着眼睛，不是在睡觉，而是像一个关心自己孩子呼吸的母亲那样警惕地观察着她。

我不知道该如何描述以下的事。我是否可能在疲惫中产生了幻觉？我是不是睡着了，在做梦？还是温特小姐真的最后一次说了话？

我会捎口信给你的妹妹。

我猛地睁开眼睛,但她的眼睛却闭着。她似乎跟之前睡得一样沉。

狼来的时候,我没有看见它,我没有听见它。只记得:黎明前的一刻,我感觉到一种寂静,我意识到房间里唯一可以听到的呼吸声是我自己的。

开 局

大　雪

温特小姐死了，雪一直下。

朱迪思来了以后，陪我在窗前站了一会儿，我们望着夜空中怪诞的光亮。然后，茫茫白色中的一个改变告诉我们已是黎明时分，朱迪思把我送上床。

我在下午结束的时候醒来。

大雪切断的电话线此时已垂到窗台，在门上方晃来晃去。它将我们和世界的其他部分隔绝，像监狱的钥匙一样有效。温特小姐已经解脱了，被朱迪思唤作埃米琳、我却避免说出名字的女人也解脱了。其余人，朱迪思、莫里斯和我，被困在这里。

温特小姐的猫坐立不安，大雪让它感觉不自在，它不喜欢周遭的世界变成这副模样。它从一个窗台走到另一个窗台，搜寻着失落的世界，并急切地对朱迪思、莫里斯和我喵喵叫，仿佛恢复世界面貌的力量掌握在我们的手中。相比之下，失去它的主人倒是小事一桩，无论如何，即使它注意到了这一点，也根本不觉烦恼。

大雪将我们封锁在一段时间的岔路内，我们每一个人都找到了各自忍耐它的方式。朱迪思沉着冷静,她烹制蔬菜汤,清理厨房橱柜;当她无事可做时,就修剪指甲,涂抹面霜。莫里斯,受限制和不活动的状态让他烦恼,他无止境地玩着单人纸牌游戏;但当他由于没了牛奶而不得不喝清茶时,朱迪思会和他玩拉米纸牌游戏,分散他对茶的苦味的注意力。

至于我,我花了两天时间整理最后的笔记,但做完后,我发现自己无法静下心来阅读。在被大雪封锁的风景中,我连夏洛克·福尔摩斯也读不下去。我独自待在房间里,花了一个小时分析我的忧郁,试图命名其中被我认为是新元素的东西。我意识到自己想念温特小姐。于是,怀着找人做伴的希望,我走去厨房。莫里斯很乐意与我玩牌,即使我只会玩一些小孩子的游戏。然后,当朱迪思的指甲干了后,我冲了不放牛奶的可可和茶,之后,我让朱迪思挫平、抛光我自己的指甲。

我们三人和猫,与我们的死者一起被锁在室内,用这种方式坐等时间过去,旧年苟延残喘地结束了。

第五天,我让自己陷入一股巨大的悲伤中。

我洗完餐具,莫里斯把它们擦干,朱迪思则坐在桌边独自玩牌。我们都很高兴能有所改变。洗完餐具后,我没有和他们待在一起,而是去了客厅。透过窗户看到的那部分花园处在宅子的庇护下,那里的雪积得不太高。我打开窗户,爬进户外的白色中,走在积雪上。此刻,长久以来被我用书籍和书架压抑住的所有悲痛都朝我逼近。我坐在一个高高的紫杉树篱遮蔽下的长凳上,任由自己被和积雪一样深广、一样无瑕的悲伤淹没。我为温特小姐哭泣,为她的鬼魂哭泣;为艾德琳和埃米琳哭泣;为我的妹妹、我的母亲和我的父亲哭泣;最主要、最伤心的是,我为自己哭泣。我的悲伤是一个婴儿的悲伤,她和她的另一半分离还不久;孩子弯腰在翻一只旧盒子,突然几张纸片让她大吃一惊；她长大成为女人后，在大雪易引发幻觉的光芒和寂静下，坐在长凳上哭泣。

当我恢复平静时，克里夫顿医生来了，他用一只胳膊抱住我。"我明白，"他说，"我明白的。"

当然，他并不明白，不是真的明白。然而，他是那样说的，听到这话我也感觉安慰，因为我知道他的意思。我们都有各自的悲伤，尽管悲伤的具体内容、程度和因素各有不同，但悲伤的色彩对我们所有的人而言都是一样的。"我明白。"他说，因为他也是人，因此在某种程度上而言，他确实明白。

他把我领到温暖的室内。

"哦，哎呀。"朱迪思说，"要我拿可可来吗？"

"加一点儿白兰地，我想。"他说。

莫里斯为我拉开一把椅子，并开始拨旺壁炉的火。

我慢慢啜饮可可，里面加了牛奶：医生乘农夫的拖拉机来的时候带来了牛奶。

朱迪思在我身上搭了一块披肩，然后开始削晚饭时吃的土豆。她、莫里斯和医生偶尔聊几句——我们晚饭可以吃什么，现在雪是否下得小了，需要多久电话线路才能被修复——当死亡让我们所有的人都停滞不前之后，闲聊时，他们开始了重启生活的费力过程。

偶尔说的话合并在一起，逐渐演变成了一场谈话。

我听着他们的声音，过了一会儿，我也加入了谈话。

生日快乐

我回到了家里。

回到书店里。

"温特小姐死了。"我告诉父亲。

"你呢？你怎么样？"他问。

"活着。"

他笑了。

"跟我说说妈妈的事情。"我问他，"她为什么会这副样子？"

他告诉我说："你出生的时候，她病得很重。你被带走前，她从来没有看到你，也从来没有见过你妹妹。她差点死掉。当她苏醒过来时，你的手术已经做完了，你妹妹——"

"我的妹妹死了。"

"是的。当时不知道你的情况会怎样。我从她的床边走到你的床边……以为我会失去你们三个人。我向每一个我知道的神明祈祷，求求他们拯救你们。我的祈祷灵验了，部分灵验了。你活了下来，你母亲从未完全恢复。"

还有一件事情我要知道。

"为什么你不告诉我？不说我是双胞胎？"

他把脸转向我，那是一张饱经沧桑的脸。他咽了一下口水，开口说话时，声音很嘶哑。"你的出生是一个悲伤的故事，你母亲认为不能让一个孩子承受这么沉重的故事。如果可以，我宁愿替你承受，玛格丽特，我愿不惜一切让你免受伤害。"

我们沉默地坐着。我想了所有想问的问题，但此刻该说的都已经说了，我不必再问。

我们同时伸出手，相握在一起。

我在三天内参加了三个葬礼。

温特小姐的哀悼者众多。整个国家都为失去了本受欢迎的小说家而哀悼，成千上万的读者赶来悼念她。我向她道别后，就尽快离开了。

第二场葬礼很安静。从头至尾，只有朱迪思、莫里斯、医生和我在场，哀悼那个被称作埃米琳的女人。葬礼之后，我们简短地告别，各奔东西。

第三场葬礼更为冷清。在班伯里的火葬场，我是唯一一个到场的人，一个表情和蔼的牧师监督执行了向上帝移交一具身份不明的女人骸骨的过程。死者安息了，由我"代表安吉菲尔德家族"领取了她的骨灰盒。

⸙

安吉菲尔德的雪莲花开了。至少，有了盛开的最初迹象，它们从冻结的地面破土而出，白雪上冒出了点点清新的绿意。

我站起来时，听到一个声音，是奥里利乌斯。他站在教堂墓地的停柩门口,雪花落在他的肩膀上,他手里捧着一束花。

"奥里利乌斯!"他怎么变得如此悲伤?如此苍白?"你变了。"我说。

"抓野鹅把我累坏了。"他始终温和的眼睛蓝得泛白,就像一月的天空;你可以从他透明的眼神中一眼看到他内心的失望。"我一辈子都想找到亲人,我想知道我是谁。刚觉得有希望,以为可能有机会补全自己的身世。现在恐怕我是错了。"

我们走过坟墓之间的草地小径,除去长凳上的积雪,在更多雪片落下之前坐下。奥里利乌斯从口袋里翻出两块蛋糕,他解开蛋糕的包装,心不在焉地把其中一块递给我,自己开始咬另一块。

"那是给我的东西吗?"他看着骨灰盒问,"也属于我的故事吗?"

我把骨灰盒递给他。

"它可真轻啊,就跟空气似的。可是……"他用手捂住心脏,他想用一种手势来表达他内心的沉重;想不出什么手势,他便放下骨灰盒,又咬了一口蛋糕。

他吃完最后一口,说:"假如她是我的母亲,那为什么我没有和她在一起?为什么我没有和她在这个地方一起死掉?为什么她要把我送到拉乌夫人的房前,又回到这幢着火的宅子里?为什么?这没有道理。"

他偏离中央通道,走进坟墓间的狭窄小道所组成的迷宫里,我跟着他。他在我以前看过的一座坟墓前停下来,放下手中的花束。那是一块简朴的墓碑。

琼·玛丽·拉乌

永不忘怀

可怜的奥里利乌斯。他很疲惫,连我用胳膊钩住他都没怎么注意。但是,接着他转身正对着我。"也许有一个始终在改变的故事还不如根本没有故事。我一辈子都在追逐我的故事，却从未追上它。拉乌夫人还在我身边时，我还追逐自己的故事。你知道，她爱我。"

"我对此从不怀疑。"她称职地担任了他的母亲，比双胞胎都称职。"也许不知道真相反而好。"我说。

他注视墓碑的目光转向白色的天空。"你这样认为吗？"

"不。"

"那你为什么这样说？"

我从他的臂弯中抽回自己的胳膊，把冰冷的手塞进衣袖里。"我母亲会说这种话，她认为一个没有分量的故事好过一个沉重的故事。"

"那么，我的故事就是一个沉重的故事。"

我没有说话，沉默了一会儿，没有讲他的故事，而是说了我自己的故事。

"我有一个妹妹，"我说，"一个双胞胎妹妹。"

他把脸转向我，肩膀在天空的映衬下更显得坚实、宽阔，他正色倾听我对他诉说的故事。

"我们连在一起。就在这儿……"我用手摸摸左侧身体，"她没有我就活不下去。她需要我的心脏为她跳动，但我无法和她一起活着。她在消耗我的力量，他们将我们分开，她死了。"

我把另一只手也放在按着伤疤的拳头上，用力按下。

"我母亲从来没告诉过我，她认为不让我知道比较好。"

"一个没有分量的故事。"

"是的。"

"但你还是知道了。"

我更用力地按身上的伤疤。"我是偶然发现的。"

"我很难过。"他说。

他拉过我的手，将它们包在他的一个大拳头里，然后用另一只胳膊把我拉近他。透过层层的衣服，我能感觉到他柔软的腹部，一个有力的声音传进我的耳朵。我想，那是他的心跳声。一个人的心脏，就在我的身边，就像这样。我倾听。

然后我们分开。

"知道的感觉比较好吗？"他问我。

"我没办法告诉你。但是一旦知道，就不可能再退回去。"

"你知道我的故事。"

"是的。"

"我真实的故事。"

"是的。"

他几乎没有犹豫，只是吸了一口气，他的身材似乎显得更庞大了。

"那你还是告诉我吧。"他说。

我开始说。一边说，我们一边走。故事说完，我们正站在一片长着初生雪莲花的白雪上。

手捧骨灰盒的奥里利乌斯犹豫了。"我觉得这有违规定。"

我也这么想。"但我们还有其他办法吗？"

"规定不适用于这种情况，不是吗？"

"这是唯一正确的做法。"

"那么开始吧。"

我们用切蛋糕的刀在我认为是埃米琳棺材上的冻土中挖了一个洞。奥里利乌斯将骨灰倒进洞里，我们把土重新盖好。奥里利乌斯用全身的力气将土夯实，然后我们整理花束掩盖土被翻过的痕迹。

"雪融化后会将地面弄平整的。"他说着，拂去裤腿上的雪花。

"奥里利乌斯，你的故事还没有完。"

我把他领到教堂墓地的另一边。"现在你对自己的母亲有所了解了,但你还有一个父亲。"我指指安布罗斯的墓碑,"你给我看的纸上写着A和S,那是他名字中的字母,那个包也属于他,是用来装猎物的包。这就是它里面有羽毛的原因。"

我停顿了一下,这需要奥里利乌斯慢慢理解。过了很长一段时间,他点点头,我继续说:"他是一个好人。你很像他。"

奥里利乌斯凝视前方,一脸茫然。知道得越多,失去得也越多。"他死了。我明白。"

"这还不是故事的全部。"我温柔地说。他将目光慢慢转向我,从他的眼睛里我看到了恐惧,他怕自己被抛弃的故事没完没了。

我握住他的手,朝他微笑。

"你出生后,安布罗斯结婚了。他还有一个孩子。"

他过了一会儿才反应过来这句话的意思,激动让他的身体恢复了活力。"你是说——我有——她——他——她——"

"是的!你有一个妹妹!"

笑容洋溢在他的脸上。

我接着往下说:"她也有孩子。一个男孩,一个女孩!"

"一个外甥女!还有一个外甥!"

我拉住他激动得发抖的双手。"**一个家庭**,奥里利乌斯。**你的家庭**,你已经认识他们了,他们正在等你。"

我们穿过停柩门,沿着林荫道大步朝白色门房走去时,我几乎跟不上奥里利乌斯。他头也不回。我们只是在门房那里停了一下,而那也是因为我。

"奥里利乌斯!我差点儿忘了给你这个。"

他接过白色的信封,打开,喜悦分散了他的注意力。他抽出卡片,看了我一眼。"什么?不是真的吧?"

"是的，是真的。"

"今天？"

"今天！"我被某种情绪所左右，做了一件这辈子从未做过，也从未想过要做的事情。我张开嘴巴，用最响亮的声音喊道："生日快乐！"

我一定是有点儿疯了。无论如何，我都有点儿不好意思。倒不是因为奥里利乌斯会有什么想法。他一动不动地站在那儿，手臂在身体两侧张开，闭着眼睛，面朝天空。世间所有的快乐都和雪花一起落在他的身上。

在卡伦的花园里，白雪保留了追逐的印记。小小的脚印一个接一个，形成了一个大大的圆圈。孩子们不见踪影，但当我们走近时，他们的声音从紫杉树的缝隙中传来。

"我们来演白雪公主吧。"

"那是女孩子玩的。"

"那你想演什么故事？"

"关于火箭的故事。"

"我不想扮演火箭，我们扮演小船吧。"

"我们昨天已经扮演过小船了。"

听到门闩发出的响声，他们从树林中朝外看，衣服的兜帽遮盖了他们的头发，让人几乎分不出哥哥和妹妹。

"是蛋糕人！"

卡伦从房子里走出来，穿过草坪。"要我告诉你们这是谁吗？"她问孩子们，并害羞地朝奥里利乌斯微笑，"这是你们的舅舅。"

奥里利乌斯看看卡伦，看看孩子，又看看卡伦，眼睛似乎瞪得还不够大，无法将一切尽收眼底。他说不出话来，卡伦迟疑地伸出一只手，他握住了它。

"这真是有点儿……"他说。

"难道不是吗?"她表示赞同,"但我们都会习惯的,对不对?"

他点点头。

孩子们好奇地看着两个大人。

"你们在玩什么?"为了分散孩子们的注意力,卡伦问道。

"我们不知道。"女孩说。

"我们没办法决定。"她的哥哥说。

"你知道什么故事吗?"爱玛问奥里利乌斯。

"我只知道一个故事。"他告诉她。

"只有一个?"她很震惊,"故事里面有青蛙吗?"

"没有。"

"恐龙呢?"

"没有。"

"秘密通道呢?"

"没有。"

孩子们互相看看。显然,那就不能算故事。

"我们知道许多故事。"汤姆说。

"许多许多。"她做梦似的附和道,"公主,青蛙,魔幻城堡,仙女婆婆——"

"毛毛虫,兔子,大象——"

"各种各样的动物。"

"各种各样。"

他们陷入沉默,共同醉心于对无数不同世界的共同想象中。

奥里利乌斯望着他们,仿佛他们是一个奇迹。

然后,孩子们回到了真实世界。"几百万个故事。"男孩说。

"你要我给你讲一个故事吗?"女孩问。

我以为奥里利乌斯在一天里可能已经听够了故事,但他却点点头。

她假装拾起一件东西,放在右掌心上,用左手模仿了一个翻开一本书封面的动作。她抬头扫了一眼,以确保她的同伴们都在专心地看她表演。然后,她的目光回到手中的书上,她开始讲故事了。

"从前……"

卡伦、汤姆和奥里利乌斯:三双眼睛都停在爱玛和她所说的故事上,他们在一起会相处得很好。

我悄悄退到大门外,沿着街道溜走了。

第十三个故事

我不会出版维达·温特的传记。世人或许都在热切期盼这个故事,但我不会说。艾德琳和埃米琳,大火和鬼魂,这些故事现在都属于奥里利乌斯。教堂墓地里的那几个坟墓是他的,他也可以随便选哪天为他的生日。就算没有世人仔细核查的压力,加在他肩头的真相也已经够沉重的了。由他们自己处理一切,他和卡伦可以翻过这一页,重新开始。

但时光飞逝。有一天,奥里利乌斯将不复存在;有一天,卡伦也将离开这个世界。孩子们,汤姆和爱玛,相比他们的舅舅,已经离我在这儿叙述的故事更为遥远。在他们母亲的帮助下,他们已经开始创造属于他们自己的故事;实实在在的、真实的故事。终有一天,伊莎贝拉和查理、艾德琳和埃米琳、女管家和挖土约翰、没有名字的女孩,都将变成遥远的过去,他们的老骨头将不再引起任何恐惧或痛苦。他们将变得什么都不是,只是一个古老的故事,不会对任何人造成伤害。当那天来临时——我自己也变成一个老人——我将把这份文件交给汤姆和爱玛。他们可以读它，如果他们愿意，也可以出版。

我希望他们出版它。因为在此之前，那个鬼魂般的孩子的灵魂将一直萦绕在我的心头。她会在我的思绪中漫步，在我的梦中徘徊，我的记忆是她唯一的游戏场。她死后出版的传记并不重要，但不会被人遗忘。等到汤姆和爱玛公开这份手稿的那一天，她将能够在死后比生前存在得更为完满。

因此，即使要出版这个鬼孩子的传记，也要等到多年之后。然而，这并不意味着我不能立刻向世人提供一些资料以满足他们对维达·温特的好奇，因为有东西可说。在我结束与洛马克斯先生的最后一次会面，正欲离去时，他叫住了我。"还有一件事。"他打开抽屉，拿出一个信封。

当我悄悄溜出卡伦的花园，朝大门走去时，我带着那个信封。用来建造新宾馆的土地已经被整平，当我努力回忆旧宅子时，我发现自己只能在记忆中找到一些照片。但接着，我想起了它那副似乎始终朝着错误方向的模样。它是一栋被扭曲的宅子，新的建筑物会造得比较好，它将正对着你。

我走下砾石小道，穿过被雪覆盖的草坪，朝破旧的鹿园和树林走去。黑色的树枝上压着沉沉的白雪，有时会掉在我脚下经过的松软地面上。最后，我来到斜坡上视野最佳的地方。从那儿，你可以将一切尽收眼底：教堂和教堂墓地，白雪映衬下鲜艳的花圈；蓝天下雪白的大门；除去荆棘遮蔽的车棚。只有宅子不见了，消失得无影无踪。戴黄色安全帽的工人们把过去变成了一片空白，我们已经到达拐点，不能再把它称为拆除现场。明天，或许今天，工人们就会回来，它将变成建筑工地。过去已被推翻，到了他们开始重建未来的时候。

我从包里拿出信封。我一直在等待，等待合适的时机，合适的地点。

信封上的字母形状都很奇怪，不均匀的笔画不是莫名断掉，就是刻进纸里，没有一点儿顺畅的感觉。每一个字母都让人觉得是单独写的，下一个字母与前一个字母风格迥异，它们像是出自一个小孩或年纪很大的老人之手。信是写给玛格丽特·李小姐的。

我撕开封口，拿出信。我坐在一棵被伐倒的树干上读信，因为我从不站着阅读。

亲爱的玛格丽特：

这是我跟你讲过的一个故事。

我努力说完它，却发现做不到。所以这个被世人小题大做的故事必须保持现在的样子。这是一件站不住脚的事情：一件无中生有的事情。随你如何处置。

至于故事的题目，在我脑子里跳出来的一个题目是《灰姑娘的孩子》，但是我对读者有足够的了解，我知道无论我叫它什么，它在这个世界上只会有一个题目，而这个题目将不会是我所取的那个。

没有署名，没有名字。

但有一个故事。

这是一个灰姑娘的故事，跟我从前读过的都不同。简洁、严酷、狂暴。温特小姐的句子犹如玻璃碎片，璀璨而致命。

想象这样一种情况，故事开始了。一个男孩和一个女孩；一个富有，一个贫穷。多数时候，是女孩子没有钱，我讲的故事里情况就是如此。不是必须得有舞会。树林里的一次散步就足以让这两个人失足走到一起。从前有一位仙女婆婆，但其余时间却没有这样一位仙女。这个故事就是发生在其余时间里的。我们的女孩的南瓜就只是一只南瓜，她在午夜之后爬回家，衬裙上染着鲜血，遭到了强暴。明天不会有男仆带着鼹鼠皮的拖鞋出现在门口。她已经明白。她不笨。可是，她怀孕了。

在故事的余下部分，灰姑娘生了一个女孩，在贫穷和肮脏的环境下抚养她，几年后她把孩子抛弃在属于强暴者的宅院内。故事戛然而止。

孩子走在一条她过去从未走过的花园小路上，又冷又饿，她忽然意识到自己是孤独一人。她的身后，是花园通向树林的门。门微敞着，她的母亲还在门后面吗？她的前方有一座小屋，用孩子的眼光来看，那看上去像一幢小房子。一个她或许能避难的地方。谁知道呢，那里或许还有吃的东西。

花园通往树林的门？还是小房子？

门？还是房子？

孩子犹豫了……

故事就此结束了。

这是温特小姐最早的记忆吗？或者只是一个故事？一个想象力丰富的小孩用以填补母亲留下的空白的虚构故事？

第十三个故事。最后的、最出名的、未完成的故事。

我读完故事，感到十分悲伤。

我逐渐从温特小姐想到我自己。我的母亲可能并不完美，但至少我还有一个母亲。现在为我们的关系做点儿什么是否还来得及？那是另一个故事了。

我把信封放进包里，站起来，拂去裤子上的灰尘，往回走去。

我受雇来写温特小姐的人生故事，我写完了。履行这份合同的条款，我已无须再做什么。这份文件的副本将交给洛马克斯先生，他会

存放在银行保险库中,然后安排支付给我一大笔钱。显然,他甚至都不必检查我交给他的那沓纸是否空白。

"她信任你。"他对我说。

显然她确实信任我。在那份我既没有读过也没有签字的合同里,她的意图相当明白。她想在她死前告诉我她的故事,她要我记录。在那之后,我如何处理就是我的事情了。我已经把自己关于汤姆和爱玛的考虑告诉了律师,为防万一,我们约定将我的意愿写成一份正式的遗嘱。整件事情到此应该就算是结束了。

但我并不觉得自己已经做完了。我不知道最后什么人或有多少人会读到这份文件,但无论有多少人读,也无论距离此刻有多遥远,我都觉得自己对他们负有责任。尽管我已经把关于艾德琳、埃米琳和"鬼孩子"的一切都告诉了他们,但我知道对某些人来说,这还不够。我了解这样的情形:读完一本书,过了一天或一星期,你却发现自己还在想"屠夫怎么样了""谁拿到了钻石""遗孀和她的侄女是否和好了"。我能想象读者思索:朱迪思和莫里斯后来怎么样了,是否有人打理那个美丽的花园,谁会在房子里居住。

为了满足你的好奇心,让我告诉你吧。朱迪思和莫里斯仍旧住在温特小姐的房子里,房子没有卖掉;温特小姐的遗嘱规定将房子和花园变成文学博物馆。当然,真正有价值的是花园(早前的一篇园艺评论将它称为"一块不为人知的瑰宝"),但温特小姐知道真正吸引民众的将是她讲故事的名声而非她的园艺技巧。于是,游客将可以参观一些房间,房子里还将设一间茶室和一家书店。游客乘车参观完勃朗蒂博物馆后,可以接着来参观"维达·温特的秘密花园"。朱迪思会继续当管家,莫里斯则继续做主管园丁。在转变房子的职能之前,他们的第一项工作就是清扫埃米琳的房间。那些房间不会供人参观,因为那里也没什么可看的。

至于赫丝特。这会让你大吃一惊,事情确实让我惊讶。我收到了伊曼纽尔·德雷克的一封来信。说实话,我已经把他彻底忘记了。但他却还在慢慢地、系统地搜寻,并排除万难,在很久之后找到了她。"是她的意大利背景误导了我。"他在信中解释道,"你的家庭女教师去了另一个地方——她去了美国!"赫丝特先是给一位大学的神经病学家做了一年的助手,一年期满后,你猜谁来和她会合了?莫斯雷医生!他的妻子死了(我查过了,死因完全是由于流感),服丧期未满,医生便登上了去美国的船。这就是爱情。现在他们两个都已去世,但他们共同度过了一段漫长而快乐的生活。他们有四个孩子,其中一个给我写了信,我把他母亲的日记原稿寄给他保存。我估计十个词里他最多只能看懂一个;如果他要我说明,我会告诉他,在他父亲的第一次婚姻期间,他的母亲在英国认识他的父亲,但如果他不问,我就保持沉默。在他写给我的信中,还附上了一张他父母亲共同出版物的清单。他们做研究,写了许多备受推崇的文章(但都不是关于双胞胎的,我认为他们很明白该何时收手),并共同署名出版:伊曼纽尔·莫斯雷医生与赫·约·莫斯雷夫人。

"赫·约·?"赫丝特的中名为:**约瑟芬**。

你还想要知道什么?谁照顾那只猫?嗯,我把影子带到书店里和我一起住。它在架子上,坐在书中间任何它可以找到的空隙里,当顾客偶然发现它在那儿时,它总是以泰然自若来回应他们的凝视。它有时也会坐在窗前,但不会坐很久。街道、汽车、过往的路人和对面的建筑物总是让它感到困惑。我带它看过从小巷通往河边的捷径,但它不屑一走。

"你指望什么?"我父亲说,"河对一只约克郡的猫来说毫无用处,它在寻找的是旷野。"

我想他是对的。影子总是满怀希望地跳上窗台,朝外望去,然后回头失望地长久凝视着我。

我不喜欢想到它在思念家乡。

克里夫顿医生来到我父亲的店里——他说,他正好来城里,想起我父亲在这儿拥有一家书店,觉得值得过来拜访,尽管有所收获的希望很小,因为他是想看看我们是否有一本他感兴趣的十八世纪的医学书。正如他所料,我们没有那本书,于是他和我父母就此详细地亲切交谈了很长时间,直到关门后很久。为了补偿他让我们在店里留到如此之晚,他邀请我们出去吃晚饭。用餐的过程非常令人愉快,由于当晚之后他还将在城里再住一个晚上,我的父亲便邀请他第二天晚上来家里吃饭。在厨房里,我的母亲告诉我说,他是"一个非常好的人,玛格丽特。非常好"。第三天下午是他在城里待的最后一个下午。我们一起去河边散步,但这次只有我们两个人,父亲忙于写信,无法来陪我们。我跟他说了安吉菲尔德的鬼魂的故事。他听得很仔细,当我讲完后,我们继续沉默地慢慢散步。

"我记得见过那个藏宝盒,"最后他说,"它怎么会逃过了大火?"

我停下脚步,感到很惊讶。"你知道吗,我从来没想过这个问题。"

"现在你永远也不会知道答案了,不是吗?"

他挽起我的胳膊,我们继续往前走。

无论如何,回到我刚才的话题上去,即影子和它的思乡病。当克里夫顿医生来到我父亲的店里,发现猫的忧伤情绪后,他提出由他来照顾影子。我毫不怀疑,影子回到约克郡会十分开心。但这个提议,尽管很善意,却让我顿时陷入了痛苦的困惑之中。因为我不确定自己能否忍受和它分离。我肯定,它会像接受温特小姐的消失一样平静地忍受没有我的日子,因为它是一只猫;但作为人,我已经喜欢上了它,因此如果可能的话,我更愿意将它留在自己的身边。

我在给克里夫顿医生的一封信中流露出了这样的想法;他回复说,或许我们两个,影子和我都能去那里度假。他邀请我们春天去他那儿住一个月。他说,任何事情都可能在一个月里发生,他认为一个月后时,我们或许能想出一个适合我们仨的两全其美的办法。我不禁觉得影子一定会有一个皆大欢喜的开端。

一切就是如此。

附　言

　　或者说一切差不多就是如此。你觉得某件事情已经结束，然后突然之间，它又没有完全结束。

　　有人来拜访我。

　　是影子首先注意到有人来访。我正一边整理度假的行李，一边哼着歌，箱子敞开着放在床上。影子在箱子里爬进爬出，想要在我的袜子和羊毛衫之间做一个窝，突然它停住了，全神贯注地盯着我身后的门看。

　　她出现时的形象既不是金色的天使，也不是穿着斗篷的死亡幽灵。她像我一样，是一个高瘦的棕发女子，假如她在街上从你身边走过，你不会注意到她。

　　我觉得自己有一百件、一千件事情要问她，但我是如此震惊，甚至都无法说出她的名字。她朝我走来，抱住我，把我搂在体侧。

　　"莫伊拉。"我终于轻轻地说道，"我刚开始以为你不是真的。"

　　但她是真的。她的脸颊贴着我的脸颊，她的胳膊勾着我的肩膀，我的手放在她的腰上。我俩疤痕贴疤痕，当我感觉到她的血液随我的血液一起流动、她的心随我的心一起跳动时,我所有的问题都消失了。这是令人惊叹的一刻,伟大却平静;我知道自己**记得**这种感觉。它就锁在我的体内,被封闭起来,现在她来了,释放出了这种感觉。这套幸福的电路,这种一致的感觉,曾经很普通,但由于我发现了它,今天它变得不可思议。

她来了,我们在一起了。

我明白她是来说再见的。下一次我们碰面时,将是我去找她。但距离下一次碰面还有很长的一段时间。不用着急,她可以等待,我也可以。

我替她抹去眼泪,感觉她的手指触摸我的脸庞,然后我们充满喜悦地慢慢找到彼此的手指,十指交缠。我的脸颊上可以感觉到她的气息,她的脸藏在我的头发里,我把鼻子埋在她脖子和锁骨间的凹陷处,呼吸着她身上的甜味。

多么喜悦。

尽管她不能留下,但她已经来了,她来过了。

我不确定她是如何离开的,也不确定她是何时离开的。我只知道她不在那儿了。我坐在床上,非常平静,非常开心。我奇怪地感觉我的血液正在自动改变流动的线路,我的心脏正在为我特别重新校准节拍。她触碰了我的疤痕,让它有了活力;现在,它在逐渐冷却,直到它不再感觉有别于我身体的其他部分。

她来了,又走了。我在墓地的这一头不会再见到她。我的生活是我自己的。

影子在箱子里睡着了。我伸手去摸它。它睁开一只眼睛,用冷冷的绿色眸子打量了我一会儿,然后又闭上了眼睛。